2022

2023

毎日新聞コラム

「余録」選

柳川時夫
Tokio Yanagawa

新聞出版

毎日新聞コラム「余録」選　2003～2022

まえがき

毎日新聞の1面コラム「余録」は、まだ新聞が文語体で書かれていた1902年に大阪毎日新聞が創設した口語体のコラム「硯滴《けんてき》」をルーツとする。その後、大阪毎日と合併した東京日日新聞では大阪の「硯滴」と同じ内容のコラムに「余録」の題名が用いられた。

戦時中の両紙の毎日新聞への統合を経て、コラム名が東西で「余録」に統一されたのは戦後の1956年のことになる。その前身から数えれば120年間にわたり、名だたる先輩記者たちによって書き継がれてきたコラムである。

筆者は2003年より執筆にかかわり、翌年からは原則として週末と祝日を除く平日の執筆を担当する記者となった。本書は筆者が03年2月12日付から22年3月24日付までの19年間に書いた4255本の「余録」から450本を選び出して編んだものである。

新聞紙上では見出しもなく、その日、その場限りで読み捨てられるのが宿命のコラムだが、本に編むにあたってはタイトルとテーマをつけて、読者の興味のおもむくままに拾い読みしていただけるようにした。

過ぎる19年間、それはどのような時代だったのか。〈余分な記録〉を名乗るコラムのややズレた目線から、過ぎ去ったばかりの、しかしもう戻らぬ日々をいとおしんでいただければ幸いである。

もくじ

二〇〇三年（平成十五年）

二〇〇四年（平成十六年）

二〇〇五年（平成十七年）

二〇〇六年（平成十八年）

二〇〇七年（平成十九年）

二〇〇八年（平成二十年）

二〇〇九年（平成二十一年）

二〇一〇年（平成二十二年）

二〇一一年（平成二十三年）

二〇一二年（平成二十四年）

二〇一三年（平成二十五年）

二〇一四年（平成二十六年）

二〇一五年（平成二十七年）

二〇一六年（平成二十八年）

二〇一七年（平成二十九年）

二〇一八年（平成三十年）

二〇一九年（平成三十一年・令和元年）

二〇二〇年（令和二年）

二〇二一年（令和三年）

二〇二二年（令和四年）

装丁　金澤浩二
組版　キャップス

二〇〇三年（平成十五年）

江戸の「近代的知性」

ゴロブニンの鎖国問答（2003・2・12）

現代国家の謀略機関による拉致犯罪の卑劣さには、怒りを覚えるのみだ。しかし他国による〝拉致〟事件の歴史をひもとけば、意外な異文化交流をもたらした例がある。

ロシアの海軍士官ゴロブニンが、南千島の測量中に江戸幕府に部下とともに捕らえられたのは、1811年のことだ。日本での抑留生活は26カ月26日に及んだが、釈放後にその体験を「日本幽囚記」に記して欧州の日本理解に大きく寄与した。その中に日本人との鎖国問答がある。

交易で繁栄する欧州の現状を伝えるゴロブニンに、ある日本人は「その欧州で5年ごとに戦争があるというが何故か」と尋ねた。彼は交渉には不和をともなうこともあり、利害が複雑にからまれば同盟を組んでの大戦争になると答えた。

日本人は言う。「仮に日本が西洋と交際するようになれば、西洋を真似《まね》る。戦争は一層頻繁になり、人間の血が一段と沢山(たくさん)流れる」「ならば日本が古来の立場を守ったほうが、各国民の不幸を少なくするのではありますまいか」。「各国民の不幸」論はゴロブニンを沈黙させ、図らずもその後の歴史の一面を言い当てた。

一見守旧的な鎖国擁護論を支えているのは、ロシア人士官と渡り合う近代的な知性である。江戸末期の日本にはこんな自在な精神の働きも生まれていた。その記録が今日に伝わったのも、一人の日本人商人が、自らロシアの人質となってゴロブニン事件の平和的・外交的解決を果たしたからだ。

この商人、高田屋嘉兵衛を、来るべき荒々しい時代に背筋を伸ばして向き合った日本人として彫り上げたのが、司馬遼太郎さんの「菜の花の沖」だ。不透明な明日に果敢に立ち向かう心の弾みが欲しい今。12日は7年前に亡くなった司馬さんの「菜の花忌」である。

「平安の都」の戦火（2003・4・7）

バクダッド制圧へ

理科系の人ならずとも、パソコンを使っている人ならば「アルゴリズム」という言葉を聞いたことがあるだろう。もともと数学の問題を解く方法のことで、今はコンピューターのプログラムで仕事を進める「手順」を指す言葉として使われる。

パソコンソフトが使いやすいかどうかは、プログラマーが考えたアルゴリズムにかかっている。精密誘導ミサイルを、目標に正確に導くためのプログラムにも独自のアルゴリズムがあるはずだが、これは高度の軍事機密だろう。

このアルゴリズム、9世紀のアラビアの数学者であるアル・フワーリズミーの名前が起源だという。いま私たちが使っているアラビア数字をインドから導入して計算に使うようになったのも、のちのヨーロッパで発展する代数学という言葉も、彼の著書のたまものだ。

フワーリズミーは、初期イスラム帝国のアッバース朝が8世紀後半に建設した首都バグダッドで活躍した。モスクを中心に直径2・35キロの三重の円形城壁に囲まれた当時のバグダッドは、世界最大の商工業都市としてばかりでなく、医学、天文学、化学、数学などアラビア科学の拠点となり、のちの近代科学に受け継がれる知をはぐくんだ。

2代目カリフ（指導者）は、自ら築いたこの都市を「平安の都」と呼んだ。フワーリズミーの数学もそうだが、ここに学術の花が開いたのは、アラビア人のみならずペルシャ人、インド人、ユダヤ人らが分け隔てなく行き交い、ギリシャ語やシリア語などの文献の翻訳もさかんに行われたからだ。

かつての「平安の都」は、いま近代科学から生み出されたハイテクで武装する強大な軍隊の攻撃を受けている。住民の犠牲なき問題解決への「手順」を実行する21世紀の英知が試されている。

＊3月20日に始まったイラク戦争で、米英軍は4月9日にバグダッドを制圧、フセイン政権は崩壊した。

御猪狩風の怪（2003・4・19）

SARSウイルスの起源

米国式の台風の命名ではないが、江戸時代には「お駒風」や「お七風」のように、当時話題の女性の名をつけた流感があった。新型肺炎「重症急性呼吸器症候群（SARS）」というのは、科学的かもしれぬが愛想はない。

幕末になると、怖いものは「外」からやって来るというわけか、琉球使節の来訪を機とした「琉球風」

や、黒船来航時の「アメリカ風」という命名が目立つ。その後、現代に至るまでスペイン風邪（1918〜）、アジア風邪（57〜）、香港風邪（68〜）、ソ連風邪（77〜）といった地名を冠した流行が〝主流〟である。

変わったところでは、「わしが横になっているのを見たければ風邪にかかった時に来い」と豪語した横綱谷風にちなんで天明年間の風邪は「谷風」といわれた。その当の谷風が何と実際にかかって死んだ寛政年間の流行は「御猪狩風《おいかりかぜ》」と呼ばれる。

将軍の狩りの4〜5日後に流行が始まり、かかった人の着物には必ずケモノの毛が見られたと伝えられる（富士川游《ふじかわゆう》著「日本疾病史」）。江戸時代の記録が、事実かどうかは分からない。しかし、今回の新型肺炎の原因と断定されたコロナウイルスは、野生動物からの感染の疑いが指摘されている。

「SARSウイルス」と命名されたこのウイルスは、中国南部に古くから存在していた可能性が強いという。かつて奥地とされた土地に、宿主の動物とひっそり共生していたウイルスも、いったんヒトに感染すれば数日で地球の裏側に出現するのが「グローバリゼーション」の一面だ。

「新種ウイルスの脅威」というのは、ヒトの一方的見方にすぎない。開発のかけ声とともに、動物とウイルスの平和な暮らしに足を踏み入れたのはヒトの方だったのかもしれないからだ。

＊新型肺炎SARSでは7月の制圧宣言までに32の国と地域で800人以上が死亡した。

捕鯨への国際的逆風

泳ぐ油井（2003・6・19）

黒船の日本来航当時、太平洋を駆けめぐった米国の捕鯨船乗組員たちは、クジラの大きさを「バレル」

で表していたという。たとえば「80バレル・ブル」は80バレルの鯨油を採れるオスのクジラのこと。つまりクジラは〝泳ぐ油井〟だったのだ。

20世紀に入ってもクジラの捕獲量は産油量が基準だった。シロナガスクジラ1頭の鯨油を110バレルとみなし、産油量比で各種のクジラの捕獲頭数をシロナガスクジラに換算する方式は、国際捕鯨委員会（IWC）の捕鯨規制でも1970年代初めまで使われた。

鯨肉食の習慣が定着しなかった欧米では、鯨油は19世紀には都市の夜を照らす明かりに使われ、その後もせっけんなどの工業原料になる。今は反捕鯨に転じた欧米の国が、捕鯨を野蛮な資源収奪とみなすのも、クジラを油井のように勘定していた自らの過去と無関係ではあるまい。

片や日本の年配の世代にとって、学校給食に出てきた鯨肉の竜田揚げは懐かしい思い出のメニューだ。日本人の鯨肉食の歴史は古いが、それが国民的体験となったのは戦後の一時期に貴重なたんぱく源として学校給食などに使われてからだ。

当時すでに鯨油価格の低下は捕鯨のたそがれを告げていた。そのさなか日本は捕鯨世界一を誇らしげに宣言するめぐり合わせとなる。乱獲は危機的様相をもたらし、一挙に商業捕鯨中止の流れが強まるが、日本人の鯨肉食への国民的ノスタルジーは残った。

近代捕鯨の歴史も、国際ルールの転換期にいつも旧ルールでのゲームに熱中してきた日本近代の悲哀を思い起こさせる。今必要なのは、自然と文明の関係をめぐる成熟した思想と、科学的根拠とに基づいた21世紀のルールだ。その合意をベルリンのIWCに求めるのは夢のまた夢なのか。

私学格付け

北極の虎狩り（2003・7・17）

「白井道也は文学者である」で始まる夏目漱石の「野分」は、行く先々の学校で土地の実業家らの金権主義と衝突してクビになってきたこの文学者にこう語らせる。「学問をして金をとる工夫を考えるのは北極へ行って虎狩をするようなものである」。

真理探求をこととする学問を世俗的な禁欲清貧の倫理と結びつける発想は、別に漱石だけではない。だが高名なノーベル賞学者が、破たんした悪名高いヘッジファンドの経営陣に名を連ねていたといった話に事欠かないのが現代だ。

欧米では経済学者が商売や投機で大もうけしたり大損したりする例は珍しくない。J・K・ガルブレイスも独自の投資理論で巨万の富を手にする経済学者の小説を書いている。その中で目を引くのは名門ハーバード大学の財務部門が繰り広げる活発な資金運用の実情にふれているところだ。

だが日本でも早稲田大学が、学校法人として投資格付け機関からキヤノンなど超優良企業なみの財務健全度を示す「ダブルA＋《プラス》」を付与されたとのニュースには意表をつかれた。ちなみにすでに日本大学と法政大学もそれぞれダブルA、ダブルA－《マイナス》の評価を受けていたのだという。

考えてみれば、少子化のなかの大競争の波に揺れる大学が、その財務基盤を問われるのは当然である。来春の国立大学法人化を前に、東大でも新たな運営権限と責任の発生をふまえて学長の信任投票を行うという。まさに大学も個々の経営・運営能力が試される時である。

とはいえ「野分」の白井道也が聴衆の失笑を浴びつつ「学問をするものの理想は何であろうとも――金

でない事だけはたしかである」と言い放つ姿も今なお心を打つ。相次いだ学生不祥事も、財足りて学滅ぶの予兆でなければ幸いだ。

外来語今昔（2003・8・7）

カタカナ語言い換え

「侶伴《りょはん》」「仲間」「組」「社中」「連衆《れんしゅ》」「会社」「総体人」「交際」。これらはみな幕末から明治初頭にかけて考案された「ソサエティー」の訳語である。「社会」という造語が使われるようになったのは明治も7、8年たってからだ。

この「社会」をはじめ「個人」や「近代」といった翻訳語の成り立ちをたどった柳父《やなぶ》章さんの「翻訳語成立事情」（岩波新書）は、翻訳語の「カセット効果」を指摘している。カセットとは小さな宝石箱のことだ。つまり翻訳語には中身がよく分からなくとも人を魅惑し、ひきつける効果があるというのだ。

本来の日本語にはない欧米のモノの見方や考え方を言い表すのに、やはり外来の漢字の造語能力は大いに役に立った。だがそれらは意味がよく分からず、逆にだからこそ深遠な意味を秘めているように感じられた。結果、乱用されてしまう成り行きは昨今のカタカナ言葉と同じである。

「時空自在」「等生化」「情報集積体」「複合媒体」。それぞれ「ユビキタス」「ノーマライゼーション」「データベース」「マルチメディア」のことだという。4月に続く国立国語研究所の外来語言い換え案の第2弾では、計52語の例が示された。

「ミスマッチ」の「不釣り合い」、「キャッチアップ」の「追い上げ」などを除けば、外来のカタカナ語をやはり新旧の漢語にちょっと無理して置き換えた形だ。事態は明治の先人たちの四苦八苦とさして変わっていない。

「全体、君等が西洋の原書を翻訳するに四角張つた文字ばかり用ふるは何の為めなるや」とは、自身が多くの翻訳語を残した福沢諭吉の言葉だ。古代から外来思想の消化を運命づけられた日本文化の面白さと悲しさを、またまた思い起こさせる「言い換え案」である。

なんば歩き（2003・8・30）

伝統的身体感覚の「復活」

明治になるまで日本人はなんば歩きが普通だったといわれる。なんばとは右足と右手、左足と左手を同時に前に出す歩き方だ。昔の絵を見れば、そういう歩き方や走り方をしている人が目立つ。ちょうど佐川急便の飛脚マークのような形である。

歌舞伎の六方や能の所作、相撲のすり足や武術などに残っているなんばだが、もとは農耕の作業から日本人はこの歩きを身につけたとみられる。だが、西欧式軍事訓練が導入された明治には、国家によって軍隊や学校を通して手足を交互に動かす歩き方が教え込まれた。

すっかり体が〝西欧化〟してしまった今日からすれば何とも歩きにくく感じられるが、実はスポーツ界では最近注目されている。体をひねらない分、力のムダのない動きができるというので、バスケットボールの指導などに古武術のなんば走りが取り入れられたりもした。

極めつきは、パリの世界陸上男子二百メートルで日本人史上初の決勝進出を果たした末続慎吾選手が、練習でこの「なんば走法」のタイミングをとり入れていたことだ。日本選手権で20秒03の日本記録を出した走りでは、終盤の20メートルでその練習から得た感覚が生きた。

「終盤で疲れてくると手足の動きのタイミングが微妙にずれてきます。それを修正するのが目的」というのが所属のミズノのホームページでのご本人の弁だ。世界最速を競う場で、すっかり忘れ去られていた日本人の伝統的な身体感覚がよみがえってモノをいったのだとすれば愉快である。

末続選手は自ら「根性の才能はすごくあると思う」と語っている。天性の脚力を最高の舞台へ導いたのは、身体のうちに潜むあらゆる可能性を引き出す努力だろう。パリからアテネへ、〝日本の走り〟が世界の注目を集める。

ポピュリズムという伝統（2003・10・9）

シュワちゃん州知事に

オリンポス山で退屈していたヘラクレスは、父ゼウスの命に逆らって現代ニューヨークに降りてくる。そこで巻き起こる大騒動……といえば堂々たるB級映画だが、その主役がアーノルド・ストロング、本名シュワルツェネッガーだった。

この作品「アドベンチャー・オブ・ヒーロー」の1970年公開当時のセリフは吹き替えだった。それというのも彼がボディービルダーとしてオーストリアからアメリカにやってきたのは、そのわずか2年前、まだ英語をよく話せなかったからだ。

チャンスの国・アメリカを絵に描いたように135人の候補者が乱立したカリフォルニア州の知事リコール選挙で、そのシュワちゃんが知事に当選した。アメリカ市民権を得てから約20年、ハリウッドで超大物俳優としての声価を固めたところでのビックリ仰天の政界転身だ。

ポピュリズムといえば最近の日本では、もっぱら衆愚政治や大衆迎合主義といった意味合いで語られる。

だがアメリカ政治のひとつの柱をなしてきたのは「普通の人々」に支えられたポピュリズムの政治文化である。それは庶民の自由を脅かすエリートたちの支配に対抗する。

同じ俳優出身で州知事から大統領になったレーガン元大統領は、庶民的で、率直、分かりやすい語り口や人柄により「普通のアメリカ人」の代表選手のようなイメージを得た。首都のエリートたちに囲まれながら彼自身は「頭はあまり良くないが、常識は豊富」と評される指導者になる。

さて選挙戦では州民のポピュリズムの心情に訴える戦術で人気を票にしたシュワちゃんだ。庶民の常識をもって政治を変えるリーダーを演じ通せるか、それとも突拍子もない衆愚政治の喜劇に終わるのか。この一幕、チケットは不要だ。

老僧のつぎ木（2003・10・21）

子孫に手渡された自然

「湿原に　神の焚《た》く火か　なゝかまど／堀口星眠」。すでに晩秋のたたずまいが広がる尾瀬では黄金色の草紅葉に、ナナカマドの赤が鮮やかな彩りを添えているだろう。紅葉の山野が目に楽しい季節だが、関東地方でもっとも秋の足の早いのが尾瀬である。

1970年代初め、この尾瀬の自動車道路建設を中止させたのが当時の大石武一環境庁長官だった。長蔵小屋の平野長靖氏の陳情を受けて、事業主体の3県知事を粘り強く説得したのだ。生まれたての日本の環境行政にとっての「歴史的決断」だった。

日本は高度成長の坂道を一気に駆け上がり、開発を最優先してきた社会のひずみが人々の心をとらえだした時代だった。だが、整地まで進んだ公共事業を中止させるのが容易であるはずはない。閣内では田中角栄通産相の激しい反対があったと伝えられている。

大石氏は若いころ植物学を志したが、父の勧めで医師の道に進んだ。尾瀬に視察に赴いた際に、ひとつひとつ高山植物の名をあげてみせた逸話は有名だ。「景色のいいところは他にもある。だが尾瀬の優れているのはその生態系だ」。草や木がそう語りかけたのだろう。

72年の国連人間環境会議の演説では「老僧のつぎ木」という話を紹介している。寺の境内で熱心につぎ木をする老僧に、ある人が「あなたの存命中に実はなりませんよ」と言った。僧は静かに答えた。「自然は悠久の命をもっています。私は子の代、孫の代のためにつぎ木をしているのです」。

そんな一人の政治家が亡くなった。壊せば二度と戻らぬ自然を子孫に残せたのはその「志」の力だ。むろん道路を子孫に残したいという政治家の志も健在だ。子孫に望ましい未来とは何か。山装う秋、静かに思いをめぐらしたい。

おしん！おしん！おしん！（2003・12・2）

イラクで外交官殉職

イラク戦争が起こった3月下旬、NHKに寄せられた電話で最も多かったのは、戦争報道にともなうドラマ「おしん」の再放送時間変更の問い合わせだった。放送後20年を経て「おしん」は時代の記憶に深く刻まれている。

その「おしん」が10月からイラクで放送された。すでに「おしん」は世界59カ国・地域で放送されている。イランやエジプト、サウジアラビアなどイスラム圏でも高い人気を得た。イラクでの放送はエジプト国営テレビの協力によるアラビア語の字幕つきだった。

ティクリートで殺害された二人の外交官は、この「おしん」の放送に尽力したという。奥克彦参事官は「イラク便り」の中で、「おしん！おしん！おしん！」と題して放送のいきさつを報告している。また井ノ上正盛書記官も、この放送実現に情熱を傾けていたという。

「イラク便り」は、かつてイランでは「日本人だと見ると、どこへ行っても『おしん、おしん』と声をかけられたものです」と書き、やがてイラクでもそうした日がやってくることに期待を寄せていた。だが二人の夢は凶弾によって無残に奪われた。

難航するイラク復興の成否は、イラク国民自らによる新たな秩序作りへの希望にかかっている。中東地域で多くの人を感動させてきた「おしん」が呼び起こす共感は、そんなイラク国民の希望を静かに励ます〝こころの国際貢献〟になるだろう。二人の外交官はそう考えたに違いない。

近代化の苦しみはかつて日本人がさんざん経験した。欧米への劣等感や被害者感情も悩みのタネだった。そんな日本人がイラクの人々と語り合うべきことはまだたくさんある。だがその能力と、そして何より志をもつ二人の生命が失われた。残った者は何をなすべきか。

＊奥、井ノ上両外交官は11月29日、イラク北部支援会議に車で向かう途中に銃撃され殉職した。

テロほのめかす脅し

ボルテールの「名言」（2003・12・20）

「あなたが言うことには一切同意できないが、あなたがそれを言う権利は死んでも守ってみせる」というのはボルテールの有名な言葉である――というのは真っ赤なウソだ。実は彼はそうは言っていない。

C・シファキス著「詐欺とペテンの大百科」（青土社）によると、この引用句は1907年にE・B・

ホールという人物が出した「ボルテールの友人たち」という本に登場した。が、後に著者はこの言葉がでっち上げだったと告白する。にもかかわらず、このボルテールよりボルテールらしい言葉は世界中で流通した。

ちなみにホールは「自分のことは自分で考え、他人にもそうする権利を与えよ」という言葉を勝手に言い換えてしまったのだと弁明している。ボルテールにとっては迷惑千万な話だが、言論の自由の核心をついて人の心をとらえる点で言い換えは〝大成功〟であった。

「建国義勇軍」などと名乗って団体施設を銃撃したり、政治家らに銃弾を送りつける事件を捜査していた警察が、岐阜県の刀剣愛好団体の役員らを逮捕した。直接の容疑は3件の発砲だが、23件に及ぶ一連の犯行に関与していた疑いは濃厚という。

さいわい事件でのケガ人は出ていないが、不気味な暴力の恐怖で政治的異論を封じ込めようとするテロリズムに甘い顔を見せてはいけない。「テロで世界は変えられぬ」というのは残念だが誤りである。戦前日本の亡国を招いたのは明らかにテロの恐怖だった。

立場を異にする者への非寛容や憎悪、恐怖などは何もテロリストの専売特許ではない。それらは時に誰の心の中にも芽生えかねないのが人の世というものだ。だからこそ「ボルテールの名言」は、その来歴のいかがわしさにもかかわらず今日なお貴重なのである。

破れた不死の夢（2003・12・23）

寿命世界一社会の「幸せ」

ガリバーは日本に来る直前に、ラグナグ王国に立ち寄っている。この国では時おり不死の人間が生まれるのだという。それを聞いたガリバーは、自分が不死であったら何とすばらしいことかと、死の恐怖から解放された人生を心に描く。

スウィフトの「ガリバー旅行記」が描くラグナグ国の不死の人々は、しかしながら悲惨な境遇だった。不死ではあっても老いは容赦なく体と心をむしばみ、人間としての権利まで奪われてしまっていたのだ。ガリバーの日本への航海は、不死の夢の破れた失意を胸にしてのことだった。

ガリバーの来日は1709年ということになっているが、その約300年後に日本が世界一の長寿国になっているとはスウィフトも想像がつかなかったろう。世界保健機関（WHO）の今年度の報告によると、日本は平均寿命81・9歳、平均健康寿命は75歳でいずれも192カ国中のトップを保ったという。

「命長ければ辱《はじ》多し。長くとも四十に足らぬほどにて死なんこそ、めやすかるべけれ」と「徒然草」はいう。寿命の長さがそのまま幸せかどうかは人それぞれの死生観次第である。だがせっかくの長寿を実現した日本の高齢化社会がガリバーを失望させたようなものであっては困る。

WHO報告では、最も短命なアフリカのシエラレオネで平均寿命は34・0歳にとどまった。寿命の短さといえば日本でも、太平洋戦争の末期に男の平均寿命が24歳と推計されたことがある。強いられた短命が人の幸せを奪うむごさは、日本人もよく知っている。

日本の社会が長寿の「幸せ」を再発見すること。同じ世界に暮らす人々が短命の「不幸」に苦しまぬよう、自らができることをすること。それらは、同じコインの表と裏なのかもしれない。

二〇〇四年（平成十六年）

米国の新宇宙計画

朝露の力（2004・1・16）

地上に降りた朝露を入れたビンを体にくくりつけ、太陽の光が露を天上に昇らせる力で月世界に行こうとしたのは、シラノ・ド・ベルジュラックの「日月両世界旅行記」である。が、これは失敗する。上昇力が弱かったのではない。強すぎたのだ。

主人公は結局、飛び火矢と体に塗った薬のおかげで月にたどりつく。一方、シラノより約1500年も前に月世界旅行記を書いた自称シリア人のルキアノスは、航海中に竜巻に吸い上げられて7日間の漂流の末に月に流れついた。科学技術なしで月に行くのは大変である。

月世界のほかにもさまざまな風変わりな土地を訪れるルキアノスの架空旅行記「本当の話」は、ずっと後のルネサンス期になって再評価された。この書によってヨーロッパ人は未知の世界への好奇心をつのらせ、大航海時代を迎えるのである。

アメリカのブッシュ大統領は、早ければ2015年にも有人の月面探査に着手し、長期的な太陽系探査の拠点を月面につくるという新宇宙計画を発表した。月に人間が行くのはアポロ計画が打ち切られて以来のことだ。当面の5年間だけでも120億ドルを費やす野心的構想である。

壮大なプランがこの時期に派手に打ち上げられたのは、大統領選挙対策との見方が強い。だとしても財政赤字を抱えるなか、巨額な資金を必要とする計画が再選への票になると踏んだのは、新たなフロンティアを求めるアメリカ社会の本能に期待したのだろう。

ルキアノスの書は大航海時代の探検家の愛読書になったという。そこから生まれたアメリカという文明が、またまたフロンティアとしての月世界への夢を語り出した。論議はあるだろうが、この手の物語が根っから好きな国がひとつぐらいないと世界は退屈である。

サイバー擬態語（2004・2・10）

デジタル空間の日本語の富

「たたく」「ふく」「すう」といった動詞は、「タッタッ」「フー」「スー」という擬音語に、動詞にするための「く」などをつけて作られた言葉という。山口仲美さんが編集した「暮らしのことば／擬音・擬態語辞典」（講談社）のコラムで紹介されている話だ。

山口さんによると「ごとごと」や「わんわん」といった擬音語や、「ぴかぴか」とか「どろどろ」といった擬態語は日本語の場合、欧米語や中国語の3倍から5倍もある。〝言葉以前〟とみられてきたこの手の言葉は、むしろ日本語の富そのものだという。

たとえば約900年前の今昔物語集で使われている擬音語や擬態語を山口さんが抜き出して調べてみる

と、なんと6割近くが現在でも使われている言葉だった。「こそこそ」も「くたくた」も千年の伝統をもつ由緒正しい日本語だったのである。

その一方で「プッツン」や「ウルウル」など、新しい感覚がそのまま言葉になるのも、擬音・擬態語の世界だ。時代が生み出す新しい音も新しい言葉になる。「当たり！」というのに「ピンポーン」とテレビのクイズ番組をまねた若者は、日本文化の正統の継承者なのである。

パソコンが、もたつかずに小気味よく作業をこなすさまを「サクサク」と表現するようになったのはもう10年ぐらい前からだろうか。同じくコンピューターゲームなどで立体画像を高速で自由自在に動かせる状態を「グリグリ」と言い表すマニアも少なくない。

これらは人とコンピューターが一体となった世界の気分を表す〝サイバー擬態語〟といえる。人の五感に直接訴える新しい情報技術が切り開く世界は、ますます擬音・擬態語の活躍の場となりそうだ。そんな未来にあなたはワクワク？それともタジタジ？

意識下の「諭吉」（2004・2・17）

日テレ番組でサブリミナル映像

ある日、街のあちこちに光が点滅する巨大な標識が立った。その光を見る人々は知らず知らずのうちに、まだ新しい車の買い替えを考え始める。J・G・バラードのSF短編「ザ・サブリミナル・マン」が描いた潜在意識を支配する超消費社会の未来像である。

バラードがこのSFを書いたのは1963年のことだった。映画の間にごく短いカットを挿入して、人の消費意欲を刺激する「サブリミナル映像」が注目されたのは、その少し前の50年代後半、米国の映画館での〝実験〟がきっかけであった。

日本ではオウム真理教の松本智津夫被告の顔がアニメや報道番組の映像に織り込まれていて問題化したのが記憶に新しい。米国でも前の大統領選でブッシュ陣営が対立候補のゴア氏を中傷するサブリミナルCMを流して騒ぎになった。

実際にサブリミナル映像で人々の消費意欲や政治意識を操作できるのかといえば、あまり効果はないという見方が強い。にもかかわらず何かえたいの知れない無意識が自分を支配し、その「見知らぬ自分」が実は何かに操られているのではないかという漠然とした感覚は、現代人誰しも抱く不安である。

日本テレビがバラエティー番組の「マネーの虎」に1万円札の福沢諭吉の顔を0・2秒間挟み込んでいたのが、民間放送連盟の基準に抵触するサブリミナル手法ではないかと指摘された。まさか視聴者操作を図ったとも思えないが、映像メディアが人の心の奥深くまで入り込む時代の不安にもっと敏感であってほしい。

たしか「道徳の教育は耳より入らず目により入る」とは、道徳は教師の姿を通して学ばれるとする福沢諭吉の言葉だ。その自分の姿が拝金の象徴として人々の心の奥深くに刻み込まれては諭吉もたまらない。

オウム教祖に死刑判決
悪魔の非在証明（2004・2・28）

「神の存在を認めない不逞《ふてい》の文書は多数ございますが、悪魔の存在を的確に否定し去った者は、いまだ無神論者中にもございません」。ドイツの劇作家・クライストの戯曲「壊れ甕《がめ》」（手塚富雄訳）の中のセリフである。

オウム真理教による一連の悪夢にも似た事件で、首謀者の松本智津夫被告に死刑判決が下された。当たり前のことながら、その悪魔的な所業にもかかわらず、彼はこの世の裁きを受けなければならないただの人間であった。

だが人間としての謝罪も釈明もない法廷で、事件の犠牲者の遺族や傷ついた被害者の心が癒やされることはなかったろう。そしてただの人間が、なぜ多数の弟子に途方もない魔力を振るうことができたのかという事件の核心も、なお闇の中だ。

とくに今日まだ多数の信者がこの未曽有の惨害の張本人を崇拝している現実は、私たちに重い問いかけとしてのしかかる。妄想の世界に閉じこもり、抜け出せなくなってしまった多くの若者の存在は、この文明の何か根本的な欠陥の表れではないのか、と。

「この世」とうまく折り合えない人々が、カルトの掲げる超能力や終末論といった空想に身を委ねたくなる誘惑は、事件当時も今もそう変わっていない。人をこの世につなぎとめるには、魅力ある現世の物語や理想、それらに根ざす信仰といった目に見えない精神の重りが必要である。もしそれが壊れてしまったとすれば、どうすればいいのか。

「神」より「悪魔」にリアリティーがあるのは、自分の心の中の魔をだれしもが感じるからだろう。だがあの地下鉄サリンの日、身の危険をかえりみず自らの職務や他人の救護に力を尽くした人々を私たちは確かに覚えている。壊れてしまったものは、必ず立て直せるはずだ。

火星年代記の2004年（2004・3・4）

大量の水の痕跡観測

「あの惑星には生命が存在する可能性がないんだよ。科学者が調べたところによると、大気に酸素が多すぎる」。レイ・ブラッドベリのSF小説「火星年代記」の冒頭で火星人は地球のことをこう語る。初めて地球人が火星にやってきた年のことである。

小説の中の2004年は、地球から持ち込まれた水疱瘡《みずぼうそう》のため火星人がほとんど絶滅したのち、地球人の火星への植民が進んでいる最中だ。科学文明への鋭い批判を詩的な悲哀とともに描き出したこの名作は、2026年まで地球人と火星人の運命を描いている。

現実の2004年は、過去の火星に大量の水が存在していたことが裏づけられた年として年代記ならぬ科学年表に記されることになった。米NASAの探査で、海水が干上がったときに残るのと同じ化合物が火星の地表で確認されたからである。

かつて火星の運河が話題になったのは、イタリア語の溝という意味で使われた「カナリ」という言葉が、英語で人工の運河を示す言葉として誤訳されたためという。運河ならば知的生命体がいるはずだと「火星人」の存在が推測された。振り返れば、いくら19世紀とはいえずいぶん乱暴な〝三段跳び論法〟である。

ブラッドベリが火星の物語を書いたころには、すでに火星人の存在は単なるファンタジーになっていた。だが、それでも火星に生命が存在するという夢は、火星の科学的探査推進のエンジンになってきたように見える。この太陽系で地球生命は決して孤独ではない、そう信じたいからだ。

水の存在はせいぜい生命の存在の必要条件にすぎない。が、ともかく夢は21世紀に引き継がれた。ブラッドベリは小説の最初に書いている。「哲学者はいった——驚きを若返らせるのは良いことだ」。

イラク戦争開戦1年

「良い意図」の惨禍（2004・3・19）

「新しい制度をひとり率先して持ち込むほど、この世で難しい企てはない」というのはマキアベリの「君主論」だ。この企てに挑む君主は旧制度でうまくやってきたすべての人を敵に回すが、新秩序を利用する側の人は猜疑《さいぎ》心からいいかげんな支持しか君主に与えないからだ。

小泉改革の行方を思い浮かべる向きもあろうが、ここは開戦1年を迎えるイラクの占領統治に注目したい。米ブッシュ政権周辺のエリートがマキアベリを知らなかったはずはないが、「イラク民主化」という〝良い意図〟は必ず〝良い結果〟をもたらすと信じたのだろうか。

イラクでの新秩序作りの難航に加えて、ブッシュ政権が開戦の大義名分とした大量破壊兵器が見つからないという事態も深刻な波紋を呼んでいる。〝良い意図〟そのものが情報操作による演出ではないかとの疑いのまなざしは、国際社会での米国の指導性を大きく損なった。

イラク社会の混乱、そして国際社会での米国の信用の低下、これらはいずれもテロリストが望むところだった。そしてテロリストの冷酷なリアリズムが民主主義のいちばん攻撃されやすい分断線を狙ってその残虐性を発揮するのは、スペインでのテロとその後の政権交代が示す通りだ。

イラク開戦1年の現実は、民主主義の理想を共有する国々、そして人々の間に生まれた亀裂を丹念に修復する米国はじめ各国指導者の謙虚な政治的努力を求めているように見える。それには〝良い意図〟と〝良い結果〟の間に横たわる深い溝を冷静に見極め、そこに太い綱を渡す英知も欠かせない。

ほかならぬイラク復興支援に自衛隊を派遣した日本もまた道義とリアリズムの間の難しい綱渡りの当事者である。せめて両側の支柱だけはしっかりさせたい。

ゆとり教育の方向転換

アラクノフォビア（2004・4・1）

「アラクノフォビア」とは、ホラー映画の題名にもなったクモ恐怖症だ。女神アテナの怒りに触れてクモにされた機織りの名手アラクネと、恐怖症を示すフォビアから成る言葉だ。世の中はヘビを怖がる人とクモがダメな人に分かれるとの説があるが、筆者はクモ派だった。

だから小学生のころ昆虫は足が6本、クモは8本と、その違いを習ったのは、強く印象に残っている。まったく姿の違うチョウやトンボやアリが同じ仲間で、クモは違うと習った時、世界の重要な秘密を明かされたような気がした。

来春から使用される教科書では、そのクモと昆虫の比較が小学3年の「発展的な学習内容」として復活したという。つまりは現在の学習指導要領ではクモは扱えなかったらしい。今やクモの苦手な子が、その〝天敵〟の正体を知るには「発展」が必要なのだ。

「ゆとり」から一転、「発展」がキーワードになった小学校教科書の検定であった。国語の試験で「ゆとり」の反対語は「発展」と答えてしまいそうな成り行きだが、授業時間が増えない以上は「発展的な学習」が授業の「窮屈」をもたらすのも事実だ。

もともと子どもの「やる気」を引き出すのがゆとり教育の狙いだったはずだ。では、この間のゆとり教育で「やる気」は引き出せたのか。以前の教育内容を「発展」として認めれば「やる気」は高まるのか。

そんなデータがどこかにあるのだろうか。

「ゆとり」も「発展」も、現実離れした言葉の帳尻合わせに思えてならない。土曜休みで授業が減ったのなら、どうレベルを落とさぬ授業をみんなが分かるように行うかを真剣に考えるのが筋だったろう。場当たり的な制度いじりが、子どもや親のスクールフォビア（学校嫌い）をもたらしては困る。

リップマンの警告（2004・4・8）

フセイン政権崩壊1年

「外交であれ、戦争であれ、われわれは自分たちのパワーで達成できる目的に取り組まねばならない」。冷戦の初期にこう強調したのは、米評論家のウォルター・リップマンだ。彼は外交における現実主義の立場から、理想をふりかざす国際介入主義に警鐘を鳴らした。

圧倒的軍事力でフセイン政権を打倒し、イラク国民を独裁から解放する。豊富な石油資源をベースに経済と社会の近代化を達成すれば、イラクは安定した親米民主国家に生まれ変わる。やがて民主化と近代化はアラブ世界にドミノ倒しのように広がり、テロの脅威は消滅しよう。

そんな〝素晴らしいアイデア〟にワシントンの政策決定者たちが魅了された時、その目標達成にむけて自らが持つ手段についてどんな検討が行われたのだろうか。彼らは何か重要な事柄を見逃していたのではないか。

フセイン政権崩壊から明日で1年。イラク国内は解放されたはずのシーア派強硬派の武力騒乱にみまわれ、各勢力入り乱れての混乱に陥っている。安定したイラク人政権形成も難しい。〝素晴らしいアイデア〟1年目の成果は惨たんたるものになった。

「米国の対外姿勢は謙虚で、しかも力強く自由を推し進めるものであるべきだ」とは、リップマンではなく前の大統領選でのブッシュ氏の言葉である。その大統領に現実の重さへの謙虚な敬意を失わせたのが9・11テロだったとすれば、米国がテロとの戦いに勝利しつつあるとは到底思えない。

この相互依存の世界で、米国の失敗はテロリスト以外の誰をも利さない。だからこそ、リップマンのような賢者ならずとも誰もが知る真実を踏まえ、達成すべき目標と手段の見直しをすべき時である。つまり「世の中は思い通りにはならない」という真実だ。

ドン・キホーテの愚行（2004・4・22）

人質事件の自己責任論議

「本当の勇気は、臆病《おくびょう》と無鉄砲といった二つの極点をなす悪徳のあいだに位置する美徳である」と言うのはドン・キホーテだ。もっとも彼は無鉄砲の方がまだましだと、無謀にもライオンに挑戦した。彼がドン・キホーテたるゆえんである。

昨日の小欄で触れた23日の世界・本の日は、その作者セルバンテスの命日でもある。騎士道物語にとりつかれた田舎の男が、古ぼけた甲冑《かっちゅう》に身を固めて繰り広げる突拍子もない遍歴。それが人の心をとらえ続けるのは、その愚行をあざ笑えるからだけだろうか。

レパントの海戦に参戦するなど波乱の半生を送った作家が「ドン・キホーテ」の構想を温めたのは、そんな若い日々が遠く去り、世俗の富や栄誉から見放されたさみしい牢獄《ろうごく》の中だった。英雄的な夢の愚かしさへの悔恨と、その輝かしいきらめきへの郷愁と。そのはざまから〝災難を探し求める騎士〟の物語が生まれた。

多くの場合、いちずに理想を追い求める人ははたから見れば愚かしく見える。とくに堅実な社会の枠組みから飛び出て善行をなそうとする人は、日々の仕事や暮らしをひたむきに生きる人にとって偽善者に見えることもある。実際その通りなこともある。

イラクの人質事件をめぐる「自己責任」論議は、そんな人の世の常を思い起こさせる。思慮を欠いた〝愚行〟には、その結果についての責任が伴うのはその通りだろう。だが政府と一線を画した個人の自発的善意が抱えざるをえないリスクを、個人が負いきれぬほど大きくしない方がいい。

世の常識からはみ出す理想や善意に、それなりの敬意を払わぬ社会は希望のない社会だ。英雄も愚者もいない世界はつまらない。私たちは、多かれ少なかれ誰もがドン・キホーテなのだ。

＊邦人ボランティア3人がイラク武装勢力の人質となり、後日解放された事件で、「自己責任」論による被害者バッシングが起きた。

幼稚力がすごい（2004・4・28）

フィギュア盗難続発

「幼稚力」を今の日本文化のキーワードにしているのは、美術家の村上隆さんである。世界を魅了する日本発のアニメやマンガ、ゲームのキャラクターは「かわいい」「キュート」といった子ども感覚が売り物である。

携帯にキティちゃんのストラップをつけるキャリアウーマンや、電車でマンガ誌を読みふける中年サラリーマンも珍しくないのが日本の社会だ。その「未成熟」が、今や世界を席巻する日本最強のソフトパワーだといわれれば、目を白黒させる向きも多いだろう。

その村上さんの美少女フィギュアにクリスティーズのオークションで6810万円という高値がついたのは昨年5月のことだった。ルイ・ヴィトンとの共同制作のキャラクター「LVパンダ」のアニメも伝統を誇る同社の世界中の主要店で放映された。なるほど「幼稚力はスゴイ」ということになりそうである。

さて数あるキャラクターの中でも「ペコちゃん」は、不二家の「ミルキー」誕生以来、半世紀以上の歴史を持つ古参キャラだ。そのペコちゃん人形の盗難が関東地方で相次ぎ、すでに31体の行方が分からなくなっているという。そのさなか新たに店内用の人形を盗んだ容疑で、男が捕まってもいる。

ネットオークションでは、この手の人形も何万円もの値がつくそうだから、フィギュアブームも過熱気味である。大人と子どもの境界があいまいな社会では、子どもの世界のキャラクターがどっと大人の世界に流れ込む一方で、大人のビジネスの力学が子どもも包み込む。

「幼稚力」とはポジティブな面ばかりではない、一発逆転のトランプのジョーカーのようなものだと述べていたのは当の村上さんだった。「幼稚」を「幼稚力」として生かすには、やはり成熟した知恵が欠かせない。

拉致被害者の帰国

「鏡の国」の夢（2004・5・23）

文字も物事の因果関係も逆さまな「鏡の国」の夢から覚めたアリスは飼い猫に尋ねる。「ねえキティ、あの夢は誰が見ていたの。……私か赤の王様か。赤の王様は私の夢に出てきたわ。でも、私も王様の夢の中にいた。夢を見ていたのは王様かしら」（鏡の国のアリス）。

人にとって自分が生まれ育ってきた記憶が虚構の上に築かれていたことを知るというのは、一体どんな体験だろう。まして両親が別の国から捕らわれてきた人だといわれたら。——何かの夢を見ていたか、もしかして他人の夢の中の出来事なのかと疑ってもおかしくない。

その地村さん夫妻、蓮池さん夫妻の子どもたち5人が羽田空港に降り立ち、1年7カ月ぶりに親と再会した。だが、子どもらが、独裁者の夢に閉じ込められてきた人生を見つめなおし、その現実を心の中に落ち着かせるにはなお時間が要るのだろう。

ただ一人、喜びを分かち合えなかった曽我ひとみさんにはあまりにも残酷な一日となった。会見では気丈に地村さん、蓮池さん夫妻を祝福し、来日を拒んだ夫と娘を気遣った。その言葉のひとつひとつから、過酷な運命を背負った人の強さと優しさがにじみ出るような語りぶりが胸を突く。

国家の拉致犯罪によって一度きりの人生がバラバラにされた無残は、今さらいうまでもない。ただ砕け散ったそれぞれの記憶や夢も、一緒に暮らす家族のきずなによって必ずつなぎ合わせることができると信じたい。曽我さんにもそんな日が近いことを祈る。

では癒えない苦しみと痛みを抱え続けることになった他の拉致被害者には、今度の合意は何をもたらすのか。誰の夢の中の出来事でもない、生身の人間の苦しみや痛みを見すえた北朝鮮との交渉が今ようやく始まるのだと思いたい。

＊小泉純一郎首相が5月22日に北朝鮮を再訪、同日拉致被害者の子ども5人と共に帰国した。その後、曽我さんの夫と子どもも日本に来ることができた。

ダラディエのつぶやき（2004・5・28）

割れる訪朝の評価

日露戦争の講和談判に向かう小村寿太郎外相は、新橋駅で見送りの「万歳」を受けながら「帰ってくるときは人気はまるで反対でしょう」と随員に言った。実際、講和反対暴動後の帰国時にはテロが危ぶまれる事態になっていた。

一方、第二次大戦の前、ヒトラーのチェコ侵略を認めたミュンヘン会談から帰国した英国のチェンバレン首相は、戦争を回避した英雄として国民の歓呼で迎えられた。だがこちらは、ナチスの野望に譲歩して結局は戦禍を招き寄せた愚行として歴史に刻まれるはめになった。

ミュンヘン会談のもう一人の主役であるフランスのダラディエ首相の場合はちょっと違う。会談結果への抗議の嵐を覚悟して故国に降り立った首相を迎えたのは、意外にも歓迎の出迎えだった。彼はつぶやいたという。「この連中はどうかしている」と。

外交、それもトップレベルの外交交渉の評価は難しい。国民の歓呼に迎えられる歴史的失敗もあれば、怒りの暴動の洗礼を受ける現実的選択もある。交渉当事者の意表を突く世論の反応もある。とりわけ外交的信義を守るかどうかも疑わしい独裁国家相手の交渉ではなおさらである。

小泉首相の訪朝からあすで1週間だ。が、その成果に対する評価はなお割れている。世論調査では6割以上が訪朝を評価しつつも、食糧援助など個々の交渉内容では不満も多い。ただこの手の外交では、あまり性急な裁断は結果を読み誤る。それが歴史の教訓だ。

「歴史の審判」への謙虚なおそれは常に首相の胸を占めていたと信じたい。だが訪朝が拉致問題解決や北東アジアの平和構築の転機となるかどうかは今後の外交次第である。まさか、年金政局の収拾や参院選を「歴史の審判」とみなしていたわけではあるまい。

ジュンサイなお人（2004・6・4）

小泉首相のはぐらかし答弁

〈沼の日や音たぽたぽと蓴採《ぬなわ》り／山田みづえ〉。「ぬなわ」はジュンサイ（蓴菜）の古名である。全国一の産地である秋田県の山本町の沼では、いま四角い小舟にのった女性の手作業によるジュンサイ採りが盛りという。

ゼリー状のぬめりに覆われた葉茎の食感がうれしいジュンサイは、初夏の味覚である。三杯酢や吸い物もいいが、食通で知られた吉田健一は梅雨時にワサビじょうゆであえたものを冷やして出されると「これが味というものだと言う他ない」と書いている。

産地の減少で中国からの輸入の多いジュンサイだが、中国には「蓴羹鱸膾《じゅんこうろかい》」の故事がある。晋の張翰が故郷のジュンサイ汁と、鱸魚のナマスがたまらなく食べたくなり、官を辞して帰郷したという話で、望郷の念をいう成語だ。その故郷に近い西湖では今もジュンサイ料理が名物である。

さて京言葉には人を評するに「じゅんさいな」という形容詞があるそうだ。ジュンサイの箸ですくいにくいところから「つかみどころのない」「いいかげんな」といった意味らしい。いわれてみれば「じゅんさいなお人」というのは確かに思い浮かぶ。

「はぐらかし」「まぜかえし」「開き直り」の手練手管で、初対決となった岡田克也民主党代表の質問をかわしてみせた衆院決算委での小泉首相の答弁ぶりなどはその最たるものだろう。箸にも棒にもかからない水際立った「じゅんさい」ぶりは、今さら首相の説明責任をウンヌンする方がやぼに見えてくるから困る。

攻める側も箸がだめならスプーンでもフォークでも使えばいい。ちなみにジュンサイのぬめりは、虫や魚に芽を食べられないよう栄養のないゼリー質で守っているのだといわれる。野党も虫や小魚並みにあしらわれてはおしまいだ。
＊年金改革法案審議終盤、衆院決算委の岡田克也民主党代表の質問に小泉首相は「人生いろいろ」などとはぐらかす答弁を繰り広げた。

パ・セ両リーグ（2004・6・15）

2リーグ制存亡の危機

「セ・パ両リーグというが、言語学的にはありえない――破裂音Pが2音目以下にくるためには、促音が必要だ。『ラッパ』『カッパ』である。『セ・パ』は『セッパ』としか表記しえない。この解決法はパ・セというしかない」。

20年以上も前にこう主張したのは、パ・リーグファンにとっての歴史的宣言「七たび生まれ変わっても、我、パ・リーグを愛す」を書いた医事ライターの宮田親平さんだ。この宣言をもとに生まれた「純パの会」は今季も開幕にあたって気勢を上げている。

「セのチームを見たくないから日本シリーズは見ない」「パのファンは試合の勝敗より観客動員数を心配する」「他チームのファンと仲良く酒が飲める、それが純パの精神だ」。交わされた話は〝リーグ愛の精神〟という。なにせ「パ・リーグファンに悪人はいない」のだ。

そのパ・リーグに存続の危機をもたらしたのが近鉄とオリックスの合併話だった。両チームのファンにとって寝耳に水である。テレビのインタビューに「関西は阪神ファンばかりだと思われては困る。気骨ある大阪人はアンチ阪神だ」と語っていた近鉄ファンの怒りはよく分かる。

ひいきのチームにかけるファンの思いはさまざまだ。マイナー扱いされていればこそ、判官びいきの血が騒ぐこともある。むろんプロ野球はビジネスだから、もうからねばそれまでだ。でも「強ければいい」「もうかればいい」といった世間の常識を教えてくれるだけのプロ野球はつまらない。

1リーグ制への球界再編が現実味を帯び、喜ぶ人もいれば、悲憤やるかたないパ・リーグファンもいよう。光あれば影あり、ヒマワリあれば月見草もある。影も月見草もない世界は退屈と思うファンも球界には大切なお客さんだ。

＊近鉄とオリックスの合併構想から始まったプロ野球再編問題は、これに反発する選手会による史上初のストライキに発展したが、東北楽天ゴールデンイーグルスの参入で2リーグ制存続が決まった。

恐るべき迷路（2004・6・30）

新生イラクへの主権移譲

バビロニアというと今のイラクあたりだ。その王が建築家や魔術師を集めて手の込んだ迷宮を作った。王は、ある日訪ねてきたアラビアの王をその迷宮に誘い入れてしまう。アラビア王はさんざん迷ってひどい目にあったが、何とか神の助けで脱出した。

帰国したアラビア王は、直ちにバビロニアに攻め込んで王を捕虜にする。その王を砂漠に連れて行き、アラビア王は言った。「神があなたを私の迷宮へ、登るべき階段も、開けねばならぬ扉も、行く手を阻む壁もないこの迷宮へ、お導きになった」。バビロニア王は砂漠に置き去りにされた。

アルゼンチンの作家ボルヘスの短編「二人の王様と二つの迷宮」(「ボルヘスとわたし」ちくま文庫所収)だ。真に恐るべき迷宮とは何か。迷宮の作家ボルヘスの答えである。複雑な迷宮は人を困惑させる。だが本当に人を絶望させるのは、何も目印のない漠とした空間である。

米英占領当局から主権移譲を受けた新生イラク国家も、また見えない迷宮からの脱出を課せられた。むろん砂漠の真ん中に置き去りにされたわけではない。民主化の段取りを定めたイラク基本法という道しるべはある。治安、経済での米国などの支援もある。

だが、その道しるべは根元がぐらついている。米国や国際社会の支援に対しては外国による支配との反発がある。人々を絶望の砂漠に引き戻そうとするテロもおさまらない。登るべき階段も、開くべき扉も、どこにどうあるのかがよく分からない。

まだ誰も見たことのない「繁栄する民主イラク」への道筋に、出来合いの目印はないだろう。それを見つけ出すことのできるのはイラク国民以外にない。だから希望は見失わないでほしい。民主主義は砂漠のしんきろうではないはずだ。

言霊の幸ふ国 (2004・8・4)

民法と国語世論調査

万葉の昔から「言霊の幸《さきは》ふ国」だった日本である。言葉に霊が宿るならば、やがて霊力を失って死を迎える言葉が出て来るのも仕方ない。かくして「死語」をテーマに何冊もの本ができてしまうのが、新陳代謝の激しい日本語である。

むろん「ナウいギャル」などといえば、もう死語の2段重ねとあざ笑われるだけである。次々に新奇な言葉をもてはやしては使い捨てていくのは、時流についていけない〝流行弱者〟へのいじめではないか。オヤジ呼ばわりを受ける一人としては、そう疑いたくもなる。

もっとも意外なことに、世の中には死語の博物館のような役割を果たしている文章も生きていた。たとえば今から108年前に制定された民法である。法務省が検討している改正案では、ようやく「僕婢《ぼくひ》」「厠坑《しこう》」「溝渠《こうきょ》」「薪炭油《しんたんゆ》」などといった言葉の現代語への言い換えが行われるという。

なかには「木戸銭」など、ちょっと死語と片付けたくない言葉もある。が、法律用語としてはここは「入場料」しかない。法律用語がそうコロコロ変わるのもよくないが、人の運命を左右する文章である。そこは生きた言葉で書かれていた方がいい。

死にゆく言葉があれば、栄える言葉もある。先週発表された文化庁の国語世論調査では、「なにげに」（何気なく）、「チョー」（とても）などの若者言葉の定着が注目された。なかでも「むかつく」（腹が立つ）を普段使う人が何と48％にものぼったのには、それこそ「むかついた」人もいただろう。

そんな「なにげに」「むかつく」言葉にも言霊は宿っているのだろうか。その霊は、言葉を使う人に幸せをもたらしてくれるのだろうか。たまには古代の日本人が言葉に抱いた聖なる思いを振り返ってみるのもいい。

不正の神像（2004・8・10）

108年ぶり、アテネ五輪開幕へ

古代オリンピックの競技場の入り口近くには、かつて16ものザネス（ゼウスの方言）の神像が立っていた。2世紀ローマのパウサニアスは、像には「優勝は金銭によってではなく、脚の速さと身体の頑健さによって獲得されなくてはならない」と刻まれていたと伝えている。

この神像はなんと不正行為を行った選手ら関係者からの罰金によって作られ、奉納されたのだという。対象となったのは紀元前4世紀から紀元2世紀にかけて発覚した八百長事件4件だが、今は台座しか残っていない（桜井万里子・橋場弦編「古代オリンピック」岩波新書）。

古代ギリシャの理想復活をめざしてスタートした近代五輪だった。だが、人のやることは変わらない。アテネ五輪の開幕を13日に控えたおりしも、大会招致にまつわる買収疑惑でブルガリアのＩＯＣ委員が資格停止となるスキャンダルが伝えられた。

招致疑惑、浸透する商業主義、絶えないドーピング疑惑など、発足当時とは大きく様相を変えた近代五輪が、第1回大会から１０８年の歳月を経てギリシャに戻る。そのうえテロの警戒も強いられる今回である。国際政治と実は密接にかかわってきた五輪の宿命をも改めて思い起こさせる。

古代オリンピックはなんと１２００年近くも続いた。人が陥りがちな堕落や腐敗は、とかく理想化されてきた古代ギリシャでもむろんあった。多くのザネス像の跡は、人間性の弱点をも見すえ、それに対処する知恵の切実なことを伝えてくれる。

「古代オリンピック」によると、その最末期にあたる紀元4世紀の優勝者の名が近年になって新たに約10人判明したという。アスリートの栄光は不朽である。それに比べ、近代五輪はようやくこれから2周目の周回に入るところだ。

試される「国望」

常任理事国の徳（２００４・９・23）

「余の一挙手一投足は深く列国官民の注意をひくが故に、余の責任只《ただ》ならぬを痛感した。紛争国又《また》は紛争将《まさ》に起こらんとする国の首相外相は各常任理事を歴訪して諒解《りょうかい》運動甚だ努むる……避暑先までも書簡、電話、来訪を受くること頻繁たる有様であった」。

国際連盟理事会の常任理事国だった日本の代表を長く務めた外交官・石井菊次郎の回想だ。第一次大戦の結果生まれた連盟で、戦勝国の一員だった日本は英、仏、伊と共に創立当初から常任理事国だった。むろん、満州事変で連盟脱退にいたる前のことである。

ウォルターズという英国外交官は、その脱退までの日本について「連盟の忠実な且《か》つ尊敬すべき一員であったという日本の主張は、何人も否定し得ない」と著書「国際連盟の歴史」に書いた。彼は欧州の紛争処理に常任理事国・日本が果たした役割を高く評価するのである。

現に日本は独・ポーランド間の少数民族問題や、伊・ギリシャの紛争の解決などに貢献している。それができたのは、複雑な民族感情がからむ紛争にあって、過去のしがらみのない公正な判断が求められたからだ。こと欧州では日本によき仲介者としての期待が寄せられる形になった。

小泉首相は国連総会の演説で、安全保障理事会の常任理事国入りの決意を表明した。常任理事国として日本が国際社会に貢献できるなら、それにこしたことはない。だが、首相演説からは、世界に求められる日本の役割が見えてこない。安保理の「代表性の向上」をいうが、日本は自国以外の何を代表するのだろうか。

どんな決意を述べても、独りよがりでは話が進まない。他国にとって必要な現代の「常任理事国・日本」はどんな形をしているのか。人望ならぬ〝国望〟が試される。

「泣き声」の擬態（2004・10・8）

おれおれ詐欺急増

「キーッ、キーッ」というモズの高鳴きは深まる秋の音だ。しかし、このモズは春先にはウグイスやヒバリ、シジュウカラなど20種類以上の鳥のさえずりをうまくまねる芸達者でもある。秋とはうって変わったソフトな声である。

オオモズの声の録音を使った外国の研究では、その鳴きまねによって餌食になる小鳥がおびき寄せられた例がある。ただ日本では、モズが鳴きまねで他の鳥をだまして誘い出したという観察例はないそうである（大庭照代「鳴き真似の世界」＝築地書館刊「擬態2」所収）。

論文で紹介されている鳴き声の擬態で悪質なのは、托卵《たくらん》によってヨシキリに育てられるカッコウのヒナだ。「シシシシシシ」という声でエサを求めるが、これは「シッ」と1音を間を置いて鳴くヨシキリのヒナがたくさんいるように装った声だそうだ。

当のヨシキリの子たちは卵の段階で巣から押し出され、残っているのは〝犯人〟のカッコウのヒナ1羽だけだ。そこで鳴き声だけでもにぎやかにする一人芝居で親心を刺激し、たんまりエサにありつこうという算段である。ひどいヤツではあるが、自然の摂理のなせるワザなら仕方ない。

許せないのは人の子や孫を思う気持ちにつけこみ、泣き声の擬態で荒稼ぎをするおれおれ詐欺の急増である。8月の被害だけで23億円、今年に入っての被害総額は昨年1年の倍を超える100億円になるというから、腹立たしくもあきれてしまう。

手口も一人芝居から、警官や弁護士を装った犯人が次々に登場するドラマ仕立てまで現れた。油断禁物である。動物の擬態の素早い進化としては、工場のばい煙で環境が黒ずんだため体色も黒くなったガの例が知られる。が、人の悪知恵が巧妙の度を加える早さにはかなわない。

偉人たちの金銭感覚

新札3人衆（2004・10・30）

「我れに罪なければ天地恐ろしからず」。別に冤罪《えんざい》の弁明ではない。借金を申し入れたのに何の連絡もしてこない知人を憤った樋口一葉が日記に記した言葉だ。借金でぜいたくするわけではない、自分は曲がったことをしていないという。今でいう〝逆ギレ〟である。

「一葉語録」（岩波現代文庫）を編んだ佐伯順子さんによると、当時の一葉は「たけくらべ」を発表し始めていたが、家族3人の暮らしは借金頼りだった。「八つ当たり」に違いはないが、「やり場のない苛立《いらだ》ち」の中で卑屈になるまいとする彼女の一念がうかがえる開き直りだ。

もっとも一葉の借金など、〝借金魔〟と評される野口英世からみれば実際「罪ない」ものだろう。何しろ婚約することで相手の家から調達した大枚の渡米費用を、芸者をあげての送別会でほとんど使い果たすという途方もない金銭感覚である。

本人は、優等生として描かれた自分の伝記を読んで「人間とはこんな完全なものではない」とつむじを曲げたそうである。その研究への超人的な打ち込み方をもふくめ、並の人間の尺度からはかなりはみ出た人ではあった。

さておなじみの福沢諭吉だ。こちらは武家に生まれながら少年時代に「日本一の大金持ちになる」といって忠孝一筋の兄にしかられた。だが、彼は後に病死した兄の借金40両を家の蔵書など一切を売り払ってきれいに始末したうえ故郷を出る。まさに一身の独立は、借金の返済だったのだ。

それぞれ3人の肖像が描かれた新しい5000円、1000円、1万円札がいよいよ週明けにデビューする。お金とのかかわり方は3人3様の偉人たちだ。しかし、これからその誰もの想像をはるかに超える人とお金のドラマを、お札の上から見ることになろう。

発砲マシン（2004・11・11）

米軍のファルージャ制圧

「アドレナリンが出っ放しだよ」「楽しい、楽しい」。機関銃座の兵士がこう繰り返すテレビ映像が再三流れた。当人も言うように実戦とメディアの取材で興奮状態だったのだろう。ファルージャに突入した米軍部隊の一人である。

米陸軍士官学校教授などを歴任したD・グロスマンの「戦争における『人殺し』の心理学」（ちくま学芸文庫）によると、第二次世界大戦当時の機銃兵と狙撃兵を除く米軍歩兵で、進んで敵を銃撃した兵士はわずか5人に1人にすぎなかった。

それほど自分の手で人を殺す行為には心理的・道徳的抵抗があった。軍首脳はこのデータに驚いて兵の訓練法を一新する――つまり「自国軍隊に対する心理戦」（グロスマン）に取り組んだのだ。その結果、朝鮮戦争の発砲率は55％、ベトナム戦争では実に90％以上にまで高まった。

その一つは実戦に即した訓練により発砲を反射的に体にたたき込んだことだ。それで兵士は「発砲マシン」としての〝性能〟を劇的に高めた。興奮して戦闘を「楽しい」と繰り返す兵士もその成果なのだろうか。彼らは市街戦で敵と一般市民とを区別する訓練を受けているのだろうか。

ファルージャ突入に際して、米軍の現場指揮官はベトナム戦争での古都フエ攻略戦になぞらえ、それ以来の大市街戦になるだろうと兵を鼓舞した。しかし、抵抗は予想外に弱く、米軍はすでに市半分を制圧したらしい。ただ市民の被害についての実態は、ほとんど伝わってきていない。

この力攻めが、来年1月のイラク国民議会の選挙にプラスになるのだろうか。ますます先行きは不透明だが、確かなこともある。こと現代世界では、若者の「発砲マシン」としての能力が試されるのは、大半が政治の失敗の結果である。

＊11月、イラクの武装勢力の拠点ファルージャの市街に対する米軍の大規模掃討作戦が行われた。

カワセミの日（2004・11・16）

紀宮さまの婚約

バードウオッチャーにとって「青い鳥」の代表選手はオオルリ、ルリビタキ、そしてカワセミという。なかでも一年を通じて姿を観察できるのがカワセミである。その美しさは「翡翠」という漢字の表記の示すとおりだ。

「皇居と赤坂御用地におけるカワセミの繁殖状況」というのが紀宮さまが一昨年共同発表された研究報告だった。12年間にわたり個体識別リングをつけて継続観察したものである。それによると皇居のカワセミは年に3回同じ巣穴で繁殖し、一つの巣から平均6羽のヒナが巣立っていくという。

皇居のリングをつけたカワセミは24キロも離れた東京都清瀬市でも見つかっている。紀宮さまが非常勤研究員として勤める山階鳥類研究所の山岸哲所長は、それについて「大都会東京の中の皇居が孤立した環境ではなく、周りと見事につながっているのだということを証明された」と書いている。

紀宮さまと黒田慶樹さんとの婚約内定のニュースが、日本中を明るく和やかな空気で包んだ。正式発表は折からの新潟県中越地震の被災に配慮して先延ばしにされた。お二人の心情を思えば派手な騒ぎは避けるべきだが、うれしいニュースが乏しい中でテレビなどが慶祝へ先走りしたくなる気持ちも分かる。

「またひとり見上げて笑《ゑ》まふつゆの間のひとときの幸《さち》大き虹いづ」。梅雨の間の大きな虹を見上げてひとりまた笑む――今年の歌会始での紀宮さまの歌である。お題は「幸」だった。すでにこの時、紀宮さまの心の目には虹のかなたから舞い降りてくる幸せの青い鳥が見えていたのだろうか。

晴れてお祝いできる正式婚約発表は来月下旬との見方がある。ヨーロッパでは冬至前後の好天の佳日を「カワセミの日」というそうだ。むろん偶然である。

永田町憲法（２００４・11・19）

自民党改憲素案

「国会の二院制は必要か」「女帝をたてるのはどうか」「陪審制を採用すべきか」――ご推察通り憲法論議の論点である。もっとも今から１２４年前の話だから「人民に武器の携帯を許すべきか」「離婚を許すか」というのもある。

自由民権運動から生まれた民間憲法草案の一つである「五日市憲法」は、その起草から87年後に東京・五日市町（現あきる野市）の民家の土蔵から見つかったことで有名だ。その草案作成に先立って結成された学芸講談会という勉強会のテーマ63項目の一部が先の論点なのである。

細かな人権規定を含む全２０４条に及ぶ五日市憲法だが、起草へとつながる地域の民権家の動きを伝える史料が整っている点でも貴重だ。当時の民間憲法草案は全国で40種以上が作られたが、それぞれの背後にあっただろう草の根の熱気をうかがわせる。

自民党の憲法調査会が新憲法草案大綱の素案を明らかにした。「自衛軍」の創設と集団的自衛権の行使を明記し、天皇を「元首」と位置づけたうえで女性天皇を認める内容である。また国民の義務として新たに「国民は国防の責務を有する」との文言を掲げているのも目を引く。

自民党はこの素案をもとにして、結党50周年の来年11月には条文化した新憲法草案をまとめるそうである。こちらは明治の民間憲法案のような草の根の熱気は感じられぬ「永田町憲法」ということになろうか。もっぱら微妙な争点は永田町周辺地域の政治力学で決まるとの評も聞こえる。

改憲、護憲にかかわらず、民主主義が自らのかたちを定めようという憲法論議だ。もっと明治の先人をしのぐ議論や構想が「主権者」から聞こえてきてもいい。ちなみに124年前には「議員に給料を払うべきかどうか」も争点だった。

二〇〇五年（平成十七年）

インド洋大津波の被害拡大

バクと大破局（2005・1・3）

「貘《ばく》は南方の山中に生まれ、その皮に寝れば疫病を避け、その形を図すれば邪を避ける」と白楽天が書いている。そんな中国の伝承が、日本ではバクは悪夢を食べるという話になったらしい。今はバクの絵を枕に敷く人は少ないだろうが、今年の初夢はいかがだったろう。

「南方の山中」は、現実には「東南アジアの熱帯雨林」である。マレー半島からタイ、ミャンマー、そしてインドネシアのスマトラ島がその生息地だからである。それがインド洋大津波の震源域に近いことは、人々の幸せへの願いを託されたバクのあずかり知らぬことだ。

ただその悪夢のような惨状を目にすれば、人のささやかな幸せへの願いや思いの無力を痛感せざるをえない。死者・不明者十数万、被災者100万人という数字は人を圧倒して、その人命への想像力や他人の苦しみに共感する力すらマヒさせてしまう。

亡くなったひとりひとりにかけがえのない人生、愛、そして夢があったことを思えば、その万分の一も伝えられぬ言葉の無力ももどかしい。被災地の食料不足や伝染病まん延のおそれが伝えられる今は、全世界がひとつになっての救援が先決である。

地元メディアはこの惨禍に、史上最悪のカタストロフィー（大破局）という言葉を使っていた。ただ地球史の規模で考えれば、繁栄した生物を絶滅に追い込むようなカタストロフィーを自然は何度も引き起こしてきたことも思い起こさざるを得ない。

バクは中南米にもいるが、奇妙な分布は約1億年前の超大陸の分裂のためらしい。その大変動を生き抜いたバクにすれば人の歴史はほんのつかの間だ。大自然の前の人のはかなさを思えば、人間同士の争いの解決や助け合いを初夢だけで終わらせてはバクに恥ずかしい。

＊２００４年12月26日のスマトラ島沖地震で発生した大津波により、インド洋沿岸の各国で約23万人の死者・行方不明者が出た。

ニッポン放送株買収

ヘルメスの早業（２００５・２・10）

朝早くに生まれ落ちた赤ん坊が、昼には母親の目をかいくぐってゆりかごを抜け出し、なんと牛50頭を盗み出したという。しかも牛の足に袋をかぶせて足跡をたどられぬようにするずるがしこさだ。この赤ん坊、名はヘルメスという。

ギリシャ神話のヘルメスは商業や交通、雄弁、さらに今風にいえば情報通信の守護神である。一方で泥棒や賭博といった秩序にとって好ましくないものの神ともされた。ともかく動きが素早くてどこにも現れるし、神々や人々を隔てる垣根をやすやすと通り抜けるいたずら者だ。

ヘルメスが盗んだ牛の持ち主は知と芸術の神アポロンだった。怒るアポロンに、ヘルメスは亀の甲羅で作った竪琴《たてごと》をひく。アポロンはその美しい音に驚き、竪琴と引き換えに盗みを許すことにした。おかげでヘルメスはアポロンと仲良くなり、音楽や文字の発明神としても名を残す。

さて早朝、証券取引所が開く前の2時間のことだったという。臨時取締役会で800億円の資金調達を決定し、一気に株を買い集めたそうだ。一躍ニッポン放送の筆頭株主となったライブドアによる大量株買収である。牛泥棒にたとえるわけではないが電光石火のヘルメスも驚く早業だ。

ITビジネスと放送との提携を図るとライブドアの堀江貴文社長は胸を張る。だが、提携話より先に買収の事実を突きつけられたフジサンケイグループの首脳は「提携はない」と冷ややかだ。なるほどアポロンのようにはおうようになれまい。

プロ球界、そしてメディアと、次々とフットワークにモノをいわせて再編劇を仕掛けるITビジネスの旗手だ。それが秩序のかく乱にすぎないのか、それとも新しい価値や秩序を生み出していくのか。竪琴の美音は、今はまだ聞こえない。

「民」の心意気（2005・2・18）

〝民営化空港〟のスタート

「京阪神は鉄道省にやってもらわなくてもよろしい。そんなことは大きなお世話です。われわれがどんなにでもしてご覧に入れる」。阪急の創業者の小林一三は豪語した。その彼は日本で初めて大阪・梅田のターミナルにデパートを開業する。「鉄道省」にはできぬ芸当だ。

「乗る人が少なくて赤字になるなら、乗る客を作り出せばいい。それには沿線に人の集まる場所を作ればいい」。そういって進めた沿線ベッドタウン開発、娯楽施設建設などの最後の決め手が魅力あるターミナル作りだ。その後、梅田は日本最大級のターミナルに発展する。

本来は「終着駅」という意味の「ターミナル」だが、実際には多くの交通機関が乗り入れる乗り継ぎ駅というのが大都市のターミナルだ。その乗り継ぎの便が発展のカギを握るのは、航空網における「ハブ（拠点）空港」の機能と同じである。

国際線と国内線の乗り継ぎが簡単・便利にできる本格的なハブ空港となる中部国際空港（セントレア）が愛知県常滑市沖に開港した。トヨタ出身のトップの陣頭指揮のもと民間の経営感覚とアイデアを生かした〝民営化空港〟としても注目のスタートである。

すでに建設段階で無駄な事業費を１２４９億円も削減し、コスト圧縮の努力によって着陸料を成田、関空を大きく下回る額に抑えたという。空港内には約１００もの店舗や展望風呂など、ターミナルデパート顔負けのショッピングモールもある。「人の集まる場所を作る」発想だ。

ろくに乗り継ぎのできない駅を作って、客は勝手に駅の間を移動しろとは、昔の「鉄道省」だってたじろぐ。そんな話が当然のこととまかり通った世界を変えるのは、「中部はどんなにでもしてご覧に入れる」という「民」の心意気だ。

七五調の富（２００５・２・24）

愛子さまの養育

塚本邦雄さんの歌にこういうのがある。「錐《きり》・蠍《さそり》・旱《ひでり》・雁《かり》・掏摸《すり》・檻《おり》・囮《おとり》・森《もり》・橇《そり》・二人《ふたり》・鎖《くさり》・百合《ゆり》・

塵《ちり》」。ちゃんと五七五七七である。韻を踏むという詩法のない日本の歌の世界で、「り」という語尾をもつ単語を連ねて韻を踏んでみせたわけである。

「岩波現代短歌辞典」の「韻と律」の項で、岡井隆さんはこの歌が押韻の試みの面白さばかりでなく、七五調の発生のいきさつをうかがわせると述べている。並んだ単語の示すように日本語は2音か3音の発声が心地よく聞こえる。七五調はその組み合わせが生むリズムなのらしい。

とくに日本語に多いのは「トリ、ハナ、ソラ」のような2音の単語である。その言葉を二つつなげて助詞「てにをは」をつければ5音、三つ連ねて助詞をつけて7音になる。岡井さんは七五調は中国語の影響だという説も紹介しながら、2音の基本単語を起源とする説に軍配をあげる。

皇太子さまは誕生日に際しての記者会見で、愛子さまの養育について「七五調の童謡などを通して自然にこのリズムが身につき、言葉遊びが楽しめるようにと思っています」と語った。日本の古い習慣を教える話のなかで、とくに七五調に触れたのだ。

天皇の命で編まれた歌集に「花に鳴く鶯《うぐいす》、水にすむ蛙《かわず》の声をきけば、生きとし生けるもの、いずれか歌をよまざりける」（古今集仮名序）とある国柄だ。だが今、皇太子さまが改めてその伝統が失われるのを残念に思い「子どもたちに親しまれることを心から願っています」と言うのを聞けば、何か虚を突かれた思いである。

考えてみれば言葉の富は、ご先祖からの授かり物であるばかりではない。子や孫の世代への預かり物であった。ちゃんと子どもらに返していかねばならない。

ハンセン病隔離政策報告

「無関心」の闇（2005・3・3）

戦時下の沖縄県宮古島でのことだ。軍による島内の在宅ハンセン病患者の宮古南静園への強制収容はし烈を極めた。患者に銃口を突きつけての連行も相次いだという。園には定員の2倍近い400人余りが詰め込まれた。

だが終戦の年には園が空襲を受ける。すると陸軍の壕《ごう》に逃げ込んでいた園長はじめ職員は、何と患者を見捨てて本土に逃げ帰ったのだ。患者は空襲下、不自由な体で洞くつなどで自活するが、結局この年栄養失調などで110人の患者が死亡した。

90年間に及ぶハンセン病患者への隔離収容の実態を調べた検証会議最終報告書にある事例だ。患者の「孤立無援」を象徴するこの出来事は、隔離政策が呼び起こした人の卑劣や無責任を浮かび上がらせる。が、その一方で報告書には「患者と生死を共にする」とした別の園の看護婦長らの話もある。

むしろ患者の「孤立無援」は、特効薬による治療が進展し、人権思想もそれなりに浸透した戦後の方が、ある意味で深刻かもしれない。隔離政策の不当は目をそこに向けさえすれば明らかだった。だが隔離の壁は、生身の患者の苦しみや悲しみを多くの人々の意識から遠ざけ、差別と偏見だけを温存させてきた。

報告書は国をはじめ、医療界、法曹界、マスメディアなどが、どのように患者の苦しみを「無関心」の闇に置き去りにしてきたかを明らかにした。ことメディアについては歴代の記者が不勉強で、隔離の内側に足を踏み入れなかったという。記者の一人として粛然と受け止めるしかない。

不当に虐げられた人々をさいなむのは、何も戦時中に逃亡した療養所職員のような連中ばかりとは限らない。人の無関心や無理解も鋭い凶器となる。「孤立無援」の理不尽を繰り返してはならない。

東京大空襲60年
戦犯と勲章の間（2005・3・10）

「負けたら我々は戦争犯罪人だ」。60年前の3月10日、一夜で約10万人の市民の命を奪った東京大空襲を立案指揮したC・ルメイ米空軍少将は、当時の部下で後に国防長官になったR・マクナマラ氏にそう語ったという（映画「フォッグ・オブ・ウォー」）。

「君は10万人を問題にするが、敵を殺さねばこちらに何万も犠牲が出る」。その後空軍参謀総長に昇進する彼が、戦争犯罪人になることはむろんなかった。それどころか戦後日本政府は航空自衛隊創設に貢献したとして彼に勲一等旭日大綬章を与えた。

飛行機の発明の一番大きな影響は、人が空から地上を見下すという〝神の視点〟を手に入れたことかもしれない。非戦闘員の命を平然と奪う戦略爆撃はそうした〝神の視点〟が、実は〝悪魔の視点〟でもあったことを示した。

戦争中であれ、幼子が暮らす家に油を注いで火を放つ所業が許されるはずがない。だがその悲鳴が聞こえず、逃げ惑う姿も見えない上空からなら、人は手や心を汚すことなく平気でそれをやってのけてしまう。

火を逃れてプールに飛び込むと、驚いた4歳の輝一ちゃんは「おかあちゃん、ごめんなさい。僕おとなしくするから」と泣いた。2人の赤ん坊と共にその輝一ちゃんを失った森川寿美子さんの手記にある。死を前に輝一ちゃんは言った。「おかあちゃん、熱いよ、赤ちゃんもっと熱いだろうね」（「東京大空襲60年・母の記録」岩波ブックレット）。

負ければ戦争犯罪人でも、勝てば勲章が授けられる。それが人の世といえばそれまでだ。そして、火の中で妹を気づかった4歳の子の物語はほうっておけば誰もかえりみない。「それで本当にいいのか？」。語り継がれる地上の歴史は、いつも私たちにそう問いかける。

ライブドア騒動決着

GM創業者の250ドル（2005・4・20）

「つまらない手違いは忘れろ。失敗も忘れろ。これからすることの他は全部忘れて、それをやり抜け。今日は幸運の日だ」。米ゼネラル・モーターズ（GM）の創始者W・C・デュラントの言という。彼は自動車メーカーの買収や合併によってGMの基礎を固めた。

その間デュラントは経営の主導権を失ったり、再び株を集めて支配権を奪還するなど波乱万丈の戦いを繰り広げる。だがその彼もGMから身を引いた後の株暴落では4000万ドルの損失をこうむる。さらに自らの事業にも失敗、破産時には負債91万ドル、手元の財産は「衣料など250ドル」だった。

まさに栄光と悲惨を絵に描いたような成り行きだが、それが資本主義の最も分かりやすい姿でもある。だからこの2カ月間、世間の耳目を引きつけてきた企業買収劇においても、勝敗、明暗のくっきり分かれた結末を〝期待〟していた向きが少なくなかったろう。

むろん当事者にしてみれば、ヤジ馬を喜ばせている場合ではなかったに違いない。ニッポン放送株をめぐるライブドアとフジテレビの争奪戦は、対立していた主役同士のぎこちない握手の大団円をもって和解した。手詰まりなのに生死にかかわる勝負をズルズル続けるのは愚策ということだろう。

この騒ぎで企業買収や合併について人々の関心が高まったという声がある。またその制度の不備が明らかになったことで、法整備の道筋がついたのもその通りだろう。ただGM草創当時のめまぐるしい企業買収や合併を知れば、何を今さら1世紀遅れで――という気もしてくる。

破産後のデュラントは軽食堂を開いたが、4、5年は食うや食わずの暮らしだった。今回の騒動の主役らはむろんそんな運命とは無縁だ。「大人の知恵」のおかげか。

カーブの不安（2005・4・28）

尼崎のJR電車脱線惨事

「汽車の進むにつれて、おりおり線路のカーヴにかかる／カーヴとカーヴとの間はまっすぐな直線である／……少なくもその時の私には、この、曲線と直線との継ぎはぎの鉄路が、なんとなく不自然で、ぎごちなく、また不安な感じを与えるのであった」（寺田寅彦「柿の種」）。

カーブが不安に思えたのは、鉄道を作った人の知恵のあざとさを感じたからだ。寅彦はそのすぐ後で、昔からの道の自然で優雅な曲がり方の美しさと比べている。では、マンションや住宅がひしめく都会の街並みの中の〝カーブの不安〟を寅彦なら感じ取っただろうか。

だがどんな鋭い感覚の持ち主であれ、こんな惨状までは想像できるはずがない。兵庫県尼崎市のJR電車脱線事故の死者はとうとう100人を超える見通しとなった。事故から2昼夜半を経たというのに、車内には生体反応を確認できない人が何人も残されているというむごさである。

遺体の安置所となった体育館で、行方が分からない肉親を探す人々がなお多数訪れているという話にも胸がふさがる。事故によって前触れもなく奪い去られた多くの未来、断ち切られた肉親のきずな、失われた夢や愛情を思えば、ひたすら目を閉じ、手を合わせるしかない。

曲がり角には異界への入り口や、妖怪、魔物がひそんでいる。昔の人はそう考えたらしい。だがまさか春の日差しがまぶしく照りつける都会の真ん中で、多数の人々の命をのみ込んでしまうような異界への扉が開かれていようとは誰だって思いはしない。

どんな魔物がその扉を開いたのか。残された者は一部始終をしっかり見定めねばならない。でないと亡くなった人々に申し訳ない。そして私たち自身も〝カーブの不安〟に悩まされ続けることになる。

＊4月25日に発生したJR福知山線脱線事故の死者は107人、負傷者は562人にのぼった。

100億円部長（2005・5・17）

長者番付1位にサラリーマン

高度経済成長このかた「サラリーマン」は、平凡の代名詞だ。山口瞳の小説の「江分利満氏」は英語の「普通人」のもじりだったし、無責任サラリーマンを演じた植木等の役名は「平均《たいらひとし》」である。だが、平凡でもつまらないわけではない。

「オレオレに　亭主と知りつつ　電話切る」は、第一生命サラリーマン川柳コンクール1位の「反抗妻」さんの句だ。日本のサラリーマンには自分の平凡さを笑うセンスだってある。『残念！』と　俺の給料妻が斬り」（切腹パパ）だ。

コンクールの9位には「所得税　所得増えずに　なぜ増える」という句もあった。だが、「納税額約37億円、推定所得約100億円」が一サラリーマンの所得と聞けば、作者の「税金泣かされ夫」さんも絶句するだろう。念のためにいえば、その所得のほとんどは給与という。

国税庁が公表した04年分の高額納税者100人でトップとなったのは、46歳の投資顧問会社運用部長だった。運用するファンドが高い利回りを実現したことによる成功報酬である。いわゆる所得番付1位にサラリーマンがなったのは史上初となる。

「100億円部長さん」が出現したとあれば、もうサラリーマンと平凡とを安直に結びつけるわけにはいかない。勤務先の会社は、能力と実績に応じた報酬を支払うのが「当社の方針」とクールなものである。そもそも個人の実績に応じて処遇するという「成果主義」には、「平均的サラリーマン」をなくす狙いがあろう。

平成の江分利満氏や平均さんは何とも肩身が狭い。だが誰もが100億円稼げるわけではない以上悲観しても仕方ない。自分を笑えるしたたかなセンスをもつ人が多数存在することこそ文明の底力と信じ、胸を張って川柳でもひねろう。

第二芸術論へのライナー（2005・6・11）

塚本邦雄さん死去

俳句は菊作りのようなもので芸術ではない――戦後間もなくこう断じた仏文学者の桑原武夫の「俳句＝第二芸術」論に対し、俳人の高浜虚子は「何番目かと思ったら、俳句もやっと第二芸術になりましたか」と動じなかったといわれる。

対照的なのは歌人の斎藤茂吉で、自分は「せいぜい短歌ぐらい弄《もてあそ》んでいるのが関の山」と自嘲した。意気消沈したのは俳壇よりもむしろ歌壇らしい。だが塚本邦雄さんが1951年に発表した歌集「水葬物語」は戦後歌人が第二芸術論に対し真っ向から打ち返したライナーだった。

その巻頭歌は「革命歌作詞家に凭《よ》りかかられてすこしづつ液化してゆくピアノ」。歌人の坂井修一さんは「戦後の社会や文化への強い皮肉がここにあり、同時に従来の短歌の主題、喩法《ゆほう》、韻律へのアンチテーゼを投げつけた記念すべき巻頭歌だった」という。

塚本さんの膨大な業績は全15巻の全集に収められている。中には「歌はずば言葉ほろびむみじか夜の光に神の紺のおもかげ」の一首もある。現代短歌の前衛であり続けるには、歌わないと言葉が滅びるという自負が必要だったのかもしれない。

現実の写生を重んじる短歌に対し、幻想や虚構を歌って心に響く真実を求めてきた塚本さんは自分の仕事をこうも評する。「同じ１００でも10の10倍ではなく、マイナス10とマイナス10をかけてできたプラス１００。こちらの方が意味がある」。

本紙1面に「けさひらく言葉」を連載した塚本さんは、ラ抜き言葉や、敬語の誤用など言葉の乱れを心配していた。「犯罪を犯す」と書いた新聞コラムを叱《しか》ったこともある。昨日の小欄で「際どい辛勝」と書いたのをどうにか印刷前に直せたのも、天国の塚本さんのお叱りが届いたからかもしれない。

アフリカの空（２００５・７・５）

貧困克服へサミット

むかしむかし、神様は人間のすぐ頭の上に住んでいた。子どもは汚れた手を頭上の空でふいたし、主婦は食料に困ると空をちぎって鍋に入れた。だがある時、一人の女が長い杵《きね》で空を突き破り、神様にケガをさせてしまう。怒った神は空をはるか高みに引き上げた。

西アフリカの説話だが、Ｇ・パリンダー著「アフリカ神話」（青土社）によると同様の話は東アフリカにもある。そもそも昔は地上に住んでいた神が、何かの人間の不始末で遠く天上へ去っていくという説話はアフリカ各地に残っているという。

たとえばシエラレオネのメンデ族の神は、人間が望むものを「もって行け」と気前よく与えたので、「もって行け」と名づけられた。だが神があまりの要求の多さにあきれて天上へと去ると、人々はようやくその大きさを知り、今度は「高み」と呼んだ。

そのシエラレオネの今日の乳児死亡率は1000人あたり172・4人でアフリカでも最悪である。失われていく幼い命には、神はあまりに遠くはるかな存在である。人口の半数近くが1日1ドル未満で暮らすサハラ以南のアフリカの貧困対策は、神様が地上の人間に突きつけた問いなのだ。

アフリカの貧困対策をテーマに掲げたグレンイーグルズ・サミットが明日開幕する。議長国の英国がリードするかたちで各国は援助の大幅増額を行うことになる。ただ援助が必ずしも貧困克服や経済成長の仕組み作りにつながるとは限らないところにこそアフリカの悩みがある。

貧困の克服で着実な歩みをとげてきたアジアから、アフリカの人々に伝えたいこともあろう。自分たちの暮らしは自分たちの努力で必ず改善できるという希望である。天上の神様だって、時にはおしのびで地上を見回っているのだ。

ロンドンの監視カメラ（2005・7・12）

「自由と寛容」の試練

「米国人の3人に1人は異星人が地球に来たと信じている」「世界の人口の70％以上は電話を使ったことがない」「世界には2700万人の奴隷がいる」「世界の死刑執行の81％は3国に集中している。中国、イラン、米国だ」……。

J・ウィリアムズ著「世界を見る目が変わる50の事実」（草思社）は数字が示す世界の意外な現実に目を向けているが、なかには「ロンドンの住民は、監視カメラで1日300回撮影される」というのもある。監視カメラの数は全国で300万台、世界の10％を占めるという英国である。

わけてもロンドンの地下鉄は監視密度が濃く、ウォータールー駅だけでも250のカメラが設置されているそうだ。プライバシー保護より保安を優先するのはかつての北アイルランド紛争によるテロ頻発以来の選択だが、それも同時テロを未然に防ぐことまではできなかった。

テロは市民生活に恐怖の毒を流し込むことで、その社会の背骨をなす価値観にゆがみをもたらしていく。自由な社会にふさわしくない監視カメラ網も、残念ながらテロのもたらした「ゆがみ」の産物だろう。だがそれにも増して深刻なのはテロが人々の心に植えつける憎悪である。

中東からの移民や亡命者に寛容だった英国社会でも事件以来、イスラム教徒への嫌がらせが続いている。ブレア首相は「大多数のイスラム教徒はテロと無関係だ」と訴えた。一方で嫌がらせをするような人も実際にはごく少数だろう。だがテロの毒は憎悪と不信を現実の何百倍にも増幅してみせる。

どんな理不尽なテロにあっても、自由や寛容の理想や価値を空気のようにさりげなく呼吸してみせたいものだ。「テロとの戦い」とは、何よりそのような日々の市民の営みのことだろう。

＊7月7日、グレンイーグルズ・サミットを開催中の英国の首都ロンドンで、地下鉄の車両やバスを狙った同時爆弾テロが発生、56人が亡くなった。

ガリレオの脅し（2005・8・10）

小泉首相の郵政解散

ヨーロッパにはサソリに刺されたら、そのサソリをつぶして傷口にすり込めば毒を吸収するという俗説があったそうだ。そこで論敵をサソリにたとえ、毒針で刺してきたらズタズタにひねりつぶしてやるとすごんだ歴史上の偉人がいる。

いや、そう書いたばかりでない。実際に相手の主張を細かく切り分け、一つ一つを徹底的に粉砕してみせた。「偽金鑑識官」という著作でのガリレオ・ガリレイである。この書物はその後、論争はこうやるんだという教科書のように読まれた。

郵政民営化の挫折で衆院解散に踏み切った小泉首相は、ガリレオの言葉とされる「それでも地球は動く」を引いてその心境を語った。郵政民営化を地動説、反対派を天動説になぞらえたのだが、どうせガリレオなら「論敵はひねりつぶしてやる」の方が本音に近かったかもしれない。

かくして自民党の分裂選挙となる総選挙である。「ひねりつぶす」までいかずとも「公認しない」といわれた造反議員の方は、一致して反小泉新党を旗揚げするのかと思ったら、そうでもないらしい。小泉政権後をにらみ、自民党復帰へ道を開けておく算段が目を引くから拍子抜けである。

郵政改革での地動説か天動説かに争点を絞ろうという小泉自民党に対し、与党分裂という願ってもないチャンスを手にした民主党など野党は、年金や増税などでも争点形成をはかることになろう。こちらに必要なのは、自民党内対立に張りついた国民の耳目を引き寄せる周到な論争術だ。

12年前は細川連立政権誕生をもたらした自民党の分裂選挙である。出来合いの選択肢を選ぶだけではなく、結果的に新しい選択肢を作る選挙になるかもしれない。有権者もいつもより少し遠めに視線を向けた方がよさそうである。

安全文化の4本柱（2005・8・12）

日航トラブルの続発

航空機の機種も、乗員や整備士の訓練の基準も世界中ほとんど同じ民間航空業界である。ところがその安全度は航空会社によって最大42倍もの格差がある。なぜか？――一つにそれは企業の「安全文化」の差だと説明するのが英国の心理学者J・リーズン教授だ。

その著書「組織事故」（邦訳・日科技連刊）によれば、組織の安全文化は「報告する文化」「正義の文化」「柔軟な文化」「学習する文化」の四つから成り立つ。つまり誤りや失策がちゃんと報告され、公正な規則が守られ、予想外の事態にも臨機応変に対応でき、自他の失敗からきちんと学べる文化なのである。

リーズン教授はいう。「大きな事故は『安全遵守』にむけた劇的変貌をもたらすが、すべて長続きしない」。事故直後の安全への投資は、それによる無事故が続けばやがて生産性向上に振り向けられてしまうからだ。その歯止めになるのが安全文化である。

乗員乗客520人の生命を奪った日本航空123便墜落事故からきょうで20年の歳月が流れた。亡くなった人々の魂の平安を祈る節目の年である。それを当の日航のトラブル続発のニュースとともに迎えることになったのは、いったいどんなめぐり合わせか。

今年上半期、国内空港を発着した飛行機のトラブルの55％は日航グループの便で起こっていたが、便数における同グループのシェアは35％という。明らかに安全文化が心配なデータだ。背景にコスト削減重視の経営姿勢を指摘する声もある。

リーズン教授は、安全文化とはちょうど人間における「優雅さ」のようなものだという。まずそれは組織が「もつ」ものでなくて、組織「そのもの」である。またそれは「達成するもの」ではなく、常に「努力すること」なのである。

「防災の日」の地震列島

沢田正二郎の「予言」（2005・9・1）

新国劇の沢田正二郎が警視庁の取り調べを受けた時のことだ。あらぬ嫌疑を受けた若い座員が警官をなぐったためだが、正二郎は「正義の士をそんなふうに扱ったりすると、天変地異がおこりますぞ」と刑事にいった。大正12年9月1日午前11時のことだった。

演劇評論家の戸板康二が紹介している話である。その58分後に起きた関東大震災がたかだか警官への天罰だとしたら、巻き添えを食った被災者はたまらない。では「天災は忘れたころにやってくる」という寺田寅彦が書いた次の文章はどうだろう。

「東京という処《ところ》は不便な処だ……もし万一の自然の災害のために、電流の供給が中絶するような場合が起ったらどうだろう。吾々はあまりに脆弱《ぜいじゃく》な文明的設備に信頼し過ぎている……永続きする断水や停電の可能性は、いつも目前にある」（一部略）。

今なら当たり前の話だが、寅彦がこの文を仕上げたのが同じ9月1日朝だと聞けば、ちょっとたじろぐ。むろん正二郎や寅彦に予知力があったとも思えない。震災が起こった結果、神がかりの言動や、時代に先がけたライフラインのもろさへの警告が「予言」のオーラを帯びたのだ。

列島各地で人々の肝を冷やす地震が相次ぐなか迎えた防災の日である。ただ震度の大きい地震が目立つのは観測地点が増えたからで、実際の地震発生数はあまり変わらないのだそうだ。その一方で専門家の間ではこの10年ほどの間に日本全体が地震の活動期に入ったとの見方もある。

いずれにせよ、いつどこが震災に見舞われてもおかしくないのが一致した結論である。目を覆うような大地震の被害予測が後に「予言」のオーラを帯びることのないよう祈りながら、備えを固めざるをえない。それがこの列島の住人の宿命である。

神に選ばれた?将軍（2005・9・13）

郵政選挙の歴史的圧勝

儀式の間にニコッと笑ったと所領没収されるぐらいならましな方だった。料理がまずいと膳部の役人を打ち首にするわ、運んでいた植木の枝を1本折ったと8人も処罰するわ、ともかくとんでもない暴君だったという。室町幕府六代将軍の足利義教のことである。

前にも小欄で紹介した今谷明さんの「籤《くじ》引き将軍足利義教」（講談社）によると、公家や僧侶、女房、下級武士ほかウワサ話をした庶民まで容赦なく処断した義教の治世はまさに「万人恐怖」の政治だった。この人物が将軍になる前は天台座主までつとめた高僧だったからあきれる。

実はこの義教、前代未聞だが、4人の候補のうちからクジ引きで選ばれた将軍だった。今谷さんは「神意」によって将軍になったという強烈な〝王権神授〟の意識が、その為政の背景にあったと見る。自分は神に選ばれたという思いが、心に潜む暴力への歯止めを失わせたようである。

さて郵政法案の是非をめぐって「神意」ならぬ「民意」を問うという総選挙で、歴史的な大勝をした小泉純一郎首相である。刺客をさしむけられた郵政法案反対派からは首相は「暴君」との恨み言も出ていたが、その当落を決めたのもむろん有権者だった。

神意にせよ、民意にせよ、政治権力の最後のよりどころとなるのは個々人をこえた大きな〝意思〟である。首相にはまるで何かのクジに当たったような予想以上の勝利かもしれないが、下された民意は分かりやすい。「郵政民営化が本丸」だと訴えたその改革姿勢への支持である。

民意という大きな意思によってはっきり選ばれたという思いは首相をどう変えるだろうか。もう一度、残された時間に自分がなすべき改革についての深く静かな対話を歴史の神と重ねてもらいたい。

スーパーマーケットの感動（2005・9・21）　中内㓛さん死去

「米国とソ連の差はスーパーマーケットがあるかないかだ。……1時間で買えるバスケットの中身の違いこそが米ソの違いである」。これはケネディ米大統領の言葉という。冷戦たけなわの1962年に国際スーパーマーケット大会に寄せたメッセージである。

このメッセージを聞いて、目の前が開けていくような思いに身を震わせたのが、大会に日本代表として出席したダイエー創業者の中内㓛さんだ（佐野眞一著「カリスマ」新潮文庫）。中内さんは後に「この感動を生涯忘れまい」と書いている。

とんでもない数の種類の商品が大量に積まれたスーパーマーケットは、高度成長期前の日本を知る世代には米国の豊かさそのものに見えた。ほんの何年か後には日本人も同じような店に通おうとは子ども心に想像もできなかった。

大衆消費社会の扉は中内さんでなくとも誰かが開いたろう。だが問屋の介在する流通機構、価格を決めようとするメーカー、国内産業保護を優先する行政――それらに対抗して「価格を決めるのは消費者」という新しい常識をうち立てた「流通革命」は随分と違う姿をとったろう。

成功者が、自分の成功の体験にこだわって失敗するのはよく聞く話だ。だがその成功が大きければ、それだけ成功体験の拘束衣から抜け出るのも難しいのだろうか。戦後を代表するカリスマ創業者には、極めた頂点の高さが、そのまま失敗の谷の深さに変わったのが残念である。

「人ほど賢くて愚かなる者はなし」。中内さんがよく上方の経営哲学を語るのに引き合いに出した井原西鶴はそう言う。西鶴もまた江戸時代の経済成長期の商売に人間の実相を見てきた人だ。今ごろはなかなか油断ならない人の世の機微を二人語り合っているかもしれない。

中国の有人宇宙飛行

月の黄竜旗（2005・10・13）

瑠璃の山と水銀の湖の広がる月世界に長さ250メートルの「飛艦」という巨大な宇宙船でたどりついたのは約200人だ。そこに動物の影はなく、彼らは山頂に大清帝国の黄竜旗を立てた――清末の陸士諤《りくしがく》という人の書いたSF「新野叟曝言《しんやそうばくげん》」の描く月旅行である。

月に国旗を掲げたのは、フィクションの中とはいえ人類初かもしれない。この小説で清国人主人公はヨーロッパを征服した後に宇宙に乗り出し、やがて木星への大植民計画を展開する。アイデア、スケールともに堂々たるSFという（武田雅哉・林久之著「中国科学幻想文学館」大修館書店）。

この時代、現実の中国は列強の侵略に苦しみ、清朝の命脈も尽きようとしていた。祖国の運命に心を痛める知識人にとって、科学技術を自在に使いこなして月面に立てられる黄竜旗は、屈折した国民感情の見果てぬ夢だったのではないか。

さて実際にその月面に黄竜旗ならぬ五星紅旗を15年以内に打ちたてようというのが今日の中国の宇宙計画である。それへの1ステップとして、宇宙飛行士2人を乗せた有人宇宙船「神舟6号」が打ち上げられ、5日間にわたる飛行に入っている。

前回の初有人飛行に続く2回連続の打ち上げ成功だが、その模様は国営テレビで同時中継されたというから、自信満々、余裕の成功である。米露に次ぐ第3の宇宙大国としての威信を内外に誇示する政治的狙いもほぼ思い通り果たせたといえるだろう。

だが屈折したナショナリズムに身をゆだねた1世紀前とは違う、進運著しい今日の中国だ。宇宙開発もいつまでも国威発揚といった発想だけにとらわれているのはどうか。ここは宇宙から地球をながめることのできる国にふさわしい地球規模の国際協力の範を示してほしい。

夜まゐりたる、よし（2005・10・18）

首相の靖国参拝

「徒然草」の第百九十二段はごく短い。「神仏にも、人のまうでぬ日、夜まゐりたる、よし」、それだけである。神社仏閣への参拝は、祭礼のないふだんの日、それも夜に詣でるのがいいという。簡潔で、断固とした書きようだ。

信心は他人に合わせるものでも、見せるものでもない。ひとりひとりの魂の問題だということだろう。では靖国神社参拝について、繰り返し「適切に判断する」と言っていた小泉首相の場合はどうか。いざ踏み切ってみれば、その「適切」とはむろん人知れぬ夜参りのことではなかった。

それどころか国民はもちろん中国や韓国の政府や国民の目も集めるメディアに取り囲まれて参拝は、秋の例大祭初日のことだった。記帳も昇殿もせず、一般参拝者と同じ拝殿でのさい銭を投げての拝礼になったのも、注がれる視線に対しての「私的参拝」のアピールであろう。

首相の靖国参拝をめぐっては大阪高裁の違憲判決も出るなか、「私の信条から発する参拝」というのが最近の首相の説明だ。反発のホコを収めない中国や韓国に対しても「私人の心の問題に他国は干渉すべきではない」というのが反論である。あくまで信心、魂の問題だというのである。

兼好法師なら「だから人知れず参ればいい」というだろう。だが、おしのびの許されぬ首相とあれば、その行動すべてが政治の色合いを帯びることを知らぬわけではなかろう。これみよがしにメディアを通して見せつける「信心」も「政治」になる。

大切にしたい信心は誰にもあるし、中国や韓国の人にもあろう。お互いぶつかり合えば容易に妥協点の見つからぬ問題を政治の争点にしない知恵、政治的に利用しない賢慮は、日本だけではない現代のすべての国のリーダーに必要な条件だ。

大哲学者とウソ（2005・10・21）

偽ニュースサイト

哲学者は凡人の考えないことを考えるのが仕事だから、時にはすごいことをいう。家に逃げ込んだ友人を追いかけてきた人殺しに、友人が家に逃げ込まなかったかと尋ねられたらどう答えるか。そんな時「ウソをいうのは罪」と述べたのが哲学者のカントだ。

「人間愛からならウソをついてもよいという誤った権利について」という論文にある。どんな理由があれ、人がウソをつかないのは絶対的義務だというわけで、融通のきかないのが大哲学者の大哲学者たるゆえんだ。

ウソに対しこれほど厳しく考える人もいれば、ホラや虚構を芸として楽しむのも人間である。ありもしないことをまことしやかに語って、だまされた人をも感心させるいたずら者がいなかったなら、きっと話芸も文芸もこの世に生まれなかったろう。

当人にすればその手の罪のないホラのつもりだったのか。インターネット大手「ヤフー」のサイトを装い「中国軍、沖縄に侵攻」というとんでもない偽ニュースが流された。その後30歳の男性から「注目を集めたくてやった。度が過ぎた」と連絡があったが、ことは謝罪だけですまない。

男性の話によると、偽サイトはたった5分程度で作成したという。ニュースページそのものの作りは、本物を取り込んで加工すれば真偽の判別がつきにくいからやっかいだ。ウソのニュースが情報操作に利用されれば、どんな被害を生むか恐ろしい。

「たとえ人間愛からでもウソをついてはならない」というカントの原則は今日も生きている。他ならないニュース報道の倫理である。おおらかにホラを楽しむサイトも、厳格な哲学者の倫理に支えられたサイトも、自在に往来できるネットの世界だ。くれぐれも入り組んだ道を踏み外さぬよう、ご注意を。

D－503（2005・10・27）　匿名社会の不安

「D－503」はロシアの作家ザミャーチンのSF「われら」（邦訳・岩波文庫）の主人公だ。「恩人」という最高指導者によって完全に統御された「単一国」では、個人が意識をもつのは病気とみなされている。人間は番号で示される員数成員《ナンバー》なのだ。

「最も悪質な反ソ宣伝」は今ではほめ言葉だ。成立間もないソビエト体制下で大胆にもこの逆ユートピア小説を書いたザミャーチンは、後にパリに亡命する。幸い21世紀の私たちは、個人の尊厳を踏みにじる超管理社会を描いた前世紀の逆ユートピア小説とは違う世界を生きることになった。

いぶかしいのは、その今日、人を番号やアルファベットで呼ぶ場面がどんどん増えてきていることである。個人情報保護法施行このかた、学校や病院、地域社会などいたるところで人名が番号などに置き換えられていく「匿名社会」化が勢いを増している。

誰しもプライバシーは大切にしたい。だが一方で、社会を作り出すのはそれぞれの顔と名前を持ち、責任や危険を分かち合う生身の人間だ。「匿名化」は社会から手触りや肌触りを失わせ、人々を私生活に閉じ込めることになりはしないか。

犯罪事件の被害者の名前についても、発表するかどうかの判断を警察に委ねる方針が政府の検討会で打ち出された。メディアが被害者の立場を尊重すべきなのはもちろんだ。だが発表の可否の判断まで警察に任せれば、メディアの真相取材は捜査当局の意図によって左右されかねない。

お互いの名前すら知らない「民」の上に、すべての個人の情報を握るお役所がそそりたつ。どこかで聞いた話だと思ったら、それこそ逆ユートピア小説の構図である。個人の尊厳を追求した結果がそれでは、20世紀のＳＦ作家もあきれる。

思春期の森の奥に

16歳の迷い道（2005・11・15）

子どもが大人になるには大きな森を越えなければならないのだろう。森の中は子どものころは見えなかった道が入り組み、子どものころは聞こえなかったささやきや誘いが心を奪う。ふとそんな声につられ迷い道に踏み入れれば、先にどんな恐ろしいワナが潜んでいるかもしれない。

「思春期」とは、そんな子どもと大人の世界の間に広がる森なのだ。「16歳」は、もう少しでその森から大人の世界へと抜け出せる年齢だったはずである。だが、その少年の一人は同級の女子生徒を刺し殺し、別の少女は母親に毒を盛って殺そうとした疑いで逮捕されてしまった。

「以前は声をかけてくれたが、最近は無視されている気がして憎らしくなった」と少年は被害者への一方的な感情を話している。誰しも思春期のかなわない片思いの覚えはある。だがそのほろ苦い無力感をとげとげしい殺意に変えたのは一体どんな迷い道だったのだろうか。

劇薬を母親に飲ませて、その様子をネットに書き込んでいたとされる少女の場合は、激情とは無縁の冷淡さが心を凍らせる。毒薬をお守りのように持ち歩いていた少女には、薬は自分を全能の神のようにしてくれた魔法のアイテムだったのであろうか。

人は思春期の森をさまようことで心の親離れを穏やかになしとげ、異性との距離の取り方を学んでいく。大人としての無力感と子どもらしい全能感との間を揺れながら、自分が生きる現実をしっかりと手につかむのだ。だが2人は森の最も奥深い魔物のすむ闇に踏み込んでしまったらしい。

思春期の森に地図はない。だが耳をすませば迷い道に入り込んだ少年らの声が聞こえるだろう。そっと手を差しのべることもできるはずだ。大人なら誰もがそれぞれに通り抜けてきた森ではないか。

耐震構造計算書の偽造事件

レモン・マンション（2005・11・30）

「レモン」は米国の俗語で欠陥商品を指すという。4年前にノーベル賞を受賞した米国の経済学者ジョージ・アカロフ教授は「レモン市場」についての研究で知られる。その「レモン」とは、中古車市場で外見からは分からぬ欠陥を抱えた車を指している。

ちなみに品質のよい中古車は「ピーチ」だという。ピーチに比べレモンは外観から中身が分からないからだとの話もある。ノーベル賞学者がなぜ中古車研究なのかというと、それが車の欠陥を知る売り手と、その本当の品質に無知な買い手からなる市場だからだ。

このような情報のギャップがある市場で買い手が売り手を信頼できず、売り手が相手の不信を前提とした商売をすればどうなるか。結果は市場が「レモン」だらけになるという。経済や社会にとって「信頼」の重要さを示す例である（山岸俊男著「安心社会から信頼社会へ」中公新書）。

マンションも、買い手には本当の品質が分かりにくい商品だ。ただ中古でも何でもなく、もともとこの地震国で震度5強でも崩れる恐れがある建物として造られていたというのだから、ノーベル賞学者もたじろぐ。とんでもない「レモン」である。

マンションも欠陥品をチェックして買い手の信頼をつなぎとめねば、市場は「レモン」だらけになるのは分かっていた話だ。ところが民間検査機関も、自治体も、ともにザル審査で何十棟もの欠陥建物を見逃していた。誰しも自分の家はどうなのか、と頭をよぎる成り行きである。

責任のなすり合いや食い違う言い分に終始する関係者の国会質疑を見れば、何か人間というものへの信頼が揺らぐからいやになる。他人への信頼が社会から失われれば、すべての人が敗者になる。それが「レモン市場」の教訓ではないか。

＊千葉県の建築設計事務所の建築士がマンションの構造計算書を偽造していたことが発覚、国会の証人喚問が行われた。

入力まつがえ（2005・12・10）

みずほ証券の誤発注

「お！トイレの紙がないぞ！」と上司がプリンターの前で叫んでいたら、むろん「トレイ」の間違いだ。糸井重里監修「言いまつがい」（新潮文庫）が集めた人の言い違いの中には、しゃべるうちに音が入れ替わる逆転現象がある。

「もんとにほー！」（ほんとにもー！）、「パツとシャンツ」（シャツとパンツ）、「ざっくらばん」（ざっくばらん）などがそれだ。チキン煮込みカレーをお客に「ちこんにきみカレー」といったバイトさん、雰囲気の悪い時に「この会社は、空気がどよんどる！」と怒る上司もいる。

どだいこんな調子だから、「○円で×個」を「×円で○個」という逆転も起こっておかしくないような気がする。だが実際に「61万円で1株」という売り注文を「1円で61万株」と間違えてコンピューターに入力したのだと聞けば、見も知らぬ人様のことながら顔から血が引く。

みずほ証券が出したジェイコム株の売り注文61万株は、発行済み株式総数の約42倍にのぼるという。当然コンピューターは異常な注文を感知して警告を出したが、担当者は「警告はいつものこと」と無視したらしい。コンピューターシステムでの人為的エラーを絵に描いたような話である。

驚くべきは、この異常な注文が東京証券取引所の売買システムにすんなり乗って走り続けたことだ。その余波で誤発注当日の株式市場は全面安となった。単なる勘違いがこんな混乱を起こしたのだ。もし人の悪意が悪知恵を駆使したら、一体どんなことが起こせるのか空恐ろしい。

人は間違うというごく当たり前の事実がどこかで見逃されていたのである。活況にわく株式市場だが、それを管理する側のワキの甘さが心配だ。ちょっと空気がよどんで、いや、よどんではいないか。

二〇〇六年（平成十八年）

寺院明け渡し（2006・2・7）

幕末に来日した米国の宣教師ブラウンは神奈川宿にある成仏寺に住んだ。彼が驚いたのは、寺があっさり異教徒に明け渡され、さっさと仏壇や仏像が片付けられたことだ。隣家に移った住職に高額の家賃が払われたらしいが、仏様には何と説明したのだろうか。

日本人の宗教への姿勢は、幕末から明治にかけて来日した西欧の人々を大いに不思議がらせたらしい。とくに武士や知識人が宗教に無関心で、僧侶が軽んじられていたことを多くの外国人が書きとめている（渡辺京二著「逝きし世の面影」平凡社）。

さて異国の異教徒に簡単に寺院を明け渡す日本人には、頭で理解できてもなかなか実感できない騒ぎかもしれない。デンマークの新聞がイスラム教の預言者ムハンマドの風刺画を掲載したことから世界中に広がったイスラム教徒の反発である。抗議はますます激しさを増しているのだ。

ムハンマド風刺画に反発

フランス、ドイツ、イタリアなど欧州各国の新聞は「表現の自由」を掲げてイスラム教徒の抗議に対抗し、次々に風刺画を掲載する挙に出た。こちらはこちらで自由と民主主義の寺院を明け渡さない構えを見せたのだ。

目を引くのは掲載を避けた英国の新聞だ。某紙は「他者の感情を尊重するのが英国的価値」と主張する一方、イスラム教徒には「言論の自由という価値観を尊重すべきだ」とクギを刺した。普遍理念にこだわる大陸諸国に対し、現実的対応を重視する英国の政治文化の本領発揮である。

お互いに決して明け渡せぬ寺院を心にもつ人間同士が、平和に共存するために生まれた「言論の自由」「表現の自由」ではないか。まずその尊重なしに多様な価値観を包み込む現代社会は成り立たない。だが、そこでは他人の寺院に土足で押し入らぬ節度も大切だろう。

公開されぬ公文書

墓の中の秘密（2006・2・11）

ツタンカーメン王墓で有名なエジプトの「王家の谷」で米国の考古学チームが未盗掘の墓を発掘したという。1922年以来の新たな墓の発見で、五つの棺のうち一つの中のミイラを確認した。ツタンカーメンと同じく古代エジプトの第18王朝のものらしい。

俗に「墓まで秘密をもっていく」というが、考古学者は文字通り墓まで秘密を追い求めるのが仕事である。歴史の闇に挑む歴史家も、人々が墓の中まで持ち去った真相を、史料の森に分け入って探し当てようとする。

さてエジプトの王朝でも、日本の戦国大名でもない、現代の民主主義政府の話だ。そこでは「秘密」すらも国民の共有財産である。勝手に墓まで持ち去ったり、永遠に書庫に封じ込めることは許されない。どんな権力者も、能吏も、一度は歴史の法廷に立ってもらうのが約束である。

「秘密」といってもとっくに米国の公文書で明らかになっていた事実もある。35年前の沖縄返還協定で米国が払うべき土地の原状回復費を日本が肩代わりした「密約」である。その存在を当時の外務省局長が政府関係者として初めて認めた。だが政府はなおも密約を認めようとしない。

つい先日は韓国政府が33年前の金大中事件の日韓両国政府による政治決着の舞台裏を明かす外交文書を公開した。「捜査継続は建前だ」と、なれあい決着を急いだ当時の田中角栄首相の姿を日本国民は隣国の文書で初めて教えられることになった。

そもそも作成から30年経過した公文書は公開するはずではなかったか。だが公開できぬ理由ならいくらでも考えつくのが日本の役人だ。日本国民は外国の文書で自国の歴史の真相を学ぶことになる。日本側資料はいつか外国の考古学チームが発掘するまで待つしかないのか?

＊後日、発掘されたのは王墓ではなく、遺体をミイラにする作業室だったと修正発表があった。

イースター島の石像（２００６・２・15）

マータイさんの来日

むかし海の真ん中に豊かに木の茂った島があった。だが、ある部族の首長が他の首長たちと張り合うために巨大な石像を造り始める。他の首長ももっと大きな石像造りを競い始め、その制作に膨大な木材を消費する。やがて森は丸裸になった。

まるで神話か何かのようだがＪ・ダイアモンド著「文明崩壊」（草思社）の描くイースター島の文明が

たどった道である。森の喪失と土壌崩壊は食糧難をもたらし、飢えた島民は怒って巨大石像を倒した。文明はあっという間に消滅し、後には「謎のモアイ像」が残った。

絶海の孤島で起こった文明崩壊からは、誰しも現代の地球全体が抱える問題を連想しよう。ダイアモンド氏も、石器しか持たぬ島民にそれが起こったのなら、機械と動力を持つ数十億の人がもっと過激な自滅の道をたどらないとは言い切れないと説く。

ノーベル平和賞を受賞したワンガリ・マータイさんが木を植え始めたのは、森が失われることで直ちに暮らしの支えを失うケニアの女性を守るためだった。その「グリーンベルト運動」は、一部の特権層だけを利する開発という石像を追い求める権力との戦いを意味したのだ。

そのマータイさんが1年前に知って共感した日本語「もったいない」は、無駄を戒めるだけではない。人を生かしてくれる何か大きな存在をありがたく感じる時にも口に出る。なぜかこの言葉は欧米やアフリカの人々の心の琴線にも触れ、理解されやすいと来日したマータイさんは語っている。

権勢や富を示す巨像を造るのに熱中する人々には聞き取れない予兆、見えない真実を、ちゃんと言葉にする人がいる。それに耳を傾ける人もいるのが地球という孤島の希望である。「謎の石像」はモアイ像だけにとどめたい。

茨木のり子さん死去

茨木童子（2006・2・21）

「ぱさぱさに乾いてゆく心を　ひとのせいにはするな　みずから水やりを怠っておいて／気難かしくなってきたのを　友人のせいにはするな　しなやかさを失ったのはどちらなのか」――茨木のり子さんの詩

「自分の感受性くらい」だ。

いら立つのを近親のせいにするな、初心が消えるのを暮らしのせいにするな。そう畳みかけて詩はこう結んでいる。「駄目なことの一切を　時代のせいにはするな　わずかに光る尊厳の放棄／自分の感受性くらい　自分で守れ　ばかものよ」。

詩神ミューズは時に鬼の姿もとるらしい。茨木さんが初めて詩を投稿する際、ペンネームを考えているとラジオから長唄「茨木」が聞こえた。茨木童子という鬼が切り取られた片腕を渡辺綱から奪い返す話だ。「あ、これ」と、すぐにその名を頂戴した。

「『自分の物は自分の物である』という（鬼の）我執が、ひどく新鮮に、パッときたのは、滅私奉公しか知らなかった青春時代の反動かもしれない」。戦中戦後の混乱で失われた青春をいとおしむ初期の代表作「わたしが一番きれいだったとき」が生まれたのはその7年後だった。

吉本隆明さんは茨木さんを「言葉で書いているのではなく、人格で書いている」と評していた。ピンと伸びた背筋とか、人にこびぬ気品とかは、本来は人そのもののたたずまいのことだ。だが茨木さんの詩からは、常にそのような人とじかに向き合うような香気が立ちのぼっていた。

できあいの思想や権威によりかかりたくない――　「ながく生きて心底学んだのはそれぐらい」。そう記す「倚《よ》りかからず」を表題にした詩集が異例のベストセラーになったのは7年前のことだ。いつも人々が見失った言葉を奪い返してきた女性詩人の自恃《じじ》の79年間だった。

ユートピアの役人（2006・3・16）

取材源秘匿認めぬ地裁決定

16世紀初めの英国の思想家トマス・モアが描いた理想郷「ユートピア」は、近くの国に役人を貸し出していた。なぜならこの国の役人はどんなワイロも受けつけず、常に正義にもとづき、その社会にとって最善かつ最も有益な奉仕をしてくれるからである。

もっともモアの理想社会は、今日から見ればとんでもなく窮屈である。衣服や生活の時間割も細かく決められた超管理社会は、とうてい暮らす気になれない。当時の現実への批判として書かれたユートピアだが、名前の通り「どこにもない場所」のまま終わった。

現代にも現実の社会の話なのか、それとも「どこにもない場所」のことなのか迷う話もある。読売新聞記者が法廷で取材源の秘匿を理由に証言を拒絶したのをめぐり、「取材源が公務員の場合、証言拒絶は認めない」とした東京地裁の決定のことだ。

つまり公務員の守秘義務にひっかかるような情報については国民は知る権利を持たないらしい。なるほど常に正しく最善の奉仕を行うユートピアの役人が従順な人民を治める国なら、それもいい。だが自由な人々が社会をダイナミックに動かしている国の話とは思えない。

記者の弁護士は「官庁が広報したこと以外は報道ができなくなる」と言う。その通りで、東京地裁の決定は従来の司法判断からもかけ離れたものだ。とくに記者が公務員の情報源を明かすのは「法秩序の観点からむしろ歓迎すべきだ」というのは社会の現実を知っての論法かと疑う。

モアの理想が奇異に見えるのは、その時代から現代までの間に人々が発見し、勝ち取り、守ってきた諸権利を私たちが手にしているからだ。「知る権利」はその貴重な一つである。私たちはユートピアから役人を借りずともやっていける。

＊その後、東京高裁は証言拒絶を正当と認め、10月の最高裁決定で高裁の判断が確定した。

路上生活者襲撃

放浪の聖者（2006・3・18）

貧しい者、虐げられた者ほど神様に愛され、天国に近いという宗教的ビジョンが人々の心を打つのは、何も弱い立場の人々への同情や慰めのせいだけではあるまい。誰の心にもこの世の富貴や権力では左右できない魂の救いへの渇望とおそれはひそんでいる。

富と力によって支配される俗世から隠遁《いんとん》する人、世間のしがらみを逃れて放浪する人、昔の人々がそのように世間からはみ出した人に聖なるものを感じ取ったのも似たような心の働きだろう。だから貧しい放浪の旅人が神や仏の化身であったという説話が生まれるのは、洋の東西を問わない。

ではそんな目に見えないものへのおそれはどこへいったのだろう。兵庫県で足の不自由な男性が野宿をしているところに火炎瓶を投げつけられて焼死した事件で、高校生ら少年4人が逮捕された。繰り返される少年による路上生活者らへの襲撃だが、胸のふさがるようなむごさである。

4人は以前から路上生活する人々に「お前、臭い」などとののしりの言葉を浴びせたり、花火を発射するなどのいやがらせをしていた。「むかつくので火炎瓶を投げた」というのが少年らの供述という。悲しいが、人の苦しみに思いをめぐらす心の回路はまったく閉ざされていた。

弱い立場の人々にしつようないじめ、いやがらせを加え、あまつさえ生きた人を焼き殺すような残忍さ、悪意は、どうして少年たちの心に巣くったのか。そのいきさつは、この少年たち個別の問題としてきちんと解き明かしていかねばならない。

昔の人々に放浪の旅人を聖者や神の化身と感じさせたのは、人々の内にひそむ聖なるものの力というべきだろう。富や力が左右する世界しか見えない心の貧血は、少年たちだけの問題ではなさそうである。

スプリング・エフェメラル（2006・4・11）

カタクリの花便り

「猪《い》の舌」「初百合《はつゆり》」「ぶんだいゆり」「堅香子《かたかご》」「かただんご」――みなカタクリの異名という。雪解けの北国からもカタクリの花便りが届くようになった。異名の多さも、花便りのにぎやかさも、この花が人々に愛されている証しだ。

「片栗の一つの花の花盛り」は高野素十の句だが、高さ15センチほどの茎の先に径4、5センチの紫色の花が一つ下向きに咲く。6枚の花被がそり返ったツリガネのような形がかわいい。「堅香子」は大伴家持の万葉集の歌の中の呼び名で、傾いたカゴのような形だからだという説もある。

その鱗茎《りんけい》（球根）からとれるでんぷんを精製したものが「カタクリ粉」だ。しかし、市販の片栗粉はジャガイモなどのでんぷんが原料という。カタクリの鱗茎や葉は煮炊きして、そのまま食用にもされていた。

「スプリング・エフェメラル」は「春のはかない命」という意味だが、ちょっと気どって「春の妖精」という人もいる。雪解けとともに地上に出現し、花を咲かせ、春が終わると地表から消える――そんな植物を指すのだが、カタクリはそのスプリング・エフェメラルの代表的存在という。

カタクリが1年の大部分を地下で過ごすのは冬の積雪や、樹木の葉の陰になる夏の生育条件に耐えられないためである。冬が終わって落葉樹の葉が茂るまでの間は日差しを独占できる唯一のチャンスだ。そのつかの間に地表に現れ、鱗茎に栄養を蓄え、繁殖のために種を作るのだ。

だから人手の入った落葉樹林はカタクリの絶好の生育環境という。ことによると人に愛されるのも生き残り戦略の一環かもしれない。ところが近年は乱獲などで生育地が激減しているそうだ。人に愛されたのは大失敗か?――カタクリの妖精のぼやきが聞こえそうである。

先輩余録子の怒り（2006・4・14）

「名人戦窃盗事件」

毎日新聞の企画「教育の森」で菊池寛賞を受賞し、後に教育評論家としても活躍した村松喬は、小欄の筆者でもあった大先輩だ。その人があろうことか同じ言論機関である朝日新聞を「盗人」呼ばわりしているから穏やかでない。

実は村松は1949年に将棋名人戦が毎日から朝日に移った際の将棋担当だった。よほど頭に来たのだろう、後に「将棋戦国史」という本を出し、当時の将棋連盟幹部や朝日の背信をなじり、その経緯を「名人戦窃盗事件」という章にまとめたのだ。

戦前の35年、毎日の前身である東京日日新聞が永世名人位の名跡を買って棋界に寄贈するかたちで生まれた実力名人制だ。その契約更改の交渉中に、毎日に一言の断りもなく、こそこそと別契約が結ばれるとは何事かと村松は憤ったのである。

そうしたいきさつがあったため、今度は77年に名人戦が毎日に復帰した際、毎日は公明正大に振る舞ったと村松は胸を張っている。実際に毎日は、朝日と連盟との交渉が決裂して契約が終了するのを待ち、朝日側に通告した上で連盟との交渉を始めている。

その名人戦をまたまた契約金上乗せを提示した朝日に移管しようという動きが水面下で進んでいたというから、どうなっているのだろう。おりしもファン注目の七番勝負の時期である。棋士やファン、主催者が力を合わせて育ててきた伝統ある棋戦が、何かモノを密売買するかのような手つきで扱われるのが悲しい。

「礼に始まり礼に終わる」は将棋を始める人がまず学ぶ言葉だ。お金で買えないものはないというすれっからしの世間知を教えてくれるのが将棋であってほしくない。大先輩の怒りも何より将棋を輝かせてきたさまざまな美しいものが汚されたように感じたからだろう。

＊毎日、朝日両社はその後、名人戦の共催で合意、12月に将棋連盟との間で両社共催で名人戦が行われることが正式に決まった。

イタリアの「正直」ベルルスコーニ首相の退陣（2006・4・15）

――国連が各国にアンケートを行った。「他の国の人々が食料不足で苦しんでいることへの意見を正直に言ってください」が質問だ。だが西欧では「不足」とは何かが分からなかった。アフリカでは「食料」の意味が分からなかった。

さて米国はどうか。「他の国の人々」を理解できなかった――がオチで、米原万里さんの「必笑小咄《こばなし》のテクニック」（集英社新書）でも紹介されているジョークだ。だがこの話にはイタリア人の作ったイタリア版のオチもある。「イタリア国会は『正直』とは何かをまだ議論中だ」。

何しろ「私は絶対ウソをつかない」というベルルスコーニ首相だ。「私が、イタリア政界の救世主だ」「私以上に仕事をした者はいない」と言いたい放題だったから、有権者が「正直」をめぐる論議にどう決着をつけるかが注目された総選挙だった。

結果はプロディ元首相率いる中道左派が、紙一重で与党の中道右派に勝利し、5年ぶりに政権が交代することになった。だが世の注目は、むしろ前評判の劣勢を大接戦に持ち込んだベルルスコーニ氏に向けられているというから「正直」をめぐる論争はまだまだ収まりそうにない。

次期首相への就任が確実になったプロディ氏のニックネームは「教授」と地味である。口数の多さで勝負のベルルスコーニ氏とは対照的で、慎重な言葉遣いというが、テレビ討論ではむしろそれで優位の印象を国民に与えたそうだ。余計なことを言わないのも「正直」の秘けつである。

欧州統合の立て直しをめざす新政権だが、政権基盤は不安定な寄り合い所帯、しかも野党は強大とあって前途は多難である。今後は「イタリア再出発」というスローガンの真偽も、イタリア政界の「正直」論議の争点になりそうだ。

地域守る鎮守の森
神林の「大益」（2006・4・29）

「日本書紀」に孝徳天皇は仏法を尊んだが、神道《かみのみち》を軽んずる振る舞いがあったという記述がある。一体何をしたのかというと、「生国魂社《いくくにたまのやしろ》の木を切りたまう」とある。神社の木々を切り倒せば、天皇ですら神々をあなどったと史書に書かれてしまうようである。

「ひとえに神社神林その物の存立ばかりがすでに世道人心の化育に大益あるなり」というのは、明治政府が進めた神社の合祀《ごうし》による統廃合に大反対した生物学者、南方熊楠の言葉だ。神社と神林はそれがあるだけで心を正してくれるというのだ。

熊楠は神社林の伐採によって研究していた隠花植物や粘菌が絶滅するのを恐れたのだが、「植物の全滅というのは、ちょっとした範囲の変更から、たちまち一斉に起こり、その時いかにあわてるも、容易に回復し得ぬ」と見抜いていた。日本で最初のエコロジストといわれるわけである。

神社を取り巻く鎮守の森は、名前の通り地震や台風、火災にも強い防災の森であると説いているのが、植物生態学者で、世界各地の植林に取り組んでいる宮脇昭さんだ。人が守ってきたその土地本来の木々の森は、また人の命を守る森でもあった。

鎮守の森のシイやクスノキはＣＯ２の吸収量が大きいともいう。国学院大学の大崎正治教授のゼミが昨年発表した東京23区内の鎮守の森調査では、炭素蓄積量は日本の平均的森林の３・３倍だった。同じ面積での樹木の体積は平均の２・８倍になるという。

鎮守の森は全国でおよそ８万カ所にのぼる。だが年ごとに約60ヘクタールの森が失われているそうだ。きょうはみどりの日、遠く山野に新緑を求める行楽もいい。だが、たまにはご近所の鎮守の森にでも足を運んで、草木に宿る神々と静かに語り合ってみるのはどうだろう。

見えない子どもたち（2006・5・5）

出生登録なき子らの受難

高浜虚子の句に「風吹けば来るや隣の鯉幟《こいのぼり》」がある。大きなこいのぼりが垣根を越えて自分の家の庭の上までなびいてくるのだろう。子が生まれた喜び、その成長を願う親心は、５月の風をはらんで他人の頭上にもひるがえる。

この風習、武家が端午の節句に旗指し物を玄関に並べているのを見た江戸時代の町人が、武具の代わりにこいのぼりを立てたのが始まりという。子を得たうれしさを他人にまで知らせたい親心は、今ならマンションのベランダからのぞく小ぶりのこいのぼりからもうかがえる。

だが広く世界を見渡せば、その誕生や成長を示すのぼりを立ててもらえる子どもたちばかりではない。今この地球上では、生まれた赤ちゃんの3分の1以上が出生登録をされていない。いわば公的に存在しない「姿の見えない子ども」になっているという。

ユニセフの「世界子供白書」2006年版のテーマは「存在しない子どもたち」だった。貧困や差別、武力紛争によって健康な成長や教育から締め出された子どもらの現状は深刻である。だが一層深刻なのはその子らの存在が目に見えにくくなっていることだ。

出生登録されない子はサハラ以南のアフリカで62％、南アジアで70％にのぼり、バングラデシュでは登録が7％にすぎない。過酷な児童労働、人身売買、軍隊への徴用など、家族や公的な支援の網から置き去りにされた「見えない子ども」たちの受難はまず出生時から始まっているのだ。

「見えない子ども」たちが陥った困難に手を差しのべるには、まず各国政府、支援機関はもちろん、国際社会が現実を「見る」努力を始めることだ。子どもらがこの世に生を受けたことを示すのぼりは、この世のすべての大人が連帯してしっかりと立ててあげねばならない。

「一旦緩急アレバ」（2006・5・17）

愛国心教育の教訓

愛国心といえば「一旦緩急アレバ義勇公ニ奉ジ以《もっ》テ天壌無窮ノ皇運ヲ扶翼スベシ」という教育勅語の一節を思い出す年配の方もいよう。その文法上の誤りも聞いたことがあるかもしれない。「緩急アレバ」は「緩急アラバ」でなければおかしいというのだ。

辞書「言海」を著した大槻文彦はそう指摘したが無視されたという。ジャーナリストの大宅壮一は中学生の時に先生に質問したが、「綸言汗《りんげんあせ》の如《ごと》し」——君主の言葉は取り消せないと諭された。勅語の起草者は漢学は得意でも、日本語は不得手だったのか。

たとえば日本語研究に一生をささげた大槻と、指摘を黙殺した文部省の役人のどちらが愛国者だろう。そう考えたのも「愛国主義は無頼漢の最後の避難所だ」という有名な格言で知られる英国人S・ジョンソンも、独力で史上初の英語辞典を書き上げたとびきりの愛国者だったからだ。

明治人が教育勅語によって国の安泰を託せると思ったその子らの世代は国を滅ぼしてしまう。だがその痛恨の体験から日本人は少なくとも二つを学んだ。一つは子弟の教育は思い通りにいかないこと。もう一つは他人に愛国心を求める人と、国を愛する人とはまったく別だということだ。

「我が国と郷土を愛する態度を養う」を条文に掲げる教育基本法改正案の審議が始まった。野党・民主党は前文で「日本を愛する心を涵養《かんよう》」と政府案よりも愛国心をはっきりと打ち出したクセ球を対案に用意したという。自民党内の愛国者をもって自任する議員への揺さぶりらしい。

いずれであれ法改正が国を愛する態度や心よりも、お役所や学校で他人に愛国心を求める人ばかりを増殖させてはたまらない。教育の基本は学んだことを次世代に淡々と伝えていくことなのをお忘れなく。

宇宙生まれの生命

パンスペルミア説（2006・5・18）

宇宙の始まりを「ビッグバン」と言うのは、英国の天文学者フレッド・ホイルがそう命名してくれたからだ。もっともホイル自身は宇宙に始まりも終わりもないという理論の提唱者だ。ビッグバンは論敵の理論をバカバカしいと批判した言葉だったのだ。

あまりにピッタリの表現だったので、ビッグバンはその理論の提唱者によって広く使われることになる。何しろSF作家としても「アンドロメダのA」など多く作品のあるホイルである。言葉のセンスはよかったが、本筋の論争では分が悪かった。

そのホイルは地球の生命が宇宙からすい星によってもたらされたと主張したのでも知られる。彼に言わせれば、地球上で偶然に単細胞生物が出現する確率は「竜巻が廃品置き場を通り抜けたら、ジャンボジェットが組み立てられていたのと同じ」だ。

生命の起源を宇宙に求める説を「パンスペルミア」という。一見奇説だが、宇宙から飛来したいん石からは複雑な有機物も見つかっている。横浜国立大学の研究グループが宇宙と同じ条件下で生命の素材となる有機物を作り出したというニュースはパンスペルミア説を勇気づけそうだ。

グループは、星が生まれる場である暗黒星雲と同じアンモニアなどの混合物を極低温で凍らせ、宇宙を飛び交っているのと同じ高エネルギーの放射線をあてた。すると数時間で複雑な有機物が生じたという。それを水に溶かすと生命の材料となる数種類のアミノ酸ができたというのだ。

有機物はいん石などで地球に運ばれ、海で生命に進化したというのがグループの描くシナリオだ。まあ時には、私たちは暗黒星雲出身の宇宙人だと考えてみるのもおもしろい。夜空を見上げれば氷点下260度の故郷は目に入るのだろうか。

「新明解」の役人嫌い（2006・6・17）

防衛施設庁の官製談合

「公僕」を引けば「国民に奉仕する者としての公務員の称〔ただし実情は、理想とは程遠い〕」とある「新明解国語辞典」だ。役人への厳しい視線は有名で、旧版では「清廉」を「役人などが珍しく賄賂などによって動かされない時などに言う」と説明していた。

「だが、由来役人というものは、保身の術にたけているものだ。どんな窮地に追いこまれても、責任を他に転嫁して、自分の位置の安全を守ることだけは巧みにやってのける」。この堂々たる主張は冒頭の「由来」という言葉の用例文なのである。

万省堂主人さんのホームページ「新明解国語辞典を読む」に紹介されていた用例だが、最新版ではさすがに「どんな窮地」以下は削ってしまった。多くのまともな公務員には申し訳ないが、そんな「新明解」の役人批判を思い出したのは二つの調査報告を伝える記事を読んだからだ。

まず処分者が84人となった防衛施設庁の官製談合をめぐる内部調査の報告では、20年間にわたる組織的談合や証拠隠しがあったのをはっきり認めた。こちらは天下り先のポストをいわば国民の税金で買っていたわけだ。「清廉」の説明の「珍しく」を新版で削ったのは時期尚早だったのか。

もう一つは文化庁が高松塚古墳の壁画損傷事故を公表しなかった問題などをめぐる調査委員会の報告書案だ。こちらは文化庁の情報公開や説明責任への認識の甘さを指摘した。無責任な対応の背後には縦割り組織のセクショナリズムがあったという。

「官僚一般に見られる、事に臨んでの独善的な考え方や行動の傾向を持っている様子〔具体的には、形式主義・事なかれ主義や責任のがれの態度などを指す〕」。「新明解」は「官僚的」をこう説明する。残念ながらどの部分も当分削れない。

元宮内庁長官のメモ

「それが私の心だ」（2006・7・21）

昭和天皇のお歌に「この年のこの日にもまた靖国の　みやしろのことにうれひはふかし」がある。1987（昭和62）年の8月15日に詠まれた歌だ。歌集「おほうなばら」には「靖国とは国をやすらかにすることであるが、と御心配になっていた」との解題がある。

解題を書いた徳川義寛侍従長は、後に回想記で述べている。「発表しなかった御製や、それまでうかがっていた陛下のお気持ちを踏まえて書いた。それなのに（A級戦犯の）合祀《ごうし》賛成派の人たちは自分たちの都合のいいように解釈した」という（「侍従長の遺言」朝日新聞社）。

徳川氏は侍従次長時代にA級戦犯合祀を進める松平永芳宮司らに、注意を促したり抗議したりしている。昭和天皇の内意を体したのだといわれる。国を安らかにしようと奮戦した人を祭る神社に、国を危うきに至らしめたとされた人を合祀することへの異論にも回想記で触れている。

A級戦犯合祀をめぐる昭和天皇の真意はこのような史料を通して推測されてきた。しかし新たに公表された88年当時の宮内庁長官のメモに記された天皇の言葉の強い調子には驚かされる。何より合祀を機に靖国参拝をやめたことについて「それが私の心だ」と言い切ったのが鮮烈だ。

A級戦犯合祀を問題にする中で、とくに松岡洋右元外相らに触れているのも他の史料で推測された天皇の意向と合致する。公式には表に出ないはずの厳しい人物評は、歴史の肉声とでもいったらいいのだろうか。メモが従来の論議に決着をつける第一級史料であるのは間違いなさそうだ。

その年の終戦の日に向けたお歌には「やすらけき世を祈りしもいまだならず　くやしくもあるかきざし

みゆれど」がある。世界平和への願いと希望を詠んだ歌という。

「王の過ち」の証人（2006・8・6）

訪米被爆者の謝罪要求

「後悔に1分たりとも時間を費やすな」は米大統領だったトルーマンの言葉だ。実際、戦後何百回もたずねられた「原爆投下」について少しも後悔の念を見せなかった。難しい決断だったかと聞かれ「とんでもない、こんな調子で決めた」と指をパチンと鳴らした。

だがロナルド・タカキ著「アメリカはなぜ日本に原爆を投下したのか」（草思社）によると、妻や妹への手紙、内輪の会話、日記では、女性や子どもの被害へのおののきや後悔を示している。科学者らが自責の念を示すと、ひどく感情的に反発した。

その公と私の顔の落差は「王は悪をなし得ず」という英国のことわざを思わせる。大統領、そして国家の「過ち」はあってはならないことだったのだ。だが、戦争にどんな責任もない子どもらが暮らす都会が突然何千度もの火球で焼き払われることなど、さらにあっていいはずがない。

その日から61年後の原爆忌は、訪米した広島・長崎の被爆者が会見で米大統領の謝罪を求めたというワシントンからの外電や、原爆症の認定申請を却下された被爆者による集団訴訟での原告勝訴というニュースの中で迎えた。ともに被爆者からの「過ちなき国家」への異議申し立てである。

このうち原爆症認定をめぐる広島地裁判決は、5月の大阪地裁判決に続き、救済対象の拡大を明確に国に求める形となった。従来の認定基準の正当性を主張し続けてきた国だが、世の中には改めるのが遅すぎては取り返しのつかない過ちもある。

思えば原爆は「過ちなき国家」同士が歯止めのない闘争を繰り広げる文明が生んだ兵器だった。国家が過ちを犯しやすい人間の営みの一つであり、その間違いがどんな地獄絵図を地上にもたらすか。広島・長崎の市民はその証人だ。

喜びを運ぶ子ども（2006・9・7）

秋篠宮家の男児誕生

「生まれるっていいことなの?」「ああ、おもしろいよ」「地上ってとってもきれいなんだってね」「ああ、悪くないよ。鳥もいれば、お菓子やおもちゃもあるんだよ」「おかあさんって、いい人って本当?」「そりゃあおかあさんて、なによりすばらしいんだよ」。

メーテルリンクの「青い鳥」で、主人公のチルチルとこれから生まれる子どもの会話だ（一部略）。天上の大広間では未来の子どもらが、それぞれ地上に持っていくものを用意しながら誕生の時を待っている。柱の下で眠る子を見てチルチルが聞く。

「あの子はどうしたの?」「あの子は地球に純粋な喜びを持っていくんだよ」「どうやって?」「これまで誰も知らなかったような考えでさ」――。地上に喜びをもたらしてくれる子どもたちは幸いである。その誕生が多くの人の心を幸せな気分で包んでくれる赤ちゃんはなおさらだ。

秋篠宮妃紀子さまの男児ご出産は、日本列島を晴れやかな喜びで包んだ。皇室では初めての帝王切開による出産だが、母子共に健やかというのが何よりだ。しかも実に41年ぶりの皇位継承資格者の誕生となる。喜びはいっそう華やいだものになった。

男児誕生によって、女性・女系天皇を認める皇室典範の改正は先送りになるとの観測も聞こえる。意見はさまざまあろうが、今はこの世にやってきたばかりの新しい生命を歓迎の合唱で迎える時だろう。まずはその健やかな成長への祈りを、秋篠宮ご夫妻はじめ皇族の方々と共にしたい。

「生まれるっていいことなの?」「ああ、おもしろいよ」——どんな時代でも大人は、そう笑って子どもらをこの世に迎え入れてきた。生命から生命へと受け渡される喜びの素晴らしさを改めて心に焼きつけた新しい皇族のご誕生だ。

＊9月6日誕生した秋篠宮家の男児は、12日の命名の儀で悠仁と名づけられた。

スピーチの要諦（2006・9・30）

安倍新首相の所信表明

日本の首相施政方針演説にあたる米大統領の一般教書演説の予定がスペースシャトル爆発事故で吹き飛んだのは1986年のことだ。代わって行われたレーガン大統領の追悼演説は、飛行士たちが「神の顔に触れた」という詩句で結ばれる歴史的名演説となった。

この演説を書いたのがスピーチライターのペギー・ヌーナン氏だったのはすぐ知れ渡った。米国でも演説と同時にスピーチライター名が話題となるのはこの時代からだという。その彼女は偉大な演説の要諦《ようてい》は「びっくりするような簡潔さと明快さ」という。

さて「美しい国」という目標の「美しさ」を4項目の個条書きで説明して見せた安倍晋三新首相の所信表明演説だ。いや別に揚げ足をとるつもりはない。ただ首相のいう「政治のリーダーシップ」確立のためには、国民の心に届く簡潔で明快な訴えかけが不可欠だといいたいだけだ。

さらに気になったのは109回にも及んだカタカナ語の多用である。こちらは「カントリー・アイデンティティー」などという言葉を持ち出すような有り様でカントリー・アイデンティティーは大丈夫なのかと、はっきり揚げ足を取りたくなる。

そういえば文部科学相だって「美しい日本語が話せずに、外国語を教えてもだめ」と言っていたではないか。ただそれも立場を考えれば大胆な発言で、「美しい国」「美しい日本語」と、何か言葉が現実を飛び越えて上滑りしているように見えるのは新政権も発足間もないせいだろうか。

数々の名演説を残したレーガン大統領はグレートコミュニケーターと呼ばれ、親しみやすい平易な言葉でその保守政治への国民の信頼を取りつけた。新首相には「ワンフレーズ」が看板だった前任者とは違うところをみせてもらいたい。

臓器売買で初の摘発

うさぎはうさぎ（2006・10・3）

うさぎに　うまれて／うれしい　うさぎ／はねても／はねても／はねても／はねても／うさぎで　なくなりゃしない／うさぎに　うまれて／うれしい　うさぎ／とんでも／とんでも／とんでも／とんでも／くさはら　なくなりゃしない。

まど・みちおさんの詩「うさぎ」だ。生きる喜びそれ自体がとびはねているようである。だがこの詩が心を打つのは、実は人間がそのうさぎのようではないからかもしれない。人はしばしば自分が何者か分からなくなるし、自らの営みで草原も森林も作り替えてしまう存在である。

身の丈を超えた大きな自然を改造できる科学技術を手に入れた人間だ。自らの身体や生命の内なる自然にも手を加え、作り替える技術も手にしつつある。人間が人間を改造できる時代は、「人間とは何か」が常に揺らいでいる時代でもあった。

愛媛県で生体腎移植をめぐり臓器売買があった疑いで患者と内縁の妻が逮捕された。9年前の臓器移植法施行以来、初の摘発という。親族を装ってドナーとなった女性に金品が渡されたのだが、ドナーが親族を装う例は他にもまだあるといわれる。

海外ではアジアを中心に臓器売買が広がっている。患者や親族が切実に臓器を求め、一方に自分のを売ってでも金銭を求める人がいれば、人の臓器も容易に「商品」となる。なかには金銭授受を避けられない流れと見て、むしろ公正で安全な国際的ルール作りを訴える意見も現れている。

だが人体の一部が売買されるのを「人間的」と考える人は今も少数派だ。科学技術を手にした人間は「人間らしさとは何か」を常に問い、そのつど線引きをせねばならぬ運命を課せられた。どんなにはねてもうさぎはうさぎだが、人間はやがて人間でなくなるかもしれない。

白川静さん死去

「わが為す業」（2006・11・3）

後漢の時代に書かれた「説文解字」はその後の漢字研究の聖典となった中国最古の字書だ。たとえば「告」の字の成り立ちについては、ものを言えない「牛」が何かを訴えるときに「口」をすり寄せてくると説明されている。

だが中国文学者の白川静さんは上部は木の枝で、下は祝詞を入れる箱、それをささげて神に告げるから「告」だという。なぜなら「説文解字」よりはるか昔の文字成立当時の甲骨文や金文を調べると、人の口を示す「口」という文字はまだなかったのだ。

「説文解字」にもとづく従来の漢和辞典にある字の起源は大半が間違いだと白川さんはいう。甲骨文や金文研究を通し、その文字が生み出された古代人の呪術的な精神世界に分け入り、いわば文字の霊にまで迫ったのが「白川学」の真骨頂だった。

苦学の末の大学卒業が33歳、論文を自らガリ版印刷する学究生活を経て「字統」「字訓」「字通」の字書三部作に着手したのが73歳、完成が86歳の時だった。その白川さんの96歳での訃報は、いまや死語に近い「碩学《せきがく》」という言葉を久々に思い出させた。

「喧噪《けんそう》のさ中にありて夜更くるにわが為《な》す業を知る者は無し」。一昨年亡くなったツル夫人にささげた歌日記の中の追想の一首だ。学園紛争中も一人研究室に通い、謡曲のテープで騒音を防いで研究に打ち込んだ日々もある。時代がどうであれ「わが為す業」への自負は揺るがなかった。

「我は袴《はかま》君は帯高く結ひ上げて大和路の春を歩みいたりけり」は若き日の夫人との思い出である。「桂東に十年籠もりゐて三部作の字書は成りたり君よ先《ま》づ見よ」「意識絶えて今は言《こと》は聞かざりしまた逢はむ日に懇《ねんご》ろに言へ」。春の大和路のような天国での夫妻の穏やかな語らいがまぶたに浮かぶ。

粗野なくらい正直に（2006・11・10）

ラムズフェルド長官辞任

「何事も踏み込むのは簡単だが、抜け出すのは容易ではない」。米軍部隊投入を検討する際の指針と題する覚書にこう書いたのは国防長官就任2カ月後のラムズフェルド氏だ。覚書はブッシュ大統領に渡され、長官自ら説明にあたった。

提案された軍事行動は必要か?実行可能か?実行の価値はあるか?――各点について明敏な洞察を求め

た覚書には「アメリカの指導層は自らと議会と国民と同盟国に対して粗野なくらい正直であらねばならない」というくだりもある（B・ウッドワード著「攻撃計画」）。

そのラムズフェルド氏が「大量破壊兵器がどこにあるか知っている」というイラク戦争当時の発言を、元CIA職員に「ウソつき」と追及されて立ち往生したのは今年5月のことだ。同じころ退役将官6人からは公然と辞任要求を突きつけられた。

アブグレイブ収容所虐待事件をはじめイラク情勢の悪化とともに何度も噴き出た辞任論のたびに「長官の戦略は正しい」と擁護してきたブッシュ大統領である。だがイラク戦争の誤算が争点となった米中間選挙での共和党の敗北は、とうとう大統領を国防長官更迭へと踏み切らせた。

イラク情勢打開には「新鮮な視点が必要」という大統領だが、任務達成前の米軍撤退はないとの立場は不変だ。早期米軍削減開始を掲げる民主党主導の議会との対立は避けられない。今後ベーカー元国務長官率いる超党派のイラク検討グループの打ち出す勧告が政策調整の焦点となろう。

自ら書いた警句通りのワナにはまったラムズフェルド氏の失敗は、あらゆる政治指導者にとって人ごとではない。手にする権力の大きさと、人が自らを省みる力とはしばしば反比例すればこそ、謙虚さは政治家の欠かせない資質なのだ。

説法と法律（2006・11・17）

教育基本法改正案の衆院通過

「こんな説法をしなければ日本人が教育について分からぬということならば、それはあまりに日本人を侮辱している」。現行の教育基本法にこう食ってかかった議員がいる。時は1947年3月、同法案を審議中の帝国議会、貴族院本会議での沢田牛麿の反対演説だ。

これは法案ではなく「説法」だという彼は「倫理の講義や国民の心得などを法律で規定する必要はない」と喝破した。義務教育年限など学校教育法で定めればいいともいう。もともと戦前の教育勅語の代わりに作られた基本法への根本的批判だ。

教育勅語によって国の独立を守るよう教えられた世代は国を滅ぼした。個の尊厳や自他の敬愛と協力をうたった教育基本法下では、いじめの陰湿化や受験競争過熱が進む。勅語や法律に徳目を列挙しても、その通り子が育つわけではない。大人ならば誰もが知っていることである。

それどころか「いじめはあってはならない」という建前がいじめを見て見ぬふりをする教育現場を作り出す。大学入試の実情とカリキュラムのミスマッチはカエサルもアレキサンダーも知らぬ「エリート」を世界に送り出す。建前と現実の分裂の間で犠牲になるのは教育本来の使命だ。

いじめ、履修不足など、それこそ教育の「基本」にかかわる惨状が次々に露呈するおりもおりである。教育基本法改正案が野党4党欠席のまま衆院を通過した。現行法に「国や郷土を愛する」などの新たな徳目や家庭への説法を上乗せした法案である。

建前が増えれば、現実との食い違いも増すだけだと冷笑したくはない。だが徳目の説法への政府与党の度を越したこだわりが、目の前の深刻な現実を受け止める力や、具体的問題を解決する力の根本的欠陥を示してはいないかが心配だ。

防衛庁から防衛省へ

モーニング姿の参謀長（2006・12・7）

「一国の軍隊が文官の支配下に置かれることは西欧では侵せない原則だが、日本で最も民主的な考えを持っていると思われる人々にも、この原則を理解して受け入れることが、こうも困難だったとは、まったく驚くほかない」。

56年前に自衛隊の前身、警察予備隊創設を指導した米軍のF・コワルスキー大佐の回想である。彼は香川県知事から今の防衛庁長官にあたる警察予備隊本部長官になった増原恵吉らが、なかなかシビリアンコントロール（文民統制）の「奥義」を理解してくれないことをそう嘆いた。

一方、制服組トップは宮内府次長だった林敬三になる。面談に来た彼について大佐は書いている。「私なりに不安になったのを告白せねばならない。彼の服装がどの国の軍参謀総長より異様だったからだ」。林はモーニングに縞《しま》ズボン姿であった。

それから半世紀以上の間、日本人もシビリアンコントロールについて多くを学んだ。先ごろ防衛庁を「省」に昇格させる法案が衆院を通過し、今国会成立の見通しだというのも、同庁にすれば「もう一人前扱いしてほしい」ということかもしれない。

確かに文官優位の原則について、もう米軍人に教えを請うことはない。だが、コワルスキーはシビリアンコントロールについてこうも言った。「結局は文官優位の原則が守れるか否かは、国民の判断にかかっている」「文官優位のシステムが『官僚による支配』に変質してはならない」。

こと安保防衛政策では、お互い矛盾をはらむ平和憲法、自衛隊、日米安保を微妙なバランスで組み合わせながら歩んできた戦後日本である。防衛省「昇格」で改めて試されるのは、コワルスキー大佐のいう通り日本の民主主義そのもののシビリアンコントロール能力だ。

二〇〇七年（平成十九年）

教育再生会議の脱ゆとり案

寺子屋の悪ガキ（2007・1・25）

友達を水おけにつき転ばすわ、机や本箱の上をかけ歩いて騒ぐわ、それを止めると悪口を吐く。師の前で尻をまくって大の字になり、「師匠とも何とも思わず、唯《ただ》ふざけ次第、実に難渋至極、これ師匠の不運也《なり》」。江戸時代の寺子屋にもとんでもない悪ガキがいた。

だがこの少年文吉は勉強もしないのに毎日やって来る。師匠の方も破門するでもない。ただこんな子は「千人に一人もなし」とグチっているだけだ。「図説・江戸の学び」（河出書房新社）で石山秀和さんが紹介している寺子屋師匠の日記である。

だいたい当時の寺子屋はほとんど体罰もなく、子どもには実に甘いというか、おおらかだったという。欧州では教師がムチで子どもをしつけていたころだ。だが幕末、その欧州の人々は、寺子屋で学んだ日本庶民の教育水準の高さに驚嘆することになる。

では少年文吉だったらすぐさま出席停止、おのれの不運を嘆く師匠は指導力不足で教員失格なのだろうか。ゆとり教育見直しと教員の質向上を掲げた教育再生会議の報告は、不適格教員の排除、児童生徒への体罰基準の見直しや出席停止制度活用など教師や子どもへの締めつけが目立つ。

ゆとり教育見直しも、授業時間増という誰もが考える逆戻り策以上の新たなアイデアは見当たらない。そもそも学力や学習意欲をめぐる具体的データにもとづく検討が行われた様子もない。「ゆとり」の反対は「詰め込み」だと確認しただけである。

教育だから「締めつけ」「詰め込み」も必要だろう。だが学習意欲や規範意識までそれだけで「再生」できるほど、教育は単純だろうか。ちなみに先の寺子屋の師匠、名は大野雅山という。明治に入り、その学恩を忘れぬ教え子らは西郷従道の篆額《てんがく》入りの報徳碑を建てた。

裁判員制度めぐる不安

落書起請（2007・2・3）

普通の市民が裁判の評決を行う陪審制の起源は、村人に宣誓させて犯人を指名させた中世フランク王国の慣行ともいう。後にそれはイギリスに渡ったが、実は似たような慣習は鎌倉時代から室町時代にかけての日本にもあった。

たとえばある集団で盗みがあれば、神仏に嘘《うそ》偽りがないと誓約した落書《らくしょ》で犯人を指名して投票をする。いわば犯人捜しと裁判をかねた表決で、犯人を断定した落書が何票で有罪、風聞による名指しが何十票で有罪、といった決まりが作られた場合もある。

「落書起請《きしょう》」といわれるこの審判、さぞ冤罪《えんざい》が多かったろう。だが当時の人にはそれが神仏の裁きだった。

落書の大半はカタカナで書かれており、歴史学者の網野善彦さんによればそれは落書が人力をこえた神仏の声とされたことを意味する。

では神でも仏でもない自分は人を裁けるだろうか――そんなおそれやおののきが胸をよぎるのは当然だろう。スタートが近づく裁判員制度をめぐる世論調査では、裁判員になった場合の不安について「責任が重い」64・5％、「判断に自信ない」44・5％などの回答が寄せられた。

調査ではすでに8割以上が裁判員制度を「知っている」と答えたものの、「あまり参加したくないが、義務なら参加せざるをえない」「義務でも参加したくない」の参加消極派が78％に及んでいることも分かった。その消極性の背後に、人を裁く責任と判断についての不安が見え隠れする。

ただ「義務なら参加」と参加積極派を加えれば6割以上が参加派とも読める。その不安も真剣に裁判員の任務に思いをめぐらしたからだろう。司法と市民を隔ててきた厚い壁は、まずは市民個々が「もし自分が……」と想像するところから解かしていくしかなさそうだ。

ワタリガラスのいたずら（2007・2・8）

世界的な暖冬

むかしむかし、天が厚い氷に覆われ地上が闇だったころ、大きなくちばしで氷に穴を開けて光をもたらしたのはいたずら者のワタリガラスだった。そのカラスは子どもの遊ぶボールを奪って天にけり上げ、太陽や月や星も作り出す。

シベリアのチュクチ族の神話だ。この世界はワタリガラスのいたずらや遊びによって作られたという神話は、アラスカやカナダの先住民にも広がっている。日本のカラスより一回り大きなワタリガラスだが、なぜか北方の人々の心をとらえるのだ。

11年前に亡くなった写真家の星野道夫さんの生前最後の紀行は北方のワタリガラスの伝説を追っての旅だった。その著書「森と氷河と鯨」（世界文化社）は、人間の繁栄の後に荒廃する海と大地が、ワタリガラスによって作り直されるという北米先住民の予言的神話にも触れている。

さて、ならばどんな北のワタリガラスのいたずらだろう。この冬の世界的な暖かさの一因は、北極圏で寒気の蓄積と放出を繰り返す「北極振動」という現象の異常だという。蓄積された寒気がいっこうに南方に放出されず、欧州や北米など北半球各地の暖冬をもたらしているという。

日本の場合は、これに加えてエルニーニョ現象が近年にない少雪と全国的な高温を引き起こすことになった。この高温が地球温暖化の直接の影響とはいえないようだが、つい昨冬の記録的大雪や寒さを思えば、最近の気象の荒々しい変化と地球温暖化のかかわりがやはり気がかりである。

先の星野さんの本で、ある北米先住民は言う。「大気はそれが育《はぐく》むあらゆる生命とその霊を共有していることを忘れないでほしい」。今冬の北極圏のワタリガラスのいたずらも、大気の組成をわがもの顔で変える人間への警告だろう。

人の世を支えるもの（2007・2・14）

優しいお巡りさんの殉職

「もし自分だったらどうするだろう?」。そんな問いを胸に突きつけるニュースがある。自殺しようとする女性を身をていして助け、自らは電車にひかれた交番のお巡りさんの行動も、私たちの心にいくつもの自問を呼び起こした。

その警視庁板橋署常盤台交番の宮本邦彦巡査部長が意識不明のまま亡くなった。この間、交番の近所の住民からは140件を超える励ましの手紙やメール、千羽鶴や花束が届けられ、訃報が伝わってからは記帳の人々が交番を次々に訪れたという。

聞けば、亡くなった宮本さんは近くの常盤台小学校の子どもらにとっては、けがをしたとき手当てをしてくれたり、自転車の故障を見てくれる「優しいお巡りさん」だったという。千羽鶴も子どもたちが自発的に委員会を作り、全校児童が1人2羽を折って交番に届けたものだった。

子どもや地域住民に愛されるお巡りさんのいた街は、また安心のぬくもりに包まれた街だったろう。体感治安の悪化が論議されるこの時代、宮本さんを悼む住民らの声は、信頼できるお巡りさんのいる交番が監視カメラやハイテク通報システムには代えられないことを物語っている。

起源をたどれば江戸時代の自警制度である自身番や木戸番にまでさかのぼり、今では海外にまで広がった交番である。先年「空き交番」が大きな社会問題となり、その改善が目指されているのも、日本人の治安意識に交番が深く根づいているからだろう。

宮本さんを線路に踏みとどまらせたのは、警官としての使命感か、ただ目前の命を救いたいとのとっさの思いか。もう当人の口から聞けない。だが、その交番のお巡りさんとしての行動は、どんな法や正義より奥深いところで人の世の秩序を支えているものを教えてくれた。

捨て子と母子心中 (2007・2・24)

赤ちゃんポストの設置

五代将軍綱吉が1687年に出した「生類憐《あわれ》みの令」では捨て子の保護も定めていた。捨て子は届け出るに及ばない、拾った者が養うか、養いたい者に預けよとのお触れだ。役所は関係ない、拾った者が育てろというのだから、無責任といえば無責任だ。

ただ当時の捨て子はそれほど目に余るものだったらしい。大塚英志さんの『『伝統』とは何か』（ちくま新書）によると、これも江戸時代には捨て子がさして罪悪視されず、貰《もら》い子制度と表裏一体をなしていたことの表れという。捨て子が激減したのは明治後半から大正時代という。

同著では、この捨て子の減少と入れ違いに、母子心中が昭和初期に急増したことにも注目している。と、そんな昔の経緯を振り返ってみたくなったのも、親の育てられない新生児を匿名でも引き受ける「赤ちゃんポスト」が設けられるというからだ。

熊本市の慈恵病院が計画していたこのポストの設置をめぐり厚生労働省が「違法性はない」と容認する判断を示したのである。もちろん「赤ちゃんの遺棄はあってはならない」とし、これはあくまで個別のケースについての判断だと念を押している。

多くの人の胸をよぎるのは、これでは無責任な親の新生児遺棄を助長するという懸念である。すでに80カ所の赤ちゃんポストのあるドイツでも、これを制度化しては育児放棄の歯止めがなくなるとの声も大きく、法制化が進まないのもよく分かる話だ。

ただこの世のルールをめぐる論議は、やって来た赤ちゃんのあずかり知らぬことだ。まず何より先に救える命なら救いたいという病院の気持ちは貴重である。どんな境遇の赤ちゃんであれ、新しい生命を「ようこそ」と迎え入れるのは、この世の大人すべての責務ではないか。

障子越しの裁き（2007・3・17）

ホリエモン実刑判決

江戸時代初め、京都所司代の板倉重宗は白州にのぞむ障子を閉め、茶臼をひきながら障子越しに訴訟を裁いたといわれる。理由を聞くと答えた。「人は心騒げば手元が狂う。茶をひくのは、訴えを聞く自らの心の動静を粉の精粗で見、判断の確否を知るためだ」。

では閉まった障子はどうか。「人の容貌は一様でない。美醜によって愛憎が起こり、愛憎あれば判断が偏るのは人情だ。訴訟関係者の顔を見ないのはそのためだ」（穂積陳重著「法窓夜話」）。天秤《てんびん》と剣を持つ正義の女神が目を隠すのと同様の理屈だ。

ただし障子の外側では、白州の人物の相貌をめぐり評価が真っ二つということもある。ある人がそれを秩序とモラルの破壊者の顔となじれば、別の人は既得権と偽善に挑戦した新世代の旗手の顔と持ち上げる。論議の中で障子の内側から下されたのは懲役2年6月の実刑判決だった。

証券取引法違反に問われたライブドア前社長の堀江貴文被告への東京地裁の判決は、検察の主張通り自社株売却益の売上高計上を粉飾と認定、被告の指示・了承にもとづくものと判断した。実刑は投資家の判断を誤らせた責任を考えれば当然という。

もっとも判決後に裁判長が被告を擁護する手紙を紹介し、「裁判所は被告人の生き方すべてを否定したわけではない」と述べたのは、何やら障子を開けて白州に身を乗り出すさまを思わせる。そこで被告の再出発を求めたのも、障子の向こう側の論議がやはり気になったのかもしれない。

実刑という量刑をめぐっても、メディアに登場する識者の間で「重い」「まだ軽い」と評価は分かれた。

障子の内側の裁きにかかわらず、日本社会を二つに分ける社会的、文化的な断層線をあらわにするホリエモン裁判である。

無責任男という僧衣（2007・3・29）

植木等さん死去

亡くなった植木等さんの父は戦前、労働運動や部落解放運動に身を投じ、また出征兵士に「戦争は集団殺人だ」と説く反骨の僧侶だった。その父が治安当局に拘束されると当時小学生だった等少年は父の代わりに僧衣を身にまとい、檀家《だんか》を回って経をあげた。

ある日檀家から帰る途中、近所のいじめっ子らが道に仕掛けた縄で転び、顔を強打して鼻血を流した。等少年は近くに潜む連中に仕返ししたい衝動を必死でこらえ、泣き声も罵声《ばせい》もあげることなく、血だらけの顔のまま静かにその場を立ち去った。

「衣を着た時は、たとえ子どもでもお坊さんなのだから、けんかをしてはいけません。背筋を伸ばし、堂々と歩かねばなりません」。そんな母の言葉が等少年の頭にあった。家に帰ると母は何も言わず手当をし、血が止まると等少年を抱きしめ「よく辛抱したね」と涙を流したという。

「まじめな苦労人がいったんライトを浴びるとすごくおかしくてインチキな人物になる」「まじめな人がひとたびカメラの前に立つと思いっきりはじけた」。植木さんの訃報を耳にした知人の多くは、デタラメな無責任男を求道者のようにひたむきに演じた見事な所作をたたえている。

もともとスーダラ節を歌うのがいやで悩んだ当人だ。だが「わかっちゃいるけどやめられない」と人間の弱さを認めるのは親鸞の教えに通じると説いたのはあの父だった。おかげで人をあざける笑いでなく、自らに潜む軽薄を風刺する新しい笑いが、高度成長期の日本人を元気にした。
「やりたいことと、やらねばならないことは別と教えてくれたのがスーダラ節だった」とは後年の回想だ。「無責任男」という時代の僧衣をまとい、堂々と自らのなすべきことをやりとげた生涯である。

凶暴なバンビ（2007・4・18）

米大学で無差別銃撃事件

ディズニーのアニメになった「バンビ」の原作では、バンビはノロジカになっている。このノロジカが「血に飢えた殺人鬼」だというのが動物行動学者のローレンツだ。そのオスは相手が仲間のオスであれ、自分の妻のメスであれ見境なく角で腹を引き裂いてしまう。

著書「ソロモンの指環」によるとオスが攻撃に移るまでの行動は緩慢なので、自然界では弱い方のノロジカは逃げてしまう。だが、オリの中では容赦なく相手を追い詰めて殺すという。動物園で人を襲う事故もトラなどの猛獣より多いという凶暴ぶりだ。

ローレンツは同種間で殺し合いをしないオオカミなどの肉食獣と比べ、攻撃本能の歯止めのない草食獣が示す残虐さの例としてこれをあげている。その凶暴は、仲間への攻撃を抑制する本能は乏しいのに鋭い角をもつアンバランスのせいだ。

だがバンビも人間に残虐呼ばわりされたくはなかろう。肉体の限界を超えた武器を手にした人間ほど、その攻撃能力と、攻撃を抑える本能とのバランスを欠いた動物はいない。そのアンバランスは時に大規模な戦争をもたらすが、平和な日常を襲う理不尽な暴力となることもある。

米バージニア工科大学の銃乱射事件は30人以上の死者を出す史上最悪の銃撃事件となった。自殺した犯人の背景はまだ十分明らかになっていない。だが「銃を撃っている間一言も発しなかった」「怒っているようにも、おびえているようにも見えなかった」という目撃証言が心を凍らせる。

またも繰り返された米国の無差別銃乱射事件である。そのすみずみまで銃の行き渡った社会は、暴力をめぐる人間の根本的なアンバランスを内に抱えてしまった社会にほかならない。〝凶暴なバンビ〟はどこで生まれてもおかしくない。

子守歌いろいろ（2007・4・27）

「親学」のおせっかい

子をいとおしんで歌われる子守歌だが、なかには怖いのもある。「ねんねねんねと寝る子は可愛い／起きて泣く子は面にくよ／面のにくい子はまな板にのせて／青菜きざむようにきざんじゃれ」。愛媛県に伝わる子守歌という。

日本の子守歌には、貧しい子守奉公の娘が仕事のつらさや、奉公先へのうらみを歌ったものが少なくない。泣く子は脅してでもおとなしくさせたかったのだ。一方「この子よう泣く人目に悪いなよ／たたくつねると思われる」と虐待のぬれぎぬを恐れる歌もある。子守歌もさまざまだ。

さて「子守歌を聞かせろ」という。ならば「いやだいやだよ泣く子の守は」といった歌でもいいのか。子どもにいい歌とはどれか。いつかは子守歌も検定制になるのか――とは教育再生会議のまとめた子育て指針、「親学」を聞いての揚げ足取りだ。

いわく「母乳で育児を」「父親もＰＴＡに参加を」「親子でテレビではなく演劇鑑賞を」。確かに昨今の底が抜けたような子育てや家庭教育の惨状を聞けば、この手のことを言いたくなる気持ちは分かる。だが、それが公の機関の説教となれば、突っ込みの一つ二つも入れたくなる。

「おかねが父《とと》さまどこ行たね／かねのほしさに金山に／1年待てどもまだ見えぬ……泣かせちゃなるまい乳くわえ／乳首くわえて泣くなれば／お茶かけ白湯《ぶう》かけ飯《まま》くわしょ」。福岡県の子守歌という。父が出稼ぎで行方知れずでも、母の乳が出ずとも、人は子を育て、子守歌を歌ってきた。

子守歌にもましてさまざまな親子のかたちだ。その親子の抱えるさらにさまざまな問題に、誰でも思いつきそうな指針をあてがえば解決できるという発想が腑《ふ》に落ちない。それが途方もない人間観の貧困の表れでなければ幸いである。

マグナ・カルタの怒り（2007・6・2）

年金問題と憲法

英国の立憲政治の起源であるマグナ・カルタ（大憲章）は、勝手に税金を取り立てたりしないよう貴族らが王様に約束させた文書だ。例外も定め、王の長男のナイトへの叙勲、長女の結婚、そして王の身代金を払わねばならなくなった場合の臨時徴収は認めている。

憲章の初めの方には、相続を受ける未成年の財産の保護の詳しい条文がある。どうも当時は未成年の後見役をつとめた国王の役人が相続財産を食い荒らしていたらしい。貴族たちはよほど頭にきていたのだろう、役人に損害を賠償させる規定もある。

法による裁判などもうたわれたマグナ・カルタだが、王政による苛斂誅求《かれんちゅうきゅう》への怒りなしには生まれなかったろう。後にその思想を受け継ぎ世界初の近代憲法を作った米国の独立革命も、本国の植民地への一方的徴税への不満から火がついている。

こう見てくれば、近代の立憲政治は何も「美しい国」を造ろうとしたからではなく、自分たちの財産を不当に奪われた人々の恨みや憤りから生まれたといっていい。そのような支配者の専横を許さぬための仕組み作りが憲章や憲法に託されたわけだ。

衆院で年金時効停止法案をスピード通過させた与党だが、その急ぎぶりは一日も早く年金問題にけりをつけて参院選の争点化を避けるためという。だが首相がその上で争点は憲法だというならば、この年金をめぐる国民の怒りや不安を置いて、どこの国の憲法を論議するつもりだろう。

こと年金制度については、国民の託したお金が勝手に食い荒らされ、帳尻も合わなくなった成り行きに国民は心底あきれ、憤っているのだ。首相が思い描くどんな「憲法問題」にもまして、それこそが国のあり方の基本中の基本問題であることは歴史の示すところだ。

忘れられた分別袋（2007・6・13）

クレーム対応に追われる学校

「分別袋」と書けば、燃えるゴミのか、燃えないゴミのか、と問い返したくなるが、それは「ぶんべつぶくろ」だ。世の中にはかつて「ふんべつぶくろ」というものがあって、「日本国語大辞典」を引くと「思慮、分別が納められていると想像される袋」とある。

当時はたっぷり分別の入った袋をふところにひそませているのが「大人」だったのだろう。だが分別がもっぱら「ぶんべつ」と読まれるようになり、そんな袋のことも忘れられると、そういうわが身もふくめ「大人げない大人」が珍しくない世となった。

だが「それにしても」である。東京都港区教育委員会は、学校に持ち込まれる親たちの理不尽で、無分別なクレームに対処するため、弁護士による相談窓口を新設したという。それを聞けば「教育の現場がそこまできたか」という嘆きと、「今や設置して当然だ」との思いが交錯する。

わが子への特別待遇を求めたり、担任の交代を求める親の学校への強引な要求がこじれるケースは全国的に増えている。港区では学校に親同士のケンカが持ち込まれたり、チャイムがうるさいという近隣住民の抗議などトラブルの多様化が目立ち、法律的な助言を求めたいというのだ。

昔の分別袋には、学校や教師は世の争いごととは別次元の存在として敬意を払い、教師の子どもたちへの教育力を父母らみんなでもり立てる分別が入っていたはずだ。「教員にはクレーム対応より教育に時間をとらせたい」という区教委の言い分も分かる。

袋の中の分別に代わり法律の中の条文が用いられるようになるのは、世の流れといえばそうかもしれない。だがそれが同時に、大人社会の子どもたちを教え、育てる力の衰弱を示す流れならば、そう簡単に流されてはいられない。

年金記録の混乱で検証委発足

訓練された無能力（2007・6・19）

「杓子定規《しゃくしじょうぎ》」とは杓子の柄を定規に使うことだが、何がいけないかというと昔の杓子の柄は曲がっていたのだ。今はお役所仕事などの融通のきかないさまを表す言葉となったが、定規の狂いのせいで、払った保険料を払ってないといわれては国民はたまらない。

行政学者らにいわせると、役人の杓子定規とは「訓練された無能力」のことだという。いったん身につけた原則にこだわり続け、新たな状況の変化に対応できない役人にありがちな行動パターンを、米国の社会学者マートンがそう言い表したのだ。

この間の社会保険庁の仕事ぶりに驚かされて、そういえばと思い出したのがこの言葉だ。ただこちらは現実の変化に対応しそこなったというだけではない。パソコンのキータッチ数の制限をめぐる労使協定などを聞けば、文字通り人間を無能にする訓練が行われていたとしか思えない。

役人をめぐるマートンの指摘には「目標の転移」というのもある。こちらは規則通り仕事をすることが自己目的化し、公衆への奉仕という本来の目標が見失われることを指す。だが国民への年金支払いという目標を、保険料無駄遣いという新目標へと転移させたのは社保庁の新機軸だ。

政府は、わが国行政史上空前の失態となった年金記録混乱をめぐる検証委員会を発足させ、その原因と責任の調査分析を始めた。ことは単なる役人の杓子定規や事なかれ主義の糾弾では片づけられまい。それらをグロテスクなまでに増幅した制度の病根にまで切り込めるかどうかだ。

年金制度にはそもそも曲がった杓子が定規として組み込まれてはいなかったか。いまの社保庁改革案で、信頼できる年金機構が生まれるか。その国民的論議の定規となるような報告を期待する。

止まらぬ匿名社会化

「切り株さん」と「強盗さん」（2007・7・6）

昔の京雀《きょうすずめ》はあだ名をつけるのが好きだったらしい。――坊のそばに榎《えのき》があったために「榎木僧正」と呼ばれた僧は腹を立てて木を切った。と、今度は「きりくい（切り株）の僧正」と呼ばれる。ますます怒って抜いた切り株跡が堀になると「堀池僧正」となった。

「徒然草」第四十五段だが、次の段はごくシンプルだ。柳原のあたりに「強盗法印」という僧がいた。強盗を働いたのではなく、たびたび強盗にあったためにこの名がつけられたという。原文は自分で名乗ったともとれるが、だったらすごい。

このままではやがて人を「切り株さん」や「強盗さん」としか呼べない時代がやってくる、とはむろん冗談だ。だが、学校や町内会から名簿が消え去り、役所や企業が不祥事の当人を隠す「匿名社会」化の勢いは、その手の冗談すらいいたくなる理不尽な個人情報隠しをはびこらせた。

そんな「過剰反応」が目立つ個人情報保護法の問題点を検討していた国民生活審議会部会は、法運用の改善を求める意見書の素案をまとめた。が、注目の法改正の必要に触れていない。過剰反応は法を周知させればなくなるというが、本当だろうか。

もともとは当人の知らぬ間に個人情報が妙な連中に渡るのを防いでくれる法律だ。だが、減ったのは電話勧誘やダイレクトメールよりも、必要な名簿や役人にかかわる情報の方ではないか。この法をたてに企業や役所が、市民生活や安全にかかわる公益的情報を囲い込む弊害も目立つ。

匿名化は、それぞれ名前をもつ生身の人間が責任や危険を分かち合って作る市民社会を根底から掘り崩していく。「切り株さん」や「強盗さん」がいくら集まっても市民社会にはならないが、「役人さん」にはどうもそれがいいらしい。

年金参院選あす投票

銘々一己の存じ寄り（2007・7・28）

「こめやま久右衛門様御長人《としより》ニたのミ上ケ申候」。寛文11（1671）年の甲府での長人（後の名主）の入札《いれふだ》、つまり選挙で投じられた票の文面だ。米山久右衛門という人への投票だが、漢字、かたかな、ひらがなのまぜ書きに、札に託したひたむきな思いがにじむ。

紙の大きさや書き方はまちまちで「三右衛門殿」と名だけの票、「久右衛門殿か三右衛門殿」と2人への投票、また6人の輪番を提案した票もある。近世史家の川鍋定男さんは、この入札には個々の意思がみごとに表れていると指摘した（「争点日本の歴史5」新人物往来社）。

江戸時代には入札で村役人を決める地域も多かったが、甲府の例は現在残る入札で最も古いという。同じころ、上州のある村では名主入札を前に神前で一同による次のような誓約が行われた。「親子兄弟を知らず、邪心を捨て、贔屓《ひいき》荷担《かたん》仕《つかまつ》らず、正直速《すみやか》に名主入札仕るべく……」。

すなわち私情や相談によらぬ正直――公正な投票をすると神に誓っているのである。川鍋さんの論文によれば、入札は「銘々一己の存じ寄り」、つまり個々の存念の通りに投票するのが建前だったという。神に誓うといった形を取りながらも、かなり近代的な考え方のようにも思える。

年金、格差社会、政治とカネ、教育、憲法などが争点となった参院選も、いよいよ明日投票となった。世論調査によれば、史上まれにみる与党への大逆風が吹きすさぶ中での選挙である。ただそれがどうであれ、投票日に吹く風の向きと強さは有権者一人一人がこれから決めることだ。

問われるのが「銘々一己の存じ寄り」であることは、昔も今も変わりはない。ただ江戸時代の入札とちがって投票は規定通り書かないと無効になるのでご注意を。

＊選挙結果は自民党の大敗で、9月の安倍晋三首相の病気による退陣へとつながる。

東条英機の「後知恵」（2007・8・15）

終戦の日の反省

太平洋戦争開戦当時の首相だった東条英機が戦後の自殺未遂の後、東京・大森の収容所に入っていたころのことだ。話し相手だった元陸軍参謀本部大佐に、統帥権独立が軍内の下克上の思想をもたらしたと反省を語った。と同時に、次のような言葉をもらす。

「治療の間つき添ってくれたアメリカのMP（憲兵）は立派だった。社会の動きにもそれなりの見識をもっていた。教育程度も高いだろうが、国民に知らせ、自覚をもたせ、これを掌握すれば力となる。アメリカのデモクラシーはこの点にあったのだ」。

開戦についても述べた。「日米両国は虚心坦懐《たんかい》に……直接交渉して、和平の途を勇敢に講じてみるべきではなかったか」。これら指導者としてあまりに素朴な後知恵による自省は、一般の怒りをかうことを関係者がおそれ、長く公表されなかった（保阪正康著「東條英機と天皇の時代」）。

終戦記念日にこんな話を振り返るのは、今さら当時の指導者の不見識を非難したいからではない。ただこんなたわいない認識の変化のはざまで、内外の途方もない数の人命が失われたのだ。そのむごさが胸を突く。一国の指導者の認識と現実のギャップは、際限なく人命をのみ込む。

米デモクラシーと同じく中国のナショナリズムについても戦後の後知恵の何分の一かの認識が軍部にあれば満州事変以来の歴史は違ったろう。ならばその時、世界の現実を正しく伝えるのが使命のジャーナリズムは何をしていたか。問いは私たちジャーナリストにはねかえってくる。

戦没者の魂を鎮め、平和を静かに祈るきょうである。だがジャーナリズムは自らに問わねばならないことがある。後知恵では取り返しのつかない今を、この世界を、私たちは正しく伝えているだろうか？

サイデンステッカーさん死去
荷風への敬慕（2007・8・31）

先日86歳で亡くなったエドワード・サイデンステッカーさんは、日本の文学を訳していて分からなかったら原作者と相談するのかとよく聞かれた。「源氏物語」の完訳をなしとげたこの日本文学者は「確かに紫式部に相談できたらどんなにいいか」と述べた。

一方、谷崎潤一郎の作品は問い合わせる必要を一度も感じなかった。さて川端康成だ。一度「ここは、少し分かりにくくありませんか」と当人に聞いた。文豪は自分の文を熟読し「そうですね」と答え、後の言葉はなかった。相談はムダと分かった。

ある研究者が川端作品の中の「思う」という言葉を、サイデンステッカーさんがどう英訳したか調べたことがある。「思う」は「慕う」や「思い出す」など実にさまざまな意味に使われるからだ。調べたら何と29種類もの動詞が使い分けられていた。

驚いたのは当の翻訳者だ。「川端を訳すのはなぜ面白いか」――自分でも分からなかったその理由を教えられたと書いている。一語一語、日本語の森に深く分け入り、その富を掘り当てるような訳なしには川端文学のノーベル賞受賞もなかったろう。

１００点を超える文学作品の英訳を手がけたサイデンステッカーさんだ。しかしその人にして翻訳できなかった作家もいる。直接面識はなかったが、「私がどれほど長く荷風を知り、荷風を讃《たた》え、そして愛してきたか」と自伝にその敬慕の念を記した永井荷風だ（「流れゆく日々」）。

荷風を訳せないのは、あまりに東京という街の風情と一体をなしていたからだという。そして自らがその風情を愛していたからだろう。湯島天神に近い居宅で晩年を暮らした日本文学の恩人は、今ごろ古き良き東京の下町に似た天国で荷風とめぐり合っているかもしれない。

映像ジャーナリスト長井さんの死

「危険すぎるよ！」（2007・9・29）

写真家ロバート・キャパが第二次大戦で空挺《くうてい》作戦を取材した時だ。機中で落下傘兵と話になった。「君は民間人か？」「そうだ」「じゃ、希望しなければ、ここにいる必要がなかったのか」「その通り」「その気になれば今夜国に帰れるのか」「不可能じゃない」。

いよいよ降下という間際、兵は振り返って言った。「僕はあんたの仕事は好きじゃないね。危険すぎるよ」。キャパを残し兵は敵地に飛び降りた。そのキャパも「戦争写真家の望みは失業することだ」との言葉を残し、インドシナ戦争で落命している。

残念なことにその後の世界でも、戦場や紛争地域に身を投ずる映像ジャーナリストが失業することはなかった。そしてアフガニスタン、イラク、パレスチナなどの現実をビデオカメラで追い続けた長井健司さんの口ぐせは「誰も行かないところにも誰かが行かねばならない」だった。

市民のデモに対する軍事政権の無差別発砲のあったミャンマーのヤンゴンで、長井さんは至近距離から兵士に射殺された。小走りに寄ってきた兵士が、逃げる市民を撮影中の長井さんを1メートルほどの距離から銃撃したように見えるテレビ映像は衝撃的だ。

国民の崇敬を集める僧侶が抗議に立ち上がった今度の反軍政デモだ。しかし市民の大量殺りくで誕生した軍事政権はまたも流血をいとう様子がない。その凶暴な弾圧に最後までカメラを向けようとした長井さんが、自らの命によって軍政の非道を世界に知らせることになったのが残念だ。

地球上には理不尽な暴力の荒れ狂う場所がある。そこは何も異次元の宇宙ではない。私たちが暮らすこの世界の一部で、私たちはその世界の一員だ。身をもってそのことを思い起こさせてくれた映像ジャーナリストの冥福を祈る。

＊ミャンマーで取材中のビデオ・ジャーナリスト長井健司さんは9月27日、同国兵士に銃撃されて死亡した。この様子は他の撮影者によるビデオ映像がとらえていた。

安政の料理茶屋番付（2007・11・21）

ミシュランガイドの東京版

文化年間の江戸の街について文人、大田南畝《なんぽ》が書いている。「五歩に一楼、十歩に一閣、みな飲食の店ならずといふ事なし」。また幕末の「近世風俗志」は「江戸は鮨《すし》店はなはだ多く、毎町一、二戸。蕎麦《そば》屋一、二町に一戸あり」と記す。

江戸は世界に冠たる〝外食都市〟だったといわれる。そば、すし、天ぷらなどの屋台や店に加え、高級な料理茶屋も18世紀後半に生まれた。ちょうど個別のテーブルでメニューから料理を選ぶ「レストラン」がパリで生まれたのと同時期だ。

これだけ飲食店が繁盛すれば、その品評や格付けに熱が入るのが少し軽薄なところのある江戸っ子である。今ならグルメガイドともいえる評判記が相次いで刊行され、相撲番付をかたどった有名店のランキングが人々の耳目をひきつけることになる。

このうち安政年間の料理茶屋番付には、最高ランクの勧進元に「八百善」「平清」「嶋村」の3店、以下行司、大関、関脇、小結、前頭に総計184店を挙げている。他の番付も勘案すると江戸の料理茶屋は300店以上はあったらしい（石川英輔著「大江戸番付事情」講談社文庫）。

だからフランスのミシュランガイドが東京の料理店を初めて格付けしたと聞いても「今ごろ何言ってやんでぇ」という江戸っ子もいよう。ただ最高ランクの三つ星が和食5店を含む8店、一つ星以上の計150店は都市別で世界最多、うち6割は日本料理と聞けば少し納得がいくかもしれない。

黒船で来日したペリーは、先の番付で行司にランクされた料亭「百川」の調製した料理を酷評している。魚介や野菜の膳《ぜん》を貧しいと感じたらしいが、今や味覚の世界標準も様変わりしたようだ。変わらないのは、江戸っ子の外食好きとランキング好きである。

石をひっくり返す（2007・12・12）

年金「最後の一人まで」公約

「草の根分けても探し出す」は英語では「一つ残らず石をひっくり返す」である。目的のためには費用や努力を惜しまないという意味だが、もともとそんなにまでして何を探したかといえば、ギリシャ軍に敗れたペルシャの将軍マルドニオスが隠した財宝だ。

ポリュクラテスという人がこの宝探しに挑んだが見つからない。ついに有名なデルフォイの神殿で神託を求めたところ「一つ残らず石をひっくり返せ」との託宣だ。そんなムチャな、何も手がかりになっていないと思うようではダメらしい。

ポリュクラテスは神託通り最後の一つまで石をひっくり返して財宝を探し当てた。デルフォイの神託は多くが聞いた人の解釈次第でどうにも受け取れるものだったそうだが、ポリュクラテスの場合は言葉通りに受け取ったのがよかったのか。

「最後の一人、一円まで払う」は宙に浮いた年金記録5000万件の調査照合をめぐる政府の約束であった。神のお告げとまでいわずとも政府が公言することなら言葉通り信用しても悪くはない。だが今になって厚生労働相は「期限はエンドレス」、つまり永遠の努力目標という。

まるでこの世の石を一つ残らずひっくり返すような話だが、人の命には限りがある。社会保険庁の調査では問題の記録は今も4割近くは特定が進んでいない。とくにその半分は原簿との照合も難しく、宙に浮いたまま残ることになりそうだ。

国民もはなから額面通り受け取っていたわけではない「最後の一人」公約だけに、今さら「バラ色の解決はない」といわれても鼻白む。大げさな言葉や身ぶりは、問題解決の意志と能力の空白を埋める代用品にほかならない。

天が粟を降らせた（2007・12・13）

今年の漢字は「偽」

漢字を発明したのは「蒼頡《そうけつ》」という人物ということになっている。鳥や獣の足跡を見れば、その鳥獣が分かることから文字の原理を思いついたという。蒼頡は漢民族の始祖とされる黄帝の記録官で、目が四つあったというから、むろんすべては伝説だ。

気になるのは漢代の「淮南子《えなんじ》」という書物に、蒼頡が漢字を作ると「天は粟《ぞく》（穀物）を降らせ、鬼は夜泣いた」とあることだ。人によっては天が祝福のために粟をまき、妖怪や霊魂は人間が文明化して居場所を失うのを悲しんだと解釈する。

だが別の解釈もある。高誘という注釈家は、天が粟を降らせたのは人が飢餓に陥ると見たからだという。文字ができるとうそや偽りが生まれ、人は耕作を捨てて字を刻む刀研ぎに没頭したからだ（武田雅哉著「蒼頡たちの宴」筑摩書房）。

漢字誕生とともに生まれたとされる人のうそや偽りである。それから何千年がたったのか、ことは伝説の霧の向こうのことだから分からないが、西暦２００７年の「今年の漢字」もまた「偽」になったという。日本漢字能力検定協会が公募で選んだ1年の世相を代表する漢字である。

老舗菓子店から一流料亭まで及んだ食品偽装をはじめ、年金問題や防衛省の汚職など外見と内実の無残な落差が人々をあきれさせた今年は確かにこの字しかない。表示ラベルから記録や証言まで、文字や言葉がうそや偽りのために用いられた場面にいったい何度出くわしただろう。

異説もあるが、人の行為は偽りが多いからだという「偽」の字源説も妙に説得力がある。情けないのは21世紀の日本人が、古代中国人が残した人間性への皮肉を見事に実証してみせたことだ。

死罪のなかった国（２００７・12・20）

国連総会で死刑停止決議

「死罪を行えば海内《かいだい》に謀反《むほん》の輩《ともがら》たえず」は「平家物語」の平重盛の言葉だ。保元の乱の際、天皇家25代にわたって長らく行われなかった死罪を藤原信西《しんぜい》が復活させたのを批判する。清盛に死罪を思いとどまらせるためだ。

信西は後の平治の乱ではその報復を受けることになった。重盛はそこで仏教的な因果応報を説くのである。実際に朝廷は８１０年の藤原仲成《なかなり》の処刑以来、３５０年近くにわたって死刑判決があれば減刑し、事実上死刑は廃止されていた。

背景には仏教思想があったものの、たとえ仏教国であれ何であれ、こんな長期にわたり死刑を停止した例は世界でもあまりないだろう。その復活をもたらしたのは武家の台頭で、それから８５０年もたてば日本も世界もまるで様変わりする。

国連総会は死刑執行の一時停止を加盟国に求める決議案を賛成１０４カ国で採択した。ここでの日本は米国や中国など53カ国とともに反対票を投じ、棄権は韓国など29カ国である。決議の背景には、死刑廃止にむけた国際的圧力を強める欧州連合（ＥＵ）などの働きかけがある。

「死刑停止」といわれても、昨今の凶悪犯罪の冷血、被害者遺族の無念を目の当たりにすれば、とても受け入れられないという方が多かろう。ただ凶悪犯罪は日本だけでないのに、この30年間で一挙に１００カ国以上も増えた死刑廃止・停止国である。その経験や、掲げる価値を踏まえた論議はもっとあっていいように思える。

裁判員制度では市民が死刑判決にかかわる局面が生まれる。死刑の現実を見つめ、人間の罪と罰をめぐる深みのある考察が求められる今だ。平安時代ほどの論争もない方がおかしい。

サンタも詐欺の被害者

イエス、バージニア（２００７・12・22）

今から１１０年前、米国の「ニューヨーク・サン」紙にのった有名な社説がある。８歳のバージニアという女の子の「サンタクロースはいるの？」という手紙に、社説はこう答えた。「イエス、バージニア。

サンタはいるよ」。

サンタは誰にも見えない。けれどと社説は書く。「この世で一番確かなものは、大人にも子どもにも見えないんだ。……ただ信仰、想像力、詩、愛、夢だけが、見えないカーテンの向こうの美しい輝きを見せてくれる。本当かって？ああバージニア、それこそが永遠の真実だよ」。

街はクリスマスのイルミネーションで輝き、人それぞれに目に見えぬ大切なものに思いをめぐらすシーズンだ。いつもより優しい気持ちになるのは、サンタのプレゼントだろうか。だがよりによってそんな折に聞きたくないニュースも届く。

悩みを抱える相談者をセラピーなどで誘い、祖先の因縁やら地霊のたたりなどと脅して高額のお札などを売りつけていた会社が詐欺の疑いで家宅捜索を受けた。驚いたのはその霊感商法に神奈川県警の警備課長がかかわっていたというのだ。

目に見えないものに人が抱く畏《おそ》れや聖なる感情。そうした人の魂の一番柔らかなところに食い込んで、金銭をだまし取るのが大方の霊感商法だ。見えるはずもない霊が見えると称し人の不安やコンプレックスにつけこむのは典型的な手口だ。

人の心をもてあそぶこの手の詐欺によって人々から奪われるのは金銭ばかりではなかろう。聖なるものや、善なるもの、永遠なるものへの信仰、想像力、詩、愛、夢もこの世から少しずつかすめ取られていく。むろんサンタクロースはその被害者の一人である。

二〇〇八年（平成二十年）

公文書用紙の「環境偽装」

薄墨の綸旨（2008・1・22）

清和天皇のある女御《にようご》が、天皇崩御の後の供養に写経を献じた。その紙が夕空の薄雲のように墨染めだったのを人々はあやしんだ。だがやがて人々は知った。女御は生前の天皇から送られた手紙などを漉《す》き返した紙に経を写し、その恩徳に報いたのだ。

その昔「薄墨紙《うすずみがみ》」「水雲紙《すいうんし》」と呼ばれた紙がある。反故《ほご》紙を漉き返した紙で、墨が抜けきらぬために薄墨紙、また漉きむらがあるために水雲紙とみやびやかな名で呼ばれた。後には原料不足のため薄墨紙が作られるが、当初は故人の供養など宗教的きっかけから生まれたといわれる。

この薄墨紙は、やがて天皇の命令などを伝える綸旨《りんじ》や口宣《くぜん》案を記すお役所用の紙となる。いわゆる「薄墨の綸旨」は文字ではなく、紙が薄墨だったのだ。つまりは最重要の公文書に再生紙が用いられたのである（寿岳文章著「日本の紙」）。

だから日本のお役所で再生紙を使うのは、別に目新しいことでもなんでもない。だが公文書用紙の古紙使用の割合が実際より多く偽って納入されたのは前代未聞に違いない。大手製紙5社ははがきやコピー用紙などの古紙配合率を実際より高く装う「環境偽装」に手を染めていた。

政府向けコピー用紙は100％古紙を使う決まりがあり、企業も再生紙使用によって環境への姿勢を世人にアピールする中での製紙大手の背信だ。各社は品質維持の上で古紙使用には限界があったというが、今や環境配慮こそが「品質」だ。

製紙大手にあっては環境保護も金もうけの見せかけと受け取られても仕方ない。作る紙は白くとも、コンプライアンス（法令順守）に灰色のむらのある経営に「薄墨」という美称はつかない。

カリスマの証し（2008・2・21）

カストロ氏の国家元首引退

キューバ人は旧ソ連から経済援助とともにアネクドート（笑話）による風刺も輸入したらしい。90年代キューバでささやかれたという傑作がある。ある日クリントンとエリツィンとカストロがライオンと出くわしたのだ。

クリントンとエリツィンはライオンと闘ったが、大ケガをする。だがカストロがライオンに近寄って耳に何かささやくと、ライオンはたちまち死んでしまった。驚いた2人がどんな呪文を言ったのかと聞くとカストロは答えた。「いつもと同じだよ。『社会主義か死か』さ」。

実に49年間にわたり国民に社会主義の教義を説き続け、コマンダンテ（司令官）として君臨したキューバのフィデル・カストロ議長である。一昨年夏から病気療養のため公務から遠ざかっていたが、とうとう国家元首からの引退を表明した。

政治における「カリスマ」は超自然的な戦闘性、精神力、弁舌力をつねに「証し」として求められる存在という。超大国米国に刃向かい、その政権転覆の試みをことごとく砕き、何時間も長大な演説を繰り広げた議長はまさにカリスマの証しを示し続けることで権力を保ち続けた。

その政治は、一方で反米・反グローバリズムに共鳴する人々の喝采を浴び、一方で棄民のように亡命者を生み出す抑圧者との非難を呼んだ。その間に残ったのは、抜本改革なしにとても21世紀を生き残れそうにない硬直した経済・社会・政治だ。

カリスマ政治の弱点は、現実的な問題解決能力のある体制にその政治を引き継ぐことの難しさだ。おそらく一国の国民が半世紀近くにわたって一人のカリスマの夢につなぎとめられる政治は、もうこれが最後ではないか。

アビリーンへのドライブ（2008・3・19）

イラク戦争開戦5年の悔恨

米テキサス州中央部のアビリーン市の約80キロ南にコールマンという町がある。夏の暑い午後、そこのある家族がゲームを楽しんでいると、一人が言った。「そうだ、みんなでアビリーンに夕食を食べに行こう」。

「それはいい」。みんなはそう言って車で出かけた。だが道中は暑く、ほこりっぽい。夕食もひどかった。疲れ果てて家に帰ると、誰もが口々に言った。「みんなが行きたいようだったから行ったけれど、私は本当は家にいたかったんだ」。

この「アビリーンのパラドックス（逆説）」として知られる小話は集団思考の危うさを示すたとえだ。「やめよう」の一言が出ず、周囲に流されて愚行に走るのは日本人だけでもない。我の強そうなテキサス人も集団の空気で身を誤るらしい。

ならばテキサス出身のブッシュ大統領は、9・11同時テロ後の熱病のような空気の中で決意したイラク戦争開戦を5年後の今どう振り返っているだろう。「大量破壊兵器発見」も「中東民主化構想」も「アビリーンでの楽しい夕食」と同じような夢想と分かった現在のことである。

大統領らはフセイン独裁打倒を成果と強調するが、それに代わったのはテロの温床となったイラク社会と、米国が嫌うイランやシリアと近しいマリキ政権だ。一国の秩序をアメ細工のように自在に変えようとした思い上がりの結果がこれだ。

はなからこの成り行きを予想するのが難事ではなかったのもアビリーンへのドライブと同様だ。しかしこと戦争における指導者たちの浅慮は、容赦なく市民や兵士の生命をのみ込んでいく。その重く悲しい現実をなお目の当たりにせねばならぬ中で迎える開戦5年の節目だ。

フランクリンの空気浴（2008・4・2）

映画「靖国」の上映自粛

米国の独立宣言を起草した政治家で実業家、科学者でもあったベンジャミン・フランクリンは節制、勤勉、誠実、中庸など13の徳目を説いた人として知られる。だが時おり「空気浴」と称して裸になる習慣だけは、周りをあきれさせ、困惑させたという。

権力の集中を嫌う自由主義者として人民の信頼を集めたフランクリンであった。たとえ余人には奇行とみえようと自分の幸福は自分で決める〝奇行権〟もいわば自由主義の核心である。空気浴は彼の自由の譲れない一線だったのかもしれない。

ただこと自由についての譲れぬ一線といえば、フランクリンにはなかなか厳しい名言がある。「自由と引きかえに安全を求めようとする者は、自由にも安全にも値しない」。つまり自由を守るには闘わなければならぬ時もあるということだ。

靖国神社を描いたドキュメンタリー映画「靖国　YASUKUNI」の上映を決めていた映画館が相次いで上映自粛を決め、映画公開のめどが立たなくなっているという。「映画への抗議で近隣に迷惑がかかる」というのがその理由である。

こう聞けば、先日の日教組の教研集会を断ったホテルの釈明も思い出される。映画の配給会社が「日本社会の表現の自由の危機を感じる」というのももっともだ。どんな団体や個人であれこんな調子で言論や表現の場が次々に奪われていくなら、もはや自由社会とはいえなくなる。

正体不明の不安や、恐怖が社会のあちこちに埋め込まれ、ゆっくりと人々の自由が萎縮していくような未来はお断りだ。日本社会にもこと自由について譲れぬ一線がある。それをはっきり世界に示さねばならないのは今である。

言霊の呪い（2008・4・3）

「後期高齢者」の異議申し立て

漢字の「寿」はもともと人の長生きを祈ることを意味した文字という。それがやがて長命そのものや、そのめでたさ、祝福を意味することになる。長寿は人の祈りによってもたらされ、その喜びをみなで分かち合うものだった。

「寿」の字があてられた日本語「ことぶき」は、もともと「言祝《ことほ》ぐ」——言葉で祝うことである。言葉には霊が宿っていて、口に出せば実現するという言霊《ことだま》思想がその背景にあるといわれる。言葉は現実を操ることができると信じられたのだ。

だが現代では長寿の人々のことを言いながら、むしろ祈りや祝福を拒絶するような言葉がある。「後期高齢者」とは今月スタートした新しい医療制度で75歳以上の高齢者を示す言葉だが、「後期とはまるで死ぬのを待っているかのようだ」と不満の声を上げたのは当のお年寄りだ。

75歳を境にお年寄りの医療保険を従来の制度から切り離し、かさむ高齢者医療費の抑制を狙った「後期高齢者医療制度」である。批判が耳に届いたのか、福田康夫首相の指示で政府はその名前を「長寿医療制度」と呼びかえることになった。

だからといって名前の言いかえで制度の内実がにわかに長寿をことほぐものになるわけもない。医療費が膨らめば保険料が上がる仕組みによって医療費節減を図る制度の何がそんなにめでたいのか。逆に問いただしたくなる高齢者もいよう。

新制度で年金からの保険料天引きも始まり、予想される野党の攻勢に身構える福田首相の言霊政治である。しかしお年寄りの多くは自分が後期高齢者と呼ばれているのすら最近まで知らなかったろう。言葉の霊力はもっと早く十分な説明に使うべきだった。

裁判官の「失」（2008・5・23）

ストーカー容疑で判事逮捕

たとえばトンビに空からフンをかけられたとする。今なら「アララ、ついてないな」という話だが、もし鎌倉時代の裁判の当事者だったら大変だ。所領を取り上げられたり、有罪になって厳罰を受けたりしたかもしれない。

そのころの裁判では当事者が「起請文《きしょうもん》」といわれる宣誓書を書き、その主張にうそのないことを神仏に誓った。だがこの起請文を出した人物の身の上に、ある期間内に「失《しつ》」と呼ばれる不祥事が起きると誓約は裁判で偽りと見なされた。トンビのフンはその失の一つであった。

御成敗式目追加で列挙されている失はその他に、ネズミに衣服を食い破られる、鼻血が出る、新たに病気になる、飲食の時にむせる、乗っている馬が死ぬ、父や子ら身内が罪を犯す——などなどである。失は神意の表れと受け取られたのだ。

このような決まりは当時の裁判が神による裁きだったことを示している。だが今や裁判での真偽は裁判官が判定せねばならない。神に代わって法の裁きを下す人が、それにふさわしい職業倫理の起請文を胸に刻んでいてほしいのは、法治国家に暮らすすべての人が求めるところだ。

なのに宇都宮地裁のベテラン判事が、20代の女性裁判所職員へのストーカー行為の疑いで警察に逮捕された。こちらの失はトンビやネズミの仕業ではない。自らしつこい匿名メールを送りつけた容疑である。現職裁判官の逮捕は3例目という。

ちょうど1年後に裁判員制度が始まるという日に伝えられた「裁判官の失」である。裁判に国民の血を通わせようという改革の近づく今、この不祥事が司法そのものの信頼を覆すトンビのフンとなりはしないか気になる。

先住民の弓矢（2008・6・3）

ブラジル奥地部族の空撮写真

フィリピンのミンダナオ島の熱帯雨林で、石器時代そのままの暮らしを続けているという部族が見つかったのは1960年代後半だ。このタサディー族はほとんど裸身で洞穴に住み、手できりをもむように火をおこし、野生のヤムイモを食べていた。

この部族の言葉には「武器」や「敵」などの単語もなく、その優しく情愛に満ちた暮らしぶりが有名になる。政府も一帯を特別な保護区として立ち入りを厳しく制限した。だが、話は86年のマルコス政権崩壊と欧米人による調査を機に一転する。

現地でタサディー族はジーンズ姿でバギーに乗っていた。話を聞くと彼らは近くの農民で、すべては補助金目当てに政府の役人が仕掛けたやらせだったという。当の役人は大金を手に国外逃亡していた（「詐欺とペテンの大百科」青土社）。

先日ブラジル奥地で空撮された未知の部族の写真が公表された。これが何もペテンだといいたいのではない。ただ写真を見てフィリピンの一件が頭をよぎったのは、もはや地上に秘境などなくなったという思いこみが強すぎたからのようだ。

だが先住民保護に携わるNGOによると外界から隔絶して暮らす部族は今日なお100を超えるという。ブラジルの先住民保護機関は、この地域の部族は国境をはさんだペルー側先住民の圧迫を受け危機にあると説明する。先住民の居住地が森林の違法伐採で失われつつあるのだ。

地球上を一点のすき間も残さずに覆い尽くそうとする現代の産業文明である。弓に矢をつがえて空撮へりに立ち向かおうとする人々の姿にちょっと虚を突かれたのは、その矢が写真を見る側の思い上がりを正確に狙っていたからだろうか。

ラピュタの住民（2008・6・4）

国際宇宙ステーションに「きぼう」設置

宮崎駿監督のアニメでおなじみの天空の城「ラピュタ」は、もともとはガリバー旅行記に出てくる天に浮かぶ島だ。作者のスイフトはこの島の話を当時の科学者の風刺のために書いたといわれる。物語に出てくるその住人は、いつも考え事をしている変な連中だ。

考えにふけるあまりものも言わず、他人の話も聞けない。それどころかガケから落ちたり、溝にはまったりするので、いつも従者にたたき棒を持たせている。何かあるごとに目や耳や口をたたいてもらい、われに返るようにしているのだ。

現実離れした夢想にふけるラピュタの住民だから家造りは大の苦手である。家々の壁は傾いて、どの部屋もゆがんでいる。頭ではいろいろ考えても、およそ実際の役に立たない——というのがスイフトの科学者観で、ラピュタはその楽園だ。

だが現代科学が作り上げた天空の城ＩＳＳ（国際宇宙ステーション）の住人は家造りもちゃんとこなさねばならない。スペースシャトルで無事ＩＳＳに到着した日本人宇宙飛行士、星出彰彦さんは、いよいよ日本初の有人宇宙施設「きぼう」の実験室の取り付け作業にとりかかる。

ＩＳＳの中でも人が活動する施設としては最大という「きぼう」の実験室だ。取り付けは難作業の連続で、その後の複雑なシステムの起動も今後の運用のカギとなる重要作業という。完了すれば、今年8月から始まる予定の宇宙実験が可能になる。

「宇宙に行きたい」という子ども時代の夢を、いくつものハードルを越えながらついに現実にした星出さんである。頭に宿った夢とアイデアをしっかり現実に変えていく意志と努力こそ、21世紀のラピュタ住民の真骨頂だ。

オバマ氏が大統領候補に

無知のベール（2008・6・5）

ひとつありえないことを考えてみよう。あなたは自分が何者であるかを全く知らないとする。男か女か、どんな人種か、金持ちか貧乏か、むろん学歴や職業も分からない。その時、あなたはどんな原則を持つ社会をのぞむのか。

ジョン・ロールズという米国の政治哲学者が提示した「無知のベール」と呼ばれる思考実験である。普通に考えれば、自分が男でも女でも、白人でも黒人でも、それによって不利益を受けたり自由を奪われたりしない社会を選ぶのが賢明だ。

あらゆる人の自由と平等を理想やイデオロギーの問題としてでなく、人の合理的選択によって基礎づけたのがこの思考実験だ。そしてこのロールズの哲学は1960年代から米民主党のリベラリズムの支柱となってきたという（土屋恵一郎著「正義論／自由論」岩波現代文庫）。

だが02年に亡くなったロールズには、6年後の大統領選民主党指名争いで女性候補と黒人候補が土壇場まで死闘を演じることまでは予想できなかったろう。バラク・オバマ上院議員の獲得代議員数は予備選の最終日にようやく過半数に達した。

これにより2大政党初の黒人大統領候補となるオバマ氏である。訴えてきたのは人種や階層を超えた米国社会の統合だが、予備選では白人労働者や高齢者の支持は十分に得られていない。そのエリート臭への草の根保守層の反発も出ている。

黒人候補であれ白人候補であれ、今日の米国社会の人種、階層、世代間に横たわる根深い亀裂を超えて支持を固めねばならぬ大統領選だ。それらを一つの米国にまとめ上げる原理は、どんなベールも存在しない選挙戦のただ中で問い直されることになる。

秋葉原通り魔事件

「辻風」の正体（2008・6・10）

「旋風」と書いて「つじかぜ」とも読む。昔の人々は街の四つ角で風が巻き、つむじ風となるさまをそう呼んだ。道が交わり、人も風も集まって渦をなすところに生ずる突風は、何か魔物の仕業を思わせたらしい。

だが辻《つじ》といっても日曜の秋葉原、まるで祭りのような歩行者天国の交差点だ。そこをつむじ風のように通り抜けたのは「誰でもいい。殺したい」という黒々とした悪意だった。路上に消えたのは何のとがもない7人の命とそれぞれの未来だ。

ならば一体どのような魔物の凶行かと目をこらせば、警官が取り押さえた容疑者はむしろ気の弱そうな顔つきの25歳の男だった。驚くのはこの男が携帯電話の掲示板サイトに、事件にいたるまでの行動をいちいち書き込んでいたことである。

「秋葉原で人を殺します」「途中で捕まるのが一番しょぼいパターンかな」「晴れればいいな」。顔も知らない読み手にしきりに自分の悪意を誇示してみせた男は、こと実生活ではおとなしく、まじめな派遣社員だと周囲の目に映っていた。

秋葉原は、その昔は辻に開かれたという市《いち》のような街だ。古くは電気部品の露天商が集い、高度成長期に電気街に発展を遂げた。近年はゲームやアニメ文化が渦をなす独特の空間を形作っている。男の胸に宿った相手の定まらぬ憎悪は、なぜかその渦へ引き寄せられてしまった。

メール仲間から連絡が来たことに「少し嬉《うれ》しかった」と掲示板に書いた男は、しかし目の前の生身の人間には何のためらいもなく刃物を突き立てた。この途方もない虚無はどこからやって来たのだろうか。秋葉原の辻風を引き起こした心の真空の正体をはっきり見定めたい。

参院の首相問責決議

切れない「宝刀」（2008・6・12）

「伝家の宝刀」といってもいろいろだ。「西鶴諸国ばなし」には父が家宝と言い残した刀をめぐって兄弟が相続争いする話がある。他の財産をすべて弟に譲って宝刀を手に入れた兄が都に上って目利きに鑑定してもらうと、なんと刃もついていない鈍刀だ。

郷里に戻って母に詳しく聞けば、それは昔水争いで亡父が隣村の人に切りつけた刀だという。ところが相手は傷一つなく、おかげで父は罪人にならずに命拾いした。切れなかった刀こそは命の親だと、以後それを家の宝としたのだった。

「役に立たぬ刀をどうしてお前がそんなに欲しがるのか不思議に思ってたよ」とは老母のとぼけた感想だ。「伝家の宝刀」だからといってよく切れる刀とは限らない。むしろ道具としては役に立たないからこそ、心の戒めとなる宝もある。

後期高齢者医療制度廃止に応じない政府与党に対し「伝家の宝刀を抜く」とは民主党の鳩山由紀夫幹事長の言葉だ。むろん野党が過半数を占める参議院での福田康夫首相に対する問責決議のことで、11日の本会議で可決された。議会史上初のことだけに政府には確かに痛手だろう。

もっともこの刀には法的な刃はなく、さやから抜いたからといって衆院解散や内閣総辞職を迫れるわけでないのは初めから分かっていた話だ。問責決議の重さをアピールする野党に対し、与党はきょうの衆院での内閣信任決議で対抗する構えだ。

注目されていた党首討論も中止となり、肝心の医療制度をめぐる国会論戦も行われぬまま衆参両院が互いの宝刀をかざし合う図柄はどんなものだろう。刃のあるなしにかかわらず国民が委ねた宝刀はもっと巧みに使えぬものか。

バカボンのパパ（2008・8・4）

赤塚不二夫さん死去

終戦間もないある町でのことだ。ワルガキ集団にまとわりつく3歳のチビがいた。ジョンジョンと呼ばれたチビは「腹が減るとミミズも食っちまうようなタフな」やつだった。ワルガキの一人は後に漫画家となり、その子から「チビ太」というキャラクターを思いつく。

ワルガキ集団は大きなノラネコを縄でぐるぐる巻きにして池に投げ込む残酷ないたずらもした。だが当のノラネコは2、3日後に平気な顔で野原を駆け回っていた。その不屈のノラネコは同じ漫画家によって「ニャロメ」としてよみがえる。

赤塚不二夫さんは当時、母と兄弟4人で命からがら大陸から引き揚げ、母の郷里で暮らしていた。満州国警官だった父は抑留され、一番下の妹は帰国後すぐ栄養失調で亡くなった（武居俊樹著「赤塚不二夫のことを書いたのだ!!」文春文庫）。

出世作「おそ松くん」の笑いは、この時代の混乱や赤貧の暮らしが原型だと赤塚さんは語っていた。それと、熱心に見た米国の喜劇映画である。たとえば「一ダースなら安くなる」を見ていなかったら、おそ松兄弟は生まれなかったという。

「寝ている間に誰かが面白いことをやってると思うと、寝ていられない」「馬鹿にしか見えない真実がある」。戦後の混乱期の八方破れのバイタリティーを受け継ぐ赤塚漫画のキャラクターとギャグは、高度成長で変貌する社会にそれまで人々が知らなかった笑いを送り続けた。

その筆頭格の「バカボンのパパ」のモデルは、抑留から帰国した口ひげ姿の父親だという。むろん性格でなく、外見だ。天国の赤塚さんは、息子を警官にしたがった謹厳な父と今ごろどんな話をしているだろうか。

政治への天職（2008・9・2）

福田康夫首相の辞任表明

ドイツの社会学者、マックス・ウェーバーの「職業としての政治」は現代の政治家と政治を学ぶ者に大きな影響を与えた講演である。そんな歴史的名講演でウェーバーは清朝末期の大官、李鴻章の回顧録を引用しながら中国の官僚政治にふれている。

だが実はこの李鴻章回顧録なるものはペテン師がでっち上げた偽書だったのだ。どうも碩学《せきがく》も極東の事情にはそれほど詳しくなく、偽書の紋切り型の東洋認識を見破れなかったようだ。むろんこの講演が重要なのはそんな細かな点にはない。

説かれているのは、宗教的・道徳的な心情だけではさばき切れない政治の結果責任の重さだ。そして政治の営みの本質を突いて述べている。「政治は、情熱と判断力を駆使し、堅い板に力をこめてじわっじわっと穴をくり貫いていく作業である」。

その政治は「一寸先は闇」の世界でもある。誰しも仰天した福田康夫首相の突然の辞任表明だった。それは安倍晋三前首相に次ぐ2代続いての「政権放り出し」、そういわれても仕方ない戦後政治のかつてない異常事態でもあった。

たぶん首相を問い詰めても、先日の小欄でふれたその座右の銘「行蔵は我に存す」――出処進退は自分のものとの言葉が返ってくるだけだろう。辞任が政治家として最善の決断と信じたのかもしれない。だが、それを受け止める国民の政治への不信と不安に思いは及ばなかったのか。

「どんな事態に直面しても『それにもかかわらず！』と言い切る自信のある人間、そういう人間が政治への天職を持つ」というのも「職業としての政治」の言葉だ。首相の辞任表明にあぜんとする今、その名言を思い出すのもむなしい。

「永続的株高に突入した」（2008・9・17）

リーマン・ショック

「今や株価は永久的な高原状態に突入した」。こう述べたのは計量経済学の創始者で、資本・貨幣理論、物価指数論などで現代経済学に大きな貢献をした米エール大のI・フィッシャー教授だ。1929年10月のことだった。

お気づきだろうがその数日後には「暗黒の木曜日」といわれる株の大暴落と、それに端を発した大不況が迫っていた。教授の発言は単に有名学者が見通しを間違ったというだけの話ではない。教授自身、当時のお金にして数百万ドルという巨額の投資金を大暴落で失ったのだ。

「永続的な株高」などという話は、今聞けばいかにもバブルっぽい。だがブームの渦中にあっては経済学の賢人にして自分の財産を失うまでそう信じたのだからバブルは怖い。そして今またウォール街は、米住宅価格の上昇が永遠に続くという泡のような幻想の後始末で大揺れだ。

住宅バブル崩壊によるサブプライムローン問題の深刻化は、ついに米証券の老舗リーマン・ブラザーズの破綻《はたん》をもたらした。金融不安は連鎖的に広がり、ニューヨーク株やドルは急落、それこそ大恐慌以来ともいう金融危機の様相を見せる。

このリーマン・ショックで、日欧や新興国でも軒並み大幅な株価下落に見舞われている。米国の金融不安が世界的な景気後退懸念とも連動しての世界同時株安である。不安の連鎖反応が直ちに地球を覆い、人々の運命を左右するグローバル経済だ。

日本人にはいやでもかつての山一証券破綻や金融システム不安が二重写しとなるリーマン破綻である。人が繰り返す同じ過ちにはつくづくあきれるが、せめて混乱封じ込めには過去から学んだ教訓を十分に生かしたい。

海千山千楼（2008・9・25）

麻生新内閣の誕生

海に千年、山に千年生きるとヘビも竜になる。で、長年にわたり浮世の経験を積んで、世間の裏も表も知り尽くした老獪《ろうかい》な人を「海千山千」という。この四字熟語のような表現は大正時代から広まったらしい。

麻生太郎新首相の祖父、吉田茂はことあるごとに政治家たちが訪れてくる私邸に「海千山千楼」の扁額《へんがく》をかけていた。外交官の加瀬俊一がその住人にふさわしい名をつけたのだという。だが吉田本人は「海千山千はここに来る客で、主人の方ではありません」と言っていたそうだ。

とかく腹黒い、ずるがしこいなど好ましくない意味を帯びる海千山千だが、一方で政治家が世情や人情にうとくては国民が迷惑しよう。では予想される総選挙でおっつけ国民に信を問うことになる麻生新政権の楼閣は、世の裏も表も知り尽くした政治家らを呼び込めただろうか。

二つの短命政権の後を受けた麻生新内閣だが、今度の総選挙で敗北すればたちまち史上最短政権となりかねない。そんな自民党の命運がかかった政権にしては、新首相と親しい議員の起用や、総裁選の論功行賞が目立つといわれる新内閣だ。

とりわけ元首相の孫や子の政権投げ出しが続き、政治リーダーのもろさやひ弱さが論議を呼んでいるおりである。今度も閣僚名簿にかつての首相や有力者の2世3世が並んでいるのを見れば、その「海千山千」度不足？が心配になってくる。

海に千年、山に千年も生きれば権謀術数にもたけようが、それだけで政治が続かぬことも知るだろう。そんな大いなる知恵、たくましい意志をもつ竜こそが海千山千の本来の意味ならば、選挙までにその居場所をじっくり見極めたい。

会社に向かない（2008・10・9）

下村脩さんにノーベル化学賞

薬学生として大手製薬企業の面接を受けた。だが「君は会社には向かない」と言われた。結局は大学に残ったが、学生の自己診断は「上の人の話を素直に聞くような人間じゃない。人と争う気もないし、競争は嫌い」という。面接者は人を見る目があったのだ。

いや、今となってはその製薬会社の人事担当のおかげで日本人は連日のノーベル賞受賞の喜びを味わえたというべきだ。その薬学生こそが発光たんぱく質GFPの発見でノーベル化学賞受賞が決まった下村脩・米ボストン大名誉教授だった。

産経新聞の企画「知の先端」で紹介されていたエピソードだが、その「会社に向かない」性格は、後に大きくモノを言う。留学したプリンストン大で、蛍光クラゲであるオワンクラゲの発光メカニズムを突き止めようと研究していた時だった。

ウミホタルなど蛍光生物はルシフェリンという物質によって発光する。オワンクラゲからはその物質が見つからなかった。だが、指導教授はルシフェリン以外の発光物質を見つけようという下村さんの提案を認めなかった。むろん「上の人の話」が素直に聞かれることはなかった。

62年に発見されたGFPは「今日の生物科学で使われる最も重要な道具の一つとなった」（スウェーデン王立科学アカデミーの発表）。脳の発達過程も、がん細胞の広がり方も、GFPの緑の蛍光によって追跡できるようになったのである。

ある特殊な生物の中に生命全体の謎を解く道具をひそかにしのばせている自然界である。その巨大な迷宮のようなジグソーパズルを仕組んだ神様に愛されるには、あまり会社の人事担当に愛されるようではいけないようだ。

ペシミズムの毒（2008・10・28）
バブル後最安値割り込み

コップに水が半分入っている。これを「まだ半分ある」というのがオプチミスト（楽天主義者）、「半分しかない」と思うのがペシミスト（悲観主義者）だ。世の中は広いもので、そんなペシミストだけの名言集もある。

「人生にはおぞましい人生と悲惨な人生の二種類しかない」（ウディ・アレン）、「何も期待しない人間は幸せである。落胆させられることがないから」（A・ポープ）などを集めたE・マーカス編「心にトゲ刺す200の花束」（祥伝社）には、名もない賢人たちの言葉もある。

「取り越し苦労なんてしなさんな。もうすぐあんたのところに本物の苦労がやってくるから」はラパポートという人のおばあさんの言葉。「あすのことは心配するな。今日どんな災難が降りかかるかわからないから」とはユダヤのことわざだ。

さてバブル後の株価低迷期の日本で交わされたジョークには「さあ笑おう、今日は明日ほど悪くない」というのもあった。週明けの東京株式市場はとうとうそのバブル後最安値を割り込み、市場はペシミストたちに埋め尽くされたかのようだ。

この株価、実に82年10月以来というから一気に26年前に時計の針が戻った格好だ。「他人をほめる人、けなす人」（草思社）の著者F・アルベローニがオプチミズムとペシミズムとの違いは、人々の未来への不安や恐怖を介して広がる後者の異常な伝染力だと書いたのもうなずける。

ペシミズムの毒への免疫を作るには、不安や恐怖をはぐらかすユーモアやウイットに満ちたペシミストの名言を予防注射する手もある。「人生をそんなに深刻に考えるな。永久に続くものじゃないんだから」(作者多数)

オバマ氏が米大統領選勝利宣言
「機会」の大金庫室（2008・11・6）

「私には夢がある」とキング牧師が人種差別なき米国社会の夢を語ったのは1963年の8月だった。米独立宣言と憲法を約束手形にたとえた演説にはこんなくだりもあった。「米国は黒人民衆に不渡り手形を渡してきた。『資金不足』と書かれた手形をだ」。

キング師はさらに続けた。「私はこの国の『機会』という大金庫室に、そんな資金不足があると信じることを拒否する」。後に日本の英語教科書にも載ったこの歴史的名演説の当時、バラク・オバマ氏はまだ2歳になったばかりだった。

そのオバマ氏が人種や党派を超えた米国社会の「結束」を掲げ、黒人初の大統領に選出された。勝利宣言の演説では自らを大統領へと導いた建国の理想を高らかにたたえている。米民主主義はオバマ氏の手形にふさわしい支払いをしたようだ。

数々の流行語を生んだ今大統領選だが、「オバモメンタム」とは、オバマとモメンタム（はずみ、勢い）の合成語である。そのオバモメンタムを最後の圧勝にまで強めたのは、金融・経済危機の中での「変化」のスローガンだろう。「人種の壁崩した変化への希求」と米紙はいう。

ブッシュ政権の8年を引き継いでの「変化」の振り子は、おのずと市場万能の新保守主義路線の見直しや、各国の協調による新経済秩序の模索へと振れることになろう。しかし、そこで求められる新政権のビジョンや構想力はなお未知数である。

「米国に変化が到来した」とオバマ氏は宣言した。ならば、この支払われた歴史的な「機会」はどのように生かされるのか。次期大統領にとってはもちろん、世界の中での米国、その指導力にとっても正念場かもしれない。

予想不能な連鎖（2008・11・7）

ジュラシック・パークの入り口

「人生とは、ネックレスの真珠のように次から次へ連なる出来事じゃない。ある出来事が次に起こることを全く予測不能にする、それがさらに次の出来事を予測不能にする――そういう出来事の連鎖なんだ。ときにはそれが破滅的方向に向かうこともある」。

米作家マイケル・クライトン氏の小説「ジュラシック・パーク」（ハヤカワ文庫）で、遺伝子工学により復活させた恐竜パークの破局を予見する数学者マルカムの言だ。物事は思い通りにならないが、なぜか人はその真理を認めたがらない。

先端科学を素材にしたSFで「未来を先取りする作家」といわれたクライトン氏が4日亡くなった。ちょうどその日、日本では凍結保存されていたマウスの死骸《しがい》からクローンマウスを作るのに理化学研究所のチームが成功したと報じられた。

平たくいえば、シベリアの永久凍土に眠る1万年前のマンモスの死骸からマンモスを復活させることができる。少なくともそれが実現可能なのがはっきりした。まさに「ジュラシック・パーク」の描く未来が、戸口までやってきたのである。

チームは冷凍乾燥した細胞からもクローン胚《はい》を作り、はく製のニホンオオカミを復活させる道も開いた。だったら生きた絶滅動物をこの目で見たいとの思いは誰しも頭をよぎる。では滅びた生命が次々によみがえる未来は戸口をくぐるのか。

「現代の環境に恐竜を棲《す》まわせる事自体、予測不可能事だ」とはマルカム博士の警告だ。「一度限りで逆戻り不能」という生命現象の本質に人が手を触れることへのためらいやおそれはあって当然だ。「できること」と「すべきでないこと」との間での熟慮の時である。

「鴨の味がする」（２００８・11・29）

首相の止まらぬ放言

麻生太郎首相のおじにあたる吉田健一は食通で知られた英文学者だった。各地の食味を訪ねての名エッセー「私の食物誌」（中公文庫）はまず「長浜の鴨《かも》」から始まる。その名文家が冬の琵琶湖のカモのうまさを表すのに用いた言葉が「鴨の味がする」だ。

「これは妙な言い方でもっと旨《うま》い説明ができる筈《はず》であってもその味以上のものはないと食べながら思うのが結局は鴨の味ということに落ち着く」。なるほど古くからのことわざでも「鴨の味」は、他に比類ない快楽のたとえとなってきた。

「人をそしるは鴨の味」も人間性のちょっと困った一面を突いたことわざである。その場にいない人の悪口が座を盛り上げる場面は誰しもしばしば目にする。他人をそしることで自分を正当化しようという人に出くわすのも別に珍しくない。

では美食の文学者のおいである首相に昨今相次ぐ放言の場合はどうだろう。「医者は社会常識を欠く人が多い」も、「たらたらと何もしない人（患者）の分の金（医療費）をどうして私が払うのか」も、その場にいない医師や患者をこき下ろして世人のひんしゅくを買ってしまった。

いい趣味ではないが、私的な座談ならば他人をそしる「鴨の味」を内輪で味わうこともあろう。しかし首相が政策決定にかかわる公の場で語る言葉に内も外もない。一国の首相にとっては、「その場にいない国民」など一人もないはずである。

総裁選の際の水害地への無神経な失言もそうだったが、目の前にいない人をおとしめることで目前の人の歓心を買うくせは本当に困ったものだ。首相の言動がいちいち国民の世間話の「鴨の味」になっていては政治にならない。

ポンジスキーム（2008・12・17）

ナスダック元会長の巨額詐欺

チャールズ・ポンジは19世紀末に渡米したイタリア系移民だった。皿洗いなどを転々としていた彼は、やがてその名が英単語になるほどの有名人になる。今「ポンジ」を英和辞書で引けば、「スキーム（策謀）」との組み合わせで「ネズミ講詐欺」とある。

ポンジは後に続くカモの金を最初の投資者に配当することで巨額の資金を集め、街のヒーローとなった。むろんすぐに破綻《はたん》したが、被害者は主にクッキー缶にためたなけなしの金をはたいた庶民だった（「詐欺とペテンの大百科」青土社）。

さて、容疑者自らが「ポンジスキームだった」と認めているという詐欺事件である。だが、こちらの〝被害者〟は顔ぶれがすごい。スペイン、仏、英などの欧州の銀行をはじめ、日本や韓国もふくむ世界の大手金融機関が直接間接に巨額損失を被る公算が大きくなっているという。

米連邦捜査局に逮捕されたナスダックのB・マドフ元会長による詐欺事件の損害額は約500億ドル、実に約4兆5000億円という。高利回りをうたった彼のヘッジファンドは、運用の実績がなく新たな投資資金を配当に回していたらしい。

なぜ大手金融機関がヘッジファンドならぬポンジファンドに手を出したのか。米証券取引委員会はその怪しげな内実をチェックできなかったのか。疑問は次々浮かぶが、クッキー缶のへそくりにしか縁のない身には想像もできぬ世界の話だ。

これではヘッジファンドへの規制や監視強化を求める声も勢いを増そう。ポンジの崇拝者は彼を「金を見つけ出す最高のイタリア人だ」とたたえたという。ペテン師がつけ込む欲ボケも時代とともにスケールを増すものだろうか。

スクルージの改心（2008・12・24）

困窮のクリスマス

「スクルージ」はケチ、守銭奴のことと辞書にある。C・ディケンズの「クリスマス・キャロル」の主人公の名が一般名詞となったのだ。なにしろ「並はずれた守銭奴で、人の心を石臼ですりつぶすような情け知らず」というキャラクターである。彼は言う。

「クリスマスはどういう時期だ？金もないのにたまったつけを払わされ、一つ年を取って、これっぽかりも豊かになりゃしない。帳簿を締めれば、ほとんどとりっぱぐれだ」。めでたいなんてやつには心臓にヒイラギのくいを打ち込むぞ。

強欲な彼の名がクリスマスに世界中で語られるのは、イブの一夜で困窮する人への思いやりに目覚めた奇跡のおかげだ。その夜彼は精霊に連れられ、過去から未来の自分の姿と、貧しいが心清らかに聖夜を祝う人々を見て改心したのである。

物語が書かれたのは19世紀英国で「飢餓の40年代」と呼ばれた窮乏の時代だった。貧しく苦しむ人々に手を差しのべようというクリスマスの精神はすぐ広がり、ディケンズは「クリスマスを創始した男」とまで呼ばれた（池央耿《ひろあき》訳「クリスマス・キャロル」光文社古典新訳文庫）。

そのスクルージすら震え上がりそうなウォール街の強欲が行き着いた金融危機だ。それを震源とする世界不況が人々のつつましい暮らしに失業や倒産となって襲いかかるクリスマスである。「クリスマスなんてめでたくない」との悪態に思わず同感したくなる方も少なくなかろう。

しかし窮乏の時代が「クリスマス・キャロル」を生んだように、人がやさしさとぬくもりを分かち合うところに新たなクリスマスの奇跡も生まれよう。今夜がそんなイブになればいい。

凍える年末年始

御所千度参り（２００８・12・28）

天明の飢饉《ききん》による餓死や打ちこわしが各地に広がっていたころだ。最初１００人ほどが神社に参詣するように京都御所にやってきた。それを機に御所の周囲をめぐり歩く老若男女は日に日に増え、やがて近江や河内からも集まった人々は7万に達したという。

「御所千度参り」と呼ばれるおかげ参りのような群衆行動は、窮民救済を京都奉行所に求めた民衆が相手にされなかったために始まったものだった。上皇や公家は人々にリンゴや握り飯をふるまい、光格天皇が京都所司代を通じ幕府に窮民救済を求める幕政史上異例の事態になった。

幕府の朝廷統制のほころびと、幕末の尊皇論台頭のきっかけとされる事件である。飢える人を救えない政治への民衆の絶望はやがて歴史の地殻変動につながった。困窮する人の苦しみや悲しみへの人々の共感は時にすさまじい力をあらわす。

さて窮乏へのセーフティーネット(安全網)ならあるといわれていた現代日本だ。だが、いざ世界不況の波を受ければ、多くの人が凍えかねない試練の年末年始になった。とりわけ住む場所を失った人には社会機能の止まる1週間は厳しい。

さすがに各地の主要なハローワークは30日まで窓口を開き、職や住居を探す失業者の相談に応じるという。しかし「100年に一度の経済危機」と繰り返す政治にあって、100年に一度の年末年始に見合う対策は尽くされたといえるのか。

普段の年のように新年を迎える準備にあわただしい人も、寒風の中の離職者の境遇が心に突きささる年の瀬である。凍えるつらさへの共感が、凍える人々への実のある支援に容易に結びつかぬこの間の成り行きがもどかしい。

二〇〇九年（平成二十一年）

寒空の下の希望

「水仙いちりんのお正月」（2009・1・1）

「水仙いちりんのお正月です」。放浪の俳人、種田山頭火の昭和6（1931）年元日の日記にある句だ。前日の大みそか、手元の4銭を入浴に使い無一文になった彼は知人に金を借り、ささやかな正月準備をした。

「見切《みきり》の白足袋一足十銭、水仙一本弐銭《にせん》、酒一升一円也《なり》――これで私の正月支度はできた、さあ正月よ、やってこい！」。この正月、山頭火は毎日のようにスイセンを詠んだ。「先祖代々菩提《ぼだい》とぶらふ水仙の花」「戻れば水仙咲ききつてゐる」……スイセンが好きだとも書いている。

「水仙は全く日本的な草花だと思ふ、花も葉も匂ひも、すべてが単純で清楚《せいそ》で気品が高い。しとやかさ、したしさ、そしてうるはしさを持つてゐる、私の最も好きな草花の一つである」。ちなみにこの年、昭和恐慌さなかの日本は、満州事変へと歴史の迷路にはまり込んでしまった。

野山が色彩を失うこの季節、孤高の美で人の心をとらえるスイセンの一輪で祝う正月もある。ただ戦後かつてない経済の暗転に見舞われた年は去っても、改まった年を素直にことほぐにはあまりにも厳しい見通しが取りざたされる年明けだ。

「雪中花」の異名の通り、厳寒の空の下でも凛《りん》としたたたずまいを失わぬスイセンの花は、しばしば希望にたとえられる。どんな厳しい境遇で迎えるお正月であれ、誰もが一輪の希望をそれぞれ心に抱ける新年であってほしい。そう切に願う。

この冬景色でも、どこかにはスイセンの群れ咲く場所は必ずある。その群落のように私たちの社会は凍《い》てつく風の中でも気品を失わず、春への道を誤りなくたどっていけるだろうか。「考へてをる水仙ほころびる」(山頭火)。

フーバービル(2009・1・6)

年越し派遣村に500人

「フーバーフラッグ」——フーバーの旗とは何だろう。ポケットの中身を裏返して引っ張り出し、ひらひらさせる無一文のサインという。フーバーとは大恐慌への無策が歴史に刻まれてしまった米大統領の名である。

全米の労働者の約25%が失業し、路頭に迷った時代だ。同じくフーバーの毛布とは防寒のため体に巻く新聞紙、フーバーの革とは段ボールのことだ。そして住み家を失った人々の小屋やテントの集まった場所はフーバービル(町)と呼ばれた。

スタインベックの小説「怒りの葡萄《ぶどう》」は「町という町の外れにフーバービルがあった」と書いている。

その暮らしは栄養失調で死ぬ子どもも珍しくない悲惨なものだった。そのうえ不衛生などを理由に追い出しを図る地元警察の襲撃も受けた。

さて時は21世紀、東京・日比谷公園のテント村だ。仕事と家を失った労働者を支援する年越し派遣村に集まった入村者は500人に達した。心配された5日以降の宿泊所だが、ようやく行政が4施設を用意し、就職の支援にもあたるという。

この間の厚生労働省の講堂開放も、村撤収後の対策も、メディアの注目を集めたボランティアの活動が行政の背中を押すかたちで実現した。だが雇用情勢の悪化とは数字の問題ではない。それが生身の人間に何をもたらすかをいち早く予測し、先手を打つのが政治や行政の役目だ。

フーバーは個人的には慈善家だった。だが政府の貧者救済の支出には強硬に反対し、また自信を示すために不況下でもぜいたくな生活を崩さず反感を呼んだ。おかげで自分の名が困窮と悲惨の形容詞となった成り行きについて今学ばねばならない人は日本にもいよう。

蜀山人の受験（2009・1・17）

受験シーズン到来

「世の中に蚊ほどうるさきものはなしぶんぶといふて夜もねられず」。文武両道を奨励した寛政改革を風刺した狂歌だが、作者と目された文人・大田南畝《なんぽ》（蜀山人《しょくさんじん》）はそれを否定した。しかし幕臣の彼はなぜか文芸界から身を引き、ある試験を受ける。

江戸時代に試験、しかも狂歌で名高い文人と受験とは何とも奇妙な取り合わせだ。この試験、寛政改革の一環だった幕府の「学問吟味」で、受験した旗本・御家人の子弟のうち2割ほどが合格者として褒賞を受け、後の昇進の材料とされた。

44歳の南畝の受験は上司の命令らしい。この試験に最初失敗したのは、文章解読で「この意味の深きことは麴町の井戸の如《ごと》し」と当時のシャレを書いたためだといわれる。だが実際は、南畝の才能をねたんだ幕吏が足を引っ張ったせいという。

ここまで読んだきょうのセンター試験受験生に「縁起悪い」としかられそうなので、急ぎつけ加えると結局南畝は抜群の首席で学問吟味に合格し、後に昇進した。ただこの才人にして試験は決して愉快な経験ではなく「年寄りの冷や水」と述懐した(浜田義一郎著「大田南畝」)。

センター試験を皮切りに今年も受験シーズンである。子どもらが自力で競争社会の現実と渡り合う試練の季節だ。明治の文豪で軍医総監をつとめた森鷗外のような人にして「人生の最も苦なるものは学校の試験に若《し》くはなし」の言があるくらいだから、見守る親も気が気ではない。

受験生諸君にはどうかこの試練を、どんな他人とも違う確かな「自分」にたどりつく大切な一歩にしてほしい。そのためにも心のゆとりは保ちたいが、答案にシャレは書かぬ方がよさそうだ。

初代ペンギンの悲劇(2009・1・30)

コウテイペンギンも絶滅の恐れ

かつてペンギンと呼ばれた鳥がいた。今もいるよと突っ込まれそうだが、あれは先代を襲名した2代目ペンギンだ。初代は1844年6月3日か4日に絶滅した。ペンギンとはこの鳥、オオウミガラスの特徴である頭の白斑を指した古代ケルト語だった。

なぜ絶滅の日まで分かるかといえば、最後のつがいを人が殺したからだ。生息地のアイスランド沖岩礁で抱卵中の2羽が人に見つかり、1羽は殴り殺され、1羽は絞め殺された。最後の卵は割れていた（今泉忠明著『絶滅野生動物の事典』）。

全長約80センチ、体重5キロに達したこの海鳥は腹は白く、背は暗褐色だった。翼は20センチほどに退化して空は飛べない。その代わりに潜水は巧みで魚類やイカを食べ、陸上では直立してヨチヨチ歩きをした。要するに今のペンギンそっくりである。

かつては北大西洋に数百万羽は生息していたオオウミガラスである。それを絶滅に追い込んだのは、羽毛と卵を求める人間の乱獲だった。そして絶滅寸前には、標本を高額で買い取るという博物館が欲深い人間を最後の捕殺に駆り立てた。

人間は南極にもオオウミガラスに似た鳥がいるのをみつけ、ペンギンと呼ぶことになる。最新の米仏の研究チームの報告によると、その南極のコウテイペンギンが今世紀末には絶滅の可能性があるというのだ。こちらは地球温暖化による海氷の減少で、繁殖が難しくなるためだ。

まさかといいたいが、2代目同様人を恐れず船を見るとヨチヨチ寄ってきた初代を平気で殺りくした人間のことだ。目先の欲や無関心がまたもペンギンを悲劇の鳥の名にしかねない。もう地球上に3代目を襲名できる鳥はいない。

「守銭奴」の逆ギレ（2009・3・19）

AIG幹部巨額ボーナス

「情けない奴《やつ》だ、しょっちゅう金の話ばかり持ち出して！この連中はほかに云《い》うことがないと見える、お金、お金、お金……何かにつけて金のことばかり。お金！これが奴等《やつら》の守り刀というわけか！」。モリエールの喜劇「守銭奴」のせりふである。

誤解ないようにいえば、これは誰かが主人公の守銭奴アルパゴンを非難しているのではない。自分が支払いを求められた時、相手を守銭奴呼ばわりして支払いを免れようとするアルパゴンのせりふだ。お金に執着する人の逆転の発想である。

だが常人とは逆の発想といえば、現代のウォール街の住人の方がはなはだしいようだ。米政府から巨額の支援を受けて経営再建中の保険大手ＡＩＧの幹部73人に1人１００万ドル以上、最高６４０万ドルのボーナスが支払われていたという話だ。

むろん自分らの税金が食い物にされた形の米世論が激高したのは当然だ。公的管理の責任が問われる立場となるオバマ大統領はＡＩＧを「強欲によって自ら苦境に陥った」と決めつけ、「どんなボーナスも正当化はできない」と指弾している。

議員の中からは日本企業の謝罪会見風景とハラキリを混同したような〝日本式謝罪〟をＡＩＧ経営陣に求める発言まで飛び出した。しかしボーナスはすでに幹部たちの手に渡っており、米政府や議会は高率の課税などによって支給分を回収する方策に頭を絞らねばならなくなった。

「働く国民が求めているのは、小さな町の目抜き通りからウォール街まで皆が同じルールに従うことだ」とはオバマ大統領の言葉である。強欲のもたらすモラルや常識の珍妙な逆転現象は、喜劇の舞台の上だけにしてほしい。

侍ジャパンのＷＢＣ連覇

ナンジニクルカ（２００９・３・25）

日本野球初の国際試合は1896（明治29）年の一高と横浜の外国人クラブとの対戦だが、一高チームの張り切りようはすごかった。相手からの「ナンジニクルカ（何時に来るか）」との問い合わせ電報を「汝、逃ぐるか」と読んで憤慨するいれこみぶりだ。

だから米国人からなる相手チームに大勝した喜びようもただごとではない。祝勝会で寮総代は落涙しながら語った。「きょうの勝利はただ一高のみの勝ちではない。邦人全体の勝ちである。日本がアメリカを征服したのである」（佐山和夫著「明治五年のプレーボール」NHK出版）。

こうしてみると国際試合へのやや大げさな気合の入れようは日本野球の生来の性癖らしい。だが今度はまさに掛け値なし、侍ジャパンのWBC連覇達成には「邦人全体」が勝利の喜びにわきたった。日本野球の堂々たる「世界制覇」である。

とくに大会5度目の対戦となった韓国との決勝、その終盤の息詰まるつばぜり合いをイチロー選手のタイムリーで抜け出しての優勝だ。明治この方、野球にかける思いの強さではどこにもひけをとらぬ日本人にはこたえられない運びだった。

「神が降りてきました」とは決勝打についてのイチロー選手の言葉である。今大会は不調をかこち、最後の最後に栄光の扉を自らの腕で開いたチームリーダーだ。そこに降り立った今大会の神は、パワーのベースボールよりチームワークと技の洗練で勝負する野球を愛してくれた。

世界の頂点を極めた日本野球の雄姿に人々が歓声を送る一方で、甲子園ではもう次の世代の日本野球も始まっている。この国を元気にする野球の力の健在が何ともうれしい球春である。

オバマ大統領の核廃絶演説

「核のない世界」(2009・4・7)

昨年暮れに亡くなった国際政治学者の永井陽之助さんは、核兵器は占師の水晶玉のようなものだという冷戦時代の戦略家の見方を紹介した。この水晶玉は核大国の指導者が全面戦争を招くような決断をした場合の未来を、誤断の余地なく映し出すからだ。

そこに浮かび上がるのは広島と長崎で見られた地獄図である。およそ責任ある指導者なら、自らの危険な決断の惨たんたる未来をあらかじめそこに見いだし、おそれおののいたろう。水晶玉効果とは核兵器の戦争抑止力の一面を示していた。

米ソ熱戦が避けられたのは、「核があったから」か、「核があったのに」か、論議は今も分かれる。だが核拡散や核テロの懸念が高まり、北朝鮮のような国が核をもてあそぶ今日、もはや水晶玉効果の戦争抑止も底が抜けてしまったようだ。

冷戦期の核抑止を担ったキッシンジャー氏ら米外交・国防の長老が核廃絶を主張するのもそのためだ。相互抑止による戦略的安定どころか、一寸先も読めなくする核兵器の拡散である。そんななか行われたオバマ大統領の核廃絶演説だった。

「核のない世界」をめざすと訴えた大統領は、核保有国の軍縮、核拡散と核テロ防止に向けた国際的新制度を主導すると表明した。目を引いたのは「核を使用した唯一の保有国の道義的責任」という言葉で広島・長崎への原爆投下に触れて、核廃絶への米国の責任を強調したことだ。

唯一の被爆国・日本と唯一の核使用国・米国が、核なき国際社会へ向けたスクラムを組んで歴史の裂け目を埋める日が胸をよぎる。人類の未来は破局を映す水晶玉によってではなく、恒久平和をめざす英知と意志で切り開きたい。

江戸人たちの旅好き（2009・5・2）

高速1000円ゴールデンウイーク

「日本人は大の旅行好きである。本屋の店頭には、宿屋、街道、道のり、渡船場、寺院、産物、そのほか旅行者の必要な事柄を細かに書いた旅行案内がたくさん置いてある。よい地図も容易に手にはいる」。幕末に英外交官E・サトウが書いている。

中には歴史や伝説の絵入りの見事な東海道案内記もあった。サトウは当時の英国の旅行案内の定番だったマレー社のガイド本を引き合いに出し、それになじんだ英国人ならほしくなると述べている（「一外交官の見た明治維新」岩波文庫）。

ちなみにマレー社のガイド刊行が始まったのは1836年だが、サトウをうならせた日本の旅案内はもっと古くからある。公的には旅が制限されていた時代に、日本人の旅好きは来日外国人の目を引くまでに旅情報をあふれさせていたのだ。

その日本でもとりわけ野山が新緑に輝くゴールデンウイークである。すでに最大16連休をとって海外にお出かけの方もいようが、きょうからの5連休、今年は「1000円高速道路」を使っての長距離ドライブという向きも多いに違いない。

きょうの下り線の渋滞予想では、九州道久留米インターチェンジ付近からの60キロを最高に、全国でピーク時10キロ以上の渋滞が46回も予想されている。事前の予測や渋滞情報など、旅先の情報チェックにはどうぞ万全を期していただきたい。

サトウは江戸への旅の途中、伊勢や金毘羅《こんぴら》宮を回って江戸に帰るという14歳と12歳の少年に会い驚いている。親や主人に無断の「抜け参り」か、2人は土産のお札を背負っていた。こんなたくましい「大の旅行好き」の子孫のわれらだ。この連休も少々の混雑は仕方ない。

＊「1000円高速道路」はETC利用の普通車などを対象に、大都市区間を除く休日の高速道路料金を一律1000円とした施策。麻生政権から民主党政権に引き継がれ、11年6月まで実施された。

ゆかたがけの憲法（2009・5・3）

口語体の法文化革命

「われら日本国民は真理と自由と平和とを愛する。われらは、われら及びわれらの子孫のためのみでなく、全世界の人類のために、これが探求と現実とに、こぞつて力をつくさんとするものであつて、かりそめにも少数の権力者によつて、ふたたび戦争にひきこまれることを欲しない――」。

はて聞いたことのあるような、ないような、と戸惑う方もいよう。「そこでわれらは、国会におけるわれらの正当なる代表者を通じて、主権が国民の意思にあることを宣言し、ここにこの憲法を制定する」。そう、憲法前文の素案の一つだ。

これは作家の山本有三と国際法学者の横田喜三郎が憲法口語化の要請に応えて書いた試案である。実際の前文より一見してかなが多い。憲法が口語とひらがなで書かれたことは実に「法文化革命」ともいえる出来事であったという（古関彰一著「日本国憲法の誕生」岩波現代文庫）。

法律は文語体で荘重でなければ権威が保てない、口語体は法律に使うにはあいまいだ――そう思われていた当時である。法制局の役人のなかには「ゆかたがけの憲法はいけない」と、口語体を「ゆかたがけ」呼ばわりして批判する声もあった。

その中で憲法の翻訳臭には口語が向くかもしれないと言ったのが保守派の松本烝治国務相だというのも面白い。また現行憲法は名文ではないが、明治憲法よりはるかに明確で誤解の余地が少ないという作家の丸谷才一さんの指摘も思い出す。

62回目の憲法記念日である。どんな強大な権力も、どんな複雑な制度も、すべては国民がゆかたがけで使う言葉から生まれ、その言葉によって統御できる。そう身をもって学んだ62年間であった。

里山の黄信号（2009・5・4）

野山に広がる放置竹林

古事記や万葉集の時代は白と黒以外の色を示す言葉は「赤」と「青」しかなかったという。今も青葉というくらいだから緑色が「青」といわれていたのは分かる。では黄色はどうか。実は方言で最近まで黄色も「あお」と呼んでいた地方は多いのだ。

佐竹昭広さんの「古語雑談」（平凡社）の受けうりだが、一方でミカンを「赤い」という言い方も残っている。どちらかといえば古代ではおおむね黄色は「赤」に分類されたようで、黄が独自の色として意識されるのは平安時代以後らしい。

「みどり」は万葉集にもある言葉だが、草木の新芽を指していた。それがやがて色名になり、きょうはまさに若葉の輝く「みどりの日」だ。だが近年、その新緑を押しのけるように黄色い竹林が野山に広がってきたのはどうしたことだろう。

「竹の秋」とは竹の葉が黄ばんで新しい葉に生え変わる春の季語である。かつてなら里山の新緑に彩りを添えた竹林の黄だ。だが近年、荒れるままに放置された竹林は山林や畑まで侵食し、各地で里山の荒廃をもたらしてきた。

放置の原因は輸入タケノコの急増や農家の高齢化だ。

わずか数カ月で20メートルも成長する竹である。森林に侵入した竹は、日光を遮って樹木や下草を枯らし、高密度な竹林を形成するという。竹林では鳥や昆虫が減り、土壌の保水力は低下し、二酸化炭素吸収も少ないから、環境への影響は深刻だ。

すでに各地でボランティアによる竹の伐採や手入れが行われ、竹の資源としての活用も試みられている。なお決め手は見つからないが、手をこまねいてはいられない「みどりの日」の里山の黄信号、いや万葉人にいわせれば赤信号だ。

DNA鑑定の「呪力」（2009・6・5）

足利事件の菅谷利和さん釈放

英国の人類学者フレーザーの「金枝篇」に子どものころから決して髪を切らないフランク族の王の話がある。切ればその毛髪が、敵に渡り王を害する呪いをかけられる恐れがあったからだ。髪を切れば王座から追われた。

フレーザーは人の残した血痕や髪、ツメ、ツバなどを使い当人に危害を加える呪術が広く世界各地の部族で信じられてきたことを明らかにした。かつてその人の体の一部だったものは、元の体と共感関係を保っている分身とみなされたのだ。

今日の犯罪捜査で行われるDNA鑑定もまた当人の分身による個人識別の技術である。だがそれも用い方を誤り、人々の科学信仰を通して真相解明をミスリードするような事態をもたらせば「技術」は人を呪縛し、害する「呪術」に化する。

いや正確には「化した」というべきだろう。「足利事件」の再審決定を待たずに釈放された菅家利和さんの人生から奪い去られた獄中の17年間がその証しである。無期懲役判決の決め手となった当時のＤＮＡ鑑定だったが、それを覆す新たな鑑定結果を検察もはっきり認めたのだ。

もし死刑判決だったらどうなったか。正確な鑑定になぜこんな時間がかかったのか。誰しも頭をよぎる思いだ。また最新の科学捜査の威光で菅家さんに「自白」を強いた捜査の旧態依然や、それに依拠した裁判も胸につかえてのみ込めない。

「私は無実、間違いではすまない」。釈放された菅家さんは語気を強めた。なぜ最新技術は呪術と化したのか。およそ人を害する「失敗」があれば、原因をつきとめ、再発を防ぐ策を世に示すのが現代のルールだ。裁判員制度が始まった司法もむろん例外ではない。

＊菅家さんは１９９０年に栃木県足利市で起きた女児殺害事件の犯人とされ無期懲役刑で服役していたが、証拠とされたＤＮＡの再鑑定で冤罪と判明した。

風音の祝福（２００９・６・９）

辻井伸行さんコンクール優勝

蚊の羽音ほどいらだつものはないと思うのは凡人で、「春の海」を作曲した箏曲家・宮城道雄は「二、三匹よって、プーンと立てる音は篳篥《ひちりき》のような音がしてなかなか捨て難いもの」と書いている。と同時に扇風機の音に聴き入ることもあったそうだ。

幼時に失明した宮城には音にまつわる随筆がいくつもある。「どこか広い海の沖の方に夕日が射《さ》していて、波の音が聞こえるように思われる。……何となく淋《さみ》しいような、悲しいような気持ちになって」は扇風機の音を聞いての空想である。

日暮蟬《ひぐらし》の鳴き声はどこでも一つはド、一つはシの2通りともいう。「半音違いで、たくさん時雨《しぐ》れて鳴いているのは何ともいえぬよいもので、不思議な世界に引き込まれる」。世界の豊かさは音で祝福される(「新編・春の海」岩波文庫)。

今思えば母の口ずさんだジングルベルが一つの小さな世界を開いたことになる。バン・クライバーン国際ピアノコンクールで優勝した20歳の辻井伸行さんが、母の口ずさむ旋律をおもちゃのピアノで奏でたのは2歳のクリスマスの夜だった。

「朝ごはんの時の川の音がきれいだった」「木の葉の音が東京と違った」――生まれつき全盲の辻井さんは小さいころから家族によくそんな話をした。どんな複雑な曲も耳で聞いてすべての音を記憶できるその頭の中では、水の音や鳥の声を聴くと自然に音楽が浮かぶのだともいう。

「僕は風が大好きで、風が吹いてくるといつも立ち止まって今日の風はどういう風かと想像します」。かつての辻井さんの言葉だ。その生きる世界の豊かさは、これからどんな音楽となって私たちに感動をもたらしてくれるだろう。

トラの分け前 (2009・7・9)

ウイグルの民族暴動

トラとオオカミとキツネが獲物を分ける。オオカミはトラに、カモシカはあなた様、キジは自分、ウサギはキツネに分けると提案した。するとトラはオオカミを殴りつけた。次のキツネはウサギはトラの朝食に、キジはその昼食に、カモシカは夕食にすると答えた。

トラが上機嫌で「正しい分け方を誰が教えた」と聞くと、キツネは「オオカミを見て教わりました」――どこかで聞いた話と思った方、そうイソップの「獅子の分け前」のトラ版だ。こちらは中国の新疆ウイグル自治区に伝わる民話だという。

強者は利益を独り占めにするという寓話《ぐうわ》がどこで生まれたにせよ、古くから東西の文物がさかんに行き交ったこの地に伝わるのは不思議ではない。だが今そんな土地に行き場のない怒りや憎悪がうっ積するのはいったいどうしたことだろう。

多数の死傷者を出したウイグル人暴動に続き、治安当局によるウイグル人の拘束、漢民族の反ウイグル人デモなど混乱が続く区都ウルムチだ。サミット拡大会合に出席予定の胡錦濤主席も騒乱への対応のため急きょ帰国する事態になった。

中国政府は暴動を亡命組織の国際陰謀であるかのように非難する。だがウイグル人と漢族住民との経済格差は大きく、自治区の「漢族化」へのウイグル人の不満は募っていた。現状を「トラの分け前」にも似た漢族支配と受け止めるウイグル人の反感は発火点に達していたようだ。

暴動への漢族の反発も激しく、事態は民族対立の様相も帯びる。それも多民族共存に向けた富の「正しい分け方」をないがしろにした民族政策の結果だ。腕っぷしによる分け前決定に代わる収拾策を世界が見守っている。

皆既日食と政治決戦スタート

「御所つつみ」の日（2009・7・22）

「天子殊にその光に当たりたまわず……席《むしろ》をもって御殿をつつみめぐらし」と有職故実《ゆうそくこじつ》の書物にある。日月食の際には、天皇が食の光にあたらないよう御所をむしろで包んだのだという。日食の場合、公家たちも未明から参籠《さんろう》した。僧の読経も行われた。

黒田日出男さんの「王の身体　王の肖像」（ちくま学芸文庫）によると、この御所を包む慣習は11世紀末ごろから始まり幕末まで続く。また鎌倉、室町幕府では将軍の居所も包まれたという。ただ当時の日食の予測はあまり当たらなかった。

つまりは権威や権力の衰えを招くと思われた日食だ。御所つつみの慣習が定着する前の975年、京都であった皆既日食は「墨色のごとくにて光なし」、群鳥乱舞し、星が現れたと史書は記す。この時朝廷は大赦を行い、改元に踏み切った。

国内で46年ぶりとなるきょうの皆既日食だが、それが衆院解散を受けて政治決戦が事実上スタートする日になったのはむろん偶然だ。日食があろうとなかろうと政治が混迷すれば改めて民意を問い、混乱を収める権威と権力を再生できる。それが現代の民主政治の優れたところだ。

なのに小泉政権の郵政解散による衆院選圧勝以来、3度も首相の顔をすげ替えて政権を維持してきた自民党だ。国民の信任を得ないまま政権を包み込んで離さなかった結末が、かつてない大逆風の中での解散総選挙になったのは自業自得だ。

むろん政権交代の歴史的好機を迎えた野党も政権担当能力が厳しく問われる。46年前の日食は高度成長時代の思い出の一コマとなったが、きょうの日食は後にどんな時代の記憶と共に語られるか。それも有権者の選択にかかる。

＊7月22日の皆既日食は日本の奄美列島やトカラ列島などで観測できると期待されたが、悪天候に見舞われた。ただ硫黄島付近では好条件で観測でき、テレビ中継が行われた。

その巨大感服せり（2009・8・4）

古橋広之進さん死去

終戦直後、医学生だった後の作家、山田風太郎は進駐してきた米兵を初めて見て日記に書いた。「帰途、広場にて米兵を見る。一人のそのそと群衆の中を歩み去りしが、その巨大今さらのごとく感服せり。……少し滅入《めい》る。半月冷やかに夜空に吹かれたり」。

当時はまだ軍国青年だった山田だが、自身は体格不適格で徴兵を免れた身だった。日本人男性の平均身長が今より7センチ近く低かった時代に、まず米兵の体格の良さに目がいったのも無理はない。いきおいその反米熱にも冷水が浴びせられた。

敗戦で強大な米国との落差を知らされた日本人の大方は、初めて見る米兵との体格の差に身体的コンプレックスまで感じた。だから一人の日本人の泳ぎが世界を圧倒し、米国人を驚嘆させた時の国民の熱狂は、今の若者には想像もできまい。

日本水泳連盟名誉会長の古橋広之進さんが世界水泳選手権が開かれていたローマで亡くなった。「フジヤマのトビウオ」とは、その古橋さんが1949年の全米選手権で四百メートル自由形はじめ三つの世界記録を出した時の米メディアの称賛だ。

前年のロンドン五輪では敗戦国・日本の参加は認められなかった。だがその水泳種目と同期間に開かれた日本選手権で、古橋さんは五輪優勝記録を超える世界記録を2種目で出している。これも世界でつまはじきされていた当時の日本人には留飲の下がる会心事だったに違いない。

全盛期を占領下で迎えた古橋さんは五輪のメダルと縁がなかった。33度の世界記録突破と五輪での無冠――今ではありえないこの組み合わせこそ、意気阻喪した一国の国民に再び熱い心のたぎりをよみがえらせた栄光の記録だ。

御成敗式目の文章（2009・8・5）

裁判員裁判の用語言い換え

鎌倉時代の御成敗式目は漢字を用いているが、たやすく読み下せる当時の通俗文で書かれていた。制定した執権、北条泰時がその狙いを明かした書簡がある。そこでは身分の上下や立場の強弱にとらわれぬ公平な裁判のために式目を定めたと述べ、こう記す。

「（従来の法である）律令は立派だが、武家や民間で分かる者はほとんどいない。人々が知らないのに役人が独断で適用するから判決が一様でなく皆迷惑だ。そこで字の読めぬ者にも判断でき、判決も変転しないようにするための式目だ」。

泰時は、律令は漢字を読める者相手の法だが、式目はかなしか知らなくても得心がいくとも言う。武家の時代は司法を分かりやすくする改革を必要としたのだ。で、時代は変わり、「腹部」を「おなか」と言い換えたのは平成の司法改革だ。

選ばれた市民6人が審理に参加する全国初の裁判員裁判が東京地裁で進んでいる。検察側、弁護側共にコンピューターグラフィックスなどを駆使した分かりやすい立証を展開中だ。とくに法廷の空気を一変させたのは、難解な法律用語や漢語のやさしい日常語への言い換えだった。

弁論は「です・ます」調、従来なら規範意識というところは「法律や決まりを守ろうという気持ち」と言い換える。先の「おなか」もその一例である。つまりは裁判員を説得するプレゼンテーション（説明）力が問われる新しい裁判の風景だ。

御成敗式目が長く武家の基本法として命脈を保ったのは、当時の武士の現実に即した言葉の力のたまものだろう。裁判員裁判が定着するかどうかも、人々の暮らしに根ざす生きた言葉を司法に繰り込めるかどうかにかかろう。

「運命」の正体（2009・8・15）

セクショナリズムの戦争

「それは戦争は『やめられる』ものであったのかという発見であった。私には戦争というものが永久に続く冬のような天然現象であり、人間の力ではやめられないもののような気がしていたのだ」。64年前の8月15日、玉音放送を聞いたある女性の感慨である。

「三人《みたり》の子国に捧《ささ》げて哭《な》かざりし母とふ人の号泣を聞く／二上範子」も終戦の日の歌だ。戦争とは国に課せられた運命ではなく、人の意思で始められ、終わらせることのできるものだった。そう分かれば、抑えてきた悲しみもあふれ出そう。

ではその戦争の開戦をめぐり「あれは世界の大勢。満州事変で大きな石が地をころがり落ちたんだと思っている」という宿命論は誰のものだろうか。9日のNHKスペシャル「日本海軍　400時間の証言」

で紹介された海軍の開戦意思形成にかかわったある元軍人の発言である。

この元軍人は別のインタビューで予算獲得のため米国との対決を国策としながら、本心は日米戦争を避けたかった当時の海軍の心理を説明していた。「国の将来を考えるより、それぞれ局部局部でやって、あとは上が決めると思っていた」。

今さら当時の軍人の無責任をあげつらおうというのではない。ただ終戦時の国民にとってすさまじい数の生命を際限もなくのみこんでいく運命の渦と見えたものが、いじましいセクショナリズムと保身の結果だったことが何とも悲しいのだ。

だが、大局を見ない組織の利害や、取るに足らない人のエゴイズムが、国民の暮らしをまるで運命のように拘束する事態は遠い過去のことなのか。内外の戦没者の魂の平安を祈る日にあらためて胸に手を当てて自問したい。

選ばれた「政権交代」(2009・8・31)

民主党圧勝、自民大敗

20世紀を代表する自由主義思想家ハイエクにいわせると、民主主義は統治の目標について何も示していない。だが「それは人間がこれまで発見した統治方法の中で、統治者を平和的に代える唯一の方法だからこそ、闘って実現しようとする価値がある」。

いや、むろん有権者は各党の掲げる政策目標を慎重に検討したことだろう。だがそれにもまして今は政権交代という民主主義の証しを示す時だとの思いが堰《せき》を切ったように見える。そう感じさせる民主党の歴史的圧勝と自民党の大敗である。

2大政党を軸とした総選挙による政権交代はここ半世紀以上なかった出来事だ。1955年以来続いた自民党の1党優位制から、2大政党を軸とした政権交代のある政治へ――有権者が選んだのは、民主主義の政党システムの交代でもある。

源氏と平家、東軍と西軍、勤皇と佐幕……歴史の転換は二つの軸への力の結集と、その対決を通して実現することが多い。いわばその歴史のダイナミズムを議会政治に取り込もうという2大政党間の政権交代だ。民主党の得票は長期政権のよどみ一掃への期待によってふくらんだ。

ただ2大政党を軸とした政権交代が常に政治の質を高めるとは限らない。こと日本では戦前の政友会と民政党の政争が軍の政治介入を招き、国民を破局に導いた歴史がある。民主主義はその統治の目標と内実を保証してくれるわけではない。

これから政権交代と共にかつてない政治的光景を目の当たりにする数カ月となる。国民はその変化の意味するところをじっくり読み取ることになろう。むろん政権を代えようと思えば代えられることはもう十分に分かっている。

おさまるめい（2009・9・4）

成るか「官僚依存脱却」

薩長の官軍に反感を抱く江戸の市民は慶応が明治になった時、こんな狂歌を詠んだという。「上からは明治だなどというけれど、治明《おさまるめい》と下からは読む」。上からの近代化を成功させた明治維新だが、下々の庶民は反発することも多かった。

それまで当たり前だった市中の裸姿は罰せられるようになり、男女混浴の湯屋は取り締まられる。新暦導入も強制された。新政権は旧慣廃止のため庶民生活のすみずみに指導の目を光らせ、違反があれば邏卒《らそつ》が「オイ、コラ」と摘発した。

お盆の伝統行事も旧弊と中止させられ、巡礼への喜捨も、三河万歳も禁止、道端の石仏も撤去された。正月の羽根つきの顔の墨塗りや節分の豆まきも悪習と叱《しか》られたという（小木新造著「東京《とうけい》時代」）。ゆきすぎは是正されても、官の民への教化、指導は日本の近代化の特質となる。

近づく政権交代にむけ幕末や明治維新の歴史をテーマにした本がよく売れているという。もちろん歴史的な「変革」の時代への関心が高まっているからだろう。そういえば民主党の総選挙圧勝を明治維新になぞらえた外国メディアもあった。

なるほど「官僚依存脱却」を唱える民主党の主張が額面通りなら、それこそ明治維新以来の変革ということになろう。公益をたてに、官が民を指導する官治主義は、戦後民主化の後も自民党長期政権の支柱をなしてきたように見えるからだ。

もちろん維新以来の変革の実現には、攻守所を変えて新政権が「官」への圧倒的な指導力を示さねばならない。でないとほどなく「上からは民主だなどというけれど、主民（あるじ見えん）と下からは読む」の歌が聞かれそうだ。

うつくしや毒きのこ（2009・10・21）

ナラ枯れの森のカエンタケ

「うつくしやあらうつくしや毒きのこ」。信州出身の俳人・小林一茶が毒キノコのあやしい美をいくつも詠んでいたのを飯沢耕太郎さんの「きのこ文学大全」（平凡社新書）で教わった。「人をとる茸《きのこ》はたしてうつくしき」「化されな茸も紅を付て出た」。

くれぐれも化かされぬよう用心の要るキノコ狩りだが、少し前に関西の山林でカエンタケという毒キノコが急増中というニュースを見かけた。火炎を思わせる真っ赤な棒状のキノコで、枯木の根元などに生育するが、その猛毒ぶりがすごい。

3グラムも食べれば死ぬといわれ、専門家によると全身真っ赤になる炎症を起こす。触れただけで皮膚がただれる。見るからに毒々しいが、食用のベニナギナタタケと間違えられたことがあった。新潟県や山形県などで中毒例があり死者も出た。

専門家が注目するのはカエンタケの発見例がミズナラやコナラが集団枯死する「ナラ枯れ」の発生地域に多いことだ。米粒ほどの甲虫が伝播《でんぱ》する病原菌で起こるこのナラ枯れ、本州日本海側から各地へ急拡大する防除困難な森林被害である。

この話で頭に浮かぶのは宮崎駿監督のアニメ「風の谷のナウシカ」で有毒の瘴気《しょうき》を出す菌類と怪虫の森「腐海」だ。腐海は文明に汚染された土地に生じた人間を拒む生態系である。が、それは実は土地の毒を浄化する役を果たしていたのだ。

ナラ枯れ拡大の原因の一つは人が薪炭を利用しなくなり、森の老木を放置するようになったからという。また温暖化の影響だという見方もある。文明のもたらす枯死の後に生える毒キノコは人に何を語りかけるのか。「天狗《てんぐ》茸《たけ》立《たち》けり魔所の入口に」。これも一茶だ。

松井秀喜選手のＭＶＰ

ゴジラの知名度（２００９・11・６）

１９８５年のことだ。ニューヨーク・タイムズなどが米国で行った世論調査で、知っている日本の有名人を挙げよという項目があった。挙がった名のベスト３は昭和天皇、ブルース・リー、そしてゴジラだった。

天皇以外は、香港の俳優と映画の怪獣という結果だ。批評家は自動車や家電製品が米国市場を席巻しつつあった日本への米国人の無知を嘆いたが、ゴジラが日本を代表するキャラクターとして浸透していたのも分かった（Ｗ・Ｍ・ツツイ「ゴジラとアメリカの半世紀」中公叢書）。

米国ではゴジラバーガーなどというように大きなものをはじめ、恐るべきもの、頑固なものを表すゴジラだ。日本でのニックネームをそのまま背負ってのヤンキース入りから７年、松井秀喜選手が初のワールドシリーズ制覇をその活躍で実現し、最優秀選手（ＭＶＰ）に選ばれた。

この間、３年前からは骨折やヒザの故障などに悩まされ、限界説もささやかれた松井選手である。迎えた契約の最終年、念願の世界一を勝ち取った試合は先制２ランを含む３安打の大暴れで、６打点はシリーズ２度目となるタイ記録だった。

「何か、夢みたいです」とは、自らの腕で長年の夢をかなえた人の実感かもしれない。試合中から「ＭＶＰ」コールがわき起こり、試合後の「やはりヤンキースが好きです」の言葉がスタンドの大喝采を浴びたニューヨークのゴジラだった。

もしも日本人の名を挙げる調査が今行われても、ゴジラと答える米国人は多いかもしれない。だが、それは回答者が日本人を知らないからではなく、ヤンキースを9年ぶりの世界一に導いた選手の恐るべき力をその目で見たからだ。

「神の家」の豹（2009・11・7）

キリマンジャロの氷河後退

「キリマンジャロは雪におおわれた山で、一九七一〇フィートの高さの、アフリカで一番高い山だといわれている。その西側の頂上はマサイ語で『ヌガイエ・ヌガイ』つまり『神の家』と呼ばれている」。ヘミングウェーの短編「キリマンジャロの雪」の冒頭だ。

叙述は続く。「その西側の頂上の近くに、ひからびて凍りついた豹《ひょう》の屍《しかばね》がある。豹がそのような高いところで何を求めていたのか、だれも説明した者はいない」（高村勝治訳）。高みを目指したヒョウの屍は、今は残っていないという。

だがキリマンジャロに近いアフリカ第2の高峰、ケニア山の氷河からは12年前にヒョウの死骸が見つかった。発見した京都大学の水野一晴さんのホームページによると、死骸には一部斑紋の分かる皮が残り、約900年前のものと分かった。

当時は地球の温暖期だったという。その後の寒冷期には氷河の中で凍りついていた死骸が20世紀の温暖化で再び姿を現した――水野さんはそう見る。ヒョウは地球温暖化で急激な氷河の後退が起こっていることを人類に知らせてくれたのだ。

米オハイオ州立大は先ごろ、キリマンジャロ山頂付近の氷河が早ければ2022年にも完全消滅するという予測を発表した。約100年前に12平方キロあった氷河は2000年には約80％が消滅し、07年には

1・85平方キロにまでやせ細った。減少率はここ20年で加速しているという。

「見れば、視野いっぱいに、全世界のように幅広く、大きく、高く、日をうけて信じられないくらい白く、四角い頂があった」。「キリマンジャロの雪」の終わりに近い一節だ。人類はまた一つ、神のすみかを地上から失うのか。

森繁久弥さん死去

虚実往還の芸（2009・11・13）

「いいよ、もうくたびれたよ」。森繁久弥さんが勝新太郎監督・主演の「座頭市」に出た時だ。勝さんが空いた時間に「何かやろうよ」とアドリブ撮影を持ちかけたのに森繁さんは答えた。が、カメラは回り始める。

「おい、父《と》っつあん」とかまわず勝さんが切り出す。「もういいよ、疲れたよ」「あれやってくれ、あれ」「あれって何だい」「あれだよ。父っつあんのあれ」。森繁さんは昔教わった都々逸を思い出した。「ボウフラが　人を刺すよな蚊になるまでは　泥水飲み飲み浮き沈み」。

森繁さんの語りを久世光彦さんがつづった「大遺言書」（新潮文庫）の伝えるエピソードである。この場面は後に名シーンとたたえられた。現実と虚構との境界を自在に行き来する名優の渡り合いだ。

映画「社長」シリーズにテレビの「七人の孫」、舞台「屋根の上のヴァイオリン弾き」と各ジャンルの代表作をあげるだけで小欄の紙幅はすぐ尽きる森繁さんである。加えて歌や文筆でも軽々と境界を越える才能のスケールは比類なかった。

これほど大きな才能ならば、小さな蚊でも飲まねばならぬ泥水の浮き沈みもさぞ……そう思わせる艶《えん》笑譚《しょうたん》の数々や旧満州の凄惨《せいさん》な終戦体験も有名だ。「演技の上で映画や芝居を見て学ぶことは、まあ、ありません。実際の人生の方がはるかにおかしいし、切ない」の言葉もある。

虚実の境界を往還し、「人の世の主役は人間ではなくて歳月です」と達観していた森繁さんだが、それを記した久世さんに先立たれてからは公の場から遠ざかった。「九十数％は俳優として生きたが、最後は肉親として見送れた」。そうご子息が語る穏やかな最期という。

事業仕分け前半終了

「国家」の荒療治（2009・11・18）

「朕《ちん》は国家なり」と言ったのは、フランスの絶対王制の頂点をなすルイ14世である。彼は虫歯でもないのに侍医に歯をすべて抜かれるという目にあっている。侍医は虫歯が死病をもたらすと信じ込んでおり、健康な歯もすべて抜くよう国王に求めたからという。

しかも抜歯の際には誤って上あごに穴をあけられ、消毒のために熱した鉄棒で繰り返しその部分を焼かれたそうだ（瑞穂れい子著「残酷の世界史」河出書房新社）。麻酔も何もないのにそんな荒療治に耐えられるものなのかとも思うが、なにしろ並の人間ではなく「国家」である。

さて麻酔なし、しかも衆目の中でのわずか1時間の荒療治だ。なのに施術する方は必ずしもその分野のエキスパートとは限らない。悪くすれば上あごに穴があくかもしれない。予算の無駄削減にむけ国家行政に加えられた初の事業仕分けだ。

「乱暴だ」「人民裁判だ」「民間仕分け人に権限があるのか」……そんな声が出るのももっともな事の運びではある。だが膨張する歳出と税収の落ち込みが気がかりな国民には、国の事業と予算の実情をかつてない形で目の当たりにできた仕分けだった。「政権交代効果」である。

仕分けは第1幕を終え、結果は行政刷新会議に報告される。ただし仕分け結果は主に事業の費用対効果に基づく個別判断である。政権全体の視野からその結果を生かし、時には見直して予算の圧縮や制度改革を進める本当の政治はこれからだ。

歯にだけこだわる侍医のせいでルイ14世は硬い食事がとれなくなり、胃腸の調子も崩したという。むろん現代国家の健全も、政策の優先順位を誤らぬ大局的政治判断にかかっている。

二〇一〇年（平成二十二年）

成人の日2010年

「で、いつ戦うの？」（2010・1・11）

ロシアのある学者が孫に日本の「浦島太郎」を読んでやったが、美しい竜宮の話にも孫はつまらなそうだ。孫は聞いた。「いつ、そいつと戦うの？」。彼は太郎が竜王と戦って、乙姫と結婚する物語を期待したのだ。

心理学の河合隼雄さんが書いていた話で、孫はついに太郎が戦わない理由が分からずじまいだったという。若者が怪物と戦い、姫と結婚する物語は、いわば男の子が試練をくぐり抜けた末に結婚の資格を得る古来の成人儀礼の写し絵だろう。

だが現代ではもっぱらその手の怪物退治はゲーム機のロールプレーイングゲームと化し、男の子も女の子も、いや成人男女も遊びに熱中する。世界中で子どもと大人を分ける境界があいまいになり、「大人になる」とはどんなことか若者一人一人が答えを求め続けねばならぬ現代だ。

谷川俊太郎さんの「成人の日に」は「どんな美しい記念の晴着も／どんな華やかなお祝いの花束も／それだけではきみをおとなにはしてくれない」という。「人間とは常に人間になりつつある存在だ」。その言葉を思い起こして作った詩だ。

「他人のうちに自分と同じ美しさをみとめ／自分のうちに他人と同じ醜さをみとめ／でき上がったどんな権威にもしばられず／流れ動く多数の意見にまどわされず／とらわれぬ子どもの魂で／いまあるものを組み直しつくりかえる」。それが大人の始まり、永遠の出発点という。

厳しい経済環境が続く今年、約127万人が成人する。くぐり抜けねばならぬ試練はまだ続くかもしれないが、未来は君たちのものだ。その扉を開くのは、「いつ、戦うの？」とたずねる子どもには見えない勇気と優しさである。

心の時間（2010・2・9）

殺人罪の時効廃止へ

心理学とは恐ろしいもので、クモ恐怖症の人にクモのいる空間に入ってもらい、その時間の感覚を調べた実験がある。ご想像通り普通の人より時間を長く感じることが分かった。バンジージャンプで落下中に液晶画面に高速表示される文字を読ませた実験もある。

ふだんなら読めないはずの文字が読めたのは血中のアドレナリン濃度が高まったためらしい。時間の感覚は人と場合によりさまざまである。感じる時間の長さは年齢と反比例するという経験則「ジャネーの法則」の真偽を調べた実験もある。

そのうち3分間の長さをあてる実験では、平均2～4歳の加齢ごとに約1秒ずつ短く感じるとの結果も出た。人間は時計や歳月で示される時間とは別の、心の時間をも生きているのだ（一川誠著「大人の時間はなぜ短いのか」集英社新書）。

殺人など人の命を奪う犯罪は被害者の未来を奪い去るばかりではない。親族や友人の理不尽な死は、その遺族をはじめ被害者にかかわる人々の心の時間も壊し、ゆがめてしまう。むろん犯人も罪を犯した者としての時間を生きることになる。

法制審議会は殺人の時効を廃止し、人の生命を奪うその他の罪の時効期間を倍に延長する答申案をまとめた。その背景にはＤＮＡ鑑定の進歩や、欧米各国の趨勢《すうせい》がある。何より決して過ぎ去らない時間を生きることを強いられた被害者遺族らの強い訴えが時効廃止案を後押しした。

法改正にあたっては先人があえて時効を設けた思慮に今一度目配りした論議も必要だろう。だが「年月がたてば被害感情も薄れる」という時効の時間概念には到底承服できない人々の「生きる時間」を見失ってはなるまい。
＊殺人の公訴時効廃止を盛り込んだ改正刑事訴訟法は4月27日に成立し、異例の即日施行となった。

花見酒の政治（2010・2・23）

政権支持率の自家消費

早咲きの河津桜の花だよりも各地から届き、一足早い花見をお楽しみの方もおいでだろう。文無しの2人が酒屋から酒3升と釣り銭用の5銭を借り、花見が盛りの向島で1杯5銭で売ろうというのは落語の「花見酒」だ。

だが途中で酒が欲しくなった一人が相棒に釣り銭用の5銭を出し「売ってくれ」と頼む。「誰に売っても同じ」と相棒が5銭もらって酒をついでやると、今度は自分が飲みたくなる。もらった5銭を相手に渡し自分も1杯……5銭が行ったり来たりする間に酒はすぐになくなった。

「してみりゃ無駄はねえや」と間抜け落ちのこの噺《はなし》、60年代に朝日新聞の笠信太郎が当時の日本経済を「〝花見酒〟の経済」と評したことでも知られる。それから半世紀、今度は「花見酒の政治」といわれかねないこのところの日本である。

昨年の総選挙で有権者から圧倒的支持を借り受けた民主党だった。だが先の長崎県知事選で与党3党の推す候補は自民、公明の支援する候補に敗れた。内閣支持率低下も止まらず、一体あの時の支持はどこへ行ったかといぶかる声も出よう。

そもそも国民が民主党に貸したのは行き詰まったこの国の難問解決に使うための支持と時間だ。それがトップ2人の「政治とカネ」問題や普天間飛行場移設問題の先送りなどで支持も時間も〝自家消費〟されるばかりとはどうしたことか。まだ半年もたたぬうちに樽《たる》の中は半減だ。

せっかく貸してやった酒をいいように無駄遣いされてしまった酒屋の気持ちが今の有権者にはよく分かろう。民主党は一刻も早く事のけじめをつけ、樽の中の信頼が空になる前に政治本来の仕事にきちんと取り組むべきだ。

男たちの子ども自慢（2010・3・12）

文京区長の育児休暇

「父親も子どもを自慢にしています。毎朝6時に12人から14人の男が低い塀に腰をかけ、2歳以下の子どもを抱いてあやしたりして、その子の発育のよさと利口さを見せびらかすのを見るのはとても愉快です。

この朝の集いの主な話題は子どものことのようです」。

英国の女性旅行家が明治の初め、日光近くで見た光景だ（「イザベラ・バードの日本紀行」講談社学術文庫）。同じ土地で彼女は民家の中のふんどし姿の父親が、寝ている赤ん坊の顔をやさしくのぞき込む姿をほほえましく書き記している。

幕末や明治の来日外国人が楽しそうに子守をする父親の姿に驚いていることは以前の小欄でも触れた。旅行家のバードも、貧しくとも子どもをかわいがりながら家庭生活を楽しむ男たちの姿は英国の労働者階級とはまったく違うと書いている。

時代変わって「子育てを楽しみます」という父親の宣言が世の注目を集める平成日本となった。東京の成沢広修文京区長が長男誕生を機に来月2週間の育児休暇をとると表明し、ネットの投稿サイトで子育てエンジョイ宣言をした。男女を通し自治体首長の育休は全国で初という。

聞けば文京区では男性職員の育休の例がなく、その取得促進にむけトップが率先垂範したのだという。ちなみに英国ではもう10年も前に当時のブレア首相が2週間の育児休暇をとっている。バードの時代とは子育て事情も日英逆転したのか。

肝心なのは男女ともに育児休暇の取りやすい条件整備で、成沢区長も条例作りをめざすそうだ。まあせっかくの「首長の育休」を機会に、みなで思い描くのもいい。男たちが朝早くから子を抱いて楽しそうに集う未来をだ。

井上ひさしさん死去

言葉の蝶番（2010・4・13）

江戸の黄表紙にカチカチ山のパロディーがある。狸《たぬき》の遺児が江戸まで兎《うさぎ》を追って敵討ちをする話だ。ついに狸が兎の胴を真っ二つに切ると、上は黒い鳥、下が白い鳥になる。「兎を二つに切たる鳥なれば、黒きを鵜《う》、白きを鷺《さぎ》と名付けし」。

くだらないと怒ってはいけない。若き井上ひさしさんは図書館で読んだこのくだりに大笑いし「世界を抱きしめたくなる気分」になったのだ。東京の大学になじめず、ささいなことに恐怖を抱くようになっていた時だった。

「この時ぼくは笑うことを回路にして世界と共感し結合していた」「一つの語呂合わせで状況はくるっと引っくり返ってしまう。音の響きを蝶番《ちょうつがい》にすれば、状況は扉の向こうへも押せるし手前に引くことができる」。ほどなく井上さんは浅草でコント作りを始めた。

しゃれや語呂合わせ、方言を巧みに使い、言葉を現実の束縛から解き放った井上さんだ。自由になった言葉の戯れによってきらびやかな権威も、恐ろしげな権力もくるっと引っくり返った。その時の人々の笑いから新たな言葉の宇宙を組み上げた戯曲や小説の数々だ。

9年前、井上さんは朝日賞受賞のあいさつで米詩人の詩を引いて語った。「悩みごとや悲しみは最初からあるが、喜びはだれかが作らねばならないという詩です。この喜びのパン種である笑いを作り出すのが私の務めです」。この時、江戸の戯作者が書いた笑いと出合った若き日々が胸をよぎりはしなかったか。

人の心を自由にし、豊かにするたくさんの言葉の蝶番を残し井上さんは逝った。人生も世界も変える笑いから生まれた日本語のかけがえのない富だ。

同じ浮世に同じ世渡り（２０１０・４・29）

いざ、新緑の旅へ

「上戸でも旅で大酒すべからず　折々少し飲めば良薬」。江戸時代の旅の心得を記した八隅蘆菴《やすみろあん》の「旅行用心集」には、旅の教訓歌集がついている。その一つ、気の緩む旅先での大酒の戒めだ。

「宿とりて一に方角二に雪隠《せっちん》三に戸じまり四には火のもと」。宿に入ったら避難経路など建物の構造を頭に入れておくことだ。「長旅の道具はとかく少なきを　よしと定めよ多きのは憂き」。コンパクトな荷物が旅上手のしるしなのは、徒歩の昔とそう変わらない。

「それぞれに所の風土を味わいて　食えば悪《あ》しきものもけっこう」「道中でみえ飾りする人達は　必ず難に遭うと知るべし」「物言いを旅ではことに和らげよ　理屈がましく声高にすな」「馬方や荷もち駕籠《かご》かきあなどるな　同じ浮世に同じ世渡り」。いや恐れ入る。

　こんな教訓歌が生まれたのも、それを載せた旅ガイドがベストセラーになったのも、江戸時代の庶民の筋金入りの旅好きゆえだ。その子孫たるわれらにもいよいよやってきた春のゴールデンウイーク（ＧＷ）である。いち早く旅先で小欄をご覧の方もおいでに違いない。

　４月も下旬なのにうすら寒い天気が続く今年の列島だ。幸いＧＷは暖かな好天に恵まれる地方が多そうだという。やはり陽光まぶしい野山の新緑あってのこの季節である。仮に遠出はできずとも、近間の緑地の目のさめる輝きを見に行くだけで心浮き立つ旅になる。

　ただ車でお出かけの方は１０００円高速最後の大連休ともいわれ、渋滞が心配だ。その時にはこんな教訓歌を胸に、くれぐれも安全運転を。「道中は自由をせんと思うまじ　不自由せんとすれば自由ぞ」

普天間移設問題の彷徨

リングワンデルング（2010・5・29）

登山用語に「リングワンデルング」というドイツ語がある。濃霧などで方向を失い、同じ場所をぐるぐるさまようことだ。環状彷徨《ほうこう》、輪形彷徨と訳されるが、好天の下でも見覚えある場所に戻ってぞっとしたという体験談も聞く。それも怖い。

体の左右非対称、とくに利き足によって歩行の偏りが常に同じ方向に生じるために円を描いて元に戻るのだといわれる。目を隠して真っすぐ歩いてもらう実験では、ぐるりと回った円の直径がわずか20メートルという例もあった。

さて普天間飛行場移設問題の8カ月の彷徨である。結局たどり着いたのは「辺野古移設」という日米合意――つまり「海外、県外移設」と目標の峰を高らかにうたって踏み出したその登山口へのリングワンデルングであった。

彷徨といっても吹雪や濃霧だったわけでない。遠い峰も、近くの岩も、内外の情勢がはっきり見えた晴天下だ。パーティーの体力、いや支持率も十二分、少々の無理もきく山行のはずだった。それが最後は米国の差し出す手にすがってのほうほうの体の登山口帰還だ。

だからといって国民の運命を担う政治では、普天間の危険解消にむけ小休止も許されない。なのにパーティーはボロボロ、約束違反とむくれるパートナーを閣僚から排除する騒ぎも起こった。沖縄県民はじめ国民の不信が肩にのしかかるこの先の山行も彷徨は必至だ。

驚いたことに当の鳩山由紀夫首相は日米合意について「先方（オバマ大統領）も感謝していた」と、リングワンデルングにも悪びれない。さてこんなリーダーと山に登ってみたい方、必ず同じ所に戻って来られるとは限らないので、念のため。

備えのない預言者（2010・6・3）

鳩山首相が辞任表明

「だからこそ武装した預言者はみな勝利をおさめ、備えのない預言者は滅びるのだ」。君主が権力を獲得し、維持する術を説くマキアベリの「君主論」の一節である。「だからこそ」の前には改革をめざす君主に必要な条件が書かれている。

マキアベリはそこで旧制度に依存する多くの敵対者と、新制度へのいいかげんな支持者に囲まれた「改革」の難しさを説く。改革に挑む君主には自らの能力への信頼と、自前の「力」が欠かせない。他人をあてにすれば、必ず災いを招き、何も実現できないというのだ。

「私は10年、20年先の日本の姿を国民の皆さんに申し上げてきた」。鳩山由紀夫首相は辞任表明演説で「地域主権」「新しい公共」「東アジア共同体」などの持論を再説して、そう述べた。「預言者」の言葉に国民は聞く耳をもたなかった。そういいたげな物言いだ。

神ならぬ国民には預言が実現するかどうか分からない。だが一国の指導者がその実現の努力と責任を放棄する辞任会見で語る「預言」があろうとは、神様もびっくりだろう。改革を達成する自前の力などはなから自分で信じていないのならば、「滅び」も致し方ない。

改革にあたり首相がその「力」をあてにした小沢一郎幹事長も道連れにしての辞任劇である。結果責任が問われる政治にあって最後まで「思い」をうたい続けた首相だったが、ことツートップ辞任ではマキアベリ並みの駆け引きを成功させたように見えるのが皮肉だ。

政権交代をまたぎながら、またまた見慣れた短命内閣の再演だ。なぜこの国の政治は「備えのない預言者」しか生み出せなくなってしまったのだろうか。

囚人王ゾガネス（2010・6・9）

政権の霊力1年の限界

古代バビロンには毎年サカエアという祭りがあった。その5日間は主人と従者の地位が逆転するだけではない。死刑を宣告された囚人が王の衣をまとって王座につき、王の特権を思うままに味わえたという。囚人王はゾガネスと呼ばれた。

だがこの短い在任期間の後、囚人は衣をはがれ、殺される。この話を紹介している人類学者のフレーザーは、この囚人は王の身代わりとして殺されたのであり、その昔には1年ごとの任期を終えた王が実際に殺されていたのだと説明している（『金枝篇』岩波文庫）。

いくら何でも1年ごとに王を殺していては、なり手もなくなる。だが古代の人々は王の霊力は時間とともに消耗し、その衰えが王国全体の衰退をまねくと考えていたようだ。何らかの形で王の霊力の再生や更新を行う仕組みは不可欠で、サカエアはその例というのだ。

ただ国を統治する霊力が続いたのは1年以下という首相を4代も見送った国民としてはバビロン人を笑えない。「いくら何でも」という世界中の人のあきれ顔も目に浮かぶが、ともかくも霊力――いや国民の期待や支持が再生・更新したところで菅（直人）新政権が発足した。

新首相は幕末の高杉晋作や庶民兵の奇兵隊を引き合いに、果断にして多彩な人材を結集した新内閣をアピールしてみせた。だが国民は現実の試練にまったく耐えられなかったこの間の政治家の言葉に閉口している。まずはその信頼を取り戻さねば、ことは始まらない。

更新された霊力は参院選の追い風となろう。だが国民が見ているのはその仕事だ。後世、短期身代わりのゾガネス政権と評されないよう心してほしい船出だ。

フェニックス伝説（2010・6・12）

はやぶさ奇跡の帰還

ギリシャの伝説によるとフェニックス（不死鳥）は500年生きた後に香木の枝で巣をつくる。美しい葬送の歌を自ら歌った後に羽ばたきによって香木に火を放ち、炎に包まれて灰になる。だが、その灰の中から再びよみがえるというのだ。

「羽毛は金色と赤で、形はワシ」というのは歴史家のヘロドトスだ。彼はフェニックスが500年ごとに現れ、没薬《もつやく》という樹脂で作った卵状のカプセルに親鳥の遺骸を入れて神殿に運ぶというエジプトの伝承を記している。

古代人は500年という周期を宇宙の循環のサイクルだと考えたようだ。そんな壮大な時空を往還する「不死鳥」が現代によみがえったような心浮き立つ話である。小惑星探査機・はやぶさが7年ぶりに地球に戻ってくる。

03年5月に打ち上げられた後、重要機器の故障や通信途絶、エンジントラブルなどに何度も見舞われ、そのたび帰還を絶望視されながら、不死鳥のように再起したはやぶさだった。その間小惑星イトカワの探査に挑み、予定を3年延長した総旅程は実に60億キロとなる。

はやぶさは明日深夜には大気圏に突入し、本体は燃え尽きるという。だがイトカワで採取した岩石が入っている可能性のあるカプセルはオーストラリア南部のウーメラ砂漠に落下して回収される予定だ。こちらも何やらフェニックスの死と再生を思わせる結末である。

ここはカプセル内の試料回収の成功を祈りたいが、ネットでは艱難《かんなん》辛苦の末の地球帰還に感激しての「はやぶさ君」人気が盛り上がっている。スポ根マンガは昔のこと、今やメカ（機械）のど根性が人に勇気を与えてくれるメカ根物語の時代か。

尚武館と勝負館（2010・6・17）

黒い「国技」

「尚武館」「武育館」「相撲館」――1909（明治42）年、東京・両国に完成した初の相撲常設館の命名は、これら候補をめぐって開場の4日前まで紛糾した。「相撲には勝負があるのだから、今さらショウブ（尚武）館ということはない」とは、その協議での冗談半分の発言だ。

結局、当時の年寄・尾車の提案で初興行披露状の文中の「相撲は国技」の言葉から「国技館」と決まる。披露状を書いたのは作家の江見水蔭で、古代の宮中の相撲節会《すまいのせちえ》を引き合いに相撲を「国技」と位置づけた一文だった。

開館委員長の板垣退助は「いいにくいむつかしい名」と命名に不満だったが、何しろ開場前ぎりぎりの決定だ。ところが国技館の名は一般の受けがよく、たちまちファンに浸透し、おかげで「相撲は国技」が常識化する（風見明著「相撲、国技となる」大修館書店）。

こう振り返れば、ほんのこの100年、相撲界が自ら名乗り出て、国民がそれを受け入れることで「国技」とされてきた大相撲だ。それがこの間の不祥事の数々に加え、暴力団とのかかわりを疑わざるをえない野球賭博のまん延である。ファンもいいかげんあきれる。

かつては「国技」の看板の陰で、興行にともなう暴力団とのかかわりが長い間続いてきた角界だった。表向き関係は絶たれたようだが、今度の野球賭博には部屋持ちの親方までが加わっている。黒いつながりが現在も土俵に影を落としてはいまいかとの疑念はつのる。

相撲協会は今日の国民が「国技」を名乗る競技に求めるものを読み誤ってはいけない。さもないとその興行施設も「勝負館」で十分との声もわき起ころう。

「人類最後の探検家」（2010・7・7）

梅棹忠夫さん死去

1960年代のことだ。亡くなった民族学者の梅棹忠夫さんは「ヨーロッパ探検」の学術調査費を文部省に申請した。だが「ヨーロッパは探検の対象ではなく、学びに行くところだ」と文部省はいう。

梅棹さんが「ならば、フランスのお百姓が、どんな家に住み、どんな服を着、どんな物を食べるか知っているのか」と聞くと誰も知らない。申請は認められた。「探検」は西欧文明による未開地域の一方的な博物誌作りだと多くの人が思いこんでいた時代のことである。

「私は人類最後の探検家だ」と梅棹さんは言っている。学生時代にまだ地図上で白紙だった大興安嶺探検に加わり、その後アジア、アフリカをはじめ南極を除く世界全大陸で調査・研究を重ね、気がつけば地球上から空白の土地が消失した21世紀を迎えていたからだ。

注目を浴びた「文明の生態史観序説」が生まれたのはアフガニスタンからインドを横断した調査行での米国人学者との議論からだった。西欧中心の進歩史観にがんじがらめとなった戦後日本人に、生態学の発想をもとに文明が並行発展する世界史像を示したのである。

「自分の足で歩き、自分の目で見、自分の頭で考える。それが学問です」。理系と文系の学問の境界も、人と人を分かつ文化や制度の溝も、あらゆる障壁を越えた探検で開かれたのは比較文明論をはじめ多くの知の扉だった。

梅棹さんは自伝で自分の「市民的平等感覚」は生まれ育った京都の町衆文化のおかげだと書いている。京の町家に発し、全世界を往還した知の探検は、諸民族の多彩な文化が等しく世界の豊かさを織りなす時代をはっきり見届けて終わった。

ストラテゴス選挙（2010・7・17）

「国家戦略局」の格下げ

「民会」、つまり市民総会が最高決定機関だった古代アテネの民主政では国政の運営に携わる役職を抽選で決めていた。ただ、ごく少数だが挙手による選挙で決めていた専門職もある。それが「ストラテゴス」と呼ばれた将軍職だった。

専門性ゆえに再任も認められた将軍職は、選挙で選ばれたために国政でも重きをなした。結局アテネの政治指導者はほぼすべてストラテゴス経験者となったが、それは市民の弾劾にさらされやすい危険な立場でもあったという（澤田典子著「アテネ民主政」講談社）。

日本語で「戦略」と訳される「ストラテジー」という言葉はこのストラテゴスに発する。この「戦略」、今では軍事に限らず、組織経営の大目標を設定し、達成にむけて持てる資源や手段を合理的に用いる知略一般を指すようになった。たとえば「国家戦略」である。

「国家戦略局」といえば、昨年の政権交代で脱官僚依存・政治主導の象徴として華々しく喧伝《けんでん》された民主党政権の看板構想だ。法改正まで「室」にとどまるが、やがて予算編成や外交方針決定の権限も移されるといわれた。

それが今や局昇格を断念し、閣内の政策調整からも手を引き、首相の助言機関になるという。理由は官房長官の仕事と重複するためらしい。つまり政権を運営してみれば、戦略の名に値する国家ビジョンも、その実現手段も、持ち合わせていないことに気づいたのか。

宙に浮いた「政治主導」だが、もはや額面通り受け取る国民はまれだろう。戦略なき政治家を選ぶのなら選挙は無用、抽選で十分との声がどこかから聞こえてきそうなわが21世紀日本の民主政の一幕だ。

あけっぱなしの国（2010・8・4）

扉の向こうの子どもと高齢者

明治初めに来日した米動物学者モースがある夜に横浜から帰る途中、神棚の灯明がもれる民家をのぞいた。すると母親が乳を赤ちゃんに含ませたまま熟睡している。モースがその時描いた絵が日本滞在記「日本　その日その日」に載っている。

「私は日本の家が文字通りあけっぱなしである事の例として、この場面を写生せざるをえなかった」。今なら住居侵入とのぞきで逮捕だ。ただ来日した欧米人の多くが、庶民の家の造りとその暮らしぶりを見て、「この国の人はどこまでもあけっぱなしだ」と驚いた。

しかしその後はお互いの暮らしを壁と扉で隔てる文明を選んだ日本人である。おかげで寝姿を無断で描かれる心配はなくなった。そして気がつけば、隣人の顔も分からぬことが珍しくない世の中となり、もうかなりの時がたつ。

だが「111歳」の東京都内の男性最高齢者が死後約30年たつミイラ化した遺体で自宅から見つかった事件にはさすがに驚いた。すると113歳の都内女性最高齢者をはじめ、100歳を超える高齢者の所在不明が続々と明るみに出てきた。一体どうなっているのか。

一方、大阪で発覚したのは3歳と1歳の幼児がマンションに置き去りにされ、遺体で見つかるという育児放棄事件だった。泣き声がするのを近所の人が行政に通報しながら、扉1枚向こう側の生命を救えなかった。2人の子が密室で過ごした時を思えば胸がつぶれる。

今、閉ざされた扉の向こうで孤立したお年寄りや子どもたちに、何が起こっているのか。万事あけっぴろげで、お年寄りや子どもらを温かく見守り合ったご先祖に、私たちが失ったものを尋ねたい。

戸籍上の超高齢生存者

常陸坊の腕相撲（2010・8・28）

元和年間というから1615年から24年の間だ。箱根山に庵《いおり》を結ぶ短斎坊のところに異形の法師が現れた。火をおこそうとすると、法師は袋から「判官殿にもらった鞍馬の石だ」と火打ち石を出す。

判官とは400年も前の源義経だ。驚いて法師に名を聞くと「常陸坊海尊」という。常陸坊は昔を語って、弁慶は「またとなき美僧」、義経は「男ぶりはひとつもとりえなし」、名だたる家来も大酒飲みやら借金を払わないやら「一人もろくな者はなかった」と明かす。

「西鶴諸国ばなし」の「雲中の腕押し」だ。この常陸坊海尊という人物、源平時代から何百年も生きのびて思い出話をして回ったという話が東日本に伝わっている。長寿は富士の岩からわく霊薬を飲んだためといわれる。

西郷隆盛は肖像画とはまったく違う顔で、坂本龍馬は話と逆にこんな人……などと語る老人が今にも現れそうな気になってくる。いや、戸籍上は生存する「超高齢者」のことである。ついに長崎県で1810（文化7）年生まれの200歳の男性の戸籍が見つかった。

「消えた高齢者」をめぐる調査により全国で発見が相次ぐ幕末以前からの「生存者」だ。戸籍は年金など公共サービスに使われないため届け出がなければ放置されがちという。とくに近年の戸籍の電子化によって係員が異常に古い紙の戸籍に気づく機会もなくなった。

「雲中の腕押し」にはもう一人、義経に仕えた猪俣小平六も現れて常陸坊と腕相撲をする。掛け声が雲中に響き渡り、やがてその姿は消えていった。どこぞの役場の書庫で耳を澄ませば、かすかに腕相撲の掛け声も聞こえるかもしれない。

ヒュブリスのわな（2010・9・22）

証拠改ざん疑惑で特捜検事逮捕

ギリシャ神話のディケーはゼウスと法の女神テミスとの間に生まれた正義の女神である。その宿敵こそ、ギリシャ世界での最大の悪徳ヒュブリス――傲慢や思い上がりだった。イソップ物語では、やはり女神として登場するヒュブリスである。

ヒュブリスに魅入られた人間は自分の力を過信して、他人を傷つけて恥じず、神々を軽んじる。最後は人を運命と争わせ、悲劇を引き起こすのがこの神の手口である。時には正義の神につかえる人の心にすらいつの間にか過信やおごりを宿らせ、不正へと導いていく。

先日、村木厚子厚生労働省元局長に無罪判決が出た郵便不正事件だ。その捜査を指揮した大阪地検の主任検事が証拠として押収したフロッピーディスクのデータを書き換えていた疑惑が浮上した。事実なら、検察への国民の信頼を一挙に突き崩す犯罪にほかならない。

聞けば、改ざんは検察が描いた事件の構図と矛盾するデータについてその食い違いがなくなるように行われていた。まるで自分の想像に、現実の方を合わせようという神を恐れぬ所業である。自分はいったい何者なのか、それすらも見えなくする思い上がりの怖さだ。

最高検察庁は直ちに当の検事を逮捕、捜査に乗り出した。気がかりなのは、上司や同僚は改ざんを知らなかったのか、知っていて公判を進めたのではないかという疑念だ。さらにはヒュブリスが検察組織そのものをむしばんでいないか、視野を広げての検証も必要だ。

「検察は社会にとって大事な組織です」。ほかならない、村木元局長の言葉である。根本から揺らいだ信頼は、それこそ根本から立て直さねばならない。

＊その後、この検事の資料改ざんを知りながら隠したとして、上司だった当時の地検特捜部長と同副部長が犯人隠避容疑で逮捕された。

川崎球場伝説（２０１０・11・9）

ロッテ、リーグ3位からの日本一

ロッテが本拠とした１９８０年代の川崎球場には多くの「伝説」がある。トイレも男女共用だった球場の老朽化と、ガラガラな客席にまつわるものだ。来日外国人選手は球場を見て2軍の練習場と勘違いした。客の不入りはそれこそお笑いのギャグの格好のネタになり、ホームランの際に客席に投げ入れるマスコット人形を1組の親子が三つ手に入れたという話もある。人けのない外野席では、客同士がキャッチボールをしたり、卓をかこみマージャンをする光景も見られた。

そんな時代のロッテでプレーした2人——ロッテ・西村徳文監督と中日・落合博満監督の対決となった今年の日本シリーズだ。結果は「和」をスローガンにパ・リーグ3位のロッテを率いた西村監督が、「オレ流」野球でセ・リーグを制した中日の落合監督を降した。

クライマックスシリーズ（ＣＳ）の出場切符すら、シーズン最後の3試合で辛うじてもぎ取ったロッテである。そこから連続逆転勝利や、がけっぷちでの3連勝で日本シリーズ進出を決め、最後はシリーズ史に残る連夜の延長戦を戦い抜いての日本一の奇跡だった。

昔と様変わりしたのは、ロッテの「26番目の選手」であるスタンドのファンの声と手拍子の怒濤《どとう》のような応援である。地上波テレビ中継のない試合もあるのが話題となった今シリーズだったが、第7戦の地上波中継は関東と関西地区でも20％を超える視聴率となった。

リーグ3位チームが日本一になるＣＳ方式は違和感もある。だがＣＳ方式でなければ知りえなかった興奮を教えてくれたロッテ全員野球の粘りだった。２０１０年版新伝説の大団円だ。

始末の音とにおい

（２０１０・11・20）

事業仕分けの看板倒れ

落語「始末の極意」のケチの小話をつづってきた小欄の「事業仕分け」ものだが、一連の仕分けの区切りでもう一つ。――ケチで有名な男、隣の店がうなぎを焼くにおいをおかずにご飯を食べていた。ところが店の主人がそれを知ってやって来る。

「うちはにおいで客寄せをしている。ちゃんと代を払え」。男は仕方なく財布から金を出し、チャリンと投げ出した。主人が拾おうとすると、男はすぐ引っ込め、「においだけもらったから、そっちは音だけとっときな」。

さて昨年の衆院選で「無駄遣いの根絶や埋蔵金などで16・8兆円の財源を見いだせる」と豪語していた民主党だ。新規施策の財源も9兆円は無駄削減で捻出できると言っていたから、事業仕分けで示される「始末（倹約）の極意」に期待が集まったのも当然だった。

だが今回の再仕分けでは予算要求縮減の規模は2100億円程度にとどまった。過去の仕分けなどによる10年度予算削減額も、多く見積もって2・3兆円だ。当初のふれ込みや期待に比べれば、「始末」の成果はもっぱら「におい」と「音」どまりといったところだ。

とくに民主党の各省庁政務三役と仕分け議員の対立が浮上した再仕分けである。自民党政権が温存した無駄の始末で喝采を浴びようという仕分けの構図が色あせ、目立ったのはもっぱら政府・与党の足並みの乱れとなった。

ただ「におい」と「音」であれ、国民の目を予算の無駄や天下りの温床に向けさせた客寄せの効用は小さくない。政府は近く仕分けの今後について協議するが、今度は仕分けが仕分けられるのか。民主党版の「始末の極意」のオチやいかに。

開戦暗号「暴風」（2010・11・25）

延坪島砲撃の暴挙

異様な気配に目を覚ますと「まっさきに耳に入ったのは窓ガラスをうつ雨の音で、鈍い響きも聞こえた。ああ、雷が鳴っているなと思った」。60年前の6月25日未明、38度線近くの開城近郊の自宅で寝ていた米軍事顧問の回想である。

砲弾の飛来する金属音を聞いた彼がベッドから下りた瞬間、近くに着弾し、破片が家に飛び込んできた。それが開戦暗号「暴風《ポップン》」の通達による北朝鮮軍の砲撃だった。朝鮮半島全体で一説には400万人ともいわれる人命が失われた朝鮮戦争の最初の一シーンである。

「銃剣の先で南に触れてみたい」。民衆に塗炭の苦しみを与えた戦禍は、北朝鮮指導者・金日成《キムイルソン》がソ連のスターリンに語ったこんな冒険的野心の産物だった。それから60年、今なお休戦協定下にある38度線近くで砲火による新たな死者をもたらしたその息子の冒険だ。

ならば射撃命令はどんな暗号で砲兵部隊に伝えられたのだろう。韓国の延坪島《ヨンピョンド》への北朝鮮の突然の砲撃は1600人以上の島民の住む地域にも加えられ、民間人死者も出た。休戦協定違反はもちろんのこと、およそ現代国家の所業と思えぬテロにも似た武力行使だ。

北としてはウラン濃縮公開に続く軍事挑発である。またぞろ米国との直接交渉を求める瀬戸際政策か、それとも金正日《キムジョンイル》総書記の後継体制固めのためか。意図はどうあれ、経済破綻と社会不安にむしばまれる北の体制だ。愚かしい冒険の危険は必ず自らにはね返ろう。

危機封じ込めには周辺諸国の連携が欠かせない。とくに60年前は北の冒険の失敗のつけを自国将兵の血で支払った中国こそ、北の暴走に歯止めをかける時だろう。

米外交文書のネット暴露

国家機密漏えい罪（2010・12・1）

旧ソ連のブレジネフ書記長時代のアネクドート（風刺笑話）の古典的名作だ。――赤の広場で「ブレジネフのバカ野郎！」と叫んだ男が逮捕された。裁判で15年と15日の刑を宣告される。15日は名誉毀損《きそん》罪で、15年は国家機密漏えい罪で……。

時は流れて現代である。「メドベージェフ露大統領は『バットマン』であるプーチン首相に仕える『ロビン』だ」という「機密」の漏えいで世界は大騒ぎだ。漏えい者と目されているのはロシア人ではなく米軍兵士だそうだ。

「国家機密」はまだある。メルケル独首相は「創造性が乏しい」、ベルルスコーニ伊首相は「無能で空っぽ」、サルコジ仏大統領は「権威主義」、イスラエルのネタニヤフ首相は「約束を守らない」し、リビアのカダフィ大佐は「ウクライナ人看護師に夢中」のようだ。

内部告発サイト「ウィキリークス」で暴露が始まった米外交公電は総数25万通という。今後、数カ月にわたり米外交の舞台裏が世界の目にさらされる。それを「外交の9・11（同時多発テロ）」と評したのは「首相が無能」と米外交官に格付けされたイタリアの外相だ。

物語に「開けてはならぬ箱」が出てくれば、必ず開けられる運命にある。米外交のパンドラの箱は簡単に一兵士に開けられたようで、米国の友も敵も巻き込む大小さまざまな騒動が全世界にばらまかれることになった。その一つ一つが複雑な連鎖反応を生みかねない。

ちなみに日本関係の公電は全部で６７００通以上にのぼるという。はてさていったい日本の政治家についてはどんな「国家機密」が暴露されるのか。心当たりも多いだけに、そら恐ろしい気もする。

海老蔵さん殴られて重傷

市川家の荒事（２０１０・12・2）

江戸時代の芸談集にある話だ。歌舞伎で武士や鬼神の荒々しい所作を表す「荒事」が評判をとった初代市川団十郎が、ある御殿に呼ばれた時である。酒席の取り持ちをしていると、お殿様が「その荒事というのを見せよ」と所望した。

団十郎は「景清」の謡で、じゅばんを肌脱ぎする。そして書院の障子ふすまを足で踏み折って大暴れした。家来があわてるなか、「これが荒事でございます」。「大名の前にても怖がりては荒事にてはなし」という次第だ。

市川家のお家芸である歌舞伎十八番の「景清」の牢《ろう》破りは二代目が初演でもあり、まさか実話ではないだろう。だが超人的な怪力やすさまじい霊威を一身をもって演じる新境地を開いた初代団十郎だった。江戸っ子がその人に抱いた畏敬《いけい》をうかがわせる芸談である。

この市川家の「荒事」の伝統を受け継ぐ十一代海老蔵さんを襲った傷害事件だ。早朝の東京・西麻布で一緒に酒を飲んでいた男に殴られ、ほお骨を折る重傷を負った。ために京都・南座の顔見世興行を休演し、顔面の整復手術を受けたいきさつはご存じの通りである。

事件当日は体調を理由に仕事をキャンセルしていた海老蔵さんだけに、「当人の責任は重大」と父の十二代団十郎さんがおわびする場面もあった。殴打の詳しい経緯をめぐる関係者の証言、容疑者の背景など、芸能マスコミの報道が過熱するのも仕方ない成り行きだ。

「荒事」は6、7歳のやんちゃな男の子のような単純、無心の境地で演じるようにという心得があるそうだ。深い思慮や屈託は一切無用らしいが、この心得、舞台の外で用いるとかなり危険かもしれない。

空想の代償（2010・12・28）

来年度予算のダイエット失敗

搾った牛乳の壺《つぼ》を頭に載せた女は町への道すがら空想する。――これで得た牛乳代で100個の卵を買って3羽の雌鳥に抱かせる。生まれたヒナを育てて売ればブタを買える。ブタを太らせれば――空想は、つぶやきに変わっていった。

「売ったお金で雌牛と子牛が手に入る……私は見るだろう。子牛が羊たちと跳びはねるのを」。思わず跳びはねた彼女の頭から壺が滑り落ち、牛もブタもヒナも卵もむなしく消えた。ラ・フォンテーヌの「寓《ぐう》話《わ》」の一話だ。

だが空想も場合によっては実体験と同様の結果を生むという研究もある。米科学誌サイエンスが先ごろ掲載したカーネギーメロン大学の研究チームの実験では、ある食べ物を食べるさまを繰り返し想像すると、現実にその食べ物への食欲が減退してしまうというのだ。

実験はチョコなどを食べる様子を3回想像する人と30回想像する人の間で比較した。その後に食べ放題にすると、後者のグループは前者の平均半分程度しか食べなかったという。ただ食欲減退効果は想像した食べ物だけだから、ダイエットに利用できるかは微妙だ。

こう聞けば、わが政府・与党の「空想によるダイエット」が気になる方もいよう。民主党政権には初の自前の予算編成となる来年度予算は、結局は前年に続き国債発行額が税収見込みを超える始末となった。歳出削減も財源確保も、空想が現実にはならなかったのだ。

こうすればああなると都合いいマニフェストの皮算用にのめり込むうちに、国民の信頼や期待の壺は頭から落ちて粉々、財政は借金まみれだ。先の寓話はいう。「快い妄想も、我に返れば元のもくあみ」

二〇一一年（平成二十三年）

タイガーマスク現象

恩送り（2011・1・12）

井上ひさしさんは中学生時代、岩手県一関市の本屋で国語辞書を万引きしようとして店番のおばあさんに見つかった。「そういうことをすると、私たちは食べていけなくなるんですよ」。おばあさんは厳しくたしなめ、薪《まき》割りを命じた。

罰だと思って井上さんは薪割りをした。するとおばあさんは国語辞書を渡して言った。「働けば、こうして買えるのよ」。「おばあさんは僕に、まっとうに生きることの意味を教えてくれたんです」。井上さんは「返しても、返しきれない恩義」と振り返っている。

40年以上の歳月の後、大作家となった井上さんは一関で何度もボランティアの文章講座を開く。それを井上さんは「恩送り」と言い表している。誰かから受けた恩を直接返すのではなく、別の人に送る。その人がまた別の人に渡す。恩がぐるぐると世の中を回るのだ。

「井上ひさしと１４１人の仲間たちの作文教室」（新潮文庫）が記す話である。こう聞けば、米映画「ペイ・フォワード」を思い起こす方もいよう。あれは自分が受けた厚意をその人に返すのでなく、別の３人に回すことを考えついた少年が世界を変える物語だった。

漫画タイガーマスクの主人公・伊達直人を名乗る児童養護施設への贈り物が相次いでいる。孤児だった覆面レスラーが同じ境遇の子どもらのためにファイトマネーを投じる――40年前の「恩送り」の物語である。それがなぜか今、人々の心を奥深くから揺り動かすのだ。

「恩送り」は江戸時代によく使われた言葉といわれる。人々の間で受け渡される思いやりが増幅して世界を変えていく。初夢に終わらせたくない善意の連鎖反応だ。

力士の八百長メール発覚

千秋楽の数理分析（２０１１・２・３）

米国で６年前にベストセラーになったシカゴ大学の経済学者、Ｓ・レビット教授らの本には相撲の八百長の分析がある。３万以上の取組データから７勝７敗と８勝６敗の力士の千秋楽の対戦を調べたのだ（邦訳「ヤバい経済学」東洋経済新報社）。

過去の対戦結果から７勝７敗の力士が勝つ確率を計算すると48・７％で５割を下回る。だが実際の勝率は79・６％と８割近かった。むろん勝ち越しをかけて懸命だったからとも解釈できる。ただ面白いのはその２人が次の場所で勝ち越しのかからぬ対戦をした場合だ。

前回、７勝７敗だった力士は40％しか勝っていない。さらにその次の対戦は約50％と、確率的な〝正常値〟に近づいている。気鋭の若手経済学者ならずとも、星の貸し借りがあったと推測ができる。同著は過去の八百長の告発事例もこの確率論で検証してみせていた。

「星を借りてるよね」「ダメなら20万は返して」「立ち合いは強く当たって流れでお願いします」。こんな力士のメールが発覚しては、これまで相撲協会がくり返してきた八百長の否定はいったい何だったのかとしらける。無気力相撲どころか気力充実の熱演である。

携帯電話での八百長をうかがわせるメールにかかわっていたのは幕内力士をふくむ13人という。いよいよ存亡の土俵際に追い込まれた相撲協会は真相の徹底的究明を約束したが、泣きたい気分なのは相撲ファンの方である。

レビット教授らは、過去に八百長疑惑が浮上した際の次の場所では力士の勝率の異常が急に解消したことも皮肉交じりに書いている。異国の学者に舞台裏を見透かされた「国技」が情けない。

東北・関東に巨大地震

鳥にあらざれば……(2011・3・12)

「悲しかりけるは大地震なり。鳥にあらざれば空をも翔《かけ》りがたく、竜にあらざれば雲にも又《また》上りがたし」(平家物語巻十二)。東京を揺れが襲った瞬間、窓から見える皇居の森から鳥の群れが飛び立った。思わずこの言葉が頭をよぎった。

お堀の水面には見たこともない複雑な形の波が生まれ、道路の中央分離帯の街灯はやじろべえのように左右に揺れた。東京都心でも震度5強の揺れに見舞われたこの時、宮城県北部は震度7を記録したという。揺れが収まると遠くに火災の黒い煙のあがるのが見えた。

ほどなくテレビが映し出した仙台地方の空撮では、まるで海面が生き物のように陸にはいあがり、波が車を、建物を、街を、田畑を次々にのみ込んでいく。パニック映画が特撮でしきりに描き出していた光景ではないか。それが今、この瞬間、この世に現出したのだ。

自分も地震列島の住民の一人だ。これまで阪神大震災などいくつかの震災に新聞人としてかかわってきた。生きている間に大地震にあうことも半ば覚悟していた。だがそれがマグニチュード8・8、日本の観測史上最大の巨大地震にあってみれば、やはり身がすくむ。

チェコの作家チャペックは関東大震災の際、地球の裏側の災害についてこう書いた。「日本で地面が震えたその瞬間、私たちの地球はひびが入ったのです。もし全人類を一つに合わせた心の波長、連帯の波長が地殻の波に反応しないのならそれは恐ろしいことです」。

余震が続き、なお被害の全貌も分からぬ空前の「地殻の波」である。ここは近隣でも、地域でも、人々の心の波長をしっかりと合わせて、災害と戦う時だ。

＊東日本大震災をもたらした巨大地震は「平成23年東北地方太平洋沖地震」と命名され、マグニチュードは9・0と修正された。

キュクロペスの身じろぎ（2011・3・13）

福島第1原発の炉心溶融

「キュクロペス」とはギリシャ神話に登場する一眼の粗暴な巨人である。日本人の暮らしは、横たわってまどろむこの巨人の上で営まれていると評したのは、先日の小欄でも紹介したフランスの詩人で駐日大使もつとめたP・クローデルだ。

「東京着任以来、われわれは絶えず大地の身震いや足元の轟音《ごうおん》、ひっきりなしに起こる大火の歓迎を受けた」という彼はついに関東大震災に遭遇する。キュクロペスの身じろぎがその上の暮らしにどのような惨禍をもたらすか、重々分かっていたはずの日本人である。

だというのにどうしたことだろう。どんなキュクロペスの気まぐれにも「安全」だけは保つはずの原子力発電所で、何よりも防がねばならない「炉心溶融」と判定される事態である。その建屋は爆発で吹き飛び、近くからは高い放射線量が一時検出された。

東日本大震災の津波は、太平洋岸各地で前日はあった街を廃材が散らばる一面の泥田のように変えた。暮らしていた人はどこに行ったのかと胸を締めつける惨状だ。その救援も進まぬうちに新たな悪夢が人々を震撼《しんかん》させた。

地震と津波に見舞われた福島第1原発と第2原発の深刻な異常事態である。誰もがチェルノブイリの惨禍を思い起こすのは仕方ない。政府は第1原発の半径20キロ、第2原発の同10キロ圏の住民の避難指示を出した。その最悪の夢が現実になるのだけは防がねばならない。

人の予測をいつも裏切ってきたキュクロペスを甘く見ての原発災害の危機ならば、先祖代々の地震列島の住人として天を仰がざるをえない。今は惨害の封じ込めに持てる力のすべてを注ぐしかない。

＊東京電力は事故後2カ月以上にわたり福島第1原発の「炉心溶融」を認めなかった。当時の社長がこの言葉を使うなと指示していたためとされる。

神はどこにいるのか（2011・3・14）　　全容つかめぬ津波被害

「町に足を踏み入れると、たちまち大地が揺れるのを感じた。港の海水は泡立って高く盛り上がり、停泊中の船を砕くのだった。炎と灰の渦が町の通りや広場を覆い尽くし、家々は崩れ落ちた」。

これは啓蒙《けいもう》思想家のボルテールが物語で描いた18世紀のリスボン大地震だ。津波と火災で都市を壊滅させたこの震災は当時の思想家たちに衝撃を与えた。神を信じる人の命も信じぬ人の命もみな根こそぎ奪い去った震災は哲学者のカントをも地震研究に取り組ませた。

建物の倒壊後に2回の大津波が襲ったリスボンは、その後5日間燃え続けたという。いったい神はどこにいるのか。当時の賢哲と同じく、不遜を承知でつい問いたくなる凄惨《せいさん》な光景が今の私たちの前にも広がっている。東日本大震災の被害の全体像は今もつかめない。

宮城県南三陸町と岩手県大槌町ではそれぞれ1万人以上もの安否が分かっていないという。そもそも自治体の機能がマヒして被害の状況の把握ができていない市町村がいくつもあるのだ。また多くの遺体が見つかりながら、水没のために収容すらできない地域もある。

一方で、福島県沖で自衛艦が家の屋根と共に漂流中の被災者を救助したとのニュースもあった。理不尽に人の生死を分ける震災だが、人の手で救える多くの生命が今この瞬間も助けを待つ。その声なき声を胸に必死に救助にあたる人々の奮闘に神は宿っているはずだ。

戻るべき家を失ったり、去らぬ危険に避難を続けるおびただしい数の人々の苦痛や不安を思えば胸がざわめく。「自分に何かできることはないのか」——そう問う人々の心にも神はちゃんといよう。

地震火事方角付け（2011・3・15）

震災とメディアの試練

「地震火事方角付けというものがあちこちでうられている」。1855年の安政江戸地震の2日後、戯作者の笠亭仙果《りゅうていせんか》が「なゐの日並《ひなみ》」に記している。「なゐ」は地震、「方角付け」とは震災の被害の状況を記した刷り物、かわら版である。

翌日には方角付けの種類も増えて内容も詳しくなっているが、「みだり事多し」、つまりでたらめが多いとある。だがその後も日々版が改められ、次第に正確な情報が記されるようになり、その種類は数百にも及んだ（北原糸子著「地震の社会史」講談社学術文庫）。

なかには「再々改」版をうたいながら、内容は前版と変わらないといういいかげんなのがある。だが幕府の御救い小屋などの新情報は改版によって伝えられた。非常事態に人が情報を切実に求めるのは昔も今も変わらない。

死者・行方不明者の数が途方もない勢いで増え続ける被災地の惨状、懸念されていた福島第1原発3号機での水素爆発の発生、そして東京電力の計画停電にともなう首都圏の交通や通信の混乱――東日本大震災の4日目だ。

被災地では一時津波襲来の情報が流れ、気象庁が否定する混乱もあった。情報公開の不足が不安を呼んだ原発の異常事態だが、今度は素早い発表だった。そして首都圏の停電情報の錯綜《さくそう》である。情報の乱流のなかでは、チェーンメールなどによるデマ情報も飛び交う。

起こっていることの広がり、奥行きを思えば、江戸のかわら版の流れを継ぐ私たちもつい立ちすくみそうな巨大災害だ。「みだり事」に惑わされず、誰も見たことのない現実を正しく伝えられるのか。メディアにかかわる者にも試練の時だ。

アリアドネの糸（2011・3・16） 破れた「災厄封じ込め」

ミノス王の求めで怪物ミノタウロスを封じ込める迷宮をクレタ島に造ったのは、その名も「名工」という意味のダイダロスだ。怪物は王の娘アリアドネが与えた糸を命綱にして迷宮に入った英雄テセウスが退治する。その糸もダイダロスの発明だ。

ダイダロスは他にもアポロン神殿やセリノスの蒸し風呂、アクラガスの要塞《ようさい》を造り、エジプトのピラミッドすら彼の設計といわれた。だがその神話の建造物のどれよりも堅固にして、どんなまがまがしい災厄も封じ込められる設計だったはずの現代の原子力発電所だ。

生命の営みとは相いれぬおびただしい量の放射性物質を操る原発というシステムである。「封じ込め」こそが、すべての前提をなすキーワードだった。だが東日本大震災で被災した東京電力福島第1原発では、封じ込めのほころびをうかがわせる深刻な事態となった。

15日は使用済み核燃料のある4号機建屋内で爆発と火災があり、隣接区域で一般人の年間被ばく限度の400倍に匹敵する放射線量を記録した。また空だき状態が起こった2号機でも爆発音があり、封じ込めの防壁をなす原子炉格納容器が破損した恐れがあるという。

1、3号機の異常収拾も半ばなのに、次々と深刻な予想外の事態が出来する現場である。そこでは今も高濃度放射能の危険を冒しての対処に懸命に取り組んでいる人々がいよう。神話の英雄にも似た勇気なしには、恐るべき破局を防げない原発トラブルの迷宮である。

ここは原子力技術に携わるすべてのダイダロスたちの知恵も集めねばならない。一刻も早く現場に届けたい迷宮脱出の「アリアドネの糸」である。

上野山のハーモニカ（2011・3・17）

救援届かぬ被災地

象徴派詩人で「青い山脈」などの歌謡曲の作詞もした西条八十は関東大震災の日の夜、東京の上野の山で夜明かしをした。眼下に広がる市街は一面火の海で、避難してきた人々も夜がふけるとともに疲労と不安、飢えで口もきかなくなった。

すると近くの少年がポケットからハーモニカを出した。詩人は驚いて吹くのを止めようとする。この悲痛な夜半にそんなことをすれば、周囲が怒り、殴られかねないと思ったからだ。だが止める間もなく、曲が奏でられた。

危惧は外れた。初めは黙って化石のように聞いていた人々は曲がほがらかになると「私語《ささやき》の声が起こった。緊張が和んだように、ある者は欠伸《あくび》をし、手足を伸ばし、ある者は身体の塵《ちり》を払ったり、歩き回ったりした」。荒冬の野に吹いた春風だったと詩人は回想する。

11県で約41万人が避難生活を送る東日本大震災の被災地である。きのうから冬型の気圧配置が強まり、暖房のない避難所ではつらい一夜となったに違いない。寒さに加え、水、食料、医薬品の不足も依然解消されていない。

被災地は広域に及び、交通途絶が続く。自治体機能も回復せず、ボランティアもなかなか入れない。そんな避難所での被災者同士の助け合い、いたわり合いを伝えるニュースには目頭が熱くなる。きっと上野のハーモニカ少年のように希望の春風を起こす人もいよう。

被災地で不足が目立つ輸送用燃料をめぐり政府は国民に買い占めの自制を呼びかけた。遠くの土地の不用意な行動も、いてつく避難所の人々と無縁でありえないこの列島の暮らしである。連帯の春風はそのどこからでも届けられるはずである。

霧の中の危機（2011・3・18）

問われるリーダーの才

「（戦場では）一切の行動は薄明の中で行われるのである。それだから霧や月明かりの中の朦朧《もうろう》とした像のように実際よりも大きく見え、怪奇な外観を呈することもまれでない」。プロイセンの軍人クラウゼビッツの「戦争論」の一節だ。

以前の小欄でもふれた「戦場の霧」の指摘である。与えられた情報が限られ、状況が不確実なのが「戦場」だ。「霧」の向こうの見えない部分は将帥が推測するか、あるいは事態をまったくの幸運に委ねねばならなくなる。

原発の制御が失われ、核燃料が溶けて大量の放射線が外部に放出されかねない。まさに戦場にもまして不確実性の「霧」がたちこめる危機である。むろん日常の暮らしを支えるシステムすべてが失われたなかで、何十万人もが避難生活を強いられた状況も同断である。

福島第1原発では核燃料冷却のための自衛隊や警視庁機動隊による空陸からの注水が期待を集めた。隊員や支援の作業員には被ばくの危険を冒しての作業である。危機にいたるさまざまな過誤が最後は現場の人々が負う危険によって穴埋めされるのも「戦場」同様だ。

一方、多くの自治体の機能が失われ、交通網の回復も遅れて、これまた「霧」の濃い被災地だ。乏しい物資や医療を、それぞれに必要とする避難所に届ける作業も運には委ねられない。国は直ちに隘路《あいろ》を打開せねばならない。

クラウゼビッツは、戦場の霧の中で頼るべきは将帥――つまりリーダーの才と決断だという。未曽有の震災と戦う今は国のリーダーの資質をことさらあげつらう時ではなかろう。ただリーダーシップの所在まで霧の中だと思われぬよう願いたい。

闘う「人の世」（2011・3・26）

宝を奪った災害

終戦後間もない12月に起こった昭和南海地震の津波では30代の女性の死者が多かった。乳幼児を連れ出そうと避難が遅れたからだった。寒い季節なのでねんねこを着せようとした親心もあだとなった。

防災学の河田恵昭さんは「津波災害」（岩波新書）でそう明かしている。子を守るためなら自らの命は惜しまぬ親心も悪魔のようにのみこむ津波だ。今度も子や老いた親を連れ出そうと逃げ遅れた人の話が胸を詰まらせる。

一方、海辺の人を助けようと自らも波にのまれた警察官、防災放送で最後まで住民に避難を呼びかけて建物ごと流された町職員、高齢者を避難させようと巡回中に行方不明となった民生委員……。課せられた職務をまっとうしようとした責任感にも津波は非情だった。

「津波てんでんこ」とは津波が来たら他人にかまわず、それぞれに必死に逃げよという教えである。この言葉を広めた津波史研究者の山下文男さんも、岩手県の病院で今度の津波に襲われ、九死に一生を得た。津波の怖さを訴え続けてきた山下さんにして「想像をはるかに超えた」と岩手日報の取材に語っている。

親子が互いを思いやる情も、職務への責任感や献身も、人の世を人の世たらしめる心の宝である。それを事もなげにこの世から奪い去る津波の有り様を見れば、心に穴のあいたような虚無を感じるのも仕方ない。行方不明者は1万7000人を超えて今も増え続ける。

しかしこの惨禍にあっても人のいたわり合いや助け合い、職務やボランティア活動への献身が被災地を支えたこの2週間だった。どっこい「人の世」はちゃんと災害と闘って打ち勝ってみせる。

貞観地震の「流光」（2011・3・29）

史書が示していた「想定外」

「流光昼のごとく」とあるから、何かが光ったらしい。これが日本の地震で発光現象があったという最古の記録だそうだ。貞観11（869）年5月26日夜、陸奥国を襲った貞観地震と大津波のすさまじさは「日本三代実録」が記している。

多賀城の城郭や倉庫も崩れたものが数知れない。雷鳴のような音と共に海があふれ出して陸に入り、城下まで至った。水はその果てが分からないほど広がり、原野や道は大海原のようになった。船に乗るいとまもなく、山に登るにも間に合わず、千人が溺死した……。

まるで今度の大津波を思わせる記述である。最近の専門家の調査によると、この時仙台平野や福島県北部では内陸の数キロまで津波が押し寄せたことが堆積《たいせき》物の分析で分かっている。また同規模の津波は450～800年に1度の割合で起こっていた可能性も浮かんだ。

このような知見は一昨年には原発の耐震性再評価をめぐる経済産業省の審議会で報告されたという。だが東京電力が今回の福島第1原発の異常事態を「想定外の津波」によるものと説明しているのはご存じのとおりだ。悪いのは想定を裏切る自然だといわんばかりだ。

牛のまねをしようと体をふくらませて破裂したイソップのカエルは、自分の身の丈でしか相手の大きさを推し量れなかったために破滅した。自然の力を人間の都合に合わせて見くびった「想定」のあげくに今般の破局をもたらした人々はむろんそのカエルを笑えない。

危機への対処が長期にわたりそうな今は、あらゆるアイデアや手段を結集せねばならない。自分らの都合で事態を甘く見積もる勝手は今度こそ許されない。

やさしさの奇跡（2011・4・1）

世界各地からの善意

岩手県の大船渡と釜石に入った米救援隊の消防士はその惨状に驚く。それにもまして印象深かったのは倒壊したある店の女性主人だった。その人は「何もありませんが」とせんべいを差し出したのだ。

同じく大船渡市で捜索活動をした中国の援助隊員は、通りがかりの住民に「遠くからわざわざありがとう」と声をかけられ、アメや菓子を手渡された。別の隊員は現地コンビニで「援助隊なら」と代金の受け取りを拒まれ、カップ麺やおにぎりの提供を受けたという。

苦境にあっても思いやりを失わぬ被災者の姿は外国人に感銘を与えた。だが、外国の人々も負けてはいない。マレーシアのある孤児院では孤児が修道女らに働きかけて被災地への募金活動を始め、自分らと卒業生の分も含む義援金と激励の言葉を日本大使館に寄せた。

パキスタンの地中海性貧血を患う子どもたち40人は福祉団体代表と共に日本の領事館へ被災地の子どもたちにとサッカーボール10個を寄贈した。アジアの途上国からは過去の日本の援助や災害支援への感謝と共に寄せられる義援金やお見舞いのメッセージが相次いでいる。

空き缶に小銭を集めたブラジルの貧しい地区の生徒たち、お小遣いで被災者に水を送りたいというスウェーデンの8歳の子、日本人からは代金を取れないと言ったポーランドのタクシー運転手、巨額の金と「がんばって」との一言だけを残していったロシアの紳士――。

人へのやさしさや思いやりが地球のあちこちで小さな奇跡を起こし続けている「3・11」後である。今は被災地を覆う深い悲しみも、いつかはこの奇跡の輪の中でいやされる日が来るよう祈る。

後藤新平への励まし（2011・4・12）

「復興」の歴史的射程

17世紀のロンドン大火は4日間にわたり全市街の9割近くを焼き尽くした。建築家レンによるその復興計画は木造建築を禁止しただけでない。広い街路と下水道網を整備し、危険で不潔だった大火前のロンドンを近代都市に一変させた。

「すべての歴史家はレンの名を筆にするが、彼の計画を妨害しようとした偏執小心の国会議員の名を忘れ去った」。こう書いたのは米歴史家のビアードで、関東大震災後に壮大な東京復興計画を打ち出した後藤新平への励ましの書簡の中でのことだ。彼は続けていう。

「貴下が計画を実行すれば、日本国民は先見と不撓《ふとう》の勇気ゆえに貴下を記憶するだろう。公園に遊ぶ幼児すらも貴下を祝福し、千年後の歴史家も貴下を祝福するだろう」。だが、後藤の計画は議会の反対で大幅に縮小された。

大災害からの立ち直りが単なる「復旧」ではなく、新しい文明のモデルを作り出すことも過去にはあった。大津波と原発災害が地域の暮らし全体を破壊した今度の震災の復興も、多かれ少なかれ過去の街づくりやエネルギー政策への厳しい問い直し抜きにはできまい。

発生から1カ月を経てまだ被害の全容も分からぬこの震災だ。「復興」という言葉もうとましく聞こえる被災者も多いに違いない。ただ、地域の再起は時間との闘いでもある。宮城県はいち早く復興基本計画の素案をまとめ、政府の「復興構想会議」も討議を始める。

復興プランは地元住民や団体からも提起されよう。「千年後」とはいわない。この痛恨の被災体験から子や孫らに末永く祝福されるビジョンを生み出せるのか。私たちの時代の先見と勇気が問われる。

被災地の「鋏状較差」(2011・4・22)

孤立する災害弱者

阪神大震災で被災者のケアにあたった精神科医は、地震の40～50日後に人々の間のある変化に気づく。ふだんより元気になった人と、ひきこもってしまう人の違いが目につく。その差がまるで開いたはさみの刃のように広がっていくのだ。

柔軟に新発想を出す人と考えられないほど頑固になる人、酒を飲まなくなった人とアルコールにのめり込む人、仲がよくなった夫婦とヒビの入った夫婦――最初のわずかな差が日を追ってどんどん開いていく。医師はそれを経済用語を借りて「鋏状較差《きょうじょうかくさ》」と呼んだ。

貧富の差もはさみ状の広がりを見せる。経済力や社会的人脈、地縁をもつ人々と孤立した人々の境遇の違いが拡大した。人々の生死を分けた震災は、その後も人々の幸不幸を切り分けた(中井久夫編著「昨日のごとく」)。

当時よりも長引く避難所生活のストレスだ。そして大津波から40日以上を経た今も行方の知れぬ子や親、兄弟を捜し続ける人々がいる。悲しみが癒えるどころか、積もり重なるこの震災である。復興に向かう周囲のムードと、取り残されるような孤立感に苦しむ人々の落差の広がりも未曽有の様相を見せている。

長い「被災」を生きる人を孤立させないさまざまな取り組みが必要な今後の復興だ。国が仮設住宅に配置する高齢者や障害者の介護の拠点もその一つだろう。自治体の判断で生活相談やボランティアの拠点にも使えるこうしたスペースをより有効に活用できればいい。

震災との闘いで一つになった人々の心も、復興へそれぞれの挑戦を始めていく今だ。「較差」のはさみが人同士のいたわり合いまで断ち切るのは防ぎたい。

震災と子どもたち

行き会い親（2011・5・5）

赤ちゃんが生まれて初めて家から出た時だ。戸外で最初に出会った人を「行き会い親」とする地方があった。通りかかったのが子どもでも「親」にしてしまった。「名付け親」もその一つだが、このような儀礼的な親を「仮親」という。

昔は実にたくさんの仮親があった。妊娠中に岩田帯を贈ってくれる「帯親」、産婆とは別に出産に立ち会う「取り上げ親」、赤ちゃんを最初に抱く「抱き親」、生後2日間お乳を飲ませる「乳付け親」、丈夫に育つ儀式として捨て子のまねをする時の「拾い親」……。

その後の成長の節目となる行事や儀式でも仮親ができたが、この儀礼的な親子関係は一生続いた。「1人の子にたくさんの親」というしきたりは、子どもの成長を見守る親族や地域のネットワークの象徴だったのである（小泉吉永著「『江戸の子育て』読本」小学館）。

この仮親らも招いて子の成長を祝う席が設けられた端午の節句だ。その流れをくむこどもの日だが、今年はこの日までに何度震災で被災した子どもたちの話に涙したことだろう。波にのまれた成長への祈り、奪い去られた未来を思えば、5月の薫風すらうとましくなる。

仮親の儀礼の背景には、乳幼児の死亡率が高かった昔の大人らの切実な祈りがあった。そんな血縁、地縁ぐるみで子をいつくしんだ人々の子孫であるわれらだ。ここは肉親を失った子、心に傷を負った子らのために何かできることはないかと思いをめぐらしたくなる。

小社も震災遺児のための奨学金の募金を始めたが、人それぞれにやり方はあろう。できるだけ多くの「行き会い親」の手で奪われた未来を少しでも取り戻したい。

人生を作り上げる品々（2011・5・11）

警戒区域の一時帰宅

避難した地域住民の一時帰宅はチェルノブイリ原発事故でもあった。着のみ着のままで避難した後、1度だけものを取りに家に戻る機会を得たのだ。ある記録者は記す。「人にとって何がいちばん大切かは後になって気づくものだ」。

人々が持ち出したのは豪華な家宝ではない。親しい人の写真、愛読した本、古い手紙、一見滑稽《こっけい》だが思い出のこもる小物などだった。「それらは深く個人的な世界、現在だけでなく、過去と未来に生きる人間の非常に傷つきやすい世界を作り上げる品々であった」。

ユーリー・シチェルバク著「チェルノブイリからの証言」からの抜粋である。福島第1原発の警戒区域からの一時避難は住民が永久的退去を強いられたチェルノブイリとは異なるが、厳重な被ばく管理の下で一時帰宅をする住民の心情には相通じるものがあるだろう。

「仏壇に水を供えたい」「アルバムと両親の位牌《いはい》を持ち帰る」「年賀状のファイルを取って来る」「猫を腹いっぱいにしてやりたい」……一時帰宅の先陣を切った住民の声である。今後、一時帰宅する住民の中には津波で行方不明の肉親の写真を取りに帰る人もいる。

原発周辺住民だけでない。この震災では津波に流された自宅の跡で肉親や知人の写真やアルバム、位牌などを探す人々の姿が心に刻まれた。災害で奪われた未来、ばらばらにされた過去と現在とをつなぎ合わせ、人々が自らの人生を取り戻すよすがとなる品々である。

「いちばん必要なものは忘れやすいものである」は先の証言集の言葉だ。人にとって本当に大切なものとは何かに改めて思いをめぐらす震災2カ月後である。

死者たちが暮らす森（2011・6・11）

「鎮魂の森」構想

「遠野物語」に土淵《つちぶち》村から海辺に婿に行った男が、霧の夜に津波で死んだ妻の霊に出会う話がある。妻は2人連れで、やはり津波で死んだ相手と今は一緒に暮らしているという。男は思わず「子どもが可愛くないのか」と問い詰めた。

「女は少しく顔の色を変えて泣きたり。死したる人と物言うとは思われずして、悲しく情なくなりたれば足元を見てありし間に、男女は再び足早にそこを立ち退き……」。怪異譚《たん》の背後にはどんな切ない体験があったのか。

遠野の土淵村の竜の森では生前と同じ姿で暮らす死者をよく見かけたという言い伝えもある。死者の魂も、山の神も、天狗《てんぐ》や狐狸《こり》も共に宿っていたみちのくの森だった。こんな話を思い出したのは、震災の復興構想会議の提言素案に「鎮魂の森」の文字を見たからだ。

「がれきに土をかぶせて町は作れない。行方不明の子がいるかも分からぬところに町はできない。そこは森にしたらいい」。建築家の安藤忠雄さんの提案から生まれた鎮魂の森構想だ。会議では森が豊かな海を養ってきた三陸の「再生の森」の役割も期待されている。

1万5000を超える死者に加え、なお約8000人の不明者を数える震災3カ月だ。喪の時間も与えられずに肉親が失われた現実と向き合わねばならない家族には震災は終わらない。悲しみの癒えない遺族や9万以上の避難生活者も含め被災は今も進行中である。

未曽有の震災が招いた長い被災だ。そこで苦しむ人々すべての思いをやさしく包み込む復興が求められるみちのくの未来である。人の心を癒やし、死者の魂を鎮める森も、きっとその風景の一部となろう。

サボナローラの失脚（2011・7・16）

脱原発という新「預言」

15世紀フィレンツェの修道僧サボナローラはメディチ家の支配を痛烈に批判し、その追放後に神権政治を進めた人だ。彼が信望を集めたのは仏軍の侵攻の予言を的中させたからで、ぜいたく品や美術品を広場で焼いた「虚栄の焼却」も知られる。

国制改革を掲げたが、ともかく言動の首尾が一貫しなかったらしい。自らが強硬に主張した改革もいざとなると中途半端で放置する。野心と党派根性が露骨で、評判を落とし、人心が離れた。結局彼は失脚し、火刑となる。

「備えのない預言者は滅びる」。マキアベリが「君主論」のこの有名な言葉の直近の実例として挙げたのがサボナローラだった。実はこの名言、1年余り前の小欄でも引用した。鳩山由紀夫前首相が辞任の表明の際にまるで「預言者」のような物言いをしたからである。

この時は「地域主権」「東アジア共同体」などの未来を、辞任表明の席で語る前首相の責任感覚の異様さに嘆息した。だが今度は自ら退陣の意向表明をしている菅直人首相の「原発がなくてもすむ社会を実現する」発言だ。退任前の預言披露は民主党政権のお家芸か。

「脱原発」と言うのなら、周到な検討にもとづく計画を作成して示し、合意をとりつけて遂行に責任をもつのが指導者の仕事だ。消費税率引き上げやら平成の開国やら今までの預言も何一つ実現せぬまま、政策遂行の力を失ってからの新預言を真に受ける者はいない。

発言で巻き起こった波紋に、首相は「自分の考えを述べた」と閣僚に釈明したという。現れては消える「備えのない預言者」たちがこの国にもたらしたのは責任倫理の底が抜けてしまった政治だ。

最後の1歩の歩幅（2011・7・19）

なでしこジャパン世界一

「特別のことはない。これまでのステップを積み重ねればいい。ただし、最後の1歩は歩幅が広い」——決勝戦にのぞむ心構えについて男子サッカー日本代表のイビチャ・オシム元監督はそう語った。

ならば、その大会がW杯、その1歩に世界一がかかる決勝戦ならどうか。過去の対戦で1勝もしたことのない米国、そのチームに2度のリードを許しながら粘り強く追いついてのPK戦だ。気の遠くなりそうな深淵《しんえん》をみごと飛び越えたなでしこジャパンの優勝だった。

米国ディフェンダーのすきを突いた宮間あや選手の同点ゴール。クロスに右足アウトサイドで合わせた澤穂希選手の土壇場の同点ゴール。PK戦1本目のゴールキーパー海堀あゆみ選手の右足によるセーブ。これから時代の記憶として後世に語り伝えられるシーンだ。

ついでながら、オシム元監督の言葉にはこんなのもあった。「毎日奇跡が起こるわけではない。奇跡を金で買うこともできない。入念に準備をした上でしか、奇跡は起きない」「勇気をもってのぞまないと幸運は訪れない」（千田善著「オシムの伝言」みすず書房）。

佐々木則夫監督のいう「小さな娘たち」が、体格で勝る強豪を粘りで倒してきた「入念な準備に根ざす奇跡」である。満員のドイツの観衆が大歓声で祝福し、敗れた米国のメディアも震災から立ち直る日本の不屈の精神を表すとの賛辞を寄せた日本女子の「勇気」だ。

その感動をすべての人が分かち合えるスポーツの栄光である。震災の被災地、その支援をしてくれた世界中の人々、この国のすべての住人を今度は歓喜で結びつけてくれたなでしこに感謝する。

終わらなかった戦争（2011・7・29）

小松左京さん死去

デビュー作のSF小説「地には平和を」を雑誌のコンテストに応募する時だ。ペンネームをつける際、姓名判断にこっていた兄が言った。「『右京』なら大金持ちになれる、『左京』は新しいことができる」。「作家・小松左京」の誕生だ。

まだSF小説が何か、日本人のほとんどが知らなかった時代だ。「地には平和を」は8・15に戦争が終わらなかった日本で、ゲリラとして本土決戦を戦う少年を描いた。主人公はむろん米機の機銃掃射を間一髪逃れ、戦後を生きることになった小松少年の分身だった。

「『歴史の・ｉｆ』を書けるのはＳＦ、戦争がなかったらＳＦは書いていない。僕が戦争経験に根ざす何かを書くにはＳＦしかなかった」。小松さんはそう語っていた。頭にこびりついていた「一億玉砕」の想念。ベストセラー「日本沈没」はそこから生まれたという。

コラム子が先の大震災の夜、各地から大きな余震の速報が次々に入る新聞社で思い起こしたのは「日本沈没」の戦慄《せんりつ》だった。思えば巨大地震を起こすプレートの理論も多くの人はこの小説から学んだ。そして途方もない破局を通して浮き彫りにされる日本人の素顔もだ。

13万円で発売されたばかりの電卓で日本列島の重さを計算して書き始めた「日本沈没」だ。「日本人がどう生き延びるか。どうしようもないクライシスが終わって生き残った連中はどうするかということなんだ」。「ｉｆ」に込めた思いは今まっすぐ私たちの胸を突く。

日本人、人類、地球、そして全宇宙史まで往還した小松さんのＳＦだ。戦争で死んだかもしれないもう一人の自分から始まった壮大な旅が、今終わった。

フェルミの「提案」（２０１１・８・６）

放射能禍さなかの原爆忌

米国に亡命した伊物理学者フェルミは人類初の原子炉を作り、核分裂の制御に成功した。彼は原爆製造計画にもかかわり、１９４３年春にその主導者オッペンハイマーにある提案をした。

原子炉で生成する放射性物質をドイツ人の食料に盛れないものか——ナチスが同様の放射能兵器を先制

使用してくるのを恐れての提案だった。だが、その効果を疑ったオッペンハイマーは記録に書き込んだ。「50万人ぐらい殺せない限り計画を試みるべきではない」。

念のためにいうと、フェルミは後に水爆開発に倫理的理由で反対し、オッペンハイマーは広島・長崎への原爆投下を「科学者は罪を知った」と悔やんだ。そんな普通の良心を備えた天才科学者たちが悪魔も尻込みするやりとりを平然と交わしていた核開発の出発点だ。

オッペンハイマーらの原爆は、広島・長崎上空の火球でおびただしい数の生命を奪ったばかりではなかった。被爆直後の急性放射線症に始まる原爆症の苦しみと死を今日に至る戦後史に刻んだ。放射能兵器の悪魔的アイデアはつまるところ実現してしまったのである。

その66回目の原爆の日は、原発事故による放射能不安の中で迎えることになった。軍事利用と平和利用に分かれた戦後の原子力だ。しかし、それを手にする人間を時に途方もない思い上がりに誘い込み、大規模な惨禍を招き寄せるのはこの技術の誕生時からの宿命か。

当面の汚染対策はもちろん、今後長きにわたる事故炉や放射性物質の処理で、またも原子力技術の負債を国民的十字架として負った日本人である。その歩むべき道に深く思いをめぐらさねばならない8月だ。

悲しみの送り火（2011・8・9）

被災地の松使用中止

〈迎火やをりから絶えし人通り〉は久保田万太郎の句である。フッとあたりに何かの気配を感じたのかもしれない。急に鳴きやんだセミたちに、闇に浮かぶホタルに、チリンと風鈴を鳴らす風に、亡くなった肉親の来訪を感じる季節だ。

この夏、被災地でたかれるたくさんの新盆の迎え火を思えば、震災直後からの悲しい場面の数々が心によみがえる日本人だ。その魂を慰めるすべもないまま肉親のいない現実に耐える行方不明者の家族を思えば胸が詰まる。

ただ今では、個々の家で迎え火や送り火をたくことの少なくなったこの列島である。毎年8月16日の京都の五山送り火といえば、国民的記憶に刻まれているお盆の情景の一つだろう。それだけに何とも悲しくなる岩手県陸前高田市の松の薪使用中止をめぐる騒ぎだ。

この津波による被害のシンボルにもなった同市の高田松原の松である。それで作った薪に犠牲者の遺族らがそれぞれの思いを書き込んで五山送り火でたくという計画だった。だが「放射能の灰が飛ぶ」などという抗議の電話やメールが関係者に殺到、中止になった。

被災地の実情を知る者には放射性物質による汚染など見当外れだし、現に検査しても検出されなかった。専門家も木材内部の汚染リスクを否定している。薪は被災地で迎え火としてたかれてしまったが、こんな理不尽がまかり通っては他の風評被害も防げないだろう。

むろん報道後は京都市民からも中止批判が相次いだ。なお癒えぬ悲しみの中で願う肉親の魂の平安への祈りだ。それを分け隔てしては古都住民の名折れだろう。〈新盆やひそかに草のやどす露　万太郎〉

ゴミとホコリ（2011・8・25）

島田紳助さんの引退表明

金遣いの荒さで知られた喜劇役者の藤山寛美は、暴力団絡みの金銭トラブルで松竹をクビになったことがある。復帰の後も楽屋にはその筋の借金取りが毎日押しかけたが、「私を働かせな、貸した金は取れまへんで」と見事あしらってみせた。

なかでもある組長には毎月わずかな額を返し続けた。見かねた人が「これくらい一度に払えばいい」というと寛美は答えた。「そうすると、あの親分との縁がのうなる」（矢野誠一著「昭和の藝人　千夜一夜」文春新書）。

人気芸人も闇社会との結びつきの中で、したたかに振る舞っていたかつての芸能界だった。だが暴力団の反社会性が厳しく糾弾される今日である。民放テレビで週6番組にレギュラー出演する国民的人気者が怪しげな「縁」を温存していては即時引退もやむをえない。

誰しも驚いたタレント、島田紳助さんの突然の会見だ。引退理由とされる暴力団との関係の実態、それが明るみに出た経緯にはよく分からない点もある。ただ「（関係は）セーフと思ったがアウトと知り、自分で一番重い決断をした」と引退が自らの意思と強調した。

不良を気取った少年時代、「学校のゴミ」呼ばわりされた紳助さんが芸人で成功して母校を訪ねた時だ。一転「学校の誇り」と言われたのに「ゴミとホコリやったら変わらへん」。自分をさらけだし、世の常識を巧みにすり抜ける話芸で座を仕切った紳助さんだった。

「ゴミ」も「誇り」もありのままの自分――今回もそういいたげな紳助さんだが、自身も言うように次世代に継がせてはならぬ「縁」もある。芸能界の闇の負債はこの際一気に返さねばならない。

首相後継へ野田佳彦新代表選出

短命皇帝の時代（2011・8・30）

「自分の閥を固め、軍には十分な報酬を与えよ。他の者は軽蔑してよい」。これは3世紀の古代ローマの皇帝セプティミウス・セウェルスの後継者への遺言という。自派閥と、実力ある軍以外は無視してよいというからミもフタもない。

実際、その死後は軍人皇帝が目まぐるしく交代する世が訪れた。ある史家の算定によると3世紀の約50年間に37人もの皇帝が現れたという。皇帝の数も正確に分からぬ混乱に陥ったわけで、大文明も衰亡期は情けない（高坂正尭著「文明が衰亡するとき」新潮選書）。

ならば大震災の惨禍のさなか、5年足らずの間に6人目の新首相を迎えるわが国の有り様は後世の史家にどのように評されるだろう。菅直人首相の後継を選ぶ民主党代表選は、野田佳彦財務相が第1回投票で1位だった海江田万里経済産業相に決選投票で競り勝った。

「ノーサイドにしましょう、もう」。野田新代表は選出後のあいさつで「怨念《おんねん》を超えた政治」を訴えた。もちろん海江田氏を後押しした小沢一郎元代表が常に影の主役ととりざたされる党内対立克服の呼びかけだ。また対野党関係でも大連立に前向きな新代表である。

「自分の閥を固め、他を軽蔑」する政治が招き寄せてきたこの間の短命政権の連続だ。政権運営を坂道の雪玉押しにたとえた野田氏は、まず多様な力を広く結集し、雪玉を上げては落とす不毛な反復を断たねばならない。国民に結果を出せない政治は政治といえない。

ローマの短命皇帝時代は、手厚かった地震などへの災害対策も忘れ去られ、被災民が路頭に迷った。衰亡史の一コマにしてはならないきょうの新首相指名だ。

講和・日米安保条約60年

首相の「すまないなあ」（2011・9・8）

「特大のトイレットペーパー」と米紙が評した巻紙を手に吉田茂首相が講和条約の受諾演説をしたのは60年前のきのう、米サンフランシスコのオペラハウスでだ。巻紙が不細工なのは、米側の求めに応じ日本語での演説が急に決まったためだった。

吉田首相ら超党派の6人が条約に署名したのは翌日の昼だ。続いて夕刻にはプレシディオ陸軍基地で吉田首相だけが米軍駐留継続を認める日米安保条約に署名した。「安保は不人気だ。おれ一人署名する」。彼の言葉という。

人を食った言動で知られた吉田もこの時ばかりは歴史的責任の重みに常にない緊張を見せた。日露の講和で国民に非難された小村寿太郎を知る吉田には、帰国した際の歓迎の人波が意外で、落涙する。「すまないなあ」とつぶやいた一言も娘の麻生和子が聞いている。

それから60年という歳月が流れた。この間、日米安保・平和憲法・自衛隊の三位一体の外交安保路線は、経済優先と軽武装を旨とする「吉田ドクトリン」とも呼ばれ、戦後日本の経済的繁栄の基盤となった。そして冷戦後20年を超えた今もその枠組みは継承されている。

いうまでもなく中国はじめ新興国の急速な力の台頭によって大きく姿を変えていく今日の国際環境だ。なのに外交空白などといわれる有り様がまかり通るのは、はてさて過去の外交安保路線の恩恵なのか、負の遺産なのか。国内政治の力学からしか外交や安保を考えられなくなったら、それはむしろ戦前に近い。

東アジアと世界の現実を見つめ、平和と繁栄のために何をなすべきか。その歴史的責任の重みにおのののく指導者が一人ぐらいいなくては情けない。

9・11から10年

我らみな人であることを……（2011・9・10）

9・11米同時多発テロから4日目の犠牲者追悼の夜のことだ。当時バージニア大学にいた法学者の阿川尚之さんは寄宿舎のいくつものドアに張り紙があるのを見た。紙にはある教授が学生一人一人にメールで送った言葉が大きく印刷されていた。

「命なくしたる者を想《おも》ひつつ／ともがらたりし者を敬ひつつ／新しき世の来ることを望みつつ／我らみな人であることを忘れまじ」。阿川さんはそれを読んで、やがて始まる米国の戦争の熱狂を、その勝利によっても癒やされぬ嘆きを思った。当時の雑誌への寄稿だ。

それこそ「文明の崩落」ともいえる衝撃をテレビ映像を通して全世界の人々に与えた9・11テロだった。テロ犯らの暴力の闇は多数の人命をのみ込み、人々が信じる価値や理想をも打ちのめした。それからもう10年がたつ。

この間、米国は二つの戦争を戦い、おびただしい数の人々に新たな死がもたらされた。死者の直近の名簿には9・11の首謀者ビンラディンの名も記された。だが復讐《ふくしゅう》の成就に過去の熱狂はなく、「新しき世」の望みはアラブ民衆自らがもたらす「春」に託されている。

何より暴力と恐怖の毒を日常生活に流し込むテロである。人々の間に憎悪の壁を作り出すのが狙いなら、それは半ば達成されたのかもしれない。今日では米国のテロ犯の4割は自国民になり、欧州でもホームグロウン・テロ（自国育ちの若者のテロ）が急増している。

私たちは理不尽な暴力に抗して、人々が自由や寛容を空気のように呼吸できる社会を守れるのか。9・11から10年のテロとの戦いの核心はそこにある。「我らみな人であることを忘れまじ」だ。

人間ウンデレに限る（2011・9・16）

「人間ウンデレに限りますよ」と言うのは夏目漱石の家を訪ねた寺田寅彦である。漱石が知り合いのことを「いかにもウンデレでね」と評したのに対し、そう応じたのだ。では「ウンデレ」とは何か。寅彦は話を次のように続けている。

「何でも細君のことをうんうんと聞いてやって、そうしてデレデレしていればそれに越したことはない」。つまりそういう意味である。はて当時の流行語なのか、今の若者言葉の「ツンデレ」を思い浮かべた方が多いだろう（夏目鏡子述「漱石の思い出」文春文庫）。

ツンデレの方は、ふだんツンツンしているが2人だけになるとデレデレするキャラクターを指して5〜6年前に広まった。人の心のツボにはまる語調や言い回しは、一度は世人から忘れられても、形を変えてよみがえることもあるようだ。まこと言葉は生き物である。

生き残った「措置」

きのう発表の国語世論調査を見ていて驚いたのは、「措置」「一環として」「堅持する」「即応した」などのよく見るお役所用語は本来公用文で使わないことになっている言葉だという話だ。60年近く前に内閣官房長官が出した公用文作成の要領ではそうなっていた。

要領は「阻む」「拒否する」も「さまたげる」「受け入れない」への言い換えを定めていた。調査ではそれら12語のうち9語は半数以上の人が今や役所が使っても問題ないと答えた。言葉を使い続けた役人の粘り勝ちか、要領の方が現実離れした役人仕事だったのか。

残り3語のうち仲介を意味する「牙保《がほ》」は指示通り使われなくなった言葉だ。まあ、こちらは何十年後かに若者言葉に姿を変えてよみがえることはなさそうだ。

生きたかった今日（2011・10・25）

仙台市代表の完全試合

「私たちが生きている今日は、亡くなった方々が生きたかった今日です」。仙台市のJR東日本東北の長谷部純主将は選手宣誓で、そう述べていた。22日、京セラドーム大阪で開幕した第82回都市対抗野球大会の開会式でのことである。

「正直、今日、この京セラドーム大阪にいることが信じられません」。こう始まった宣誓は、自然の猛威に奪われた多くの人命を悼み、冒頭の言葉へと続く。そして言う。「今、生きていること、働けていることと、野球ができることに感謝の気持ちでいっぱいです」。

その大会3日目、仙台市・JR東日本東北の森内寿春投手は横浜市の三菱重工横浜を相手に完全試合を達成した。スポーツの記録は数々あるが、野球の完全試合は個々の力や思いだけでは手のとどかぬ輝きを放つ偉業だ。「大会史上54年ぶり2人目」がそれを物語る。

震災直後には泥に埋まった駅舎の片付けなどにあたったチームだ。森内投手も代行バスの案内をした。被災地の惨状を前に、長谷部主将は再びユニホームを着る日が来るとは思えなかったという。5月に再開された練習での「野球」が震災前と同じだったはずはない。

震災で突然に未来を奪われた人々が生きたかった今この時間である。それを私たちはどう生きるのか。

一人一人が自らのなすべきことに思いをめぐらした震災後の日々だ。「野球などしている時か」。そう悩みながらも、「野球をすべきだ」と思い定めた人々がいた。

この世でなすべきことに全力を尽くす――人々の生きられなかった未来、果たせなかった夢を負った被災地代表チームの「完全試合」が今野球史に刻まれた。

押し入れの中の少年（2011・10・27）

北杜夫さん死去

北杜夫さんは子ども時代、雑誌の「少年倶楽部」や日記帳を入れていた押し入れに、ちゃぶ台と懐中電灯を持ち込んでよく籠もった。父の斎藤茂吉にこんな歌がある。「押入れにひそむこの子よ父われの悪《あ》しきところのみ受継ぎけらし」。

いや、大歌人を父にもつのも大変だ。だが作家を子にもつ歌人も、家での癇癪《かんしゃく》や食いしん坊を暴露される。たとえば疎開先でコイ料理が出た時の茂吉、隣の客に「そっちと代えて頂戴」。皿を交換するとじっと見て「やっぱり元の方が大きいから、そっちを頂戴」。

北さんは高校生になって父の歌集を読み、感動した。怖い父は尊敬すべき父に変わったが、実際会えばやはりわがままなだけの父だ。歌人の全体像を「青年茂吉」「壮年茂吉」「茂吉彷徨《ほうこう》」「茂吉晩年」の4部作に書き終えたのは北さんが70歳を過ぎてのことだった。

「どくとるマンボウ」シリーズの洗練されたユーモアで人気を集め、「幽霊」など叙情的な純文学、大作「楡家《にれけ》の人びと」と、作家として多彩な顔を見せてきた北さんだ。その昆虫好き、そううつ病、阪神ファンなど日常の姿もエッセーを通し広く読者に親しまれた。

「そう」の時は夜、明かりをつけた家を開け放ち、集まる虫に網を振り回した北さんだ。捕った虫は親しい昆虫収集家に贈った。その収集家が沖縄県の新種の甲虫に北さんの名前をつけたと報じられたのはつい先月である。家人には大迷惑の虫捕りも、報われたようだ。

学名ユーマラデラ・キタモリオイ、和名マンボウビロウドコガネ。この世の仕事を成し遂げ、押し入れの中の夢見る少年は今コガネムシとなって飛び立った。

「右におなじ」（2011・11・10）

TPP交渉参加表明へ

1858（安政5）年、日米修好通商条約の締結を前に幕府が集めた諸大名の意見である。「万国の勢いを愚考候ところ、御国孤立むつかしく、御許容のほかなし」「京師御開《けいしおひらき》（京都の外国人への開放）は御《ご》峻拒《しゅんきょ》を」「この上は御武備専要」。

このように開国の是非をはっきりと表明した回答もあるが、情けないのもある。「何も存じ付きこれなく候」「国家の一大事、愚慮に及びかね候」「別段存じ付きこれなし」……その後には「右におなじ」というのもある。

何か親近感はわくが、まあこういう大名が数いては幕藩体制も歴史的命運が尽きたというべきだろう（鶴見俊輔編著「御一新の嵐」ちくま学芸文庫）。幕府の条約調印は下級武士による攘夷《じょうい》から倒幕への争乱を呼び起こし、開国は結局彼らの新政府に引き継がれた。

この幕末と戦後に続く第3の開国といわれる環太平洋パートナーシップ協定（TPP）の交渉参加をきょうにも表明しようという野田佳彦首相である。どうやら農業はじめ医療や食の安全などをめぐるTPP

反対論が盛り上がりを見せる中での政治決断となりそうだ。

安政の大名にも「本邦よりも航海いたし、富国強兵の基本をお立てなされ」との意見もあった。首相もここは反対論や不安にていねいに答えるだけではすまない。TPPを必要とする通商国家・日本の戦略とビジョンを示せねばどだい幕府の開国とさして違わない。

こと発言では石橋をたたいてきた首相が、今度ばかりは国論を二分する争点での国民への説得力が試される。何せ「国家の一大事、愚慮に及びかね右におなじ」ではすまなくなるTPP交渉だ。
＊野田首相は翌11日にTPP交渉参加の方針を表明したが、与党内の反対派を説得できず、民主党政権では交渉参加を実現できなかった。

破滅の予言者たち（2011・12・8）

日米開戦から70年

「周囲は真珠湾の勝利にざわめいていたが、彼は浮かぬ顔をしていた……『えらいことになった。僕は悲惨な敗北を予感する。こんな有り様はせいぜい2、3カ月だろう』と沈鬱な声で言った」。

彼とは近衛文麿、70年前のきょう真珠湾攻撃の日の細川護貞による記録である。近衛は日中戦争では「国民政府を対手とせず」と声明してその泥沼化をもたらし、日米交渉に努力したものの南部仏印進駐で米国の石油禁輸を招く。日本の運命を決定づけた人だった。

一方、日米開戦に際し「三国同盟は僕の一生の不覚だった。こと（米国参戦防止の）志と違い、今度の戦争の原因になった」と涙ながらに知人に語ったのは元外相の松岡洋右だ。つい半年前の独ソ開戦時には対ソ侵攻を提言し、日米交渉にも反対した人物である。

「財布に1000円しかないのに1万円の買い物をしようという日本と、100万円をもって1万円の買い物をするアメリカとの競争でしょう。たちまちだめです」。こちらは昭和の動乱の原点、満州事変を仕掛けた軍人・石原莞爾の日米開戦間もないころの断言だ。

国民の多くが緒戦の勝報に熱狂していた中、その戦争への道を踏み固めた張本人たちの破滅の予言だ。彼らの無責任を今さらなじってもむなしいが、誰の責任かもあいまいな場当たり的対外膨張の破綻は、誰の予想をも超える途方もない数の内外の人命をのみこんだ。

責任の底が抜けた国策が国民の運命を狂わせるのは当時だけでない。こう聞けば今度の原発災害を思い浮かべる方もいよう。日本人が危機にのぞんで自らを映してみなければならぬ70年前の鏡だ。

壊したらあなたのもの（2011・12・16）

イラク戦争終結宣言

イラク戦争開戦前のワシントンだ。当時のブッシュ政権のパウエル国務長官とアーミテージ同副長官の間ではフセイン政権打倒をめぐり「ポッタリー・バーン社のルール」と呼ぶ共通認識があった。その店は壊れた商品の返品は受けつけない。

壊したらそれはあなたのもの――ブッシュ大統領に対しパウエル長官は説いた。「イラク国民の希望、願望、問題、何もかもが米国の所有になる」。イラク占領で米国が抱え込む途方もない危険や困難をそう警告したのだ。

B・ウッドワード著「攻撃計画」が記すこの場面は、イラクに大量破壊兵器が存在しないことが分かり、占領が難航していた当時の小欄でも触れたことがある。歳月は流れ「イラク戦争の終結」を宣言したのは、開戦当時は戦争に反対していたオバマ大統領であった。

「我々は安定し、民衆に選ばれた政府をもつイラクを去る」。大統領は民主化の成果をうたい、兵士をたたえた。だが開戦から8年9カ月、「戦争終結は開戦より難しい」という演説に「勝利」の言葉はなく、戦争の代償として挙げられたのは米軍の死傷者数だった。

むろんイラクにはその幾倍もの民間人を含む死者をもたらしたこの戦争だ。そして宗派間対立やテロの脅威など、戦乱の残した国の亀裂が米軍撤退後の安定を深刻に脅かしているのは米国も認めるところである。例の店ならば決して許さぬ破壊と返品の身勝手である。

「イラク戦争は間もなく歴史の一部となる」とオバマ大統領はいう。米国としてはさっさと歴史の神殿に納めたい戦争だろう。だがなおも血を流し続ける現実を生きねばならぬイラク国民だ。

金正日総書記の死去

窮乏の国是（2011・12・20）

向こうから片方の足に長靴をはいた男が歩いてきた。「長靴を片方なくしたのですか」。通りすがりの人が聞くと、男は言った。「いや、見つけたんだ」。旧ソ連のスターリン時代の風刺笑話だ。

こういうのもあった——「鶏と卵とどっちが先に存在したのか?」「以前は両方ともあった」。そんな過去の独裁政治下の国民の困窮をまるで「国是」のように現代に継承する北朝鮮である。その金正日《キムジョンイル》総書記の死も突然の重大放送という伝統的な方式で発表された。

「人民が白い米と肉のスープを食べ、絹の服を着、瓦の家に暮らせるようにする」は父の金日成《キムイルソン》主席が何十年も前に掲げた国家目標である。だが17年前に後を継いだ金総書記はついに父子2代の目標を達成できないどころか、人民に飢餓をもたらしてこの世を去った。

何しろ国民の暮らしを半世紀前の水準に戻すのが今日の課題というこの国だ。その半世紀は世界最悪の人権状況と評される抑圧支配、核やミサイル開発、大韓航空機爆破などのテロ、そして日本人拉致犯罪などで人の運命をおもちゃのように扱ってきた歳月でもある。

北朝鮮は3代目の金正恩《キムジョンウン》氏の権力世襲をうかがわせる放送をしている。その正恩氏はまたも「白い米……」達成という目標を語っているという。同じ調子の抑圧と窮乏の「国是」を継承される国民も気の毒だが、一方で権力闘争にともなう制御不能な大混乱も心配だ。

時間の凍りついたような世襲独裁も、現代を流れる時間に一度触れれば予測できぬ激烈な反応を起こすこともあろう。周辺諸国民も息を詰めて見守らねばならない歴史の行き止まりでの代替わりだ。

二〇一二年（平成二十四年）

作られなかった原発事故議事録

レッドテープの身勝手（2012・1・27）

「官僚組織では仕事が減るにつれ、報告書作成の時間が増え続ける。増えなくなるのは仕事がゼロになり、報告だけに全時間が割けるようになった時だ」。A・ブロック著「21世紀版マーフィーの法則」（アスキー）の「お役所学」からの引用だ。

行政学の教科書をみると、近代の官僚制の特質として「法にのっとった権限による執行」「ピラミッド型組織による上意下達」などとならんで必ず「文書主義」の原則が挙げられている。情実や恣意《しい》にとらわれぬ公正な職務執行を後から検証できるようにするためだ。

だがこの合理的原則も、お役人の手にかかれば文書を増やすのが仕事の目的のような倒錯に陥るのは洋の東西を問わない。おかげで何かの許可を役所に申請する人は煩雑な書類作りと格闘するはめになる。役所のレッドテープ（繁文縟礼《はんぶんじょくれい》）は先日の小欄でも触れた。

ならば、この間の原発事故への政府の対応においてはどれだけの記録の山ができたことか。いや、そんな心配ははなから無用だったという。政府の原子力災害対策本部は、事故発生から昨年末までに行った23回の会議の議事録をまったく作っていなかったというのだ。

記録どころではなかったとの釈明も事故後何カ月もたてば通用しまい。未曽有の原発事故への対応の記録は国民のみならず人類が共有すべき貴重な資産である。文書主義の趣旨を熟知する役人や政治家にして記録を避けたのは、後の検証を恐れたからとしか思えない。

どんな政治家も役人もいつかはその行動の検証を受ける覚悟なしに国民の安全や利益にかかわってはならない。申請書類の煩雑に耐える国民の声だ。

＊震災対処の議事録が作成されていなかったことを受け、その後「歴史的緊急事態」の政府の記録作成が義務づけられた。20年からの新型コロナ感染症の流行は同事態に指定された初のケースとなった。

汚染された古き友

ミミズの「泣き声」（2012・2・8）

さて、「歌女《かじょ》」と呼ばれるのはどんな生き物だろうか。ウグイスやスズムシなどを思い浮かべる方も多いだろうが、これ実はミミズのことという。俳句の秋の季語に「蚯蚓《みみず》鳴く」が残るように、昔はミミズが「ジー」と鳴くと思われていたのだ。

「里の子や蚯蚓の唄に笛を吹く」は一茶、「手洗へば蚯蚓鳴きやむ手水鉢《ちょうずばち》」は子規。物理学者の寺田寅彦にも「蓙《ござ》ひえて蚯蚓鳴き出す別《わかれ》かな」があるが、もちろん実際にミミズが鳴くと思っていたのではない。江戸時代から本当はケラの鳴き声だと説かれていた。

だが今やミミズにも「鳴く」より「泣く」をあてた方がいいのかもしれない。東京電力福島第1原発から約20キロの地点に生息するミミズから1キロあたり2万ベクレルの放射性セシウムが検出されたと先日報じられたからだ。森林総合研究所の研究員による調査の結果である。

この調査では原発から約60キロ地点のミミズでは同1000ベクレル、約150キロ地点では同290ベクレルという値だった。ミミズはイノシシや鳥などの野生動物の餌になっている。このため放射性物質が食物連鎖により他の生物の体内に次々と蓄積されるのを懸念する声がある。

アリストテレスはミミズを「大地のはらわた」と呼んだ。その呼び名通りミミズが落ち葉などの分解した有機物を取り込み、栄養豊かな土を作るのを解明したのはダーウィンだった。今、汚染された落ち葉を通し大地のはらわたにまで入り込んだ放射性物質である。

ミミズのとりもつ生命のサイクルを危険な異物で汚した人間だ。ここは継続的調査を通し、物言わぬ古い友の「声」に耳を澄まさなければならない。

神がアルゼンチン人だった日（2012・3・9）

大阪府警の証拠捏造

「神がアルゼンチン人だった日」とはマラドーナ選手の「神の手」ゴールの記念日に組まれた地元紙の特集である。むろん86年のサッカーW杯準々決勝のヘディングを装ったハンドのことだ。

マラドーナ氏は7年前のテレビで、ゴールを見て戸惑うチームメートに「早く自分を抱きしめないと審判が得点を認めないぞ」と呼びかけた舞台裏も披露した。そして何より振るっていたのが「ゴールはマラドーナの頭と神の手によるものだ」との当時のコメントだ。

このコメントと、同じ試合での5人抜きゴールがなければ、ハンドは単なる誤審スキャンダルに終わったろう。さて現在の問題は「神が大阪府警だった日」の相次ぐ発覚である。交通違反や刑事事件の証拠を作り出すこちらの「神の手」はどう見てもスキャンダルだ。

まず驚いたのは、飲酒運転取り締まりの際に呼気のアルコール濃度の数値を捏造《ねつぞう》した疑いで泉南署の警部補が逮捕された一件だった。何しろ同署による飲酒運転検挙者の6割以上を一人で挙げていた「神の手」である。数値の記録紙は自分で飲酒して作っていたらしい。

続いて明るみに出たのは、福島署の警部による未解決強盗強姦《ごうかん》事件の遺留品とみられる吸い殻の捏造だ。聞けば紛失した吸い殻の代わりに、路上で拾った吸い殻を保管していたという話である。ＤＮＡ鑑定が決定的な証拠になる時代に何と恐ろしい「神の手」だろう。

つまり成績や保身のためなら証拠はどうにでもなるというのか。何本も出てくる怪しい手は、府警への疑念を募らせる。このままでは取り締まりや捜査は満員のスタジアムでやってもらわねばならない。

東京スカイツリーが開業

富士山縦覧場（２０１２・５・22）

「東の隅田川より鴻之台を眺め、西は箱根連山より富岳本山を望み、南の東京の市街を一覧し、北は吉原及び千住戸田近郊を脚下に見下ろす絶景なり」。あれスカイツリーにしては、隅田川が反対側だ。

これは１８８７（明治20）年11月に小紙の前身である東京日日新聞に載った浅草公園の展望台「富士山縦覧場」の開場宣伝文である。木造の骨組みにはりぼてで富士山をかたどった高さ33メートルの建造物で、屋上には望遠鏡や、太陽の黒点が観測できる天文鏡が置かれた。

翌年は初日の出に約1万5000人が詰めかけたというから人気もあった。東京の盛り場の元祖、浅草には後の浅草十二階、それを模した仁丹塔と、「塔」をランドマークにした歴史がある。その復活が隅田川対岸にきょう開業するスカイツリーによって果たされた。

はりぼての展望台から125年、こちらは建設中に遭遇した東日本大震災も被害なしに乗り切った現代日本の建築技術の精華である。新宿や丸の内の高層ビルもはるかに見下ろす眺望は関東一円を脚下に置く。まさに21世紀の東京の、いや日本のランドマークである。

こう宣伝文よろしく書きながら、実は高いところに弱く、東京タワーにも昇っていない小欄だ。「エッフェル塔が嫌いなら昇れ！（見ないですむから）」とフランス人はいう。こちらはスカイツリーが大好きゆえ、とりあえず昇るのは皆様お先にどうぞという次第だ。

聞けばツリーと関連施設とを合わせて年間3200万人のお客が予想される。塔に魅せられて天へと向かう人々の奔流が、まだ誰も見たことのない下町を、東京を作り出してゆくのを見たい。

□□一□政局（2012・6・1）

野田首相の乾坤一擲？

さて、四字熟語のクイズを一つ。「□□一□」。この「一」をはさんだ□に字を入れて四字熟語をつくっていただきたい。「心機一転」「終始一貫」「一朝一夕」「千載一遇」「危機一髪」「九死一生」……まだまだたくさんありそうだ。

消費税率引き上げ法案の今国会成立をめざす野田佳彦首相が、それに反対する小沢一郎民主党元代表との会談にあたって掲げたのは「一期一会」と「乾坤一擲《けんこんいってき》」の二つだった。まさか元代表の名前にあやかって「□□一□」という四字熟語を集めたわけではなかろう。

その言葉を聞いて、いよいよ首相も党分裂を賭す重大決意をもって臨むのかと思ったら早計だった。終わってみれば「二」の文字は関係なく、話は今まで通り平行線、再会談をするでもしないでもない。思えば「一喜一憂」しても仕方のない政治家のかけひきだった。

物別れは織り込み済みだろう首相である。さっそく自民党に法案修正協議を申し入れ、与野党での「衆議一決」にむけた手を打った。元代表ら党内の法案反対派と、その排除を法案への協力の条件とする自民党の間で「一得一失」を見定めながら首相の綱渡りが続く。

つまりは「二」どころか、二股政局との声も出る展開だ。何とも分かりにくい政界内の力学と、「十年一日」のかけひきには「大喝一声」したくもなる。ここは首相も改めて自らの口で政権公約の不明をわび、消費増税の必要性を国民にていねいに説明してはどうか。

むろん乾坤一擲があの調子では、政治の「言行一致」への信頼を取り戻すのも容易でない。はてさて何も決められない政治の「面目一新」は成るかどうか。

幕末スーパークールビズ（2012・6・2）

レトロな夏の衣食住

蘭学者、緒方洪庵が大坂に開いた適塾は福沢諭吉はじめ幕末から明治に活躍した多くの人材を生んだ。今の大阪大学の前身でもある。驚くのは諭吉の自伝の回想だ。夏には武家の子弟である塾生らが下帯もせず素裸で過ごしていたという。

「もちろん飯を喫《く》う時と会読をする時にはおのずから遠慮するから何か一枚ちょいと引っかける、中にも

（織り目の透いた薄い）絽《ろ》の羽織を真裸体の上に着ている者が多い。これは余程おかしな風で、今の人が見たらさぞ笑うだろう」。幕末のスーパークールビズだ。

勤務中のポロシャツやアロハ、サンダルもＯＫという環境省のスーパークールビズが今年も始まった。昨季に続く節電の夏の2年目の試みで、ジーパンも破れていないものなら可、一方ランニングや短パンは不可だという。

昨年は欧米のメディアでも「服装革命？」と報じられたスーパークールビズだった。保守的な日本のビジネス風土では普及は望み薄だろうとからかう調子で扱われたが、そもそも日本人が蒸し暑い夏にスーツを着るはめになったのはそちらのせいだともいいたくなる。

諭吉らは極端だろうが、夏は遠慮なく半裸で過ごした昔の日本人だ。それを来日した欧米人に「野蛮」といわれ、一生懸命取り入れた「文明」の結果が夏のスーツ姿である。裸には戻れずとも、できる職場はできる程度に日本の夏にふさわしいスタイルにすればいい。

仕事着だけではない。今年も扇風機に打ち水や浴衣、昔のヘチマ棚に代わるグリーンカーテンなど、節電でよみがえったレトロな夏の衣食住が話題になろう。むろん下が裸でなければ絽の羽織もいい。

韓非子のリアリズム（２０１２・６・27）

消費増税で大量造反

中国の戦国時代の斉王が絵の名人に聞いた。「何の絵を描くのが難しいのか」。名人は「犬や馬です」という。「やさしいのは何か」。「それは鬼魅《きみ》（化け物）です」。斉王は「なぜか」と聞いた。

名人はこう答える。「犬や馬は誰でも毎日見ているから、うそはすぐばれる。鬼魅は見た者がいないから、何とでも描けます」。この話は諸子百家の中で法家と呼ばれる現実主義の書「韓非子」にある。現実にかかわるうそは通用しないが、絵空事なら何でもいえる。

ムダを省けば財源は出てくるという政権公約の絵空事もいざ政権を担えば通用せず、消費増税に走り出すこととなった民主党政権だった。だが消費増税法案の衆院採決は、政権公約を大義名分とする議員らの大量造反を生み出した。事実上分裂に陥った民主党である。

奇怪なのは、造反を率いた小沢一郎元党代表が政権交代後の民主党政権で党幹事長、また鳩山由紀夫氏は首相だったことだ。いわば政権公約の絵空事を自分らの統治において早々と実証してみせた当事者である。それが今ごろになって「初心に帰る」といわれても困る。

一方こんな民主党評がある。「リーダーの責任は果たすか取るかだ。だがリーダーを選んだフォロワー（従う者）の責任感の欠如を感じる。フォロワーシップのなさがリーダー短命の原因だ」。小沢代表の時代に今の野田佳彦首相が語った言葉というのが皮肉である。

造反への処分も後日になり、どこもかしこも責任の底の抜けたような政権党のしまりのない分裂だ。それが犬も馬も化け物も見分けのつかない政局の「一寸先は闇」をもたらしそうなのが情けない。

原発の言霊信仰

アタリッパ（2012・7・6）

スルメをアタリメ、すり鉢が当たり鉢といった縁起かつぎは多い。さすがにスリッパをアタリッパというのは落語のネタだが、言葉を口にすればそれが本当になるという言霊信仰に由来するようだ。

日本人がともすればリスクと正面から向き合うのが苦手なのも、この言霊信仰のせいかもしれない。たとえば戦時中の日本軍は敵の戦力を軽視し、作戦のリスクを口にする者を臆病と忌避するのが常だった。もしや言葉の霊力への潜在的な恐れゆえではなかったのか。

だが21世紀、しかも原子力発電所という巨大システムの運営・規制にあたる人々の間でもリスクをめぐる言霊の信仰は生きていたらしい。福島第1原発事故をめぐる国会の調査委員会は、この事故が東京電力、歴代の政府、規制当局による「人災」であると明言した。

報告書が重視したのは、国の原子力安全委や保安院など規制当局と規制される側の東電の「逆転関係」だ。地震・津波対策でも、全電源喪失などシビアアクシデント対策でも、規制当局は情報をもつ東電のいいなりだった。いわば東電の「虜《とりこ》」になっていたという。

規制が骨抜きになるなか「原発はもともと安全」という前提で足並みをそろえた東電と規制当局だ。事故のリスクは口にすれば、住民訴訟や炉の運転停止を招く恐ろしい魔語とみなされたのだろう。言葉にせねばリスクもなくなるという言霊の国の原子力ムラである。

報告書は今後の規制組織の独立性や透明性に注文をつけ、国会による監視を提言した。厳しい国民的監視はぜひ実現させたい。その名のアタリッパ並みのつけ替えで事をすまされては困るからだ。

ヨギイズムの「未来」（2012・7・25）

イチロー選手、ヤンキースへ

「試合は終わるまで終わらない」。往年のヤンキースの名捕手ヨギ・ベラ氏の〝名迷言〟である。「野球の90％は精神力、あと半分は体力だ」「やつらが俺について言っているデタラメの半分はうそだ」。その発言はヨギイズムと呼ばれた。

「言ったことの全部を言ったわけではない」との釈明も頭がこんがらがる。「分かれ道に来たらとにかく進め」は、もとは道が分かれても先で合流する自宅への道順の説明だった。だが猪突《ちょとつ》猛進の勧めとして世に広まった。

ヤンキースへの電撃移籍でファンを仰天させたイチロー選手もこの移籍先の先輩の言にあやかったのだろうか。「マリナーズの経験を誇りに思い、前進します」。会見では古巣での11年半への思いに目を潤ませつつ語った。

しかし日本のファンをさらに驚かせたのが、この直後だ。そのイチロー選手が早くもヤンキースの背番号31のユニホームを着て対マリナーズ戦に先発出場したのだ。万事ドライでスピーディーな米国流だが、シアトルの観衆は拍手でその新たな出発を温かく祝福した。

昨季は10年続いた200安打の記録がとぎれ、今季も2割6分台の低打率に苦しんできたイチロー選手だ。ここはワールドシリーズ制覇を狙う名門チームという新たな舞台での再起動をめざしてもらうのもいい。移籍後初打席はみごとにヒットを放ち、盗塁も決めた。

38歳のイチロー選手には過去に「50歳現役」との発言もあった。その目はまだまだめざすべき未踏の高峰を見つめていよう。ここは新たなステージへの挑戦の門出を、とっておきのヨギイズムで祝いたい。「未来はかつてのような未来ではない」。

天狗様のご利益（2012・9・15）

ムハンマド冒涜映画に抗議拡大

明治初め、駐日ドイツ公使ブラントが2人の医師とある寺へ行くと、病に効験があるという青銅の天狗《てんぐ》像を一心になでる老女がいた。聞けば孫の足が悪いという。孫はドイツ人医師の病院で治療を受けることになり、ほどなく完治した。

礼に来た老女にブラントが「天狗より医者の方がいいでしょう」というと、彼女は「でも天狗様にお参りしなかったら、あなた様にもお目にかかれませんでした」。以後、ブラントは日本人の迷信を打破する努力をやめた。

偶像をなでて御利益を求める日本人の信心は、当時の欧米人に宗教と無縁の迷妄と見えたのだろう。だがこの世を動かす神秘の連関、聖なる力について老女が示したものにブラントはとりあえず敬意を払うことにしたようだ（渡辺京二著「逝きし世の面影」平凡社）。

そんな昔の日本人とは対照的に偶像崇拝を厳禁するイスラムの教えだ。信徒には姿を描くことも許されぬ預言者ムハンマドを好色、残忍な人物に描いた米映画に中東はじめ各地のイスラム教徒の抗議が広がっている。デモに便乗した米外交官へのテロ事件も起こった。

そもそも監督や製作過程も謎というこの映画、イスラム教徒挑発のために作られた疑いがあるという。その狙いが何であれ、反米感情が鬱屈するイスラム諸国で民衆の憎悪をあおり立てるような映像がネットに流れれば一番喜ぶのは誰か。過激派のテロリストだろう。

信仰や表現の自由は、もともと悲惨な宗教戦争に苦しんだ諸宗派の共存のために生み出された。今またそれぞれの信ずる聖なるものへのお互いの敬意を、暴力と流血の防波堤にせねばならぬ世となった。

中国で反日デモ暴徒化

「排外」の政治利用（2012・9・19）

反日デモの暴徒化で日系スーパーなどが破壊された中国山東省での1世紀以上前の話である。キリスト教などに反発する農民らが作る義和団の排外暴動が掲げたスローガンは「復明滅洋《ふくみん》」だった。

滅洋は欧米や日本の排斥を意味するが、復明は明朝復活という当時の清朝への反逆を示す言葉だ。時の山東巡撫《じゅんぶ》、毓賢《いくけん》は義和団を弾圧した役人を更迭して民衆の排外暴動を黙認する。一方で反清運動は容赦なく抑圧するよう命じ、反体制運動を排外熱に封じ込めた。

スローガンは「扶清《ふしん》（清を扶《たす》ける）滅洋」に変わったが、結局義和団は清に裏切られる。そして中国の権力者が民衆の排外暴動を黙認し、政治利用する方式は後世に受け継がれた。「毓賢方式」とは中国文学者の加藤徹さんが「西太后」（中公新書）で用いた言葉だ。

時は流れ、半植民地化に苦しんだ昔の中国ではなく、世界第2の経済大国となった現代中国の話だ。反日暴動での日本企業の損害について「責任は日本が負うべきだ」と話すのはデモ参加者ではない。中国外務省の報道官というから、いつの時代のことかと耳を疑う。

さすがに国民には合法的行動が呼びかけられ、暴徒の摘発も報じられた。だがアクセルとブレーキの案配の難しい毓賢方式である。聞けばデモでは毛沢東の肖像が掲げられ、失脚した薄熙来《はくきらい》氏への支持の声もあるという。国内の権力闘争の行方も左右するその案配だ。

国民の排外暴動は世界秩序に責任ある大国の名誉に泥を塗る所業である。国民の不満を愛国主義という可燃性のガスに変えて制御しようというむちゃな「方式」はもう歴史の倉庫に収めてもらいたい。

復興予算の「流用」

金を食うシロアリ？（2012・9・21）

シロアリが国庫を食い荒らす話が中国の清代の書物にある。康煕《こうき》帝の時代、塩に課す税金を収めた蔵から数千金が消失した。びっくりした役人が捜索すると壁の下に粉末の山がある。掘り出していくと升何杯分ものシロアリが出てきたという。

その大量の粉末を炉にくべると金の塊に戻ったが、なぜか元の金額には達しない。同じ書には河北省の役人が箱に入れた銀をシロアリに食べられるという話もある。もしかして税金にシロアリは昔からつきものだったのか。

さて先日の小紙夕刊（東京）の特集ワイドは「震災復興予算にシロアリが群がり、復興に関係ない事業に使われている」という被災地選出議員の怒りを伝えていた。復興予算で行われる霞が関の耐震工事や自衛隊の武器整備、核融合研究や芸術家の海外公演のことだ。

それに先立つ9日夜のNHKスペシャルは、沖縄の国道工事、東京の国立競技場の補修費、テロやシー・シェパード対策などに復興予算が使われていることを報じ、被災地をあきれさせた。いうまでもなく5年間で19兆円の復興予算の半分以上は増税でまかなわれる。

一方で中小企業や商店の再生への支援もままならず、1年前と変わらぬ光景が広がる地域の多い被災地である。国民が25年に及ぶ復興増税を受け入れたのは、むろん被災地の人の顔を思い浮かべてのことだ。東京にある税務署を耐震化しようと思ってのことではない。

政権交代前は天下り法人を「シロアリ」にたとえ、その退治を訴えた野田佳彦首相だった。今や落ちるところまで落ちた「政治主導」だが、少しは被災地住民のために意地をみせてはどうだろう。

世の中を何に譬えん（2012・10・3）

野田改造内閣の思い出作り

「世の中を何に譬《たと》えん　朝びらき　こぎ去《い》にし船の跡なきがごとし」。万葉集の沙弥満誓《さみまんぜい》の歌で、「この無常の世の中を何にたとえればいいのだろう。それは朝早く港をこぎ出して去った船の跡がもうないようなものだ」という意味である。

平安期の歌集には「世の中を何に譬えん　茜《あかね》さす朝日待つ間の萩の上の露」「世の中を何に譬えん　夕露も待たで消えぬる朝顔の花」など、上二句の問いの答えをさしかえた歌が集められている。つまりは無常なもの、はかないもの、定めなきもののコレクションだ。

ころころ変わるものなら今も多い。「世の中を何に譬えん　民主党　居眠りの間に代わる大臣」「世の中を何に譬えん　定めなき少子化相の顔のうたかた」。いやはや政権交代以来の3年余で少子化担当相は10人目、消費者担当相も9人目という今度の改造内閣だ。

野田佳彦首相には国民に新たな決意を示すチャンスだった内閣改造である。だがふたを開ければ代表選の論功行賞や入閣希望者の在庫一掃といった〝内輪の都合〟ばかりが取りざたされる人事となった。もちろん野党は「思い出作り内閣」「卒業記念内閣」と辛辣《しんらつ》だ。

少子化、消費者相のほかにも閣僚のたらい回しで目立つのは8人目の法相、7人目の拉致問題担当相だ。6人目というポストはいくつもある。誰しも自分の上司が半年足らずで次々に代わるのを想像すれば、その意味するところは分かろう。まともな仕事にならない。

かくして仕事は役人が主導し、ポストを求める政治家がその上を通り過ぎて3年の歳月が流れた。「世の中を何に譬えん　声高き政治主導の跡かたもなし」。

山中伸弥さんにノーベル賞

ひそんでいた生命のループ（2012・10・9）

5年前、山中伸弥京大教授がヒトiPS細胞生成に成功したというニュースを聞いた際、小欄はそれを孫悟空の「身外身の術」にたとえた。体の毛を一つかみ抜いてふっと吹けば、たちまちたくさんの小ザルに変わるというあれだ。

むろん皮膚から同じ遺伝子をもつ臓器や筋肉、神経などを再生できるとの話を聞いて思いついた類比である。当時はその意味を深く考えずに、暴れん坊の妖猿《ようえん》や仙人ならずとも身外身の術を操れる時代になるのかと書いたが、術の本当のすごさを知ったのはその後だ。

受精卵をもとにした万能細胞であるES細胞もそれが体の諸組織に成長する身外身の術だ。こちらは受精卵から赤ちゃんになる普通のプロセスを再現するものだ。だが同じ万能細胞たるiPS細胞はいったん分化して出来上がった皮膚の細胞から作られる。逆である。

生命の世界では逆戻りできないはずのプロセスを逆転させるこの術は、人類の知見を一新するものだった。山中さんがその業績発表から異例の早さでノーベル医学生理学賞を受賞するのもいわば当然だろう。開かれた再生医療の扉には世界中の研究者たちが殺到した。

山中さんは臨床研修医のころ、手術の手際の悪さから「ジャマナカ」とあだ名され、研究者としての医学への貢献を志す。米国留学から帰った後は日本の研究環境の劣悪さに絶望し、臨床医に戻ることも考えた。生命の最奥部への道のりは行きつ戻りつの連続だった。

生命は不可逆のプロセスの中にそっと再帰のループ（輪）を秘めていた。人生も似たようなものかもしれない。今は山中さんが行き着いた栄誉を心から祝福する。

執心切れ一札（2012・11・21）

ストーカー殺人

別れ話を拒む男から逃げた女が縁切り寺に駆け込もうとした時だ。先回りした男に見つかり、門前で追いつかれそうになる。間一髪、女が履いていた草履を門内に投げ込むと、危うく寺男が女を保護した——こんな場面を描いた絵がある。

江戸時代の縁切り寺だった上州の満徳寺では女が身につけていた物を寺に投げ込めば駆け込みが成立した。同寺などには夫婦の離婚だけでなく、未婚の男女の縁切り証文も残っている（高木侃《ただし》著「三《み》くだり半《はん》と縁切寺」）。

「執心《しゅうしん》切れ一札《いっさつ》」と呼ばれた証文には「執心がましき儀《ぎ》など御座《ござ》なく候《そうろう》」などとある。以後、未練がましい行動をしないとの誓約である。つまり「執心」によるつきまといや暴力などが当時もあったのだろう。家族や町役人などが名を連ね誓約を保証したものもある。

神奈川県逗子市で起きた女性刺殺事件では、自殺した容疑者が1000通以上のメールを被害者に送る「執心」を見せていたが、現行のストーカー規制法では取り締まれなかった。また容疑者は被害者の新姓や住所を警察の逮捕状読み上げから知ったようだともいう。

今年に入りストーカーへの警告はすでに年間の過去最多件数を上回っている。長崎県のストーカー殺人を機に警察も被害の訴えに積極的に対応しているようだ。だが今回のように草履が投げ込まれたのに、投げ方が違っているというようなしゃくし定規がもどかしい。

理不尽な「執心」による被害防止には警察に加え裁判所や行政も関与した新たな仕組みを求める声もある。身を守ろうという切実な「駆け込み」に、世が江戸時代よりも冷淡であっていいわけがない。

池波正太郎の「小鍋だて」(2012・11・27)

「一人鍋」の復活

食通だった作家の池波正太郎は小学生時代からその道ではませていた。大衆食堂に1人で入り、20銭出して「蛤鍋《はまなべ》にご飯おくれ」というと、食堂のねえさんに「あら、この子、なまいきだよ」とからかわれた(「味と映画の歳時記」)。

当時の浅草の大衆食堂では一人前用のコンロに小さな鍋で牛鍋などを食べさせた。今でいう「一人鍋」である。そういえば池波さんの時代小説の主人公は「小鍋だて」と呼ばれる1~2人用の鍋をおいしそうに食べているが、これを知ったのは少し長じてからだった。

株の仲買店にいた頃、お世話になった老人が長火鉢の小鍋だてで一杯やっているのを見た。だし汁でアサリのむき身と白菜をざっと煮ては、ゆずをかけて食べている。老人によれば「小鍋だてはねえ、2種類か、せいぜい3種類。ごたごた入れたらどうしようもない」。

てんぷら、すし、そばなど屋台のファストフードが江戸で多く生まれたのは、職人など単身者が多い町だったからという。小鍋だてや食堂の一人鍋も、江戸から古き良き時代の東京へと連なる食の伝統なのだろう。そして今、伝統はよみがえったというべきだろうか。

鍋のおいしい季節になった。しかし仲間とわいわい囲む鍋だけが鍋ではない。昨今は一人鍋の専門店もあるという個食時代の鍋事情だ。ネットは工夫をこらした一人鍋のレシピも花盛りで、手持ちの食材を組み合わせた新たな味の「発見」を楽しめるのがいいという。

1人だけの鍋もどうせならばおいしく楽しむ術を考えるのが江戸っ子流である。時代小説に出てくる小鍋だてをつつき、その主人公たちと静かに語らう夜もいい。

離合集散の利害得失（2012・11・28）

衆院選にらんで政党乱立

「上下左右」のように対になった言葉を連ねる四字熟語がある。対語を貴ぶ漢文らしい表現だが、なるほど「あらゆる人」というより「老若男女」の方が思い浮かぶイメージに彩りやふくらみが生じる。

で、最近目立つのは「離合集散」という熟語である。こちらは「離れる－合わさる」「集まる－散る」の組み合わせで、十幾つもの政党が乱立して迎える衆院選を前にした政党のあわただしい動きをいう。そしてここに来て新第三極結集をにらむ脱原発新党の結成だ。

さてそこで各党の主張の「理非曲直」を慎重に吟味せねばならぬ有権者である。だが「脱原発か否か」「環太平洋パートナーシップ協定（TPP）参加の是非」「消費増税への賛否」――などなど個別の争点の理非が別の争点の曲直とどう結びつくかが分かりにくい。

個別の争点を掲げる政党が乱立するのは、社会各層の「利害得失」を包摂する国民政党としての力が既成政党から失われつつあるからである。もちろん離党者の相次ぐ民主党をはじめ、最大野党だった自民党にも責任がある「決められない政治」の当然の結末だろう。

政策の選択肢に魅力がなければ世の視線はもっぱら党首らの「毀誉褒貶《きよほうへん》」に集まる。捨て身の解散に踏み切った首相、保守色を前面に出す自民党総裁、個性際立つ日本維新の会のツートップ、日本未来の党の旗揚げも脱原発各党結集の核となる党首による名乗りである。

利害得失をにらんだ各党の離合集散もそろそろ大詰め近く、選挙で問われるのは政策の理非曲直か、党首らの毀誉褒貶か。老若男女の投票にかかるのはこの国の「栄枯盛衰」のいかんである。

総選挙の中の開戦記念日

「選ぶ政治家がいない」（2012・12・8）

1941年の対米英開戦の前、政権を投げ出した近衛文麿の後継首相に東条英機を指名したのは内大臣の木戸幸一だった。彼は戦後30年を経て「どう考えても僕にはあれしかなかった」「東条推薦は失敗だというのは結果論だ」と語った。

「結果論」といわれても、300万の国民とそれを上回る他国民の生命を奪うという途方もない「結果」だった。およそ政治は結果責任がすべてならば、そこに政治はなかった。勝田龍夫著「重臣たちの昭和史」によると、木戸自身は次のように当時を回想している。

「もう選択の余地がなくなっちゃったんだ。政治家はみんなどこかに隠れてしまって」「東条は生真面目だ。政治家でもないんですよ、あの人は、軍人ですよ」「おそらく他の大臣を持って来ても戦争は始まったでしょう」「戦争すれば負けると思ったんだ、僕は」。

こう見ると開戦必至で、敗戦は不可避だから東条にやらせたとも受け取れる物言いである。何も今さら木戸の責任をあげつらいたいのではない。「政治」というものの底が抜けた国がどんな運命をたどるか

——衆院選さなかの開戦の日を前にそれを思い起こしたのだ。

現代の首相を選ぶのは内大臣ではなく、衆院選の有権者である。では政治の求心力が失われ、責任の所在もはっきりしない国の迷走が続くというのは、はて昔の話か今のことか。辛うじて、その先の運命を選べる私たちだ。

「選ぶ政治家がいない」「誰がやっても同じ」「どうせ世の中は良くならない」。どこかで聞いた嘆きをもらす向きもあろうが、「結果」は自らにふりかかる。まず政治の底を固める有権者の1票だ。

蒲田の「千里眼」（2012・12・11）

小沢昭一さん死去

俳優の小沢昭一さんが子どものころに住んだ東京・蒲田では週に3日は夜店が出た。うち「千里眼」という露店では客の悩み事を書くと、あぶり出しで答えが出るという紙を売っていた。ある客は「どうして女にもてないのか」と書いた。

あぶり出すと「鏡を見ろ」と出る。感心した小沢少年は紙を買ったが、問いと関係ない答えしか出ない。もてない客と露店主とが連れ立って歩くのを見たのは後のことだ。当時の家には三河万歳など門付け芸人がよく来た。

小沢さんが日本各地の消え行く大道芸や門付け芸を記録して歩いたのは、芸能の原点を求めてのことといわれる。「それは半分うそ。子どものころにオモシロカッタことに、もういっぺん再会したかったから。僕の道楽の最たるものだった」（「道楽三昧」岩波新書）。

農民が畑を耕すように、舌を振るって日々の糧を得ることを「舌耕《ぜっこう》」という。そんな人々の芸を記録した小沢さんは、井上ひさし原作の一人芝居「唐来参和《とうらいさんな》」の660回の公演を成し遂げた。こちらの舌耕芸は落語家の立川志の輔さんによって志ん生にたとえられる。

舌でリスナーの耳を耕し、時にニヤリと頰をゆるませ、時に抱腹絶倒を呼び起こす。そんな語りが1万回を超えたのがラジオ番組の「小沢昭一的こころ」である。どうでもいいことにへそ曲がり的情熱を注ぎ、しみじみと人生の哀感を楽しんでしまう「こころ」だった。

俳号は変哲、かつて戯れに詠んだ辞世句に「志ん生に会えると春の黄泉の道」がある。冬の旅立ちは俳人として不本意だったろうが、天国では怪しげな物売りから落語の名人まで、舌耕芸の先人が待つ。

ナショナル・スイング（2012・12・17）

自民大勝、政権復帰へ

明治初めの岩倉遣欧使節団に加わった久米邦武は英議会下院の「保守ノ論党」と「改進ノ論党（自由党）」の対抗関係を詳しく説明している。そして二つの党のうち国民の支持の多い方が「政府党」になる制度の利点を次のように記す。

英国政治は「改進党の政府にて歩を進め、保守党の政府にて之を完美にし、自ずから終始をなして、改良に赴く情況あり。これ公党の尤《もっと》も国政に益あるところなり」。政権交代を重ねるうちに過不足なく時代の変化へと適応してゆく政党政治の効用を説明しているのだ。

英国は後に保守党－労働党の2大政党に変わり、政権交代を繰り返す。とくに選挙の際に全国規模で起こる両党の得票率の大きな変動は「ナショナル・スイング」と呼ばれる。民意の振り子が時を刻み、政治を前へと進めた。

郵政解散による総選挙の自民大勝、次いで政権交代が合言葉となった前回総選挙の民主党圧勝をもたらした近年日本のナショナル・スイングである。それが今度は安倍晋三総裁の率いる自民党に大きく振れた。このところ選挙のたびに繰り返される「歴史的勝利」だ。

保守色の強い発言で党を率い、政権奪還を果たした安倍総裁としては「わが意を得たり」の結果だろう。だが民意のスイングといえば、06年の首相就任時には高支持率の急降下を経験した総裁だ。いざ政権の座に就いての振れの怖さも、重々分かっているはずである。

民意の振れ幅が大きくなるばかりで、肝心の政治による問題解決はいっこうに進まなかったこの間の日本政治だ。「公党の国政に益ある」か否かが問われる2012年日本のナショナル・スイングである。

惨敗民主党の新代表選出

ガッテン不承知（2012・12・26）

ガッテン承知の「合点《がってん》」は平安時代に始まった寺院での僧徒による多数決や選挙に由来するという。議案の賛否や、列挙された候補者名につける印が合点で、それを記した文書は合点状と呼ばれた。つまり合点は今の投票を意味したのである。

合点の結果には少数派は従わねばならなかった。この表決をめぐり各寺院は「一味和合《いちみわごう》」という心構えを掲げた。評定は「寺院興隆」という公の動機にもとづくこと、師弟関係などの私情や権力への迎合を排すること、その上で道理にもとづく自主的判断が求められた。

つまり「一味和合」とは集団の結束を前提に、自由な論議を通して意思決定を行う心得を示したものだ（利光三津夫他著「満場一致と多数決」）。はてさて平安時代の寺院と、選挙目当ての政治家の私情で四分五裂に陥った昨今のどこかの政党と、どちらが民主的か。

こう書けば多くの方が総選挙で惨敗した民主党を思い浮かべよう。党首を選んでもそれに従う責任感が議員らにない。何か事あれば、与党というのに野党のような批判を繰り広げ、無責任な分派行動に走る。こんな党に政権を任せられぬというのが国民の審判だった。

その民主党が再建にむけての代表に海江田万里元経済産業相を選出した。今や2大政党の一つともいえなくなった党勢の挽回を託される新代表である。ここに来てなおも「一味和合」を実現できなければ、解党の声すら現実味を帯びる党の崖っぷちでの采配となった。

さしあたり来夏の参院選で試される党再建の実である。それまでに国民がガッテンと膝を打つような党の存在意義を結束して世に示さねば未来は暗い。

安倍政権の再発足
利き足にご注意（2012・12・27）

「今昔物語」に迷わし神につかれた男が長岡京の廃都をさまよい歩く話がある。「この辺は迷わし神が出る」といわれた土地で、同じ所を繰り返し歩き回り、とうとうお堂の軒下で野宿をした。当人は狐《きつね》の仕業か、ともいぶかしんだ。

このように迷って同じ場所に戻ってくる現象を、登山用語で「リングワンダリング（輪形彷徨《ほうこう》）」と呼ぶ。人間の利き足による歩行の偏りで、真っすぐ歩いているつもりが円を描くのだといわれている。昔の人々が迷わし神や狐狸《こり》にだまされたと思ったのも無理はない。

かつて鳩山民主党政権の迷走をリングワンダリングと評した小欄だった。だが政権交代から3年、気づけば政権が自民党へと戻っただけではない。以前も一度見た安倍晋三首相指名の光景だ。もしや国民こそってリングワンダリングに陥ったのかと怪しむ方もいよう。

思えば1年ごとの首相交代という日本政治の迷走が始まったのは6年前の安倍政権からだった。迷わし神に魅入られたようなその後の政権の彷徨のあげくに行き着いた首相再登板は、さて不毛な迷走の輪を断ち切れるのか。またも歴史の繰り返しのワナにはまるのか。

むろんご当人も同じ過ちは避けようと「前回の経験を踏まえ、安定感のある政権運営をしたい」と神妙な物言いをみせる。有権者の期待の大きい景気回復の峰を見すえ、内閣も経済閣僚に実力本位の布陣を整えた。参院選を目標に、着実に歩を進めようとの構えだ。

とはいえことは政治、視界不良の思わぬ危機もあろう。ゆめゆめ利き足による歩行の偏りがまたまたリングワンダリングをもたらさぬよう、足元にもご注意を。

二〇一三年（平成二十五年）

桜宮高部活生徒の自殺

教育令第46条（2013・1・9）

「凡《およ》そ学校に於《お》いては、生徒に体罰（殴るあるいは縛《ばく》するの類）を加うべからず」。1879（明治12）年に制定された教育令第46条だ。学校体罰の法禁の最先進国といわれるフランスより8年も早く、日本は体罰を法令で禁止していた。

家庭でも学校でも鞭《むち》で子どもを罰するのが当然だった昔の欧米人である。その彼らが日本に来て驚いたのは子どもへの体罰がまれなことだった。教育令の体罰禁止も子どもへの罰を残酷と見る当時の日本人の心情の表れといえそうだ（江森一郎著「体罰の社会史」）。

そんな日本の学校で体罰が乱用されるようになったのは、その後の力ずくの近代化、とくに軍隊教育の影響が大きかったようだ。表向きは教育現場での体罰が厳禁された戦後も、体育系のクラブ活動などの「殴る教育」は時に美化されながら脈々と受け継がれてきた。

大阪市の市立桜宮高校2年の男子生徒が、クラブ活動で顧問の教諭による体罰を受けていたという手紙を残し自殺した。市教委の調査によるとクラブの主将だった生徒は何度か顔を平手打ちされる体罰を受け、自殺前日も試合のミスのたびに頬をたたかれたという。

自殺と体罰の因果関係はこれからさらに検証されようが、主将としての責任に苦しんでいたという生徒の未来はもうこの世に取りもどせない。手紙や遺書に記した言葉をなぜその口で言えなかったのかを思えば胸がつまる。

幕末の英外交官オールコックは欧州の子どもへの体罰を「非人道的にして恥ずべき」行為だと述べ、それが見られぬ日本をたたえた。脱体罰の超先進国民たる先祖に知恵を借りたい21世紀の日本人だ。

アベノミクスの三本の矢

三題噺だった「芝浜」（2013・1・24）

大酒飲みの魚屋が浜で大金の入った財布を拾う。喜んで仲間に酒を振る舞い、寝入って目覚めると、女房は財布など酔っ払っての夢だという。魚屋が心を入れ替えて仕事に精を出し、店を出すまでになった3年後……ご存じ落語の「芝浜」だ。

この名作、元は三遊亭円朝が客の出した「酔っ払い」「財布」「芝浜」のお題に応えて作った三題噺《さんだいばなし》といわれる。ただ昔は財布を拾った男がめでたいと大盤振る舞いするだけの話だったとも聞く。戦後三代目桂三木助が改作し、それが今の話のベースになったそうだ。

さてこちらは「三本の矢」と称するアベノミクスの三題噺である。お題は「大胆な金融緩和」「機動的な財政政策」「民間投資を喚起する成長戦略」、その組み合わせによって景気浮揚とデフレ脱却を図るという話のことだ。さて魚屋、いや日本経済の再生は成るのか。

日銀に2％の物価上昇目標と無期限の金融緩和をのませ、公共事業を柱とする20兆円の緊急経済対策を打ち出した安倍政権だ。二つのお題については当面の景気浮揚にむけた筋書きをまとめたが、もしや拾った金の大盤振る舞いで話が終わるのではと危ぶむ声も聞く。

とくに日銀との関係では金融・財政政策への市場の信認を崩す恐れが指摘されるアベノミクスである。ここは3番目のお題「成長戦略」を何としても軌道に乗せねば危うい道に踏み出したといえる。構造改革や規制緩和による実体経済の持続的成長は不可欠となった。

つまりは人々が仕事を得て精を出し、経済を成長させられるか否かで決まるこの三題噺のオチだ。はてさて賢い世話女房ほどの知恵は出てくるのか。

グラウンド・ゼロの手触り（2013・1・25）

アルジェリア人質事件の犠牲者追悼

ニューヨークのグラウンド・ゼロを訪れたことがある。9・11米同時多発テロで世界貿易センターのツインビルが崩壊した跡には二つの正方形の池が掘られ、周囲から人工の滝が落ちていた。池を取り囲んだ碑板《ひばん》には犠牲者の名が刻まれている。

二つのビルにいた人、突入した旅客機の乗客と乗員、救助におもむいた消防士や警官……機の便名や消防分署などごとに刻まれた一人一人の名は手で触れて悼むことができる。さまざまな民族の名の中には日本人名もあった。そっと指で触れると涙があふれ出てきた。

世の中にはそこにたたずむだけで魂の震える場所がある。碑板の隣の欧州系女性名に触れた時も涙は止まらなかった。その時、どこの誰とも知らないその人の人生に触れたような気がしたのである。この世に二つとない人の生のかけがえのなさが指先に伝わってきた。

アルジェリアの人質事件の犠牲となった日本人9人の遺体がきょう政府専用機でようやく故国に帰ってくる。政府は帰国をまって犠牲者の氏名を公表することになった。これまで遺族や勤務先企業の意向を踏まえ、政府からの名前の発表が控えられてきた経緯がある。

メディアの一員として、その取材や報道がこの惨事を最も深く悲しむ人々の心情を傷つけるものであってはならないと思う。ただ同じ社会に暮らす者にとっても、犠牲者一人一人の氏名はこの事件で奪われたもののかけがえのなさを共に心に刻むためのよすがである。

グラウンド・ゼロの碑板に置かれていた小さな黄色いキクも忘れがたい。きょう報じられる犠牲者の名にも数知れぬ人々の心の花が手向《たむ》けられよう。

＊1月16日、アルジェリアの天然ガス精製工場がイスラム系過激派に襲撃され、外国人技術者らが人質になったこの事件では日本人10人が犠牲になった。

人みな籠もる春？（2013・3・1）

PM2・5と黄砂

「ひさかたの天《あめ》の香具山《かぐやま》この夕《ゆうべ》　霞《かすみ》たなびく春立つらしも」。万葉集の柿本人麻呂の歌である。万葉人たちは大和の中心をなす香具山に霞がたなびくのを見て初めて春の訪れを実感したらしい。

「いにしえの人の植えけむ杉が枝《え》に　霞たなびく春は来《き》ぬらし」も同じ時に詠まれたという。その前には「檜原《ひはら》に立てる春霞」――つまりヒノキ林の霞を詠み込んだ歌もある。スギやヒノキは真木《まき》と呼ばれて貴ばれ、そこに立つ霞がひときわめでたい春景だったようだ。

むろん今や歌を聞くだけでも鼻がむずむずしてくる方がおいでだろう。スギ林やヒノキ林に立つ霞が春を告げるのは昔と同じだが、こちらは昨年の何倍かといわれる花粉の飛散を思い浮かべてしまう現代である。しかも今年の春霞、そればかりでないからやっかいだ。

中国で深刻な大気汚染をもたらした微小粒子状物質「PM2・5」、さらにこれから本格化する黄砂も街をかすませる春である。肺の奥に入り込んで健康に影響を及ぼすPM2・5だが、黄砂の細かな粒も微小粒子に分類され、PM2・5の濃度を高めることになる。

さらに最近の研究によれば、粒のサイズの大きいヒノキやスギ花粉もPM2・5と化学反応を起こして割れ、微小な粒子になる場合があるらしい。専門家は今まで花粉症でなかった人もPM2・5のせいで発症することがありうるという。いやはや難儀な春霞である。

環境省は外出自粛の呼びかけなどを含むPM2・5対策の指針をまとめた。しかし、こんな近未来はごめんである。「ひさかたの天つくビルもかすむ日は　人みな籠もる春となりけり／詠み人知らず」。

フランシスコ新法王選出

神の家の修理（2013・3・15）

カトリックではさまざまな仕事に守護聖人がいる。自然環境保護に携わる人を守るのはアッシジの聖フランシスコである。この人は動物と話せて、鳥に説教し、オオカミを回心させたとの伝説がある。神の造ったものすべてに愛を注いだのだ。

キリスト教史での彼はフランシスコ修道会を創設した清貧の聖者として崇敬を集めてきた。富裕な家に生まれながら貧者や病者の中に身を投じた彼は、托鉢僧《たくはつそう》として弱者救済に力を尽くし、ローマ教会を訪ねた時には当初そのみすぼらしい姿に門前払いされたという。

「フランシスコよ、崩れかけている私の家を修理しなさい」。聖人が信仰に目覚めたのは、ある日キリストの化身の呼び声を聞いたからだという。当初は文字通り教会の修繕のことと考えた彼だったが、そのなし遂げた信仰の再建は豪壮な建物とは無縁の事柄だった。

このアッシジのフランシスコに由来するという新しいローマ法王の名前である。約600年ぶりに退位したベネディクト16世の後継を決めるコンクラーベは、実に1272年ぶりに欧州以外の地域から法王を選び出した。アルゼンチン出身のフランシスコ1世である。

名前にふさわしく新法王は貧困対策に尽力してきた人という。ただ、その率いるカトリック教会は人々の価値観の激変のただ中にあって、聖職者の性的虐待はじめスキャンダルが相次ぐありさまである。教会改革は前法王が退位表明後に後継へ託した宿願でもあった。

バチカン内の権力闘争とも一線を画す南米出身の法王に期待されるものは大きい。すでに「私の家を修理しなさい」という声はその耳に届いていよう。

南海トラフ被災者は6800万人

賢い母の「予言」（2013・3・20）

「ワニのジレンマ」という話がある。子どもをさらったワニがその母親に「これから俺がどうするか予言してみろ。当たったら子どもを無事返してやる。外れたら食うぞ」と言う。母親は考えて答えた。「あなたは子どもを食べるでしょう」。

すると子どもを食おうとしたワニが「あ、予言が当たる、こりゃまずい」と口を閉じ、今度は「あ、予言が外れる、食わなきゃ」と口をまた開く。口を開いたり閉じたりが止まらなくなったワニはとうとう死んでしまった。

母親にすれば最悪の予言をすることで、子どもを救ったことになる。さて、こちらの最悪の予言はどれだけ実際の被害を防ぐことができるのだろうか。ライフライン断絶などによる被災者6800万人という数字も浮上した南海トラフ巨大地震の最大被害想定である。

国の中央防災会議の部会の報告によれば、関東地方から南九州、沖縄にまでまたがる被災地の被害額は最大220兆円、被災者のうち避難者は950万人にのぼるという。被害額は従来想定の3倍、国家予算の2倍超の額で、太平洋ベルト地帯の交通網も分断される。

昨夏には死者32万人の推計も発表された南海トラフ地震だった。目をむくような想定は、東日本大震災で「想定外」の事態に直面した教訓を踏まえて推計された。ただ耐震化を進めれば被害額は半減するなど、減災への取り組みで被害の見通しは変わってくるという。

予言が人々の行動を促し、結果それが外れることを「予言の自己破壊」という。理不尽なワニと渡り合った賢い母親よろしく、最悪の予言もここは恐れるより的中を阻む知恵を絞らねばならない。

10の220乗の宇宙（2013・4・23）

電王戦で棋士が敗北

将棋の指し手のすべての変化を知っている神様同士が対局したらどうなるのか。羽生善治3冠によると、以前は「先手が必ず勝つ」と言われたが、近年は「千日手で引き分けになる」と見る人が多いそうだ（「先を読む頭脳」新潮社）。

こんな話になるのも、将棋が偶然の要素をはらまぬ理詰めのゲームだからだ。チェッカー、オセロ、チェス、囲碁もみなこのタイプのゲームだが、将棋と囲碁を除けば今や人間はコンピューターにほとんど勝てなくなった。

ちなみにチェッカーの手の変化の数は10の30乗、オセロは同60乗、チェスは同120乗で、片や将棋は同220乗、囲碁は同360乗という。ことチェッカーではすでにコンピューターは全変化を知る神の域に達し、神様同士の対局は引き分けることが分かっている。

そんなコンピューターと人間の対決の最前線たる将棋の「電王戦」で、5人のプロ棋士が1勝3敗1分けで5種のソフトに敗れたとの先日の報道である。最終戦で三浦弘行八段を降したソフト「GPS将棋」は約670台のコンピューターを接続して動かしたという。

むろん棋士のショックは大きかろう。ただ90年代にはアマ初段程度だった将棋ソフトを、プロの棋士の相手になるまでに鍛えた人間の力もすごい。弱点だった序盤戦は棋士らの実戦データで補ったというからソフト自体が人間の総力を挙げての将棋への挑戦といえる。

「コンピューターが人間に追いついても将棋の可能性は狭まらない。むしろどんな将棋を指すか見たい」は羽生さんの言葉だ。人の探求心・向上心が新たな可能性を生み出す10の220乗の宇宙である。
＊この4年後には人工知能（AI）は、囲碁でもプロ棋士の棋力を上回ることになった。

セリグマンの犬(2013・5・16)

「もんじゅ」の学習された無気力

板で二つに分けた部屋の一方に犬を入れて電気ショックを与える。いや半世紀前の実験なので念のため。板を飛び越えればショックを逃れられるのに、一部の犬は動こうとしない。実験をした心理学者の名から「セリグマンの犬」と呼ばれる。

それらは以前に電気ショックを回避できぬ状況下に置かれていた犬で、「何をしてもムダ」と学習してしまったのだ。このように苦境から逃れる努力もできなくなる心理状態は「学習された無気力」と呼ばれるようになる。

この「学習された無気力」は活力を失った企業などの組織文化への批判として用いられることもある。とりわけ深刻なのは、巨大システムを動かす組織の「安全文化」において「何をやっても同じ」という無気力が蔓延《まんえん》する場合である(J・リーズン著「組織事故」)。

さて実に1万個近くもの機器の点検漏れがあったという高速増殖原型炉もんじゅである。原子力規制委員会は、運営元の日本原子力研究開発機構に運転再開準備を当面見合わせるよう命じるという。点検漏れについて「組織の安全文化が劣化している」と断じたのだ。

ナトリウム漏れ事故から15年ぶりの運転再開が3年前、だが直後の機器の炉内落下事故で再び停止に追い込まれていたもんじゅである。昨秋の点検漏れ公表後も、さらに非常用発電機などの点検漏れが発覚していた。まあ安全への無気力を指弾されても仕方あるまい。

ただでさえ普通の原子炉よりも取り扱いの難しい高速増殖炉を、安全文化の劣化した組織に委ねるわけにはいかない。巨費を蕩尽《とうじん》し続ける核燃料サイクル開発が陥った「無気力」の袋小路である。

飛び込めば紳士です（2013・5・23）

英国のEU離脱論

国民性ジョークの名作である。沈みかけた船の乗客を海に飛び込ませようと船長が呼びかけた。英国人には「飛び込めばあなたは紳士です」。ドイツ人には「船の規則で飛び込まねばなりません」。フランス人には「飛び込んではいけません」。

ちなみにこのジョークでの日本人への呼びかけは「みんな飛び込んでいますよ」である。国民性ジョークでは英国人の堅苦しさやドイツ人の規律好き、フランス人の傲慢さなどがからかいのタネとなる。ならば当の国民が偏見だと怒っているかと思えばさにあらずだ。

先日報道された欧州債務危機を背景とした諸国民相互のイメージ調査が面白い。財政規律にこだわるドイツは「信用できる国」と見なされ、フランスへの「傲慢」との見方も目立つ。そも当の独仏両国民がそれぞれ自国を「信用できる」「傲慢」と自認していたのだ。

イタリア人が自分の国を「信用できない国」と開き直っているのもすごい。一方で債務危機の震源地ギリシャは自国こそが「信用できる国」という。微妙なのは独仏両国民から「冷たい国」扱いされる英国の国民もまた独仏両国を「冷たい」「傲慢」と見なす関係だ。

英国では債務危機対策への不満を背景に、欧州連合（EU）離脱を求める動きがキャメロン政権を揺さぶっている。首相自身、離脱をめぐる国民投票を行う姿勢を示してEUの改革を促そうとしたが、投票実現を迫る与党内反EU派の突き上げの格好の材料にされた。

もちろんEU離脱となれば英国経済もただではすまない。まさか船から勝手に飛び降りるつもりか、他の乗客も息を詰めて見守る英国人の選択である。

ディオニュシオスの耳（2013・6・8）

米NSAの個人情報監視

紀元前4世紀のシラクサの僭主《せんしゅ》ディオニュシオスは苛酷な独裁者だった。その権力をうらやむ廷臣ダモクレスを髪の毛1本でつるした剣の下の王座に座らせる「ダモクレスの剣」の逸話でも知られる。支配者の座の危険を思い知らせたのだ。

シチリア島にこの僭主が政治犯を収容したと伝えられる洞窟がある。奥行き65メートル、高さ20メートルの耳の形をした洞窟は「ディオニュシオスの耳」と呼ばれている。その内部は音の響きが良く、ディオニュシオスはひそかに別の部屋で囚人らの話を盗み聞きしていたという。

この故事から秘密裏に行われる監視も「ディオニュシオスの耳」という。で、こちらは洞窟ならぬ現代を代表するインターネット企業9社のサーバーに仕掛けられた「耳」の話である。米英の2紙は米国家安全保障局（NSA）などの情報収集活動の内幕を報じた。

ワシントン・ポストとガーディアンの報道によれば、用いられた「耳」は「PRISM（プリズム）」というプログラムである。これがグーグル、アップルなど9社のサーバーに入り込み、利用者のメールや画像を収集していた。取材に対し企業側は協力を否定する。

これとは別にNSAが米通信大手ベライゾンの顧客数百万人の通話記録をひそかに提出させていたことも発覚した。米政府は「外国人が対象」と主張、議会の情報特別委員長も「合法的活動」と擁護するが、市民団体が「監視は人権侵害」と批判するのも当然だろう。

さて監視する者の暴走はちゃんと監視されているのか。ディオニュシオスの耳に囲まれ、ダモクレスの剣の下の王座に座る現代民主主義の主権者である。

＊ＮＳＡのＰＲＩＳＭによる情報収集はじめ米英情報機関の国際的監視網を暴露・告発した元ＣＩＡ職員、Ｅ・スノーデン氏は、米司法当局の追及を受け、ロシアに滞在している。

紳士の国の００７（２０１３・６・19）
G20ホスト国の盗み見

「紳士は互いの信書を盗み見ない」。こう言って米国務省に他国の通信の暗号解読をやめさせたのは１９２９年当時の長官スティムソンだった。彼はすぐ考えを翻し、第二次大戦で陸軍長官を務めた。

もっとも国務長官当時の決定は、それにより職を失った暗号解読の専門家ヤードレーの強烈な復讐《ふくしゅう》にあう。彼は暗号解読局を表す「ブラックチェンバー」をタイトルにした著書を刊行、国務省による外交通信の傍受や暗号解読の実態を全世界に暴露してしまったのだ。

仰天したのは日本の外務省や軍だった。そこには先年のワシントン軍縮会議で日本代表団の外交暗号が解読され、手の内が米側に筒抜けだったことが明かされていた。日本でも同著はベストセラーになったが、大戦ではまたまた暗号戦で完敗した（「暗号事典」研究社）。

こんな外交の世界だから今さら驚くに当たらないのだろうが、やはり釈然とせぬものも残る。２００９年のロンドンG20首脳会議でホスト国の英国情報機関が各国代表団の通信を傍受していたとの英紙ガーディアンの報道である。紳士の国はまた００７の国であった。

おりからG8首脳会議のホスト国を務めた英国には何ともきまりの悪いことになったが、こればかりは自業自得である。情報源は米政府の極秘のネット情報収集を内部告発したスノーデン氏から入手した資料とのことで、背景には英米の緊密な情報協力がうかがえる。

日本もその英国との首脳会談で、安全保障やテロの秘密情報交換にむけた協定締結に合意した。さてこれは互いに紳士と認め合っての協定か、それとも紳士にあらざる仲間と認められたのか?

九尺店の長芋（2013・6・29）

脱法ハウスの危険

「濡れ畳、大家の前に干して置き」は、雨漏りのする長屋に住む店子《たなこ》の憤まんをぶつけた江戸川柳である。ともかく昔の長屋の安普請は半端でなかった。「裏店《うらだな》の壁には耳も口もあり」は隣の声も音も素通しの薄っぺらな壁を示している。

「九尺店《くしゃくだな》、長芋らしい梁《はり》ばかり」。この九尺店は間口が9尺（約2・7メートル）、約6畳だった長屋の一軒を表す。梁も長芋のような細い材木を使った粗末な造りで、屋根も板ぶきだったから火事が起きればたちまち延焼した。

実はこの長屋、もともと焼けてもいいように粗末に造ったのだ。その名も「焼屋《やきや》造り」、火事の多い江戸では長屋を立派に造ってもむだだった。住人も心得たもので、焼けて困る家財は持たない身軽な暮らしをむねとした。

さて、こちらはわずか1畳半から3畳未満の〝住居〟がずらりと並ぶ。隣の声の響く安造りだが、表に出る間口どころか窓もない部屋が多い。火事になれば惨事になりかねぬのに、事務所や倉庫の名目で共同住宅としての法規制を免れている。「脱法ハウス」である。

長屋の大家もびっくりの狭さと危険に加え、住人が借り主としての法の保護も受けられない脱法ハウスが都市部で増えているという。ようやく国土交通省などによる実態調査が始まったが、その背景には賃貸住宅の入居費用や保証人を用意できない住民の事情もある。

「椀《わん》と箸持って来やれと壁をぶち」は長屋の助け合いである。ならばわれわれも貧しい住環境の中でお互い助け合った長屋の住人たちの子孫ではないか。「健康で文化的な生活」の権利をうたう国に、あってはならぬ住環境を放置してはいけない。

有事のリーダーシップ（2013・7・11）

吉田福島第1原発所長死去

「厳しい戦況において真の指揮官は前方を見据えて傲然と立ち、並の指揮官と著しい対照を示す。順境では評判のいい者も、ひとたび苦境に取り囲まれると急に弱くなる」。第二次世界大戦で米陸軍参謀総長を務めたG・マーシャルはいう。

平時の決まりごとが通用せぬ空前の有事である。しかも予想外の被害が続発、それがどこまで拡大するか分からぬ危機だ。この列島の住民すべてが底知れぬ惨害の深淵《しんえん》をのぞき込んだ福島第1原発事故発生時、現場で事故収拾を指揮した吉田昌郎元所長が亡くなった。

当時、政府に気がねする東京電力幹部から事故炉への海水注入の中止指示が出た際、「今から中止を指示するが、絶対に注入をやめるな」とひそかに作業員に命じた場面はその指揮の真骨頂とされる。現場を知らない東京の混乱を見切った技術上の合理的判断だった。

何より自ら「もう死ぬと思った」という現場で、命がけの作業に取り組む作業員の信頼を失うことがなかった豪胆な指揮である。この危機におけるリーダーシップ、事故の収拾過程の自他の誤判断も含め、体験と教訓の全容を聞く機会がなかったのが残念でならない。

一方、事故調査では吉田さんが東電の原子力設備管理部長だった当時、巨大津波のリスクを試算しながら対策を先送りした経緯も指摘された。有事・危機の傑出したリーダーシップも平時・順境の電力企業の社内官僚制にあっては、なすべきこともできなかったのか。

自らのそれも含む錯誤の迷宮ともいえる原発事故に立ち向かい、命をすり減らしただろう吉田さんだ。迷宮解体の長い道のりを残した無念がしのばれる。

勝利のエクスカリバー（2013・7・22）

安倍自民党の参院選圧勝

名だたる騎士たちが力をふり絞っても岩から引き抜けなかった剣である。しかし15歳の少年アーサーはたやすく引き抜き、神に選ばれし王となる。アーサー王伝説の宝剣エクスカリバーだが、実際にも欧州では剣がよく王権の徴《しるし》となった。

なるほど日本にも草薙《くさなぎ》の剣があるが、西欧のほとんどの戴冠式では王がその剣を3度振り回すのがしきたりだったという。中世の戴冠の祈とうでは、剣は「正義の力を強め……慈悲深く、寡婦と孤児を助け守るもの」だった（A・M・ホカート著「王権」岩波文庫）。

さて一度は抜きそこなった参院選勝利の宝剣を、今度はすんなり引き抜いてみせた安倍晋三首相だった。衆参両院での与党多数を手に入れてねじれを解消し、神意ならぬ民意に選ばれた最高指導者の座を確たるものにした。

振り返れば、約1年ごとに首相の交代を繰り返してきた日本の政治だった。国民の支持も期待も、なすところなく空費する政治に有権者もへきえきしていたところである。この半年余の安倍政権を見ての審判は、ともかく政権安定の宝剣を委ねようというものだった。

ならば首相は「選ばれし者」の徴をどう用いるのか。さしあたり不人気でも長い目でみて必要な改革ならば自らの手で実行せねばならないし、これから長きにわたって国民の運命を左右する決断も迫られよう。責任の重さは宝剣を授からなかった首相らの比ではない。

「あなたがたは神に選ばれし者であるから……慈愛、謙遜、柔和、寛容を身につけなさい」とは王も読んだろう聖書の一節である。民意に選ばれし者もそれらを忘れては歴史的な重責を果たせまい。

国内最高気温の更新

「暑い事」づくし（2013・8・13）

「暑い事　釣瓶《つるべ》ひとつに人だかり」。酷暑の夏に冷たい井戸水を求め、町の人々が群がっているとの江戸川柳である。「暑い事」は昔の川柳の決まり文句のようで、「暑い事　枕ひとつを持ち歩き」「暑い事　重ねだんすで蟬《せみ》が鳴き」もある。

それを下の句にすえた「暑い事」づくしもあって、「風鈴の短冊読める　暑い事」「真っ直ぐな柳見ている　暑い事」……暑気がそよとも動かぬ耐えがたさを示す風鈴の短冊や柳の枝である。当然ながら夜も「寝ざあなるまいと苦にする　暑い事」という次第である。

だがもう上も下もない、「暑い事　ああ暑い事　暑い事」と叫びたくなる週末からの酷暑だ。きのうはついに高知県四万十市で41度という国内観測史上最高気温を記録した。猛暑だった2007年に埼玉県熊谷市と岐阜県多治見市で記録した40・9度を上回ったのだ。

ちなみに四万十市の江川崎の観測点では10日に40・7度、11日に40・4度を観測、同じ地点で3日連続40度を超えたのも初という。これが局地現象でないのは読者の多くが身をもって体験されている通りで、週末来、全国何十もの観測点で史上最高気温が更新された。

見逃せないのは東京都心で最低気温が初めて30度を超えたという記録である。このため11日は夜も朝も丸1日30度を下回らなかったわけで、枕を手に涼しい寝場所を探した江戸のご先祖もびっくりだろう。この超熱帯夜、大都会のヒートアイランド現象の影響らしい。

局地的豪雨に伴い最近よく聞かれる「今までに経験したことのない」が気象のキーワードになったような今夏である。史上初どこまで続く　暑い事。

ただ一つの日本流（2013・8・17）

「終戦の日」式辞から消えた言葉

バーモウとはビルマ（現ミャンマー）の独立運動家で、戦時中に日本軍に支援されて親日政権の国家元首となった人物である。その彼は戦後になって日本人についてこんなふうに書いている。

「この人（日本の軍人）たちほど他国人を理解するとか、他国人に自分たちの考え方を理解させるとかいう能力を完全に欠如している人々はいない。彼らが事の善《よ》し悪《あ》しにかかわらず、常に土地の人々にとって悪いことばかりしたように見えるのはそのためである」。

彼は続けている。「軍国主義者たちはすべてを日本人の視野においてしか見ることができず、さらにまずいことにはすべての他国民が同じように考えねばならないと言い張った。……ものごとをするにはただ一つの道しかなかった。それが日本流ということだった」。

戦後68年は日本人が物の見方の異なる「他者」を理解し、相互の利益に根ざす繁栄をアジアはじめ世界の諸国民と築いた歳月だった。その節目の日の安倍晋三首相の式辞から従来あった他国民への反省や哀悼を示す言葉が消えたことが疑念や臆測を呼び起こしている。

式辞は国内の戦没者を追悼しつつ戦後の平和的な歩みにもふれたものである。だが首相の歴史認識が内外で問われる中では「消えた言葉」が注目されるのは仕方ない。それをアジアや欧米の国民、とくに戦後日本の変貌をよく知り、高く評価する友人らはどう見たか。

もしや「日本人の視野」への引きこもりの兆候と取られはしなかったか。惨憺《さんたん》たる外交的孤立の中で戦没した人々を悼む夏、首相には戦後日本がつちかった国際的共感や友情を軽んじぬ賢慮を望みたい。

赤ちゃんは平等主義者（2013・9・5）

婚外子相続差別に違憲判断

まだお母さんのおなかにいる赤ちゃんになったと想像してみよう。親が金持ちか貧乏か、どんな社会的境遇かも分からない。父と母が結婚しているのかどうか、生まれ出る社会での少数派か、外国人か、それすら皆目見当がつかない。

さて赤ちゃんは生まれ出る社会がどんな原理や理想にもとづいて運営されていることを望むべきだろう。自分の生まれつきの境遇や親の社会的立場がどうあろうと、それによって不利益を受けたり自由を奪われたりすることのない平等な社会を望むのが合理的である。

これは米国の政治哲学者J・ロールズが考えた「無知のベール」という理論から思いついたたとえ話である。そう、おなかの中の赤ちゃんはあらゆる差別を許さない強固な平等主義者なのである。そしてこの国の憲法は「法の下の平等」を保障しているはずであった。

なのに結婚していない男女間に生まれた婚外子の遺産相続分を、結婚している夫婦の子の半分と定めている民法の規定である。最高裁大法廷は従来の判例を見直し、この規定が婚外子を不当に差別しているとの訴えを認め、憲法違反にあたるとの判断を初めて示した。

相続格差は法律婚を尊重したい大人側の事情で明治から受け継がれてきた。だが新たに生まれる赤ちゃんには差別にすぎぬ規定である。すでに出生者の2％以上が婚外子という日本の格差温存には、早くから相続の平等を実現した諸外国から厳しい目が注がれていた。

これで国会は早急な法改正を迫られる。「ようこそ、この世へ！」。生まれてくるすべての赤ちゃんを等しくそう祝福する社会へ、大人が責務を果たす時だ。

「切る」か「張る」か（2013・9・11）

安倍首相の大見え

「切る」と「張る」とでは違ってくるのが「見え」である。切るのは「見得」、張るのは「見栄」と書くが、もともと動詞「見える」の連用形が名詞化した言葉だという。小紙の用字用語ではいずれも「見え」と書くのが決まりである。

「見えを切る」は歌舞伎の演技が最高潮に達したときに動きを止めて観客の目を引く所作、転じてこれ見よがしの大げさなポーズで自分の立場をアピールするたとえにされる。「見えを張る」はうわべを飾って他人によく見られたいと取りつくろう様を示していよう。

さて、2020年五輪の東京招致成功の決め手とされたプレゼンテーションでの安倍晋三首相の「大見《おおみ》え」だった。欧米メディアで不安視された福島第1原発の汚染水についての「状況は制御下にある」「影響は港湾内で完全にブロックされている」との断言である。

ただ実際のところ港湾内の水は外海から完全に遮断されているわけではなく、またタンクから漏れた汚染水も港湾外に流出した恐れがある。「制御下にある」「完全にブロック」は大げさなポーズか、あるいはうわべの取りつくろいか。そう論じられるのも仕方ない。

まあ切ったにせよ、張ったにせよ一国の首相が世界中の人々の前で堂々と示してみせた「見え」である。こうなればその言葉を現実のものにしないと国の信用も名誉も失われる。政府は閣僚会議で新たな汚染水対策チームを設け、追加対策を講じていく方針を決めた。

もともと五輪招致での「大見え」よりも先に、政府の抜本的対策と国民への説明が求められていた汚染水問題だ。「切る」「張る」の応急策ではもうすまない。

「無悪善」の落書（2013・9・27）

経産省官僚のブログ放言

平安前期の嵯峨天皇の時代、内裏に何者かによって「無悪善」と書かれた札が立てられた。博識で知られた小野篁《おののたかむら》は「悪」には「さが」という読み方があるとして、「さがなくばよし」――つまり帝《みかど》に対する呪いの落書《らくしょ》だと解読した。

これを聞いた帝が「おまえの他に誰がそんな学のある悪口を書けるか」と篁を疑ったのももっともだ。

結局、篁は帝の疑いを解いて事なきを得たが、手の込んだ落書ははた迷惑である。事件の背景には宮廷で勢いを増す藤原氏と反対勢力との間の暗闘があったらしい。

公に口にできぬ批判などを匿名で記して人目にさらす落書は、平安貴族から始まったという。後の世では庶民の声を伝える手段になり、有名なのは「このごろ都にはやるもの夜討強盗……」という二条河原落書である。しかし今日、震災復興でこんな落書が出てきた。

「復興は不要だと正論を言わない政治家は死ねばいい」。経済産業省のキャリア官僚が匿名ブログに記したのは、学も才気もどこの話かという放言だった。被災地は「ほぼ滅んでいる過疎地」、そこで既得権をむさぼる高齢者にかける費用はむだだという書き込みだ。

匿名をいいことに、他日のブログでは高齢者に「早く死ねよ」と書いていたともいう。聞けば胸が悪くなる話で、懲戒処分も当然である。官僚のネット書き込みといえば、復興庁の役人がツイッターで市民団体などを「左翼のクソども」呼ばわりしたのも記憶に新しい。

落書はその時代の世相や人心を知る貴重な史料という。では平成の「このごろ都ではやるもの」はどうか。「匿名役人の大暴言」では情けないにもほどがある。

呪いはヒヨコ（2013・10・8）

「ヘイトスピーチは差別」判決

「呪いはヒヨコのようにねぐらに戻る」とは英国のことわざである。日中にあちこち歩き回るヒヨコたちが夜にはそれぞれねぐらに戻るように、呪いはめぐりめぐって自分の身に跳ね返るという意味だ。日本でいう「人を呪わば穴二つ」である。

さて呪いをヒヨコにたとえたのは英国人のユーモア感覚か。憎悪の言葉が歩き回るところ不信や敵意が生まれ、ことわざ通りその多くは呪詛《じゅそ》を唱える当人に跳ね返る。だが時に、その毒が世をむしばむこともあるのが困る。

さて京都の朝鮮学校前で「朝鮮学校を日本からたたき出せ」「何が子どもじゃ、スパイの子やんけ」などと叫んでいた街頭宣伝である。京都地裁はこれを人種差別撤廃条約が禁ずる差別にあたると認定し、実行団体に学校周辺での街頭宣伝の禁止と損害賠償を命じた。

この間、東京などの在日コリアンの住む地域でも「殺せ」などという口汚いヘイトスピーチを繰り返していたこの団体である。ヘイトスピーチの法規制を求める声も上がる一方、表現の自由の制約への懸念も強い中、現行法により差別宣伝を規制する司法判断が出た。

欧州では言論の自由を最大限に重んずる国でも人種や宗教的他者へのヘイトスピーチを法律で禁じる国が多い。ユダヤ人迫害などの体験から、少数者への敵意や憎悪の扇動こそが自由な社会を根底からむしばむことに敏感だからだろう。自由と寛容の逆説の根は深い。

ヒヨコとは似ても似つかない毒々しい憎悪の呪いは、成熟した社会のかけがえのない財産である人々の相互信頼を掘り崩しかねない。生まれた穴は何とか自由な手をつなぎ合いながら埋めたい。

和食、世界遺産へ

モースの舌の変化（2013・11・2）

「自然への愛、あっさりして魅力に富む芸術、挙動の礼儀正しさ、他人の感情についての思いやり……」。明治に来日して大森貝塚を発見した米動物学者のモースは日本人の美点をこうたたえた。

そんな日本びいきのモースだが、来日当初その食べ物だけは酷評している。「日本料理は味も旨味《うまみ》も無いように思える。お菓子さえ味に欠けている。私は冷たい牛乳をグーッとやりたくて仕方なかった。パン1片とバターでもいい」。やはり味覚だけは保守的だった。

だが6年後の日本料理の席では違った。「私は日本で美味な料理を沢山《たくさん》味わったが、この時出たお吸い物ほど結構なものはそれまで経験したことがない……酢につけた生の魚肉も美味だった」。吸い物に酢の物と、すっかり日本料理の魅力を楽しむようになっていた。

乳製品なしには満足できなかった舌も、やがて納得させた和食の味わいである。時代は変わり、それが今や動物性脂肪が少なく健康的だと世界の注目を集めることになった。この「和食　日本人の伝統的な食文化」がユネスコの無形文化遺産に登録されそうだという。

自然を大事にした海山の多彩で新鮮な素材。四季の移ろいも取り入れた美しい盛りつけ。正月などの儀礼と結びつき家族や地域の絆を生んできた文化性。――世界遺産として評価された理由を並べれば、そう、モースによる明治前半の日本人への賛辞と重なってくる。

では今の日本人にこの「文化遺産」はちゃんと継承されているのか。和食や日本の食材を世界に売り込むのはいいが、当の日本の若者らが無国籍のファストフードしか知らないという未来は避けたい。

＊12月、「和食　日本人の伝統的な食文化」はユネスコの無形文化遺産に登録された。

ディープスロートの電話（2013・11・22）

秘密保護法案の「歯止め」

マディソンホテルのロビーの電話は緊急時にその人物の自宅に連絡するのに使う約束だった。当人が出たら10秒間無言で切る。後でその人物からロビーの電話に連絡がくる手はずだが、実際にこの方法をとった時は1時間も待たされた。

こう記すのはウォーターゲート事件でニクソン米大統領を退陣に追い込んだワシントン・ポスト紙のウッドワード記者、「その人物」は政府の内幕を彼らに伝えた謎の人物ディープスロートだ。それが何と当時のＦＢＩ副長官だと明かされたのは事件の33年後だった。

彼は記者に協力した理由を語っている。「ニクソンのホワイトハウスが強引に政府各機関を乗っ取ったのだ」。彼は大統領の側近らが行政機関に浸透し、卑劣な手段を用いて権力を私物化していることに怒りをぶつけた。

さて特定秘密保護法案をめぐる与党とみんなの党、日本維新の会の修正協議が合意に至ったという。だが政府の不当な情報囲い込みへの歯止めについては見るべき修正はなく、驚いたのは秘密指定に首相の関与を強めることをもってその歯止めとしていることである。

いわば秘密管理の政治主導をはっきりさせたかったのだろうが、それは秘密指定の正当性を何ら保証はしまい。ウォーターゲート事件で政府機関幹部が告発したのは政治権力の犯罪だった。国家機密の壁の中で権力の乱用や腐敗を引き起こすのは役人ばかりではない。

「みんな秘密主義で、とても理解できない連中だ」はディープスロートのニクソン政権への評である。言葉の上での駆け引きは役に立たない。必要なのは権力をむしばむ秘密の毒への実効ある歯止めだ。

マンデラ氏の死去

ロリフラフラの陳述（2013・12・8）

「ロリフラフラ」がネルソン・マンデラ氏が生まれた時の名だった。何と部族語で「トラブルメーカー」を意味するという。後年の波乱の人生で、この名前がひやかしのたねになったのはいうまでもない。

反人種隔離政策の闘士として運転手、料理人、庭男、ボーイなどに変装して神出鬼没の地下活動をしたおりには、「紅はこべ」をもじった「黒はこべ」というあだ名もついた。やがて捕らわれ、国家反逆罪で起訴された裁判で行った冒頭陳述が歴史に残る演説となる。

「私は生涯を通じて、このアフリカ民衆の闘争に身をささげてきました。白人支配に対して闘い、黒人支配に対しても闘ってきました。すべての人が手を取り合い、対等の機会を与えられて共存していく民主的で自由な社会という理想を胸に抱き続けてきました。……この理想のために命も投げ出す覚悟です」。

マンデラ氏の偉大さは、実に27年6カ月の獄中生活の後にその理想を地上にもたらしたことにあろう。彼は記す。「刑務所から出た時、私の使命は抑圧された人々と抑圧する人々との双方を抑圧から解き放つことだった」。

怨恨《えんこん》ではなく寛容を、報復ではなく和解を。まさに身をもって人種間の憎悪の悪循環を断ち切ったマンデラ氏である。かつて反逆罪の法廷で唱えられた理想は、その大統領就任演説において新生南アフリカのすべての国民同士の「契約」としてうたわれることになった。

「いかにして人はマンデラたりうるのか？」とは仏哲学者デリダの言葉という。人間の尊厳と自由、平和を求めるすべての人の心に確かな希望とそんな問いを残し、マンデラ氏は旅立った。

二〇一四年（平成二十六年）

「三国」から削られた用例

消えた7美人（2014・1・8）

「貧乏なんてするものじゃありません。貧乏は味わうものですな……」。五代目古今亭志ん生の言葉である。1974年の雑誌の記事からこの言い回しを採集したのは国語学者の見坊豪紀《けんぼうひでとし》だった。

見坊は61年から辞書の改良のために新聞、雑誌、放送などで使われた言葉の目新しい用例を記録し、亡くなった92年までに実に145万例を採集した人である。うち辞書に採録されなかった言葉を集めた「ことばのくずかご」は雑誌「言語生活」の人気コラムだった。

「小顔」は近年よく聞くが、「ことばのくずかご」には69年に採集された演劇用語「小顔の出顔」がある。顔が小さく目鼻立ちがしっかりした舞台女優向きの顔という。「ラッキョウ官庁」はマル秘の皮をむくと何もなくなる外務省の悪口で、72年に採集されていた。

当時、最も話題となった採集例は「料裁健母」という良妻賢母の誤記だった。しかし良妻賢母なる言葉もあまり耳にしない今日、見坊が編集主幹だった「三省堂国語辞典」の最新版となる第7版では語釈や用例から昔の男性目線が影をひそめたという小紙の報道である。

たとえば「すごい」の用例に掲げられた「すごい美人」など「美人」を使った七つの用例が差し替えられ、「消えた7美人」と話題だそうな。言葉の採集は今も営々と続けられ、新たに「ガチ（本気）」「てか（っていうか）」など約4000語が追加されたという。

見坊の著書に「ことばの海をゆく」もあるが、そこへ網を打ち、また潮流を見極める営みは時代を超えて受け継がれる。毎日世話になる卓上の辞書も、引くというより「味わう」境地になりたい。

民謡を書いちゃった（2014・1・21）

吉野弘さん死去

〈二人が睦《むつ》まじくいるためには／愚かでいるほうがいい／立派すぎないほうがいい／立派すぎることは／長持ちしないことだと気付いているほうがいい〉。結婚式で耳にしたのを思い出した方もいよう。吉野弘さんの詩「祝婚歌」である。

〈正しいことを言うときは／少しひかえめにするほうがいい／……／健康で　風に吹かれながら／生きていることのなつかしさに／ふと　胸が熱くなる／そんな日があってもいい／そして／なぜ胸が熱くなるのか／黙っていても／二人にはわかるのであってほしい〉。

この祝婚歌が広く愛唱されたことについて、吉野さんは「民謡を一つ書いちゃったなという感じ」と語っていた。民謡は作者不明でも、面白ければみなで歌ってくれる。善意の転載者から版権の問い合わせがあると民謡には著作権料がありませんと答えていたという。

平易な言葉で人生のなにげない場面を描きながら、読む者の魂を最も奥深いところで揺さぶった吉野さんの詩だった。教科書でその作品を知った方も多かろうが、87歳の訃報を聞いて心をよぎるのはいくつかの詩句である。〈I was born さ。受身形だよ。正しく言うと人間は生まれさせられるんだ〉〈やさしい心の持主は／いつでもどこでも／われにもあらず受難者となる〉〈ひとが／ひとでなくなるのは／自分を愛することをやめるときだ〉。いつも心を不意打ちした詩人の言葉だ。

よく漢字の形を詩にした吉野さんだが、終わりを意味する「畢《ひつ》」と「華《か》」が似ているのに注目した。〈「畢《おわり》」、猶《なお》／「華《はな》」の面影宿すかな〉。人生を彩る言葉の華をこの世に残し、詩人は旅を終えた。

放送局の「放送局」（2014・1・28）

NHK新会長の失言

子どもがよくかかる「手足口病」は英語で「ハンド・フット・アンド・マウス・ディジーズ」という。では「フット・イン・マウス・ディジーズ」とは何だろうか。実は「失言癖」のことである。口に足を突っ込むとはずいぶん器用なことだが、いかにも「失敗をやらかす」といった感じの言い回しである。舌が回りすぎる政治家に多い症状というのは承知しているが、それを報ずる側の公共放送のトップがのっけから足を口に入れてみせたのにはびっくりした。

従軍慰安婦問題について「どこの国でもあったこと」と述べた籾井勝人NHK会長の就任記者会見である。そのうえで「なぜオランダに今も（売春街を示す）飾り窓があるのか」などと売春について持論を開陳したが、さすがに発言の不適切にはすぐ気づいたようだ。

さて会長としては戦時中のオランダ人女性への売春強制をめぐる戦犯裁判や、それらをふまえた慰安婦問題での先年のオランダ下院の対日非難決議を知った上での発言だろうか。この手の自己正当化の論法が、今日の国際社会に嫌悪感を抱かせずにすむと考えたのか。

そもそも「皆様のＮＨＫ」の新会長に、なぜ一部の国に今も公娼《こうしょう》制度があるのか考えてみろと言われても視聴者の多くは眉をひそめるしかない。それが「個人的見解」なら、一国の知的、文化的水準の指標ともいえる公共放送のトップとしての資質を疑わせるだけだ。

国語大辞典を引けば「放送局」には「おしゃべりな人」との語釈もある。放送局の管理運営の責任者が自ら「放送局」となって、預かったメディアの国内外の信用を失墜させていては話にならない。

お奉行の名前（２０１４・２・４）

橋下大阪市長、出直し選へ

「酔うて酔うて氷くだいて星を呑《の》む」。常に酔っ払っていて風邪もひかないと自認した江戸時代の大坂の俳人、小西来山の句である。有名なのは「大坂も大坂まん中にすんで」の前書きのある「お奉行の名さへ覚えずとしくれぬ」だ。

奉行の名さえ知らぬまま今年も暮れるなあ――よく大坂人の反政治的な心意気として引かれる句である（「来山百句」和泉書院）。また「帝力何ぞ我にあらんや」と太平を謳歌《おうか》する中国の故事のように解釈されることもある。

今は民主主義の世ゆえ、住民も市長の名を知らないまま暮らすわけにはいかない。また一度市長を選んだら、あとは名も忘れていいとはいえまい。ただいったん選んだ市長に任期半ばで辞められ、もう一度選挙で同じ名前を書いてくれといわれれば戸惑う人がいよう。

野党との協議が頓挫した大阪都構想の制度設計をめぐって橋下徹大阪市長が辞職を表明、出直し市長選に出馬することを明らかにした。出直し選挙で夏までに制度の設計図を作ることの是非を問い、都構想の実現いかんはこの設計図に対する住民投票に委ねるという。

つまり出直し選勝利をたてに来春の都構想実現へ歩を進めようというのだが、野党各党では候補を立てず選挙の独り相撲化を狙う策が浮上した。ともに成熟した民主政治の着想ではない。はて政策遂行における粘り強い合意形成という政治の基本はどこへ行ったのか。

政策遂行のパワー回復の特効薬として何度も尋ねられる「民意」の中には、来山をうらやむ向きも現れよう。政治家の真価は選挙に勝つことではなく、合意を積み重ねて政策を実現するところにあろうに。

菊池寛の代作者（２０１４・２・７）

「現代のベートーベン」の仮面

文芸春秋を創設した作家、菊池寛には他人が代作した小説も多いといわれる。１９２９年に新聞連載した「不壊《ふえ》の白珠《しらたま》」は川端康成が自分の書いたものと述懐していたという。その川端にも他人が代作したらしい作品が少なくない。

有名なものでは作家の中里恒子が下書きした「乙女の港」などがある。小谷野敦さんの「川端康成伝」（中央公論新社）によると、代作にはまだ若くて芽の出ない作家に原稿料を渡して援助する意味合いもあったという。いわば著名作家が名義を貸したかたちだろう。

さてこちらは代作が虚名をあまりにも大きく膨らませたがための悲喜劇である。週刊文春による代作者の告白のスクープが世を驚かせた「現代のベートーベン」、佐村河内守氏の長年にわたる「全聾《ぜんろう》の作曲家」

という仮面のことだ。泉下の菊池寛も苦笑いしていよう。

では自分の作品が他人を名声の高みへ押し上げてゆくさまを目の当たりにした代作者はどんな気持ちだったのか。佐村河内氏に18年間に20曲以上を提供したという作曲家、新垣隆氏は自らを「共犯者」と呼び、「そもそも間違った関係だった」と記者会見で謝罪した。

「自分はゴーストライター」と日陰の身に徹していたと語りながら、作品が世に知られることは「うれしかった」との複雑な思いを口にした新垣氏である。衝撃だったのは、佐村河内氏とのやりとりでは「耳が聞こえないと感じたことはなかった」という発言だった。

この仮面劇を見抜けなかった小紙も読者におわびせねばならない。いやはや時として天から舞い降りたような調べを生み出すこともある地上の野心や詐術である。

「ぼくナマコだよ」（2014・3・1）

まど・みちおさん死去

先日亡くなった詩人の吉野弘さんは童謡「ぞうさん」について言っている。「〈おはながながいのね〉は、象の鼻が長すぎることをいくらかからかった者の意地悪と読めないこともない」。

仲のよい親子の歌というのとはちょっと違う解釈である。「ところが、そういう意地悪すら〈そうよ／かあさんも　ながいのよ〉が見事に肩すかしを食わせるのである」。大好きなおかあさんの鼻も長いことを誇らしげに答え、悪意を吹き消してしまった子象である。

詩は好きに読んでもらえばいいという作者のまど・みちおさんだが、吉野さんの解釈には「一番、その通りという気がします」と言い残している。「自分はこの世に生かされてるんだという誇り。他とは違うからこそ、うれしいんです」。まどさんはそう語っていた。

「ナマコは　だまっている／でも／『ぼくナマコだよ』って／いってるみたい／ナマコの　かたちで／いっしょうけんめいに…」。生きものばかりでない。ぞうきんやほこり、トンカチやおならまで、どこまでもやわらかな言葉で包み込み、祝福してくれた詩だった。

子どもに分からぬ言葉は使わないが、「自分の中のみんな」のいいたいことが童謡になり、「自分の中の自分」が作るものが詩になったという。どんな小さな生命も、ささいな物事も、この世にあることのかけがえのなさを心にしみわたらせたまどさんの言葉である。

「まいねんの　ことだけれど／また　おもう／いちどでも　いい／ほめてあげられたらなあ…と／さくらの　ことばで／さくらに　そのまんかいを…」。この春は天国で詩人の願いがかなえられるよう祈る。

水銀還金の錯誤（2014・3・15）

STAP細胞論文に「重大な過誤」

1924年9月20日の新聞にこんな見出しが躍った。「遂に解かれた学界の謎／水銀から金を抽出／長岡半太郎博士の一大発見／けふ理研で発表」。物理学者の長岡半太郎が水銀から金を作ったという理化学研究所の発表をめぐる記事である。

いうまでもなく「水銀還金」と呼ばれたこの新タイプの錬金術は、結局のところ幻に終わった。長岡ほどの学者でも一度陥った錯誤から抜け出すのは難しかったらしい。研究はその後10年にわたって続けられたのだそうだ。

この発表当時、発足間もなかった理研は先のような予告も含めた大々的宣伝を行い、当時の大河内正敏所長はこの研究の工業化の必要まで説いた。これは理研の研究費獲得や存在意義のアピールを狙ったものといわれている（科学朝日編「スキャンダルの科学史」）。

さて今日、世を仰天させたSTAP細胞の発表1カ月半にして何カ所もの論文の疑問点の調査を求められることになった理研である。野依良治理事長は「信頼を揺るがしかねぬ事態」と陳謝し、「論文の作成過程に重大な過誤があったのは遺憾」という見解を示した。

すでに小保方晴子研究ユニットリーダーら論文の著者はその取り下げに同意しているという。疑問点の調査をさらに継続するというのはいいが、日本の代表的な科学研究機関の学問的信用が国際的にも損なわれていく事態についてはより深刻に受け止めてもらいたい。

おりしも世界最高レベルの研究をめざした新たな制度「特定国立研究開発法人」の指定候補とされている理研である。その「存在意義」は真理を導き出す手続きへの誠実の上に築き上げてほしい。
＊1月のSTAP細胞論文発表直後から細胞の作成の再現ができないとの報告が相次ぎ、信憑性を疑う声が噴出した。7月には論文は撤回され、理研は年末には論文が「ほぼ全て否定された」との調査報告を公表した。

女帝の崇拝者（2014・3・20）

露のクリミア編入宣言

「われらは固い決意をもってクリミアの混乱を決定的に終わらせるものとする。この目的のためにクリミア半島、タマン島およびクバンを併合する」。宣言の主はプーチン露大統領でなく、女帝エカテリーナ2世、つまり18世紀の話である。

トルコからクリミアを独立させ、それをロシアに併合した女帝の心配は欧州列強の反発だった。しかしそれは彼女が拍子抜けするほど穏やかだった。4年後、英仏などの各国大使を引き連れた女帝のクリミア視察旅行のハイライトは半島南端の高台の館での宴だった。

食堂のカーテンがさっと開かれると、眼前に黒海のパノラマが広がり、整備された湾内にはロシア黒海艦隊がずらり勢ぞろいしていて外交団の度肝《どぎも》を抜いたのである。エカテリーナ2世を尊崇しているというプーチン氏ならば、いかにも快哉《かいさい》を叫びそうな一幕である。

だが今は21世紀なのを忘れては困る。軍事的圧力を背景に隣国の一部を独立させ、自国に編入するなどという所業が国際社会の非難を免れるはずもない。プーチン大統領によるクリミア編入に欧米は制裁措置を強め、主要8カ国（G8）から除外する動きも出てきた。

先日はクリミア編入の意図を否定したプーチン氏だが、はなっからのうそか、自らもナショナリズムの奔流にとらわれたのか。どうあれ力ずくで国境線を変える大国のエゴが大手を振っては、冷戦後の国際秩序の根幹が壊れる。日本も主要国と足並みをそろえる時だ。

各地の紛争の火種にも点火することになりかねないプーチン氏の横紙破りである。もうこれ以上世界を危険にしてほしくないパワーゲームの時代錯誤だ。

高いつもりで低いのが……（2014・4・4）

臨床試験関与で経営陣更迭

「高いつもりで低いのが教養／低いつもりで高いのが気位／深いつもりで浅いのが知識／浅いつもりで深いのが欲の皮／厚いつもりで薄いのが人情／薄いつもりで厚いのが面の皮……」。これは「越中富山の薬売りの秘伝」の一つという。

富山の薬売りがお客の家に置き薬と共に置いていく標語集にあった言葉というが、この後もある。「強いようで弱いのが根性／弱いようで強いのが意地／多いようで少ないのが分別／少ないようで多いのが無駄」(寺田スガキ著『『言葉』の置きぐすり』東邦出版)。

最初に「教養」が出てくるが、昔は薬売りがへき地で「先生」と呼ばれ、代書や講演を頼まれる場合も少なくなかったという。教養と礼儀とはお客の信頼を得る決め手とされていた。だが今やもっぱら「欲の皮」「面の皮」ばかりが目立つ先端医薬の売り手も現れた。

降圧剤の臨床試験疑惑を機に臨床試験への社員の関与を禁じたはずの製薬会社ノバルティスファーマである。だがその後、白血病治療薬の臨床試験への関与が発覚し、調べるとその中で重い副作用があった事例を把握しながら国への報告を怠っていたことも判明した。

試験への関与の中止よりも隠蔽という「面の皮」の厚さ、薬の安全より販売促進という「欲の皮」のつっぱり方、いやはやなみたいていではない。さすがにスイスの本社から来日した同社社長は日本法人のトップらの総退陣を発表した。後任は全員が外国人となった。

少なすぎたのは、やはり「分別」というしかない。こちらは薬の臨床研究と販売促進とを企業内においてはっきり「ぶんべつ」できるふんべつのことである。

建国の父たちの不安（2014・5・3）

2014年の憲法記念日

19世紀初めに米国の民主主義を観察したフランスの思想家トクビルは「米国の共和制の政府は欧州の絶

対君主制の政府と同様に中央集権的で、精力の点で勝っている」と述べた。彼はそれを人民の自由を脅かす危うい兆候と考えたのだ。

「多数者の専制」とは多数者が権力を握る民主政治が少数者の権利を侵す圧政に陥る危険を表したトクビルの言葉である。この危惧はジェファーソンやマディソンら建国の父たちも感じていた。そこでどんな多数者の民主的権力であれ侵してはならぬルールを定めた。

世界初の近代成文憲法である合衆国憲法、とくに人権保障を定めた権利章典といわれる修正条項がそれである。人権条項が後回しになったのは独立宣言で人権思想がうたわれていたためだった。だが政府の専制への懸念は根強く、憲法に明確な縛りが追加されたのだ。

だから憲法は公権力を縛るものという立憲主義について安倍晋三首相が「絶対王制の時代の考え方」というのはそのルーツを示したにすぎない。今は民主主義だから立憲主義は時代遅れのように語られては、一体どんな価値観を欧米と共有しているのか問いたくなる。

その首相が集団的自衛権をめぐる憲法9条解釈の変更を図る中で迎えた憲法記念日だ。首相は先に政府の長たる自分が責任を持ち、選挙で審判を受けると答弁をした。だが憲法は首相が自在に解釈でき、その正当性は選挙に委ねるという発想がすでに非立憲的である。

思えば憲法論議の深化が「論憲」などという言葉で求められて久しい。だがその行き着いた果てが立憲主義そのものへの軽視では情けないにもほどがある。

スーパーカブが立体商標に

「造形係長」の熱（2014・5・28）

「ソバも元気だ、おっかさん」。ホンダのスーパーカブの発売当時の広告コピーである。「そば屋の出前がおかもちを持って運転できるものにしろ」。その開発にあたり創業者・本田宗一郎は命じた。

「本田造形係長」とは、その彼にデザイン担当の造形室のスタッフがつけたあだ名という。車体のデザインに夢中になったのは宗一郎その人で、鉄の骨組みに粘土を盛りつけては削る試行錯誤をくり返し、時に骨組みの鉄材を焼き切らせて理想の形を追求したそうだ。

当時は成形が難しかった樹脂製のレッグシールド（泥よけ）、悪路を想定した大きめのタイヤ、自動遠心3段クラッチと強力な4サイクルの50ccエンジン――世界のどこにもなかったバイクはこうして誕生した（井出耕也著「ホンダ伝」）。1958年のことだった。

その発売以来、全面改良は2年前の1度だけ、半世紀以上にわたり基本デザインを維持してきたスーパーカブである。それが商品独自の形状に商標権を認める「立体商標」に登録されるという。つまりは特許庁が一目見れば誰もが分かる形＝ブランドと認めたわけだ。

累計販売数は実に8700万台、全世界で愛されたこのバイクだ。とりわけ日本の高度成長期に始まるアジアの急成長の記憶が埋め込まれたそのデザインである。より良い明日を夢見る人々の活力のあふれるところ、必ずレッグシールド付きのバイクが道路を埋めた。

この機会にささやかな祝福をしたかったのは、きょうの小欄も多くはこの形のバイクでお手元に届けられただろうからだ。半世紀以上にわたる新聞配達の形をも決めた「造形係長」の熱である。

多すぎるコックのスープ（2014・5・30）

日本維新の会分裂

「船頭多くして船山に登る」。これを多くで力を合わせると船も山に上げられるという意味だと思っている若者も多い。「船難破する」なら誤解はなかろうが、「山に登る」は良いことと思うらしい。

さて「山の登り方が違った」とは、互いに日本維新の会の共同代表だった橋下徹氏とたもとを分かった石原慎太郎氏の説明である。世の注目を浴びる船頭2人が顔をそろえれば船を政界の頂上へ持ち上げられる――そう踏んだであろう船出の1年半後の党分裂だった。

結局のところ事がことわざの正しい解釈の方向へと進んだのは理の当然というべきだろう。最近では橋下氏がめざす結いの党との合流をめぐり「自主憲法制定」という独自路線を譲らない石原氏が異を唱えていた。この対立が分党という両氏の合意をもたらしたのだ。

「船頭……」にあたることわざは英語にもあって「多すぎるコックがスープをだいなしにする」というそうな。なるほど昨今の日本維新の会を振り返れば、何やら鍋の右寄りにアクがたまるばかりで、肝心の味は甘いのか辛いのかさっぱり訳が分からなくなっていた。

ただこの「二枚看板」、こと船への集客には成功して衆参に62の議席を擁していた。聞けば橋下氏、石原氏のいずれにもくみしない議員たちも現れているようで、各派の多数派工作の激化も予想される。分党が同時に野党再編のスタートの号砲となるのは必至である。

またまた新たな見かけの船が仕立てられ、レシピを変えたスープが仕込まれる。もう言うまでもないだろう。求められるのが数合わせではなく、先の先を見通すリーダーシップだということを。

新過激派のイラク侵攻

見知らぬ悪魔（2014・6・17）

「知らぬ仏よりなじみの鬼」。顔見知りの鬼は悪さをしてもたかが知れているが、見知らぬ仏は何をするか知れない。相手にするなら慣れ親しんだ方をというわけで、江戸時代の辞書「諺苑《げんえん》」にある。

英国にも「見知らぬ悪魔よりも知り合いの悪魔の方がまし」という格言がある。こちらはいずれも悪魔だが、なるほど気心が知れず、想像もつかぬ悪事をなす魔物は恐ろしい。だが人はしばしば目前のなじみの悪魔を追い払うため、見知らぬ悪魔を呼び込んでしまう。

さてなじみの独裁者サダム・フセインが排除されたイラク戦争から11年、なお民主政治の安定からほど遠いイラクでのイスラム教スンニ派過激派の攻勢である。シリアから侵攻した過激派はたちまちイラク北部を制圧、反撃に出た政府軍と激しい戦闘を展開中という。

聞けばこの勢力、これまたなじみの独裁者アサド大統領と反政府派の内戦の続くシリアで混乱に乗じて勢力を拡大、住民の殺りくもいとわぬ残虐性で知られる。イラクではシーア派主導のマリキ政権に反発するスンニ派住民を巻き込み、一挙に主要地域制圧を図った。

皮肉なことにシリア内戦でアサド政権を支援するイランも、反政府派を支援する米国も、この過激派勢力の脅威についての認識は一致している。しかしその不気味な脅威を増殖させたのは、お互いにとってのなじみの「悪魔」を追い払おうとする戦乱にほかならない。

シリア内戦を放置した国際社会は続いてイラクの内戦の危機と直面することになった。国境を越え、国を分断しながら広がる恐怖は、中東に今まで見たことのない暴力の連鎖をもたらしかねない。

＊この新たなスンニ派過激派は、「イスラム国（ＩＳ）」を名乗って残虐なテロをくり返し、その後の世界を震撼させた。

茶坊主ども、鎮まれっ！（２０１４・６・21）

都議会のセクハラヤジ

戦後、自由民主党を誕生させた保守合同の立役者、三木武吉は戦前の議会で「ヤジ将軍」として名をはせた。閣僚がお経のような退屈な演説をすると、「お焼香の方、どうぞ」と議場を爆笑させた。

名高いのはダルマのあだ名をもつ高橋是清蔵相が財政計画の説明で「陸軍は10年、海軍は8年」と言った時、すかさず「ダルマは9年」と突っ込んだヤジだ。やはり爆笑を呼んだというから、達磨《だるま》大師が壁に向かって9年間座禅した故事は当時よく知られていたらしい。

すごみのあるのは、戦時中に翼賛政治会幹部を東条内閣の「茶坊主」と非難した中野正剛の演説に議場が騒然とした時である。武吉は立ち上がって一喝した。「茶坊主ども、鎮《しず》まれっ！」。ユーモア、気迫ともに傑出したヤジ将軍であった（三木会編「三木武吉」）。

さて東京都議会でみんなの党会派の塩村文夏議員が出産支援策をめぐり質問中、「自分が早く結婚すればいい」「自分が産めよ」などというヤジが相次いだ一件である。議場に笑いが起こり、塩村議員が涙ぐむ場面もあった。都議会に抗議が殺到したのは当然だろう。

ヤジの当人はいまだに名乗り出ていない。塩村議員は自民党席の方向から聞こえたというが、自民側は所属議員かどうか特定できていないという。ヤジの低劣さも、声紋分析まで求められる「言論の府」の情けなさも、これがわれらの代表かと赤面する都民もいよう。

「ヤジは議会の華」といわれたのも今は昔。ユーモアも気迫もない下品な罵詈雑言《ばりぞうごん》ばかりが聞こえてくるのは何かのたがが外れてしまったのか。自民党の父たる泉下のヤジ将軍の意見をききたい。

昭和天皇実録の公表

戦中のリンカーン像（2014・9・9）

1975年10月3日、訪米した昭和天皇はリンカーン記念堂を訪れ「戦の最中も居間にほまれの高き君が像《すがた》をかざりゐたりき」と詠んだ。戦時中もリンカーン像を居室に飾っていた天皇は侍従が評判を気にしても「いいのだ」と取り合わなかった。

公表された昭和天皇実録もこの歌を収録したが、像は外交官の佐分利貞男から贈られたものだった。実録はその57年前の1918年5月27日、佐分利が当時皇太子だった裕仁親王の仏語教師に任命されたことを記している。

以後実録に何度か登場しているから像を贈ったのはこの頃か。その佐分利は後の1929年8月9日には駐支那公使に内定して昭和天皇に拝謁した。しかし彼はほどなく日本で変死を遂げる。同年12月2日の実録は勅使を派遣して供物を下賜し、功をたたえたと記す。

幣原喜重郎外相の国際協調外交の柱と期待された佐分利には暗殺説も出た。むろん実録は追悼の日付と事実を記すのみである。このすぐ後の戦争の時代を現人神《あらひとがみ》として生きながら、佐分利に贈られたリンカーン像を飾り続けた昭和天皇の心中はどんなものだったろう。

その生涯3万2000日余をたどる昭和天皇実録が公表された。示された新知見や歴史学的評価、官製史書への批判などについては特集で詳しくお読みいただきたい。ここでは日付に埋もれているささいな事実にも時代の運命の連関が潜んでいるといいたかったのだ。

戦乱と敗戦、恐慌と経済成長、飢餓と飽食、占領と被占領……人類のありとあらゆる経験が凝縮された「昭和」だ。今はとりあえずその歴史に分け入る扉の増えたことを喜んでいいのだろう。

経団連の企業献金再開

自民党の「壺算」（2014・9・10）

うまいこと店番を言いくるめ1個3円50銭の壺《つぼ》を3円にさせて買っていった男が戻ってきて言う。「いや実は2個必要だったのを忘れてた」。この1個を3円で引き取ってもらい、さっき払った3円と合わせて6円、これで2個もらってくよという。

何かがおかしいぞと思いながらも、男の巧みな説明にますます頭のこんがらがってきた店番、最後は逆上して最初の壺もお金も「みんな持ってってくれ！」。それこそ男の「思う壺」というおなじみの落語「壺算」である。

舌先三寸での二重取りが頭に浮かんだのは、経団連が企業献金の呼びかけ再開の方針を明らかにし、自民党幹事長が「ありがとう」と応える図を見たからだ。ならば国民が300億円も支払っている政党交付金とは何の代金かと頭がこんがらがってくるのも仕方ない。

「政策を金で買うという話ではない」「企業の社会貢献」とは榊原定征経団連会長の説明である。だが巨額の資金が財界から自民党に流れれば、公正な政策決定がゆがめられる——少なくともそう国民に受け止められ、政策一般が「財界寄り」と思われて当然だろう。

思えば戦後の保革対立時代は自由経済を守るとの名目だった自民党への企業献金である。それが崩れた

1990年代以降、経済界でも企業献金が見直され、また献金全廃を前提に政党交付金が導入されたはずだった。今さらその両取りを図る「壺算」はいただけない。

経団連として政権との関係を修復し、連携を強めたいのなら、堂々と理にかなった政策を提言すればいい。自民党の「思う壺」にはまり、政治改革を後戻りさせるようでは国民が迷惑である。

消えた「死火山」（2014・9・29）

御嶽山噴火の〝非情〟

浅間山は活火山、富士は休火山、箱根山は死火山と昔学校で習った覚えがある。休火山とは噴火の歴史的記録があるが現在は活動をしていない山、死火山とは噴火の記録も活動もない火山を指した。

その死火山と思われていた御嶽山《おんたけさん》に火山活動の兆候が表れたのは1968年という。それが79年10月28日にはとうとう噴火、この時小紙は「有史以来初めて」と報じた。「信仰の山　突然の怒り」とは社会面の見出しで、死火山と信じていた地元の驚きを伝えている。

その後休火山や死火山の分類がなくなったのは、この時の御嶽山噴火がきっかけという。地質調査の進歩で数万年に1度噴火する火山もあることが分かり、歴史記録での分類はあまり意味がないとされたのだ。人の歴史など火山にはほんのつかの間のことにすぎない。

ならばなぜ紅葉の盛期、それも好天の土曜の昼、山頂に最も多くの登山者が集まるその時を狙ったように噴火を始めたのか。物言わぬ山を責めても仕方ないが、今はその非情をなじりたい。思わず耳をふさぎたくなった山頂付近での30人以上の遭難者確認の報である。

その朝、登山者の心を奪っただろう美しい秋の聖山は荒涼とした灰色に一変した。降り注ぐ噴石、視界を奪う火山灰、熱気や雷、危うく難を逃れた人々が「地獄」と呼んだ噴火の光景だ。なおも噴煙は続き、今は遭難者の救出にあたる人々の無事も祈らねばならない。

かつては死火山と思われた御嶽山も、近年の知見では過去1万年に4度の大噴火を起こしていたことが分かっている。火山列島の住民ならば、何とか究めたいその非情な不意打ちを察知する術だ。

＊9月27日の御嶽山噴火では火口付近にいた登山者ら58人が死亡、5人が行方不明となり、戦後最悪の火山災害となった。

光の三原色と進化（2014・10・8）

青色LED開発にノーベル賞

こと色彩の知覚では哺乳類は爬虫《はちゅう》類や鳥にも劣る。爬虫類や鳥には赤、緑、青の光の三原色の他に紫外線を感じるセンサー細胞があった。だが霊長類を除く哺乳類は赤と青の二つのセンサーしかないのだ。

それというのも恐竜が全盛を誇った時代、哺乳類は夜しか活動することができず、色の知覚が退化したのである。人類をふくむ霊長類だけがその後の進化で緑のセンサーを得ることができたのは僥倖《ぎょうこう》かもしれない。かくして人類は三原色の世界を生きることになった。

その人類の科学技術文明において発光ダイオード（LED）開発の最後の難関が三原色のうちの緑色ならぬ青色の光を得ることだった。これがない限りは、三原色を使ったフルカラーのディスプレーも、3色合わせた白色光もLEDによって得ることができなかった。

この青色LEDを開発し、製品化するのに貢献した日本人3人に今年のノーベル物理学賞が授与されることになった。窒化ガリウムを用いた青色LEDの作製に世界で初めて成功した赤崎勇、天野浩の両氏、そしてその量産技術の開発を成功させた中村修二氏である。

振り返れば世界中の科学者がそれこそ目の色を変えて開発競争を繰り広げた青色LEDだった。そのライバルの誰もが見放した窒化ガリウム系LED研究に不動の決意で取り組み、ついに念願を果たした赤崎氏である。こちらは僥倖ではなく人間の意志の勝利である。

きのうはノーベル賞の受賞業績の分かりにくさを嘆いた小欄だが、今回は毎日お世話になっているLED照明を見れば分かる。人間が自らの力によって成し遂げた視覚の世界での「進化」である。

私戦予備容疑で北大生捜査

「国際義勇兵」今昔（2014・10・9）

国際義勇兵といえば1930年代のスペイン内戦でファシスト軍と戦った国際旅団を思い起こす方が多かろう。ヘミングウェーの「誰がために鐘は鳴る」、オーウェルの「カタロニア讃歌」を生んだこの内戦には55カ国の義勇兵が参戦した。

「同志白井が斃《たお》れた／彼を知らない者がいただろうか／あのおかしなべらんめい英語／あの微笑の瞳／あの勇敢な心／……戦友は／彼を兄弟のように愛していた」。これは北海道出身のジャック白井の戦死を悼んだ詩である（川成洋著「ジャック白井と国際旅団」）。

オーウェルは参戦の動機を「ヒューマン・ディーセンシー（人間的なまともさ）を守るため」と述べている。それから約80年、罪もない人の首を斬る映像を誇示する集団に、世界中から若者が兵士として参集する現代である。

中東のイスラム教過激派組織「イスラム国」には欧米などから数千人の若者が参加しているという。驚いたのは、このイスラム国の戦闘に加わろうとしていたとして北海道大の学生が警察の家宅捜索などを受けたという報道だった。容疑は何と私戦予備・陰謀である。

「勤務地・シリア」という求人の張り紙を見て仲介者に接触したというこの学生、就職活動の失敗を戦闘員志望の理由に挙げたそうな。はてさて成熟社会で居場所を見失った若者を戦場に送り込む仕掛けは日本にもあったのか。学生は何と戦うつもりだったのだろう。

狂信と流血に自ら身を投じる若者に歯止めのかからぬ今日の先進国社会だ。精神のおもりを深く下ろすべき「人間的なまともさ」の貯水池が、その文明から失われつつあるのでなければ幸いである。

善悪のポイント制（2014・10・23）

道徳の「特別の教科」化

昔の中国の民衆の道徳は実に分かりやすかった。善悪がポイント制になっていて、善行にはプラス、悪行にはマイナスのポイントがつく。年末に通算ポイントを計算し、その正負に応じて寿命が延び縮みする。これを「功過格《こうかかく》」と呼んだ。

功はプラス、過はマイナスのポイントである。たとえば身よりのない人を養えば50功、無実の者を救えば30功、争いを止めれば1功。逆に人を死なせれば100過、人を誹謗《ひぼう》すれば30過、病人への助けを拒めば5過である。

この功過格、道教から起こったが儒仏の教えも盛り込み、明末から清初に一般へと広がった。道徳のポイント化と寿命との交換は中国人の独創である。もっともあまりに分かりやすい道徳のポイント計算が倫理や徳を心の内面に根づかせるのに役立ったとは思えない。

で、さすがに他の教科のような数値による成績評価は行わない「特別の教科」になるという。中央教育審議会が答申した小中学校の道徳の教科への格上げのことである。これによって新たに検定教科書が導入され、成績表には記述式の評価が書き込まれることになる。

「内面的価値としての倫理を学校で教えるのはあきらめ、客観的な順法精神の涵養《かんよう》に徹すべきだ」とは第1次安倍政権当時の山崎正和中教審会長の発言だった。この時は断念された道徳教科化だが、さてこれから先生は子どもたちの「内面的価値」をどう評価するのか。

ポイント化はされずとも、検定教科書の下での「功」の成績評価は分かりやすい外見に頼るしかない。それが権威への過剰同調や大勢順応、面従腹背といった内面の「過」をもたらさぬように願いたい。

亦亦椀椀又椀椀（2014・11・14）

遺棄されたペット犬

江戸時代の漢詩だが、どう読むか。「椀椀椀椀亦椀椀／亦亦椀椀又椀椀／夜暗何疋頓不分／始終只聞椀椀」。椀は「わん」、亦と又は「また」、後段は「夜暗くして何疋《びき》か頓と分からず／始終只《ただ》聞く……」。作者は愚仏、題して「犬咬合《いぬのかみあい》」だ。

この詩でもうかがえるように、当時の村や町には住民が共同で餌付けをした里犬や町犬が暮らしていたという。仁科邦男さんの「犬たちの明治維新」（草思社）によると、上流武家の狆《ちん》などを除けばほとんどの犬に特定の飼い主はなく、それゆえ犬の売買もなかった。

そんな犬の運命を一変させたのが明治維新という。カメと呼ばれた洋犬が高値で売買される一方、特定の飼い主のいない在来犬は野犬狩りによって村や町から姿を消した。カメというのは、英語の「come here」

が「カメや」という呼び声に聞こえたせいらしい。

さて現代、やはり犬たちを襲った過酷な運命である。栃木、群馬両県で遺棄された多数のペット犬の死骸などが見つかったと報じられたのをきっかけに、佐賀、埼玉、山梨県でも同じような犬の大量遺棄が次から次に判明した。ペット社会の胸が悪くなる舞台裏である。

警察は繁殖業者が捨てた可能性があると捜査をしているが、背景にペット保護をめざした法改正の逆効果を指摘する声もある。人に愛されるという生き残り戦略で他の種にまさる繁栄を果たした犬である。しかし人の身勝手につきあう代償もまた大きいというべきか。

椀椀椀も維新で消えた在来犬の声と思えばいとおしい。時には人の世の変転を自らの運命として受け入れてきた犬たちの声なき声にも耳をすましたい。

首里城明け渡し（2014・11・18）

沖縄県知事選で翁長氏勝利

「嘆《なじ》くなよ臣下　命《ぬち》どぅ宝」。嘆くな、みんな、命こそ宝だ——という名せりふは沖縄芝居《うちなー》「首里城明け渡し」での最後の琉球国王・尚泰王の言葉である。1930年代に山里永吉が発表した史劇が再編されて今日上演される形になったという。

明治政府の力ずくの廃藩置県——「琉球処分」を背景とした王族や重臣たちのこの群像劇、やはり城明け渡しという劇的な局面の心に訴えるところが大きいのだろう。この時、政府の琉球処分官・松田道之は兵300と160人の警官を率いて首里城に入ったという。

昨年、当時の石破茂自民党幹事長が沖縄県内で「琉球処分官」呼ばわりされる一幕があった。沖縄を地盤とする自民党国会議員5人に普天間飛行場の県外移設公約放棄と辺野古移設を認めさせ、記者会見した時である。与党内からも「琉球処分」との反発が出たのだ。

約1年後の県知事選での保守分裂選挙も驚くにはあたらないだろう。辺野古移設に反対する翁長雄志前那覇市長が安倍政権の全面支援を受ける現職の仲井真弘多知事を破って初当選した。県保守政界の重鎮が反基地を掲げてきた革新政党の支持も受けての勝利である。沖縄で「世替《よが》わり」は外の力で自分らの世が変わることをいう。琉球処分による「大和世《やまとゆー》」、敗戦後の「アメリカ世《ゆー》」から現憲法下の「大和世」へ。世は変わったが基地の過重な負担は変わらない。今までの政治の枠を超えた「世替え」の意思が示されて当然だろう。

県民多数にとって明け渡せない城の所在を示した知事選だった。政府と本土の住民の沖縄県民への無理解、身勝手を厳しく問いただすその城である。

違憲モドキ（2014・11・27）

「1票の格差」最高裁判決

アゲハ、アユ、ウメ、カマキリ、ガン……それぞれの「もどき」がある動植物だが、うちガンモドキは食べ物である。アゲハモドキはガ、アユモドキはドジョウ科の魚、ウメモドキはモチノキ科の木、カマキリモドキはカゲロウの仲間という。

名詞に付け、それに似て非《ひ》なるもの、それに匹敵するものを表す「もどき」である。よく動植物名に用いられ、なかにはマサニカミキリモドキ（昆虫）、レイシガイダマシモドキ（貝）などというややっこしい名前もある。

さてこちらは「違憲もどき」、いや「違憲状態」という最高裁の判断だ。昨年の参院選での最大4・77倍という1票の格差をめぐる判決である。全国で行われた1審のうち広島高裁岡山支部では「違憲、選挙無効」の判決も出て、注目されていた最高裁の判断だった。

むろん違憲となれば選挙の正当性が根本から失われる。違憲状態は立法府に抜本的定数改革を求める司法からの強いサインだが、参院選での最高裁の違憲状態認定は前々回選挙に続くものだった。何やら「マサニ違憲モドキ」といった感じの連続違憲状態判決である。

一方、衆院選についても過去2回の選挙を違憲状態と認定してきた最高裁だった。昨秋は国会の0増5減の定数改革を評価して違憲判決を避けた。だがその後の人口変動で衆院の上限とされた2倍を超える格差は再び生じている。そのままで迎えるこの衆院選である。

たび重なる違憲状態判決にも定数の抜本改革には手をつけようとしない国会だ。だが選挙の公正を欠いて代議制民主主義はありえない。もしや「違憲ダマシ国会モドキ」とはわが立法府の別名か。

特定秘密保護法の施行

木簡の語る悪事（2014・12・10）

木簡とは紙が希少だった古代に公文書などを記すために使われた短冊状の木片である。発掘された木簡は貴重な史料になるが、なかには古代の役人の不正を物語る裏帳簿のようなものも見つかる。

17年前に新潟県の奈良時代の役所跡から見つかった木簡は農民に貸し出す種籾《たねもみ》の利息を役人がかすめ取っていたことをうかがわせた。凶作で中央政府が利息の減免措置をとったのに、農民からは通常の利息を取り、中央には減免したという報告を上げていたようなのだ。

1200年以上の時を経た悪事露見は木と墨による記録のおかげである。昔、役人を「刀筆《とうひつ》の吏《り》」といったのは、筆は木簡に文字を書くのに、刀はそれを削るのに用いたからだ。刀で記録を抹消したつもりでも、現代の歴史学、考古学は削りくずまで詳細に分析する。

さて政府が厳罰で守られた秘密を自在に記したり、削ったりできる特定秘密保護法が施行される。懸案の不正な秘密指定への歯止めも、一定期間後の情報公開も、底が抜けたままの発進である。このままでは国民が知るべき情報まで闇に封じられ、闇に消えかねない。

もとより一国の安全や対外的信用のためには保護せねばならぬ秘密はあろう。だが何しろ外国が公開した文書で自国の政府の密約外交を知らされてきた日本の国民である。そんな政府が国民に隠したい秘密を自在に扱える筆と刀を新たに手にしたと思えば空恐ろしい。

断っておきたいが、どんな法制の下であれ新聞人のなすべきことは決まっている。国民が知るべき情報を探り、手に入れ、報じる。これればかりは1000年後の考古学者に任せるわけにはいかない。

二〇一五年（平成二十七年）

アウシュビッツ解放70年

アイヒマン実験（2015・1・29）

ナチスによるユダヤ人虐殺の張本人の一人として戦犯裁判を受けたアイヒマンの名が冠された心理実験がある。ユダヤ系の米心理学者ミルグラムが行ったこの実験では、権威者の命令により人間は途方もなく残虐になりうることが示された。

逃亡中のアイヒマンの身元が割れたのは、妻に結婚記念日の花を贈る習慣からだった。そんな普通の人間がなぜ平然と子どもを含む何百万人を死の収容所へ送り込むことができたのだろうか。実験は裁判の直後に行われた。

実験そのものは前に小欄でふれたことがある。監督者の指示を受けた被験者の65％が実験中止を懇願する他人に電気ショック（実は見せかけ）を与え続けた。最後は致命的な電圧が示されてもやめなかったのだ。監督者の「権威」の目印は白衣と筆記具だけであった。

「子どもらの未来が、私たちの過去のようであってほしくありません」。27日のアウシュビッツ強制収容所の解放70年追悼式典で、参列した約300人の元収容者の一人はこう訴えた。1940年から45年までにユダヤ人ら110万人が犠牲となった同収容所だった。

最年少でも70代となる生還者の記憶を、世代を超えて引き継ぐ節目とされたこの式典である。「傍観者になるな」はその次世代への伝言だ。世に偏見や憎悪が広がり、それが権威や権力をまとった時、どこまで人間が冷酷非道になりうるかを示す強制収容所跡である。

人種や民族、宗教をめぐる偏見と憎悪は今もなくならない世界だ。決してそれに権威の光を与えてはならぬこと、そして最後のとりでは個々人の「まともさ」だと教えるホロコーストの記憶である。

アリハとフワメ（2015・2・13）

同性パートナー証明書

北米コロラド川岸の先住民モハーベ族には、男は女、女は男として暮らせる習慣があった。女として生きる男は「アリハ」、男として生きる女は「フワメ」といい、同性と結婚した。フワメの中には強力な呪術者とみなされた者もいた。

石井達朗著「異装のセクシャリティ」の受け売りだが、モハーベ族に限らず北米先住民には片方が異性になる形で同性との生活を認める部族が少なくなかった。しかし欧州人の入植と共に同性愛を嫌悪するキリスト教文化が流入し、この風習もすたれていったという。

時代は一転。今日の欧州から世界に広がるのは、生来の性に違和感をもつ人や同性愛などの性的少数者（LGBT）の権利擁護の波である。どの国でも人口の何％かを占めるといわれるLGBTだが、それをもっぱら「正常でない」と抑圧してきた過去の文明だった。

さて、同性のカップルを「結婚に相当する関係」と認める証明書を区役所が発行するという東京都渋谷区の条例案である。アパート入居や病院の面会にあたり家族でないと断られることのある実情を踏まえ、自治体が同性間のパートナー関係を証明しようというのだ。

今や欧州を中心に同性婚やパートナー関係を法的に認める国が40カ国を超え、オバマ米大統領も同性婚支持を表明して注目された。近年ＬＧＢＴへの理解は日本でも広がったが、こと同性婚については世論調査の反対が賛成を上回っている。本格的論議はこれからだ。

多数が支配する世で少数者の権利をどう守るかは民主主義のいつもの難所である。投げられた一石の起こす論議の広がりと奥行きとが社会の成熟を映し出す。

医者を送って始末する（2015・3・5）

露野党指導者の射殺

7年前、当時ロシア首相だったプーチン氏は石炭大手メチェル社の脱税疑惑を暴露し、企業幹部の会合を病欠していた社長をこう非難した。「回復しないなら医者を送って始末せざるをえない」。

聞いた者は「医者を送って始末する」の言い回しに殺りくを意味する秘密機関や軍の隠語を思い浮かべたという。ソ連時代の情報機関ＫＧＢ出身のプーチン氏の脅しはテレビやネットで世界に流れ、ニューヨークでも上場されていた同社の株価は40％近くも急落した。

首相にすれば威圧をジョークで味つけしたのかもしれない。だがその2年前には政権批判していたロシアの元保安庁員が英国で怪死し、国内でも反政府の言論で有名な女性記者が暗殺されている。疑惑が政権に向けられた中、笑いも凍りつくブラックジョークである。

で、今度は首都中心でプーチン政権のウクライナ政策を批判してきた野党指導者ネムツォフ氏が射殺されるという事件である。先ごろモスクワで行われた追悼デモには何万人もが参加、政府批判の言論が逼塞《ひっそく》する近年のロシアにあって久々の大規模街頭行動となった。

プーチン大統領は事件後直ちに犯行を非難、自ら捜査の指揮をとるとの声明を発表した。政権側からはロシア社会の混乱を狙った謀略との見方が流される一方、被害者はロシアのウクライナ介入の証拠を入手していたとの説も飛び出る。まさに情報の百鬼夜行である。

何か事があれば、まずは謀略や情報操作に身構えたくなる現代ロシアの虚々実々である。まるで社会全体が秘密情報機関になったような不透明さと暗さ、そして疑心暗鬼はさていったい誰のせいか。

百万石の行列（2015・3・14）

北陸新幹線開業

「跡供《あとども》は霞《かすみ》ひきけり加賀の守《かみ》」。信濃を故郷とする小林一茶が、加賀藩前田家の大名行列の長大さを詠んでいる。最大時は4000人、少ない時も2000人規模の参勤交代を行った加賀百万石であった。

その金沢から江戸にいたるコースは、現在の富山、上越、長野を経て信濃追分で中山道に合流するルートがとられることが多かった。つまりきょう開業する北陸新幹線とおおむね重なるルートである。加賀藩の行列はこの道筋を12泊13日程度で通り抜けたそうである。

ただ寛永年間には6泊7日で江戸に着いたという飛脚並みの最速記録もある。徳川家と縁続きの正室が産気づき、将軍じきじきの参勤指示があったためだ。昼夜を分かたずの強行軍は一行にはさぞかし過酷だったに違いない（忠田敏男著「参勤交代道中記」平凡社）。

そのほぼ同距離を最速の「かがやき」が2時間28分で駆け抜ける北陸新幹線である。参勤交代では70
0人もの波よけ人足が人垣を作って殿様を波から守った北陸道最大の難所・親不知《おやしらず》もトンネルにより楽々と通過する。北陸地方と首都圏がぐんと近づくことになる。

もともと上方の経済・文化圏だった加賀や越中を江戸とも結びつけ、また街道沿いを経済的にも潤した加賀藩の大規模参勤交代だった。北陸新幹線もまた金沢や富山に首都圏の観光客やビジネスを呼び込むだけでなく、沿線各地の活力も掘り起こしてほしいところだ。

ちなみに江戸時代の金沢は全国でも江戸、大坂、京に次ぎ、名古屋と並ぶ人口を擁する町だったという。この春、百万石の絢爛《けんらん》たる行列が消えていった霞を突き抜け、新幹線が北陸を走る。

地下鉄サリンから20年
ルシファーの目（2015・3・24）

20年前、地下鉄サリン事件を起こしたオウム真理教は根も葉もない陰謀論を世にばらまいていた。「携帯電話はマインドコントロールの装置だ」「阪神大震災は地震兵器による人災である」「エボラ出血熱やエイズは米軍の生物兵器だ」。

つまりは世界は邪悪な陰謀により支配され、そのもたらす破局を生き延びられるのは自分らだけだというのである。陰謀論の中には小紙の題字の上の二つのマークは「ルシファー（悪魔）の目」だというのもあった（井上順孝編「情報時代のオウム真理教」春秋社）。

人々の偏見に訴え、複雑な現実を単純に「敵」の意図の結果とみなす陰謀論である。まさにオウムは世の陰謀論をかき集めたガラクタ市のような観を呈していた。驚いたのは理系の高等教育を受けた信者がそれら寄せ集めの物語に身を任せ、大量殺人に走ったことだ。

なぜ?……との疑問は20年を経て、今もなおわだかまる。現実とうまく折り合えぬ若者には教祖の妄想の世界の方がリアルだったのか。おそらく人がこの世に踏みとどまるには時の試練をくぐり抜けた物語や理想、信仰など、目に見えぬ精神の重りが必要なのだろう。

では問題は解決したのか。事件を取材した作家の村上春樹さんは記す。「あなたが今持っている物語は本当にあなたの物語なのだろうか?……それはいつかとんでもない悪夢に転換していくかもしれない誰か別の人間の夢ではないのか」(「アンダーグラウンド」)。

憎悪や偏見がたっぷり詰め込まれた妄想が人をとりこみ、暴走させる危険は今なおお消えていない。健全な懐疑精神の大切さは事件の忘れてはならぬ教訓だ。

「粛々」の政治学(2015・4・7)

官房長官が「粛々」を封印

1990年の19件が、その10年後は376件、2010年には594件——急増したのは全国紙3紙で1年間に「粛々」という言葉が使われた回数という。大半は政治家の発言だ(円満字二郎著「政治家はなぜ『粛々』を好むのか」新潮選書)。

中国最古の詩集「詩経」では鳥の羽音の擬音語としても使われた「粛々」である。日本の有名な用例としては、川中島の合戦を詠んだ頼山陽の詩の中の「鞭声《べんせい》粛々」が思い浮かぶ。先の本は、渡河する軍勢の静かさを鞭《むち》の音で表す擬音語に連なる用例と説明している。

以後の「粛々」が集団で秩序を保ちつつ事を遂行するさまを指すようになったのは、この「鞭声粛々」の影響らしい。それを受け継ぐ今日の政治家の「粛々」は、批判を浴びる苦境にあって「慌てずさわがず」事を進めるという意味で好んで用いられるようになった。

要するに「批判には耳を貸さない」というわけか。菅義偉《すがよしひで》官房長官が米軍普天間飛行場の辺野古移設について「粛々と進める」との言い方をやめるという。選挙での民意を背景に移設に反対する翁長雄志沖縄県知事との会談で、「上から目線」を非難されたのである。

「琉球における自治は神話である」。こんな米統治時代の高等弁務官の強権を思い出させると、県知事は「粛々と……」という官房長官の物言いに反発した。この民意軽視批判に、昨日の会見では移設について「適切に対応する」と言い換えてみせた官房長官だった。

「粛」の文字本来の意味は「つつしむ」「おごそか」であろう。考えてみれば、政治家が民意に向き合う時の態度としてこそふさわしいはずなのだが。

安全保障のミステリーバッグ（2015・5・15）

安保関連法案の国会提出

さて「ミステリーバッグ」とは何か。実は福袋のことである。「ラッキーバッグ」という直訳の通りが良くなったのは、アップルの直営店の福袋がネットを介して世界的な評判になったからだろう。今や外国人も列をなす日本の正月商戦である。

中身の分からぬ究極の商品抱き合わせ販売である福袋商法、呉服店が着物を作った際の端切《はぎ》れをまとめて売ったのが始まりとか。「福袋研究会」のホームページによると、江戸時代の大丸で袋の一つに金の帯を入れ、これを「あたり」としたのが最も古い例のようだ。

さて、これはラッキーか、アンラッキーか。政府は集団的自衛権行使容認を含む安全保障関連法案を閣議決定し、きょう国会提出する。新法の国際平和支援法案と現行法の改正がその内容だが、驚くのは10もの法改正が抱き合わされて一つの袋に放り込まれたことだ。

「平和安全法制整備法案」がその袋の名だが、もちろん袋の中が見えないわけではない。だが実際にはどう使うのか、使いようで危険はないか、さっぱり分からぬ見慣れない道具がひしめいている。さあ、買うかどうかを迫られても答えに窮するミステリーバッグだ。

勘ぐれば、一つ一つを手にとって子細に点検されては困るのか。さっさと一括処理したいという魂胆もあろう。「切れ目ない安全保障法制」が袋の宣伝文句だが、もしやこの抱き合わせで武力行使のエスカレーションまでもが歯止めや切れ目を失いはしないだろうか。

国会はどれほど時間をかけても袋から中身を取り出し、存分に検討すべきである。こと国民の「平和と安全」に運まかせやミステリーは無用だろう。

大阪都構想の住民投票否決

選挙劇場の終幕（2015・5・19）

昔、インドネシアのバリ島にあったヌガラという小国家を「劇場国家」と呼んだのは米人類学者のギアツである。ヌガラは大規模な祭儀を行うためにあるような国家で、そこでは王や諸侯は興行主、僧侶は演出家、農民は出演者兼観客だった。

なかでも最大のイベントは王の葬儀で、何カ月も続く行事だったという。考えれば今日の民主主義下の選挙や住民投票も政治権力の死と再生を演出する一大祭儀といえぬこともない。一昨日の大阪都構想をめぐる住民投票の盛り上がりと劇的結末を見ての感慨である。

ではこちらは劇場国家ならぬ選挙劇場というべきか。演目はむろん住民投票を仕掛けた橋下徹大阪市長の選挙遍歴で、府知事に当選した7年前の選挙から府市ダブル選挙と3度の国政選挙、出直し市長選、そして住民投票の都構想否決という最終幕までの波瀾万丈《はらんばんじょう》だ。

思えば複雑な難問を是か非かの二者択一に落とし込み、敵への攻撃的姿勢をアピールして選挙での無類の強さを誇った橋下氏だった。ついには国政でも巨大な影響力を得たが、自ら提起した究極の二者択一ともいうべき都構想への賛否で頼みの民意が手をすり抜けた。

政界引退を表明した会見では「敵を作る政治家がずっと世にいるのは有害だ」「僕はワンポイントリリーフ、権力なんて使い捨てでいい」。まるで最終幕に仕込んでいたかのような決めぜりふがぽんぽんと飛び出て、終演を宣言した。はてさて本当に再演はないのか。

主役兼エキストラ兼観客だった大阪市民は結局のところこの興行に見切りをつけた。市民に残されたのは大阪再生という当初から変わらない課題である。

染みだらけの勲章（2015・6・20）

日韓条約50年

「一体、この書類を持ってくるのに何年かかったのか」。東京で調印された条約や協定を前に韓国の朴正熙《パクチョンヒ》大統領（当時）はつぶやいた。歴代政権の韓日国交正常化交渉はあしかけ15年に及んだ。

「15年か……。何と……。これからは、150年でも1500年でもうまくいかなければ……」。朴大統領の言葉をそう書き留めたのは、日本から調印文書を持ち帰った李東元《イドンウォン》外相であった(「韓日条約締結秘話」)。調印はその前日、1965年6月22日だった。

当時、日韓条約締結には韓国内で強い反対があった。李氏が日本に向かう空港でデモ隊に卵をぶつけられ、日韓併合を受け入れた李完用《イワンヨン》呼ばわりされた話は以前も小欄で触れた。息子が売国奴呼ばわりされるのを悲しんだ母親が訪日中止を泣いて訴える場面もあった。

この時、李氏は自らの行動は愛国の信念によるものだと母に説いた。日本側に韓国の実情を伝えようと卵で汚れた服のまま来日したのを、当人は後年「染みだらけの勲章」と回想した。その後50年、両国の経済成長と東アジアの繁栄をみてきた日韓の相互依存関係だ。

なのに首脳間の対話はなく、世論調査でも国民相互のわだかまりが気になる今日である。半世紀の歳月がつちかった両国関係の豊かな富も、まるで歴史認識をめぐる政治にのみこまれたかのようである。だが先人が育てた友情や相互理解も忘れてならぬ歴史のはずだ。

外交とは考えや利害を一致させる技ではない。それを異にする国同士がお互いの国益のために一致点を見つけ、合意を作り出す営みである。50年前の「染みだらけの勲章」がすでにそう教えている。

ボールパーク・フィギュア(2015・6・26)

国立競技場のどんぶり勘定

米語でボールパークとは野球場のことだが、話し言葉ではおおざっぱな見当をいうことがある。ボールパーク・アイデアといえばおおまかな考えをいうし、ボールパーク・フィギュアはおおよその数、概算値といった意味で用いられる。

さて日本ではこの先、「ナショナル・スタジアム」がどんぶり勘定の代名詞となるのか。むろん2020年五輪の主会場となる新国立競技場のことで、驚くのはその建設費の見通しの乱高下である。で、今現在の見通し額は2500億円、これで工事契約するという。

五輪招致段階では1300億円のふれこみだった建設費だが、いざ具体化すると3000億円に膨張、基本設計では規模を縮小して1625億円に減らした。だがその後は屋根の設置を先送りし、常設席を減らす変更をしながらも、またまた2500億円に膨らんだ。

ならばこの先も建設費が膨らんでいくのは目に見えている。しかも2500億円の4割方は財源のめどがないままの見切り発車らしい。ちなみにロンドン五輪の主会場の工費は837億円、北京のそれは540億円だった。

自分の金を自分のために使う人は節約と効率を心がける。自分の金を他人のために使う人は効率を気にせず、他人の金を自分のために使う人は節約しない。問題は他人の金を他人のために使う人で、節約も効率も考えぬいいかげんな使い方をする。つまり役人である。

経済学者のM・フリードマンの説だが、その市場万能の思想を嫌う方もわがナショナル・スタジアム勘定を言い当てていることはお認めになろう。それともかの人々は自分の家もああして建てるのか。

君子は党せず（2015・6・27）

自民勉強会のマスコミ懲らしめ発言

論語に「君子は矜《きょう》にして争わず、群《ぐん》して党《とう》せず」とある。君子はおごそかだが争わず、大勢といても徒党や朋党を組まないとの意味である。「党」とは自分たちの利益をむさぼるための一味であった。

明治の人が「政党」に戸惑ったのは、徒党や朋党による国政の支配と考えたからだ。政党を初めて理論的に解説したのは小紙の前身、東京日日新聞の社説という。主筆の福地桜痴は政党とは国政に害をなすものではないと強調した（季武嘉也ほか編「日本政党史」）。

福地によると政党とは「上下の勢力を平均し君民の責任を堅牢《けんろう》ならしむ」もので、主義を異にする政党が互いに制し合うことで公平、公正な政治ができると説く。しかし政党間のバランスが崩れ、一党が権力を独占したりする時に、国政は混乱に陥ると主張したのだ。

では、これは政党の公論か、徒党の私議か。安倍晋三首相に近い若手議員の勉強会で、安保関連法案への国民の理解が広がらない現状をふまえた参加議員の発言である。「マスコミを懲らしめるには広告料収入をなくせばいい。文化人が経団連に働きかけてほしい」。

政府に批判的な沖縄の地元紙についても講師の作家、百田尚樹氏の「沖縄の二つの新聞はつぶさないといけない」との発言があった。念のためにいうが時の政権を支え、国の政策を動かそうという「党」の会合でのことである。何ともあなどられた報道の自由である。

「その所為《しょい》たるや朋党と何ぞ異ならんや」。これは先の福地が自党の主張にこだわって異論を排除しようとする政党を難じた言葉である。明治の初めの社説がまた役に立ったのが情けない。

木造の大ベルサイユ（2015・7・9）

京都が観光地ランク世界一に

京都に初めて大勢の外国人が訪れたのは1872（明治5）年の博覧会の時という。開港場の外国人に特別の入京許可が出て、英語で護衛と書かれた袖章と赤いベストをつけた警官が付き添った。

「宿料は上中下の三等あり」。外国人向けのガイドは、宿主は不慣れだが諸事客の言う通りにする、行き届かない点は許してほしいと低姿勢である。ちなみに宿賃の上が4円で、お雇い外国人の月給の1〜2％と安かった。

「京都は整然とした、もの悲しい、死に瀕《ひん》した木造の大ベルサイユのようだ」とはこのころに京都を訪れたフランス人の言葉である。都が移り、壮麗だが活気がない街をそう評したのだ。それから140年余、世界中から来る過去最多の観光客で活況にわく京都である。

こんな歴史を振り返ったのも、米有力旅行誌による「世界で最も魅力的な観光地」のランキング1位に2年連続「京都」が選ばれたと聞いたからである。歴史から料理まで「典型的な日本を体験できる」という評価で、明治初めにガイドを書いた人が聞いたら喜ぼう。

最近では宿泊客の4割近くが外国人という月もある京都だ。その観光スポットといえば、ネットの口コミで伏見稲荷が人気ランキング1位になったことも一時話題となった。朱色の千本鳥居がうけているようで、外国人が教えてくれる京都の魅力にも耳をすましたい。

「京都に行く外国人はいない」。英作家キプリングは明治中期にそう言われながらこの地を訪れた。その旅行記にはシェークスピアのせりふが引用されている。「そこに住む人々の、何という美しさ！」。外国の先人にも感謝せねばならない。

フランケンシュタインの憂い（2015・7・31）

AI兵器開発禁止要求

「フランケンシュタイン・コンプレックス」なる言葉がある。SF作家のアシモフの言葉というが、人造人間を作り出す者が、やがて自らが創造したものに滅ぼされるのではないかと恐れる心理である。小説や映画でよくある筋書きである。

「ロボットは人間に危害を与えてはならない」。この第1条で有名なアシモフのロボット3原則は、そうした人間心理をふまえて彼が小説に登場させたルールである。作中では2058年版のロボット工学のハンドブックに初めて掲載されたということになっている。

ならば、事態は天才SF作家の予想を上回るペースで進んでいるのだろうか。人の操作なしに探索や攻撃判断を行える自律型人工知能（AI）を備えた兵器開発を禁止せよ——そう訴える文書が研究者ら1万2000人余の署名を集めてAIの国際会議で公表された。

物理学者のホーキング博士やアップルの共同創設者ウォズニアック氏らが名を連ねた同文書は、AI兵器が戦争における火薬、核兵器に次ぐ「第3の革命」をもたらすと警告する。今の技術水準でも数年後には自動的に敵を掃討するAI兵器の配備が可能といわれる。

20年以上前に亡くなったアシモフは述べている。「現在の最も悲しい光景は、社会が知恵を積み上げるよりも早く科学が知識を積み上げていることだ」。誰しも頭に浮かぶのは軍事大国のAI軍拡競争と、闇市場を介した殺人ロボットのテロ組織などへの拡散だろう。

フランケンシュタインとは19世紀の原作では自らが作った怪物に復讐《ふくしゅう》される学生の名前だった。AI技術の未来に黒い影を落とすその不吉な響きである。

明智のみが国を救う（2015・8・15）

首相の戦後70年談話

外交史家、清沢洌が戦時下に記した「暗黒日記」の終戦の年の元日にこうある。「日本国民は今初めて『戦争』を経験している」。そして戦争が美化され、国際常識が無視されてきた背景を指摘する。「日本で最大の不自由は、国際問題において、対手《あいて》の立場を説明することができない一事だ。日本には自分の立場しかない」。利害や価値観を異にする相手の立場から物を見て、考えてみる。日本人に決定的に欠けていたのは、そのような心の姿勢だったというのだ。

「日本が、どうぞして健全に進歩するように――それが心から願望される。この国に生まれ、この国に死に、子々孫々もまた同じ運命を辿《たど》るのだ。……明智《めいち》のみがこの国を救うものであることをこの国民が覚るように」。清沢は敗戦を見ずに、この年5月に病死した。

日本人が物の見方の異なる他者の理解を学び、世界の諸国民と手を携えて平和と繁栄の道を築いた戦後の歳月である。だがもしや「自分の立場しかない日本」への逆戻りの兆しが表れはせぬか――そう世界が見つめることになった安倍晋三首相の戦後70年談話だった。

当の談話は戦争の惨禍に対する反省を述べ、歴代内閣の侵略や植民地支配へのおわびを引き継ぐという立場を明らかにした。ただそのおわびや歴史認識のキーワードたる「侵略」は間接的言及にとどめるなど、首相その人の「自分の立場」へのこだわりは隠れもない。

これで未来へ向けた和解のメッセージは近隣諸国民の心に届くのか。内外の戦没者の魂の平安を祈る戦後70年の夏、首相に求めたいのは戦後日本が育てた国際的共感や友情を損なわぬ明智である。

迫るマイナンバー制

山本五十六の「不機嫌」（2015・9・5）

作家、直木三十五は自筆の略歴で「筆名の由来」を書いている。「植村（本名）の、植を、二分して直木、この時、三十一歳なりし故、直木三十一と称す」。翌年は三十二、次の年は三十三となった。

いったんは三十三で止めるつもりが、「散々」は縁起が悪いと三十五に固定することになる。三十四を飛ばしたのは「惨死」を思わせるので、はなから使わぬことに決めていたからだった（植村鞆音著「直木三十五伝」）。

数の名で思い浮かぶ著名人といえば山本五十六もいるが、こちらは誕生時の父親の年齢からつけられた。海軍少佐だった当時、そのことを笑いながら念を押す上司に「エーそうです」とだけ不機嫌に答えたというから、自身はあまり気に入っていなかったようである。

さて縁起や好みがどうであろうと、いよいよ日本の住民すべてに12桁の「マイナンバー」があてがわれ、来月からその通知カードが住民票の住所に郵送される。先日は、税や社会保障などに限られていた番号の利用を任意で預金口座にも広げられる改正法が成立した。

なのに内閣府の調査によると、マイナンバー制度の内容を知る人はまだ半数に満たない。こんな調子で給与の税務処理をする企業や諸機関のマイナンバー管理は適切になされるのか。誰しも思い浮かべるのは年金情報流出事件で、個人情報漏えいの危惧はぬぐえない。

三十五のような年ごとの変更は論外で、原則は一生変えられぬ番号である。勝手に決めて「マイナンバー」はないだろうと、五十六の不機嫌が分かる気もする。いざ運用にあたっては、決して置き去りにしてほしくない人々の懸念と不安だ。

列聖調査審問検事（2015・9・9）

安倍総裁の無投票再選

かつてカトリックでは誰かを聖人に列する際に、その人物の人格や事跡の疑わしさをあげつらう人を任命した。「列聖調査審問検事」で、列聖の正当さを示すためにわざと批判役を作ったのだ。

討論などで多数派にあえて反論する人、意識的に少数派の主張を述べる人を「悪魔の代弁者」と呼ぶが、実はこの列聖調査審問検事に由来する言葉という。多数派の同調圧力で正しい決定ができなくなるのを防ぎ、議論の公正を担保するのが「代弁者」の役割である。

さてこちらは列聖ならぬ自民党総裁再選が確実だった安倍晋三首相である。そこであえて総裁選での悪魔の代弁者役を買って出ようとした野田聖子前総務会長だった。だが必要な推薦人の頭数をそろえられずに立候補を断念、首相が無投票で再選される運びとなった。

本来なら、推薦人を貸し出してでも立候補してもらい、堂々の論戦の末に非の打ちどころのない総裁再選を果たすのが列聖調査審問の知恵だろう。だが無投票再選をめざす安倍陣営は党の一致結束を訴え、圧倒的多数の圧力で野田氏の立候補を封じるかたちとなった。

安保関連法案の審議で野党につけ込まれたくなかったためらしいが、少し度量が狭すぎまいか。勝ち馬に乗れ、長いものには巻かれろが巨大与党の合言葉では情けなさ過ぎる。国民にも、総裁選は安倍政治への与党自らの評価、点検をじっくりと聞くチャンスだった。

少数派が多数派の圧力を意識して沈黙を深めていく悪循環は「沈黙のスパイラル《らせん》」と呼ばれる。悪魔の代弁者はそのスパイラル脱却の妙手だが、それを封じた巨大与党の気味の悪い静寂だ。

安保関連法が成立

稲負鳥の「正体」（2015・9・19）

秋の季語に「稲負鳥《いなおおせどり》」がある。和歌の秘伝「古今伝授《こきんでんじゅ》」が挙げる鳥の一つだが、正体は諸説があって分からない。藤原定家はセキレイ説、江戸時代の歌人・香川景樹はカワラヒワ説、同じく国学者の本居宣長はニュウナイスズメ説という（夏井いつき著「絶滅寸前季語辞典」）。

秘伝がらみで、正体は謎というのが、俳人の遊び心を刺激してきたのだろうか。そうそうたる歌人らが諸説をくり広げてきたのもおもしろい。なかには稲の種を背負って日本にもたらした鳥だという言い伝えもあるようだ。

さてこちらの「正体」については衆参両院の特別委員会で216時間の審議を経てきたという。聞けばこの安全保障関連法案、安保関係の法案審議で過去最長らしい。だから採決したと与党はいうが、審議すればするほどいよいよ謎が深まったのが実のところである。

審議では安倍晋三首相が日本人母子の乗船する図を掲げて説明した米艦防護は、邦人乗船の有無とかかわりないのが分かった。喧伝《けんでん》していたホルムズ海峡の機雷掃海は「想定していない」に変じた。説明していた「正体」が次々に消えてなくなって審議終了となった。

はなからまともな国民の理解や合意を求めていたとも思えない首尾である。安全保障は一部政治家と役人の「秘伝」でいいというのか。審議終盤になって政府の説明が次々にほころび、さすがに世論も気色《けしき》ばんだところで首相から出た言葉が「今に分かる」であった。

平和が失われて「分かる」のではたまらないから、法案の成立がもたらす安保政策の変化は厳しく見守らねばならない。民主国家の統治機構に「秘伝」は無用だ。

老年の「結晶性知能」

ソポクレスの朗読（2015・9・21）

ギリシャ悲劇の名作「オイディプス王」の作者ソポクレスは89歳の時、息子の訴えにより法廷に呼び出された。息子はソポクレスがもうろくして、財産を管理できなくなっていると申し立てたのだ（M・カウリー著「八十路《やそじ》から眺めれば」）。

ソポクレスは訴えを否定するために書きかけの悲劇を朗読して裁判官に聞かせる。それが年老いたオイディプス王と神々の和解を描いた「コロノスのオイディプス」だった。終わると裁判官たちは一斉に起立して訴えを退け、介護人をつけて彼を丁重に自宅に送った。

ちなみに「コロノスのオイディプス」はシェークスピアの「リア王」と共に老年をテーマとする2大戯曲とされる。法廷の朗読が実話かどうか知らないが、長寿だったソポクレス最晩年の作品なのは確かである。老年期の円熟なしには生まれなかった作品に違いない。

先の本には91歳の死直前まで創作を続けた画家ピカソの「老いが気になるのは老いていく時だけだ。今の私も年に不足はないが、気分は20歳と変わらないね」の言葉もある。思い出されるのは、80歳代でも20代に劣らぬ「結晶性知能」と呼ばれる高齢者の能力である。

人間の知能は、学習して新しい環境に適応する流動性知能と、経験の蓄積に根ざした結晶性知能に分類される。前者は若い時がピークで老齢と共に急に衰える。しかし後者は60歳前後がピークで以後もあまり衰えない。認知症患者にも保たれていることが多いらしい。「老年と時の経過は、全てを教える」と言うソポクレスも、もしかして認知症だったのか。その彼はこうも記した。「老人ほど人生を愛するものはなし」。

大村智さんにノーベル賞

蛇骨を得たるかな（2015・10・6）

「薬掘り　けふは蛇骨《だこつ》を得たるかな」は蕪村である。「薬掘り」はちょうど今ごろの季語という。山野に薬草を掘ることだが、動物由来の薬もあったらしい。やはり江戸時代の俳人、太祇《たいぎ》には「薬掘　蝮《まむし》もさげてもどりけり」の句もある。

で、山野の土の中でひそかに作られる「薬」には、微生物によって作り出されるものがあるという。アフリカの熱帯病オンコセルカ症といわれてもピンとこないが、その「薬」が静岡県伊東市のゴルフ場近くの土の中から発見されたのだと聞けば、二重の驚きである。

微生物が作り出したこの物質をもとに製造された薬品は、毎年何千万人もの人に投与され、何万人もの失明を防いでいるのだという。土の中からこの物質を掘り当てた人こそ、今年のノーベル医学生理学賞の受賞が決まった北里大学特別栄誉教授の大村智さんだった。

大村さんの「薬掘り」とは小さなポリ袋を持ち歩き、土を研究室へと送って分析するものだった。新たに見つかった化学物質はイエローブックという冊子にまとめられ、世界中の研究者が参照している。まさに彼らが新たな薬を掘り出す「宝の山」を積み上げたのだ。

若き日の大村さんは定時制高校で化学と体育を教えていた。そこで働きながら学ぶ生徒の姿に「学び直し」を決意し、研究者の道を歩み出す。美術の造詣も深く、女子美術大学の理事長も務めたという。聞くだけで垣根を軽く越える知性の自在さに楽しくなってくる。

歳時記の物語るところ、山野から病を癒やす自然の恵みを掘り当てるのは古くからの営みである。埋もれた季語も掘り出した大村さんの栄誉を心から祝う。

夢見ることを学ぼう（2015・10・24）

眠っている間も働く脳

「夢見ることを学ぼう。そうすれば真理を見いだせるだろう」。こう呼びかけたのは19世紀ドイツの化学者F・ケクレである。少年よ大志を抱け、というような意味ではない。文字通り寝ている時の夢で真理を発見しようという呼びかけである。

ベンゼンの分子構造を解明したケクレだが、発見はこんな夢のおかげだった。「原子が跳びはねるのが見えた。原子が長い列をなし、蛇のようにのたくっている。やがて1匹が自分の尾をくわえ、目の前で回転し始めた」。

6個の炭素原子が六角形の輪をなしていることを思いついたのである（S・ヴァーマ著「ゆかいな理科年表」ちくま学芸文庫）。おそるべきは夢の力だ。夢を見やすいのはレム睡眠という浅い眠りの時という。深い眠りのノンレム睡眠では夢を見ても思い出せないらしい。

眠っている間はレム睡眠とノンレム睡眠がくり返されている。筑波大のチームがマウスの実験でつきとめたのはレム睡眠の役割で、それがないとノンレム睡眠の時に記憶の定着を促す脳波が弱まってしまうというのだ。レム睡眠は学習や記憶力に影響しているらしい。

つまりは眠っている間も脳は2種類の睡眠を切り替えながら、記憶を定着させたり、整理したり、せっせとお仕事をしているようだ。寝ても起きても働き者の脳だが、そういえば英国の哲学者B・ラッセルが意識下の脳に仕事をさせる術を述べていたのも思い出した。

悩み事があったら、何日か熟考の後に「この仕事を地下で続けよ」と脳に命じるのだという。しばらくして気づくと問題が解決しているという。大哲学者の脳でないと無理かどうかは知らない。

シリア難民の人道危機

ダマスカスのぶぶ漬け（2015・11・18）

京都の人が「お茶漬けでもどうどすか」と客に帰るよう促す落語そっくりの場面にシリアのダマスカスで出合ったという。「シリア・レバノンを知るための64章」（明石書店）で、歴史学者の谷口淳一さんが留学生当時の経験を書いている。

谷口さんが下宿する大家さんの家で、外出中の別の下宿人を訪ねてきた青年がその帰宅を待っていた時である。ややあって大家が「コーヒーでも飲むかい」と尋ねた。青年は「いいえ結構です。失礼しますから」と席を立って、すぐさま大家も戸口まで送っていった。

「コーヒー」が退出の潮時のサインなのは2人の様子から分かったという。これほど洗練された社交作法がつちかわれたのは、宗教や民族の異なる多様な人々が共存してきた土地柄のためだろうと谷口さんは推測している。

そんなシリア社会を暴力と憎悪でばらばらに分断した内戦だった。国外へ逃れた難民は400万人を超え、今も何十万人もが欧州をめざしている。この未曽有の人道危機にさらに暗雲をもたらしたパリ同時テロと過激派組織「イスラム国」（ＩＳ）の犯行声明である。

難民に紛れて欧州入りした実行犯もいたとされ、難民受け入れへの拒否反応も公然と噴き出た。欧州の寛容や平等の理念の矛盾を突き、欧米対イスラムの憎悪をあおるのがテロの狙いなら、思惑通りとなりかねない。ＩＳには難民の窮状もテロの道具にすぎないのか。

国際社会が手をこまねいてきたシリアの内戦収拾なしには、果てしなく広がる人道危機とテロの温床である。時間切れのサインをきちんと読み取った礼儀正しい青年は今どこで何をしているだろう。

毎度おさがわせ（2015・11・26）

サザンカの孤軍奮闘

よく「毎度、おさわがせしております」が「おさがわせしております」になったり、「舌つづみを打つ」を「舌づつみを打つ」と言い間違えたりする。こう音の並びが入れ替わってしまうことを英語でメタシセス、いやメタセシスという。

古くは「あらたし」だった「新し」が「あたらし」になったように間違いが定着することもある。花のサザンカもそうらしい。漢字で書けば「山茶花」、サンサカの音が入れ替わったのはサザンカの方が言いやすいからか。

実はこの花、「山茶花」も間違いで、中国では山茶はツバキを指す。サザンカは茶梅というそうだから、何とも間違われやすい花である。近縁のツバキと混同されやすいのは運命であろう。大英博物館にあった昔のツバキの標本がみなサザンカだったという話もある。

日一日と彩りの乏しい冬に向かうこの季節、奇跡のように淡紅色や白い花が目を引きつけるサザンカである。問題のツバキとの違いは花弁が一片一片ばらばらに散るのが分かりやすい。そして何より香りのないツバキに比べて芳香があるのも、この季節にはうれしい。

日本や中国を原産とするサザンカだが、英語名は日本語由来の学名にもとづく「sasanqua」である。言い間違いも海外に広まった形だが、江戸時代の日本で始まった園芸種の育種は今や米国はじめ世界各国に広がっている。なかには逆輸入した品種もあるという。

晩秋から冬にかけて何カ月間も花をつけ続けてくれるサザンカである。その名は世界に広がっても、日本の冬を彩る孤軍奮闘のけなげさ、そのありがたさを知るのは原産地の住人をおいて他にあるまい。

恒債なければ恒心なし（2015・12・25）

来年度予算案の借金哲学

「百鬼園《ひゃっきえん》先生思へらく、恒債無ければ、恒心なからん」。「阿房列車《あほうれっしゃ》」などの作家、内田百閒《ひゃっけん》の別名「百鬼園」は「借金」の語呂合わせといわれる。恒債は常態化した借金、恒心は道義心のこと、むろん孟子の「恒産無ければ……」のもじりだ。

何しろ勤め先の給料日には掛け取りが詰めかけ、原稿を書けば原稿料の出るのが債鬼に知れるからいやだと記す百閒である。恒債も電車賃がないから自動車を雇って金策に走るという金銭感覚の結果だから減りようがない。

戦後、その百閒と一万田尚登日銀総裁が並んだ写真がある。本の話WEBの「文春写真館」にある一枚で、「内田先生は借金の名人と伺っております」「総裁は貸さない名人と伺っております」。かしこまったような一万田と、堂々たる百閒の対比が何ともいえない。

時は移り、日銀が国の借金である国債を市場からどんどん買い上げる今日である。歳入の35・6%を借金でまかなうという来年度予算案の一般会計総額は96兆7218億円で過去最高を更新した。これで来年度末の国の恒債、つまり国債発行残高は838兆円になる。

それでもこの予算案の借金への依存度は8年ぶりの低水準という。所得増や消費税率引き上げ前の駆け込み消費などで、税収がバブル期以来の高水準になると見積もっているからである。「来年必ず金の入るあてがある」。この手の話、どこかで聞いたことはないか。

道楽はいいが、暮らしに必要な金の借金はいけないと独自の借金哲学も披露していた百閒だった。膨らむ借金に悪びれない平成の日本政府の堂々たる「恒心」をどう評するか、聞いてみたかった。

二〇一六年（平成二十八年）

心の壁を超えるもの

こもかぶるべき心がけ（2016・1・1）

元禄3（1690）年の芭蕉の歳旦吟《さいたんぎん》（新春詠）に「薦《こも》を着て誰人います花の春」がある。新春の華やぐ街で粗末な薦をかぶった乞食《こつじき》を見かけた。どなたなのか、もしや尊い聖《ひじり》ではあるまいか。

この句は京の俳人の間で、新春詠の巻頭に乞食をもってくるとは何事かと物議をかもしたという。芭蕉はこれに対し、情けないことだと嘆き、京に俳人はもういないと憤慨した。西行法師作とされた説話集に出てくる高徳の乞食僧にかねて心を寄せていた芭蕉だった。

芭蕉自身も当時は「こもかぶるべき心がけ」で俳句にのぞんでいたという。富や力が支配する世を捨て去り、目に見えない高みをめざす生き方は芭蕉その人が求めるところだったのだろう。俗世でさげすまれる姿や形は、むしろ高い徳、聖なる力のあかしなのだった。

みすぼらしい放浪の旅人が実は神や仏の化身だったといった話は世界中の人々が好んで語り伝えてきた。

貧しい者、虐げられた者こそが神に愛されるという宗教的感情も広く行き渡っている。富や力では得られぬ魂の救済への渇望や聖なるものへの畏《おそ》れは誰にもある。

だがグローバル経済がむしろ人々の間に心の壁を作り出し、歯止めなき暴力が噴き出る今日の世界である。文化を異にする人々が共に生きる制度や理念が崩れていく不安の中で新しい年を迎えた。異質な他者への嫌悪が幅をきかせ、貧者や虐げられた人への共感もやせ細っていくようにみえるのは杞憂《きゆう》だろうか。

芭蕉の見た乞食は新春をもたらした年神の化身かもしれない。この世の壁を超える聖なるものへの感覚をどうかよみがえらせてほしい２０１６年の年神だ。

3代目の因果（２０１６・２・９）

北の「地球観測衛星」

ことわざに「米屋と質屋は三代続かぬ」という。まず話は昔のことだと断らねばならないが、貧乏人にうらみを買う商売は長く続かないという意味である。庶民のやっかみ半分の物言いだった。

同じようなことわざに「将は三代」もある。本来の意味は中国の故事に由来し、将軍も3代に及べば多くの人の命を奪った報いにより必ず敗れるという。こちらはむしろ因果応報話を装って、軍事における世襲を戒める中国人の現実感覚を表しているのかもしれない。

極貧に苦しむ庶民の遺恨も、粛清や飢餓で命を奪われた人々の怨念も、さんざんに積もり積もらせてきた北朝鮮の3代目政権である。「水爆実験」を名乗る地下爆発に続いては「地球観測衛星打ち上げ」を名乗る弾道ミサイル発射で、また因果の輪を一回りまわした。

国内では独裁体制の威信を誇示し、国際的に体制維持の保証を迫る核とミサイルのスペクタクルは先代譲りである。だが目を引いたのは、経済では頼みの綱の中国が求めた自制にけんもほろろな態度でこたえた一幕だった。かつてない独善性を隠さない3代目である。

たび重なる警告を無視する北に国際社会の非難が高まったのは当然だが、国連安保理の制裁決議はなお中国の慎重姿勢で曲折が予想される。気がかりは度を越した北の挑発的姿勢で、リスクも計算できない不確実性が東アジアに生じているのではないかと心配になる。

今は早急に国際社会の一致した姿勢を安保理決議にまとめ、北の錯誤や錯覚がもたらす不確実性を封じ込めねばならない。3代目の因果応報はご勝手にだが、北も含めた諸国民のまきぞえはごめんだ。

アインシュタインの「相対性」(2016・2・13)

重力波の初観測

日食での光の曲がりの観測によって一般相対性理論が立証されたのは第一次大戦後だった。新聞社はあわてて物理の知識のある記者を探したが、米ニューヨーク・タイムズはゴルフ担当を、英ガーディアンは音楽記者を送り込むはめになる。

英タイムズに「相対性」の説明を求められたアインシュタインは言う。「今私はドイツではドイツ人科学者、英国ではスイス系ユダヤ人となっています。もし私が嫌われ者になったらドイツでスイス系ユダヤ人、英国ではドイツ人科学者ということになるでしょう」。

ミチオ・カク著「アインシュタイン」から引かせてもらったが、この日食観測は一般相対性理論の最初の証明だった。今度の発見は最後の立証となりそうである。同理論でその存在が予言されながら今まで直接には観測できなかった「重力波」を初めてとらえたのだ。

重力波は光速で広がり……と、知ったかぶりで説明すれば100年前の記者にも失笑されよう。ここは13億光年のかなたのブラックホールの衝突で生まれた時空のゆがみ、つまり重力波が米国などの研究チームによって検出されたという記事を受け売りするしかない。

レーザー光を用いたその検出装置は重力波望遠鏡と呼ばれ日本でも建設中という。「望遠鏡による観測を始めたガリレオ以来の成果」。研究チームがこう胸を張ったのは、光などの電磁波による従来の観測では分からない宇宙の姿が重力波によって観測できるからだ。

「深く探求すればするほど、知らなくてはならないことが見つかる」。人生についてのアインシュタインの言葉だが、人類の知の運命もまた同じである。

働かないアリ（2016・2・18）

自然界にも「無用の用」

「『さあやるぞ』　区切りのコーヒー　7杯目」。第一生命サラリーマン川柳のホームページで歴代作品を見れば、職場でくつろいでしまう方々の句も目立つ。あげくに「わが社でも　無駄はないかと　俺を見る」という目にもあう。

「打ち合わせ　次回の日時を　決めただけ」には大きくうなずく方もおられよう。もっとも「静けさや空気読む人　眠る人」ともなれば何やら怖い静寂である。現実には仕事熱心な人がいてこその手抜きやサボりだろう。

「君の職場は何人くらいの人が働いているの？」「半分ぐらいかな」――は米国のジョークだが、アリの世界でも働きアリのうち2～3割は働かないアリなのだという。今までの研究では働くアリだけのグループを作っても必ず一定の割合で怠けアリが現れるそうだ。

北海道大学などの研究チームは日本に生息するシワクシケアリのコロニー（集団）を観察し、働かないアリは働くアリが疲労した時の交代要員であるのを突き止めた。最初に働いていたアリが疲れて休むようになると、今まで働いていなかったアリが働き始めたのだ。

働くアリだけの集団は一斉に疲れて働けなくなり、滅びてしまう。一見非効率な働かないアリは集団の長期的存続には欠かせぬ存在だったのだ。またシミュレーションでは働き度合いがばらばらの集団の方が勤勉なアリだけの集団より生き残りに有利なのも分かった。

「人は皆有用の用を知るも、無用の用を知る莫《な》きなり」。役立たずと思われるものにも大事な役割があるという荘子である。高校の漢文を思い出し、8杯目のコーヒーを飲み始めた方もいるかもしれない。

帝国の闇（2016・2・26）

2・26事件から80年

「二月廿六日、事あり、友等、父、その事にかかわる」。14年前亡くなった歌人、斎藤史に「濁流だ濁流だと叫び流れゆく末は泥土か夜明けか知らぬ」の一首がある。親しい将校の刑死、連座した父親の禁錮刑と向き合った2・26事件だった。

当時作りながら未発表だった歌のうち2首は、93歳で亡くなった後に公表された。「ラジオくり返し勅命出《い》づと告ぐれどもそれらしきもの見たるものなし」「言はざれど女いちにん見てありき陸軍の闇その奥の帝国の闇」。

陸軍の派閥抗争を背景に、国家改造を唱える皇道派青年将校が部隊を率いて閣僚・重臣らを殺害した

2・26事件、それから80年になるきょうである。昭和天皇の激怒を招き、反乱軍とされた青年将校らは非公開・弁護人なしの特設軍法会議で裁かれ、多くが刑死した。

この事件で陸軍中央の幕僚からなる統制派が粛軍を名目に政治的実権を掌握、日本は日中戦争から対米英戦争への破局の道をたどることになった。政党政治が国民の信を失い、時代の方向感覚が失われるなか、クーデターの失敗が逆クーデターを成功させた形である。

2・26の記憶はその後も歴史を拘束し続けた。「主戦論を抑えたら、クーデターが起こったろう」とは対米開戦についての昭和天皇独白録の言葉だ。早期終戦ができずに犠牲者を激増させた戦争末期にもその影がうかがえる。軍暴発の恐怖の囚人となった帝国だった。

皇道派の頭目、真崎甚三郎は戦後、米尋問官に何とこう答えた。「私は今、天皇の力でも実現できなかったことが米国の力で達成されたことを実感しています」。天を仰ぐしかない歴史の教訓もある。

１００日入牢の温情（２０１６・３・２）

認知症遺族がＪＲに勝訴

江戸の桜の名所、飛鳥山では花の枝を折るのは固く禁じられていた。将軍もお成りの折、泥酔した男が枝を折り取って役人に捕らえられた。時の奉行、大岡越前は入牢《にゅうろう》を命じただけで、いっこうに調べようとはせずに１００日が過ぎる。

「一枝を折る者は一指を斬らるべし」という。重い仕置きを覚悟した男がようやく白州に呼び出されると、越前は言う。「その方は高札《こうさつ》の字が読めないのであろう。罪の償いに指の先を5分（約１・５センチ）ばかり切れば許す」。男は牢で伸びた爪を切られて出牢した。

江戸時代の説話集「大岡政談」の一つである。100日の入牢は爪が伸びるのを待っていたわけで、指を切り取られるよりはましだ。庶民に過酷だった法の番人でありながら人の情にかなった裁きを下してみせる「大岡裁き」だが、聞けば大半は史実ではないという。

一人外出して列車にはねられ死亡した認知症患者の家族にJR東海が損害賠償を求めていた裁判は一昨日の小欄も触れた。1審は720万円、2審は360万円の支払いが家族に命じられて世を驚かせたが、最高裁は一転、JRの請求を退けて家族側が逆転勝訴した。

「まどろんで目を離した過失がある」とは、夫を介護していた高齢の妻の監督責任を突く1審の認定だった。日々家族の介護に心身をすり減らしている人々には怒るより何のことかと戸惑う言葉だろう。最高裁は妻は監督義務者にあたらず、賠償責任もないと認めた。

今、この国に認知症患者を介護する人々の思いとかけ離れた正義はあるまい。法と人が生きる現実との落差が生む「大岡政談」があってはならぬ現代である。

落書史上の傑作（2016・3・9）

保育園落ちた日本死ね

「此比《このごろ》都ニハヤル物」に始まる二条河原落書《らくしょ》は建武の新政が始まって約1年後に掲げられた。「夜討強盗謀綸旨《にせりんじ》　召人《めしうど》早馬虚騒動《そらそうどう》……」。授業で習ったのは遠い昔でも、小気味良い調子は忘れられない。

落書とは時の権力者や世相を批判、風刺する匿名の文書のことだ。街中に掲げたり、落としておいたりして、人目につくようにした。当時の政治の混乱をみごとに描き出した二条河原落書は「落書史上の傑作」といわれる。

「何なんだよ日本。一億総活躍社会じゃねーのかよ。昨日見事に保育園落ちたわ。どうすんだよ私活躍出来ねーじゃねーか……」。乱暴な言葉も、かえって多くの人々の共感を呼んだようである。ネットの匿名ブログに掲げられた「保育園落ちた日本死ね！！！」だ。

ネットでたちまち評判になったこの一文を、さらに世に広めたのが首相や与党議員の国会での答弁やヤジだった。匿名では真偽が分からない、誰が書いたかを示せといった対応に、「保育園落ちたの私だ」という親たちが続々と名乗りを上げたのは成り行きであろう。

結局、首相が保育施設対策に「一生懸命頑張っている」と答えたのは、女性の支持率低下を示す世論調査が伝えられた後となった。落書もデマや中傷とは限らない。世の現実を鋭く切り取り、人の心をつかむ落書の伝統が日本にあるのを首相たちは知らなかったのか。

「十分になればこぼるる世の中を　ご存知《ぞんじ》なきは運の末《すえ》かな」。豊臣秀吉が天下統一した翌年に詠まれた落首《らくしゅ》（落書の歌）で、十分という慢心からこぼれる運命の皮肉を突いた。誰が詠んだかを示さねばならないといわれても困る。

アトリが天を覆って（2016・4・16）

熊本県で震度7

「臘子鳥《あとり》が天を覆って、西南より東北に飛んだ」と日本書紀の天武7年12月（679年1月）にある。アトリとはスズメ目の冬鳥、これが日本で地震の被害を伝える最古の記録の書き出しという。

そこには「地面が広さ二丈（1丈は約3メートル）、長さ三千余丈にわたって裂け、どの村も多数の民家が崩壊した」とある。この筑紫地震は今の福岡県久留米市東部を走る水縄《みのう》断層帯が動いたものと見られている（寒川旭著「歴史から探る21世紀の巨大地震」朝日新書）。

そこから約60キロ南、ちょうど布田川、日奈久《ひなぐ》両断層帯が交わるあたりで起きた今度の熊本地震だった。熊本県で震度7を観測したマグニチュード（M）6・5の本震だが、それに近い震度のものも含む余震が頻発しているのは、付近の複雑な地下の構造が原因らしい。

亡くなった方の大半は家屋の下敷きになったためだった。くり返される余震の中、壊れた家で救助を待った人の恐怖、避難した人々の不安はいかばかりだったろう。止まらぬ揺れの中での救いは、倒壊した家から8カ月の赤ちゃんが無事助け出されたニュースだった。

今後も1週間ほど震度6弱の余震が起こる恐れがあるとの気象庁の見通しである。精神的にも追い詰められる被災者にはどこまでも非情な地下の力学だが、そこは人の側の周到な心配りと連携で何とかしのいでもらいたい。

数十万年前以降に動いた活断層なら至るところにある日本列島だ。人の記録のある1300年間など、地下の岩盤を動かす力にとって一瞬にすぎない。改めて心に刻みたい列島住民相互の連帯と、いつどこでも起こりうる震度7への心構えだ。

＊4月14日夜のこの地震に続き、16日未明にはM7・3の地震により再び震度7が観測された。一連の熊本地震による死者は270人を超え、建物の被害は約20万棟に及んだ。

ビジランテ・デモクラシー（2016・5・11）

比大統領にドゥテルテ氏

悪の集団と戦うハリウッド映画のヒーローは頼りにならない法や警察とも対立する。この手の映画は

「ビジランテ・ムービー」と呼ばれる。ビジランテとは開拓時代の自警団で、犯罪者や無法者とみなした連中に私刑を加えるのを常とした。

1970年代初めの「ダーティハリー」も捜査のために暴力も辞さない刑事を主人公としたビジランテ・ムービーである。しかしハリーが悪人を殺しまくったというのは思い違いで、続編はマフィアの暗殺をくり返していた警官グループと対決するストーリーだった。

だからフィリピン大統領選で当選したロドリゴ・ドゥテルテ・ダバオ市長がダーティハリーにたとえられるのが適切かどうか知らない。ただ彼がダバオ市のビジランテ組織を率い、多数の麻薬密売人らの超法規的殺害を容認したと人権団体が非難するのは事実である。

実際にダバオの治安を劇的に改善したドゥテルテ氏は、大統領選でも「犯罪者は皆殺しだ」と過激発言を連発、比のトランプ氏といわれた。結果、広がる格差、汚職や犯罪のまん延への国民の不満を吸収しての勝利である。

「3～6カ月で犯罪や汚職を一掃する」とドゥテルテ氏は息巻くが、さて今度率いるのはビジランテではない。他ならない治安機関や軍である。「問題が解決するなら独裁でもかまわない」とは支持者の声だが、独裁者はビジランテ・ムービーのヒーローの敵だろう。

悪に正義の裁きを下すビジランテ・ムービーに胸がすっとするのは洋の東西を問わない。だが胸をすっとさせることで票を増やすビジランテ・デモクラシーが洋の東西で目立つのは気がかりである。

オバマ氏の広島訪問

米大統領と被爆者の抱擁（2016・5・28）

フェルメールの名画「絵画芸術」では、画家が長いラッパと本を持った女性モデルを描いている。この女性は歴史の女神クレイオに扮《ふん》しているのだという。歴史は勝者の栄光をラッパによって祝福し、それを書物に記すという寓意《ぐうい》である。

なるほど歴史の多くは勝者によって記される。また人は時にクレイオにてんびんを持たせ、過去の出来事を正当化する。たとえば「原爆投下は戦争を早く終結させ、米国と日本の何百万人もの命を救った」といった論法だ。

もちろんこのはかりにかけられた命のうち実際失われたのは広島・長崎の被爆者の命だけだ。そもそも普通の人々が暮らす普通の朝、それが街もろとも巨大な火球で焼き払われるという途方もない出来事の重さを量れるはかりなど歴史の女神すら持ち合わせていまい。

今日なお原爆投下を正当化する世論が多数を占める米国である。だが71年前、その命令をした同じ大統領職にあるオバマ氏がついに広島を訪れ、被爆者が見守る中で慰霊碑に献花した。かねて「核なき世界」を訴えてきた大統領にはここまで長い道のりであったろう。

「8月6日朝の記憶は消してはいけない」「広島・長崎はわれわれの道義的な目覚めであるべきだ」。こう語った大統領は参列した被爆者の背に腕を回してハグをした。あの時、きのこ雲の下にいた生身の人間と米国の指導者は互いの体温をどのように感じただろう。

火球に焼き払われた命一つ一つのぬくもりを歴史の女神はその書物に書き留めてくれない。それを感じることのできる生身の人間同士のつながりだけが「核なき世界」への希望を育むことができよう。

舛添都知事が辞職願

じぶたれ道具（2016・6・16）

骨董《こっとう》の世界に「じぶたれる」という言葉がある。品が悪くて感心できぬものを評する言葉で、今少しで本筋の美に到達できず、物欲しげな境地に終わってしまった器物をいう。「じぶたれ茶わん」「じぶたれ道具」という言い方もある。

漢字を当てれば、うぬぼれを表す「自負たれ」だろうと中島誠之助さんの「体験的骨董用語録」（ちくま文庫）は推測する。だが人が眉をひそめるたたずまいの背後にうぬぼれが潜んでいるのは、何も茶器ばかりではない。人間、それも政治家の器についてもいえる。

政治資金の公私混同を追及されていた舛添要一東京都知事が辞職願を提出した。出処進退の出と進は他人の助けがいるが、処と退は一人で決めるものと語った幕末の河井継之助を思い出す場面だが、実際は都議会全会派に背を押されてのすったもんだの「退」だった。

高額の海外出張費用問題から始まった一連の騒ぎである。そこで都知事がくり出す釈明や収拾策がことごとく世の反発と怒り、失笑を買い、騒動が雪だるま式に拡大した成り行きはご存じの通りだ。公私混同への人々の反発の過小評価は、やはり「自負たれ」ゆえか。

こうなれば世の関心は一気に後継の都知事候補選びに移る。振り返れば、2代続けての政治とカネ問題による都知事の辞職である。大量得票の期待できる知名度が決め手となる都知事選の候補者選びだが、政治家としての器の鑑定がないがしろにされてこなかったか。

骨董商がにせものを買ってしまうことを「しょいこみ」、傷を見落として買うのを「粗見《そけん》」という。都の有権者も自前の鑑定眼を鍛えねばならぬようである。

「完全な欧州」からの退出（2016・6・25）

英国民投票でEU離脱派勝利

欧州連合（EU）本部のあるブリュッセルのみやげ物に「完全な欧州人になるには」という絵はがきがある。加盟国のマンガが描くのは、ドイツ人のようにユーモア豊か、イタリア人のようにきちょうめん、ギリシャ人みたいに用意周到。

そう、各国の国民性の逆を突くあてこすりだ。禁酒できるアイルランド人や、車の運転がうまいフランス人と並んでいるのが料理上手の英国人である。その英国人が「完全な欧州」から退出するという投票の結果であった。

首相や野党党首、金融界や主要産業経営者、つまりは英国のエリート層がこぞってEU離脱の破滅的影響を説いた国民投票である。しかしグローバル経済下で富裕層や移民への不満を募らせる草の根の多数派は、民主主義の名をもってEUからの「独立」を選択した。

すぐさま為替、株式市場を襲った混乱が、その世界的衝撃を示した。英国と出口の複合語でブレグジット（Brexit）。そう呼ばれるEU離脱が英国経済や欧州・世界経済にもたらす影響は時間をおいて見ねばなるまい。それにも増して重大なのは政治的波紋である。

EU内ではこれを機に、各国の反移民の極右勢力などによるEU離脱の動きの活発化が懸念されている。また格差拡大をもたらすグローバル経済への不満が自国中心主義にはけ口を求めるのは世界的な現象である。ことは「完全な欧州」の分裂だけにはとどまらない。

2度の大戦を経て築かれた物や金、人が自由に行き来する国際秩序が草の根の不満の標的となる今日である。政治はこれに対処できるのか。もうこの先「料理上手」と呼ばれまい英国人からの問いだ。

相模原障害者殺傷の衝撃

花のたましい（2016・7・30）

「散ったお花のたましいは、／み仏さまの花ぞのに、／ひとつ残らずうまれるの。／だって、お花はやさしくて、／おてんとさまが呼ぶときに、／ぱっとひらいて、ほほえんで、／蝶々《ちょうちょ》にあまい蜜をやり、／人にゃ匂いをみなくれて……


「風がおいでとよぶときに、／やはりすなおについてゆき、／なきがらさえも、ままごとの／御飯になってくれるから」――金子みすゞの詩「花のたましい」である。人は野に咲く花のやさしさにも聖なる力を感じ、それを「たましい」という言葉で言いあらわした。

人間の魂も目には見えない。だが人を他の誰とも違う特別の存在にする力である。この手の宗教的ビジョンはほとんどの文明にみられる。近代思想の「個人の尊厳」も同じビジョンが非宗教化されたものといえるのだろう。

心にも刃物を突きつけられたような衝撃がまだ収まらぬ相模原市の障害者殺傷である。障害者を抹殺すべきだという容疑者が、ナチスの非道を思い出させたからばかりではない。侵してはならぬ聖なるものをこの世から奪い去られたような胸苦しさが去らないからだ。

どんな障害があろうと、命をその人の命たらしめる魂は息づいている。それを愛するのは家族や友人だけではない。障害のある人が懸命に生きる姿には誰しも心を打たれる。そうした魂の聖なる力を畏《おそ》れること、いや感じることすらもできなかった悪意がおぞましい。

力の弱い者、虐げられた者が神仏に慈しまれるという信仰は、富や力では及ばない魂の救いを人が求めるからだろう。富と力が支配する世界しか感じられなくなる魂の貧血は容疑者だけのものか。

ORIZURUの力（2016・8・6）

オバマ氏訪問後の広島原爆の日

10年ほど前に公開されたリチャード・ギア主演の米映画「綴《つづ》り字のシーズン」は全米スペリングコンテストに出場した女の子の話だった。単語の正しい綴りをあてる競技で、ストーリーのヤマ場で出題される最難題が「ORIGAMI」だった。

もちろん折り紙のことだが、それが外国語ではなく綴りの難しい英単語として扱われているのである。日本人にはこれしかないという綴りが英語圏では難題なのが面白い。その日本の折り紙を代表する「ORIZURU」、そう折り鶴もまた広く世界に知られている。

5月に広島の原爆資料館を訪れたオバマ米大統領は自ら折った2羽の折り鶴を出迎えた小中学生に渡し、別の2羽を芳名録の上にそっと置いた。館内で大統領は1955年に被爆による白血病で死去した12歳の佐々木禎子さんがのこした折り鶴に見入っていたという。

病床で回復を願って折り鶴を作り続けた禎子さんの追悼と核廃絶の祈りは平和記念公園にささげられる千羽鶴によって受け継がれてきた。このエピソードは英語でも広く紹介され、オバマ大統領も目にしたのであろう。今一人、それを目にした元大統領の子孫もいる。

昨秋、米ミズーリ州の「トルーマン図書館」に禎子さんの折り鶴が贈られた。原爆投下を命じたトルーマン大統領の孫、ダニエルさんの依頼に禎子さんの兄、雅弘さんが快く応じたのだった。被爆の実像を伝えるのは祖父の血を継ぐ者の責務だとダニエルさんはいう。

禎子さんの鶴は3年前からハワイの真珠湾の博物館でも展示されている。心の壁を超えるORIZURUの力を信じたい被爆71年後の広島原爆の日である。

天皇陛下、退位への「お気持ち」 「全身全霊」の象徴（2016・8・9）

1991（平成3）年7月10日、雲仙・普賢岳の火砕流の被災地を訪ねた天皇、皇后両陛下の姿を覚えておられる年配の方は少なくないだろう。まだ噴火の収まらぬ現地の避難所を訪れ、被災した住民の間に入って話を聞いた両陛下だった。

話に聴き入るうちにやがて中腰となり、しゃがみこみ、床にひざをつけて被災者と向き合われた。年配の世代の印象に残ったというのは、当時は両陛下がひざをついて国民に接するのは異例だったからだ。それをごく自然な光景へと変えた両陛下の平成の歳月である。

人々の苦しみや悲しみのあるところに身を運び、時にひざをついて心を通わせ、祈りを共にされた天皇陛下である。先の戦争の戦跡では戦没者の霊に平和を誓って深く頭を下げ、忘れてはならぬ歴史を国民に思い起こさせた。それにどれだけの力が注がれたのだろう。

「全身全霊」。象徴天皇としての務めを果たしてきたこれまでを、そう言い表した天皇陛下の「お気持ち」だった。そこには自ら探りあてた象徴天皇のあるべき姿への思いもうかがえる。その途切れることのない継承を願い、退位への強い意向をにじませたのである。

今さら何だが象徴とは「説明しにくいものを具体的に示すこと」と辞書にある。説明の難しい象徴天皇という言葉に、人を思いやり、励まし、連帯を呼び起こす豊かな具体性を宿らせた陛下の28年であった。閉ざされた宮殿の物言わぬ天皇では象徴できぬものがある。

両陛下がその身をもって作り上げた平成の象徴天皇像を次の時代へと受け渡せるか。投げかけられた問いに答えなければならないのは主権者である国民だ。
＊7月に天皇陛下が退位の意向を政府に示していたことが報じられ、この日の「お気持ち」の表明となった。

カメも、サメも（2016・8・13）

400歳のニシオンデンザメ

「亀は万年と昔の人がいうけど、ありゃウソだね。この前買った亀がゆうべ死んじゃったよ」「いや、きのうが万年目だったんだろ」。江戸小咄《こばなし》で、他に亀の年齢が分かるという人に訳をたずねると「つかまった時が百年目」というのもある。

実際にカメは脊椎《せきつい》動物で最長寿のランクに属するから、昔の人をばかにしてはいけない。確実なところでは1766年から152年間にわたるゾウガメの飼育記録があり、死亡時の推定年齢は180歳といわれる。記録は不確実だが、255歳のゾウガメの話もある。

だが、そんな程度で驚いていてはいけないらしい。コペンハーゲン大などのチームによれば、北極海などにすむサメの一種、ニシオンデンザメは最高400歳近くまで生きるという。なにしろ成体になるまで

150年ほどかかり、もちろん脊椎動物では最長寿となる。

気になるのはどう年齢を調べたかだが、網などにかかったサメの目の水晶体に含まれる放射性炭素の測定で分かるのだという。結果、最高392歳と推定されたのである。100年ほどの誤差はありうるというから、こちらはつかまった時が400年目というわけか。

英国ではグリーンランドシャークと呼ばれるこのサメ、魚からアザラシまで何でも食べる鋭い歯で知られるが、そのわりには泳ぎが時速1キロと遅い。「世界で最ものろい魚」といわれ、さらに1年間の成長も1センチに満たない。やはりスローライフこそが長寿の秘訣《ひけつ》か。

長田弘さんの詩はうたう。「ゆっくりと生きなくてはいけない。／空が言った。木が言った。風も言った」。もちろんカメも、サメもそう言っている。

すべった発信力（2016・9・16）

民進党の蓮舫新代表選出

うけないギャグで客席が微妙な空気になったところで、「このネタのどこが面白いかと言いますと」と笑いをとる。昔なつかし初代林家三平の「すべり芸」だ。もっともギャグが「すべる」という表現、使われ出したのは20年ほど前からという。

うけないばかりでなく、気まずいムードを生み出してしまうここ一番のギャグのすべりである。民進党の新代表選びでまず世の耳目を集めたのは、退任する岡田克也代表に対する蓮舫《れんほう》氏の発言、「大好きだけれど、本当につまらない男」という冗談の大すべりだった。

代表選では自らの強みとして「発信力」をアピールした蓮舫氏だが、自信のあるところにこそつまずきの石が潜んでいる。話術の巧みさはちょっとのズレで周囲を引かせてしまう。二転三転した二重国籍問題への対応も、意識していなかったズレの結果かもしれない。

もともと蓮舫氏の政治家としての資産ともいうべきその多文化的背景である。二重国籍も指摘された時点で率直な説明と、適切な措置がなされていれば資質を問われるたぐいの話ではなかった。すべった判断が生み出す気まずいムードは時に致命傷となる政治である。

野党第1党の女性党首は土井たか子氏以来となる蓮舫民進党新代表が選出された。だが米国でクリントン氏が当選すれば米独英、隣の韓国がそろって女性リーダーをいただく時代である。まずは政権を担える党にして、初めてうんぬんできる「ガラスの天井」だろう。

「人への投資」を代表選で訴えた蓮舫氏だった。今後はお得意の発信力にもまして政策の構想力において「すべらない話」を十分に仕込んでほしい。

若杉参謀の「講話」（2016・10・28）

三笠宮崇仁さま死去

昭和天皇のお印（皇族のシンボル）は「若竹」だが、その兄弟のお印もみな「若」がつく。逝去された三笠宮崇仁さまは「若杉」だった。それが史書に特筆されるのは、戦時中に陸軍の「若杉参謀」の別名で中国各地を視察したからである。

「支那事変に対する日本人としての内省」とは視察後に若杉参謀が支那派遣軍総司令部で行った講話の題だった。幕僚向けに加筆印刷された原稿が今日残されているが、一読して驚かされるのは日本軍の戦争犯罪をも直視して厳しく反省を求めたその決然たる姿勢だ。

そこで中国の抗戦長期化の原因に挙げられているのは、日本人の「侵略搾取思想」や「侮華思想」であり、また抗日宣伝を裏付けるような「日本軍の暴虐行為」などなどだった。後に司令部はこの印刷原稿を「危険文書」とみなし、没収・廃棄処分にしたといわれる。

「私の信念が根底から揺り動かされたのは（中国での）この1年間だった。いわば『聖戦』というものの実体に驚きはてたのである」とは戦後になってからの当時の回想である。その後も特攻作戦に反対し、終戦時も皇族会議で陸軍の反省を求めた三笠宮さまだった。

古代オリエント史家となって堅実な学究生活を送った戦後だが、時に話題となったリベラルな言動も若き日の大胆な行動を思えば驚くにあたるまい。紀元節復活の動きに神武天皇即位は学問的根拠がないと反対したのも、歴史学者として譲れない筋を通したのだろう。

日本が侵略戦争の迷路をさまよった時代、皇族でなければできない軍国主義批判を自らの背に課した三笠宮さまだった。良識の存在は史書にしかと刻まれた。

笑わない王妃（2016・11・5）

物価目標達成を断念

中国古代は西周の幽王の后、褒姒《ほうじ》は絶世の美女だったという。しかし美は憂いをおびていたのだろう、誰もその笑ったところを見たことがなかった。幽王はなんとか后を笑わせようと懸命になり、ある日のろしを上げて、太鼓を鳴らさせた。

すわ緊急事態と諸侯が急ぎ王宮に駆けつけると、そのあわてたさまに后は笑い声をあげた。喜んだ幽王はその後もたびたびのろしを上げたので、諸侯はあきれてのろしを信じなくなった。イソップのオオカミ少年の中国版で、すぐに西周が滅んだのはいうまでもない。

こちらは憂い顔の物価の女神を何とか笑わせようと、破格の金融緩和のサプライズをくり返した中央銀行の話である。積年のデフレに沈んだ女神はサプライズ当初は笑いを見せたが、長くは続かなかった。残ったのはすっかりしらけた市場と笑いの消えた女神だった。

2％の物価上昇目標が5度目の先送りとなり、黒田東彦総裁の任期中に目標達成ができない見通しとなった日銀である。強気ののろしを上げてデフレ意識の払拭《ふっしょく》をはかったサプライズ路線だったが、うまく操ったはずの市場では日銀への信頼が大きく損なわれていた。

物価目標達成にむけた持久戦の構えを崩さぬ日銀だが、ますます出口なき金融緩和の行方が心配になる。物価上昇への期待を経済の好循環につなげるという「アベノミクス」も今までの方針を「加速」すればいいという事態ではなかろう。もう日銀頼みは限界である。

依然、デフレ脱却を看板に女神の笑いを求める安倍政権である。それより安売りショップをにぎわせる消費者の表情に今少し注意を払ってみてはどうか。

民主政治の人物鑑定眼（2016・11・11）

米大統領選でトランプ氏勝利

「あらゆる種類の山師は民衆の気に入る秘訣《ひけつ》を申し分なく心得ているものだが、民衆の真の友はたいていの場合それに失敗する。……民主政治に欠けているのは優れた人物を選ぶ能力だけではない。ときにはその意志も好みもないことがある」。

今聞くと反トランプ陣営によるトランプ氏の支持者への批判のようだが、これは19世紀前半に米国を訪れた仏思想家トクビルの名著「アメリカのデモクラシー」の一節である。トクビルはここで米国の民主政治を観察し、「多数者の専制」を警告したことで知られる。

民主主義が常に多数派による少数者の自由侵害の危険をはらむことに注目したトクビルだった。そして今、移民やイスラム教徒、女性ら少数派や弱者への暴言を重ね、多数派の白人中間層の支持を得た次期大統領の出現だ。

トランプ氏の大統領選勝利に全米各地では過去の少数派や女性への差別的発言に抗議するデモや集会が広がり、一部は暴徒化した。勝利演説では「全国民の大統領になる」と述べたトランプ氏だが、仮に暴言が選挙戦術だとしてももたらされた社会の分断の傷は深い。

今や民主主義は世界の多くの国が採用する政治原理となっている。そのどの国民もあらためてトクビルの警告を思い出さねばなるまい。経済グローバリズムや人の移動への草の根多数派の反発が、少数者や弱者への憎悪や排外感情となって噴き出しているからである。

欧州の極右政党も注目するトランプ氏勝利だが、トクビルがいうように米国民主主義には多数者の専制を阻む政治文化もあった。トランプ氏にもその正統な継承者としての矜持《きょうじ》があってほしい。

虚言が動かす世界

「ポスト真実」の時代（2016・11・18）

英語圏で最も使われる絵文字（emoji）は何か。大粒の涙を出しつつ笑っている顔文字で、「うれし泣き」の意味である。英国で使われる絵文字の20％、米国で17％がこれだから使用頻度は高い。

先日の小欄で日本から広がった世界的な絵文字人気に触れたが、「うれし泣き」の顔文字は昨年の英オックスフォード大出版局が選ぶ「今年の単語」となった。約60万語を収録する大英語辞典の版元が昨年のコミュニケーションを代表する言葉に絵文字を選んだのだ。

さて問題は今年だが、選ばれたのは「ポスト真実（post-truth）」だった。同出版局によれば「世論の形成において客観的事実が、感情や個人的な信念への訴えかけより影響力に欠けている状況」を示す言葉という。前年比で使用頻度が20倍も増えた単語だった。

英国のＥＵ（欧州連合）離脱派が国民投票で勝利するや公約はうそだと明かした一幕や、米大統領選で根拠のない暴言と実現不能の公約とで支持を集めたトランプ氏の勝利を思い浮かべれば理由は分かろう。人々の鬱屈《うっくつ》する不満に応えるうそが真実を打ち負かした今年である。

とくにツイッターやフェイスブックによる悪意あるデマの拡散につき「砂ぼこりのようにばかげたうわさが広がる」と評したのはオバマ大統領である。ひとたび自分が聞きたかった虚言に喝采した人々は、それを否定するメディアの方に不信を募らせることになった。

真実の伝え手としてトランプ氏勝利も読み違えた米メディアだが、これでひるむようなことはあるまい。自戒を込めて言う。その存在意義が問われる「ポスト真実」状況のジャーナリズムである。

カジノ法が成立

「万能の天才」の依存症（２０１６・12・16）

「賭事への情熱は休みなく何年もの間、ほとんど40年間もわたしを虜《とりこ》にした。しかしなんら益もなく、どれだけ家庭に迷惑をかけたことか。骰子《さいころ》遊びのため長い間わたしの生活は窮々としていた」。

自伝にこう記したのは、ルネサンス期のイタリアの医師、数学者、哲学者だったカルダーノである。賜チフスを発見し、3次方程式の解法を発表し、自在継ぎ手を考案するなど万能の天才を示した彼だが、その回想の通りならばギャンブル依存症といっていいだろう。

「さいころ遊びの書」とは、その天才にしてギャンブル依存症の彼がさいころの目の出方を研究して著した確率論の先駆的業績という。だが数学史の偉業も賭けの勝ちはもたらせず、天才は結論を下す。「ギャンブルの最大の利益はそれをやらないことで得られる」。

だというのにあれよあれよという間に成立したカジノ法だった。536万人とはこの国で病的ギャンブラー（依存症）と推定される人の数である。成人全体に占める割合の高さは諸外国に数倍する。だがその対策はこれから具体案を作る政府に丸投げされてしまった。

対策が軽視されるのは、ギャンブルは自己責任との考えが根強いからに違いない。依存症が意志や性格の問題ではなく、心の病気だとわが立法府は本当に理解していたのか。社会の健全を守る方策についての国民的な議論はむしろこれから始めねばならないのだろう。

「わたしは勝負事が好きだったのではなく、引きずり込まれたのだ」と賭博にのめり込んだ心境を語ったのもカルダーノだ。万能の天才も引きずり込む魔をこれ以上社会に巣くわせてはなるまい。

真珠湾の和解（2016・12・29）

影の主役は次期米大統領

真珠湾攻撃の一報を父親が経営するシカゴの雑貨屋のラジオで聞いた9歳の女の子パットは「すごく悪いニュースなの？お父さん」とたずねた。父親は答えた。「ああ、おまえ、とても悪いニュースだ。いい人間がたくさん死ぬだろう」。

引用元はイアン・トール著「太平洋の試練」（文春文庫）だが、この時から欧州と中国の戦争は一つの世界大戦となった。中国からの撤兵を拒んで「人間たまには目をつぶって清水《きよみず》の舞台から飛び降りることも必要」と語った東条英機首相が決断した日米開戦だった。

いわば中国大陸の既得権のとらわれ人となった日本が米国を世界大戦に引きずり込んだ形である。戦前の日本人の大半は夢にも思わなかったのだ。他国を侵さずとも日本が通商によって欧米諸国をしのぐ繁栄を達成できるという戦後の人なら誰でも知っていることを。

何千万もの生命をのみこんだ戦禍から生まれた「戦後」である。米国主導の自由貿易秩序と占領改革を経た国内市場は、日本に戦前のどんな空想も上回る繁栄をもたらした。そして日米開戦75年、日本の首相が初めて米大統領と共に真珠湾で戦没者の慰霊にのぞんだ。

「和解の力」とはそこでの安倍晋三首相の演説のキーワードである。オバマ米大統領ともども今日の緊密な日米同盟をアピールしたが、もちろん両者の心中には同盟関係や自由貿易など戦後の国際秩序に異を唱えるトランプ次期大統領の影が去来していたに違いない。

地球規模で「戦後」の漂流が始まりかねぬ来年である。後世、またまたあのころが世界史の転換点だったと回想されるかもしれない「真珠湾の和解」だ。

二〇一七年（平成二十九年）

トランプ氏が大統領就任

トール・テールの英雄たち（2017・1・22）

トール・テール（tall tale）とはホラ話のことである。トールは「ありそうもない」「大げさな」との意味で、米国では西部開拓時代の人々がたき火を囲んで交わし合った大ボラをこう呼んだ。

ミシガン湖を掘った巨人の木こりポール・バニヤン、ロープで竜巻も捕らえるカウボーイのペコス・ビル、民衆の仕事を奪う蒸気ハンマーと戦うジョン・ヘンリー、みなトール・テールの英雄たちという。米文学の一つの源流をなす草の根の民衆の奔放な空想である。

さて話がホラかどうかをチェックするネットのサイトがある今日だ。大統領選挙中はその少なからぬ発言が「大うそ」の判定を受けたその人である。トール・テールの語り部が人気者となるのも米国の伝統か。ついに第45代大統領にドナルド・トランプ氏が就任した。

就任演説ではトール・テールの英雄並みに労働者の雇用のために戦うと宣言し、「米国第一」を叫んだ新大統領である。さっそく前政権が推進した環太平洋パートナーシップ協定（ＴＰＰ）からの離脱や医療保険改革見直しへ一歩を踏み出し、大転換をアピールした。

都合が悪くなればいくらでも前言を翻せるホラ話である。話に矛盾があろうと知らんぷりをすればそれまでだ。現にそうしてきたトランプ氏だが、大統領となればその判断は多くの人の運命を巻き込みながら後戻り不能となる。話の矛盾は現実の混乱となって表れる。

草の根の民衆の喝采を浴びた物語の語り部がいよいよ渡り合う現実はどんな手触りなのか。全世界が息をのんで見守る「最初の１００日間」に、一番恐れおののいているのは当の大統領かもしれない。

新ゲルマニアの末裔（２０１７・２・１）

入国禁止令に反発相次ぐ

哲学者・ニーチェの妹エリーザベトの伝記に、彼女が夫と南米パラグアイに作り出した「新ゲルマニア」というドイツ人入植地の話がある。反ユダヤ主義の運動家だった夫はユダヤ人のいない土地に純血ゲルマン人の国の建設を夢見たのだ。

ちなみにニーチェその人は人種混血の礼賛者で、この企てに反対したという。ナチスの台頭の数十年前のことだが、後にドイツに帰国した妹はヒトラーらとも親交を結んだ。英国人の伝記作家は１９９１年に、ドイツ人たちが入植したパラグアイの奥地を訪れている。

その末裔《まつえい》は多くが生気のない老人だった。近親婚で病気が多く、金髪碧眼《へきがん》だけが際立つ純血主義の末路をうかがわせた。現地の医師は「彼こそが未来だ」と青い目と褐色の肌の健康そうな混血青年を指させた（Ｂ・マッキンタイアー著「エリーザベト・ニーチェ」）。

「私の祖先はドイツ、オーストリア、ポーランドの移民だ。妻の両親は中国とベトナムからの亡命者だ。米国が移民国家であることを誇るべきだ」（フェイスブックCEO、ザッカーバーグ氏）。トランプ政権の入国禁止令に米企業からの反発や批判が相次いでいる。

外国人や移民が多く働くIT企業はもちろん、トランプ氏に近いフォードも「わが社は豊かな多様性を誇りにする」と大統領令を批判した。個人や集団の多様性こそが新たな価値や競争力の源泉となった現代だ。米国企業には生き残りにかかわる排外政策の今後である。

思えば、アップル創始者のジョブズ氏も実父は入国禁止国となったシリアの移民だった。「未来」のありかを見間違ってはならないトランプ政権である。

＊トランプ大統領はシリア難民の無期限受け入れ停止をはじめ、テロの懸念があるとする7カ国の入国ビザ発給を停止する大統領令に署名した。

マディソン的民主主義（2017・2・7）

トランプ大統領の司法批判

何人もの「建国の父」が制定にかかわった米国憲法だが、中でもとくに「憲法の父」と呼ばれる人がいる。第4代大統領になったジェームズ・マディソンで、その草案を起草し、市民の基本的人権を定めた権利章典（修正条項）も成立させた。

マディソンが憲法制定で心をくだいたのは、権力の集中を防ぐことで、とりわけ多数者が少数者の権利を侵害することを恐れた。マディソンが守ろうとしたのは少数の富裕者だったが、多数派の圧政から少数派の自由を守る憲法の存在意義は後の世へと受け継がれる。

米政治学者ダールは民主主義を分類し、司法や諸集団の利害によって権力が制限される「マディソン的民主主義」と、多数決を人民の意思とする「ポピュリズム的民主主義」とを挙げた。そして今日、選挙の勝利をたてに、司法を口汚くののしる大統領の出現である。

中東など7カ国からの入国を一時禁止する大統領令を差し止めた連邦地裁命令をめぐり、その判事に「何か起きたら彼と裁判制度のせいだ」と反論したトランプ大統領だった。大統領が司法の判断を批判する前例はあるものの、判事を個人攻撃するのは異例だという。

就任直後から大統領令を連発するトランプ大統領だが、マディソンが仕込んだ三権分立の「抑制と均衡」からは逃れられない。大統領令で権利を侵される者が提訴すれば司法は黙っていないし、予算支出が必要な政策は議会の過半数の賛成を調達しなければならない。

その虚実をとりまぜたツイッター攻撃で、まるでポピュリズムの力試しをくり広げるかのような大統領である。米国のマディソン的民主主義の正念場だ。

敵役退治の手並み（2017・2・8）

小池百合子劇場の絶好調

「みるとそのままにくらしく、無理な事のみいい、いかつがましき顔つきする。悪人方ともいう」。何かといえば、元禄時代に編まれた職業図説に記されている歌舞伎の「敵役《かたきやく》」についての説明だ（「新版・歌舞伎事典」平凡社）。

ただし後の時代の「色敵《いろがたき》」のように、いかついどころか若い美男の敵役もあって、これが残忍だったりする。それに対して「実悪《じつあく》」「立敵《たてがたき》」はいかにもという敵役中の敵役、主家乗っ取りを図るような役柄という。「国崩し」ともいうから一家一国を滅ぼす悪である。

さて既得権益をむさぼる守旧勢力を敵役とし、徹底対決の姿勢をとって世の喝采を浴びる昨今の劇場政治である。海の向こうでトランプ一座が大当たりしたが、日本では小池百合子東京都知事を座元とする「小池劇場」が「都民ファースト」を合言葉に大人気である。

先日の千代田区長選では支援した現職が都議会自民党の候補に大差で勝利し、7月の都議選での自前の地域政党からの大量擁立に弾みをつけた。絶好の敵役とされたのは同区が地盤の都議会自民党の実力者、内田茂氏で、この惨敗で引退に追い込まれるはめになった。

見ると憎らしくなるような重量感ある敵役の退場は「小池劇場」には痛手だが、そこは大物敵役には困らぬ座元である。豊洲市場問題では石原慎太郎元都知事の責任を突き、五輪準備では森喜朗大会組織委員会会長との反目を押し出せば、世の耳目はくぎ付けとなる。

敵役退治の手並みのほどは十分に分かったが、その勢いで何を成し遂げるつもりなのか。海の向こうでもこちらでもそろそろ知りたい「ファースト」の内実である。

トランプ政権の新語法

ディストピア小説復活（2017・2・10）

16世紀にトマス・モアが描いた理想郷「ユートピア」は生活の細部まで規制された管理社会である。理想郷の反対を「ディストピア」というが、むしろ20世紀に書かれたいくつかのSFや未来小説のディストピアに似ているのが皮肉である。

そんなディストピア小説が米国で売れている。誰もが知る明白なウソをトランプ政権高官が「もう一つの事実」と言ったのが、G・オーウェルの小説「1984年」に出てくる新語法《ニュースピーク》や二重思考《ダブルシンク》を思い起こさせたのである。

おかげで「1984年」だけでなく、S・ルイスの「合衆国ではありえない」、A・ハクスリーの「すばらしい新世界」も一時ベストセラー入りした。ナチズムやスターリン体制の影を宿した前世紀の文化遺産ともいえるディストピア小説だが、時ならぬ復活となった。

日本でも小松左京の40年前のSF短編「アメリカの壁」が国境に壁を造るトランプ政権を連想させるとネットで話題になっている。小説は孤立主義の政権下で米国が突然世界との交通・通信が断たれる超常現象に見舞われる話で、内に閉じこもる米国を予見した形だ。

以前はSF的な作品によって描き出された「もう一つの世界」が、目前の現実離れした現実と重なる今日の米国である。先のルイスの小説の題名は、ナチに似た政権台頭を目の当たりにしながら米国にファシズムはありえないと自分に言い聞かせる市民の独白という。

10日にトランプ大統領と会談した後、ゴルフと5回の食事を共にして親交を深めるという安倍晋三首相である。「もう一つの世界」に浸り込み、現実に帰れなくなるSF小説的な展開も頭をよぎる。

おお、この罪の悪臭（2017・2・16）

金正男氏の暗殺事件

きのうに続きシェークスピアである。「おお、この罪の悪臭、天にも達しよう。人類最初の罪、兄弟殺しを犯したこの身、どうしていまさら祈ることができよう」。「ハムレット」で国王クローディアスが兄を毒殺した罪におののくせりふだ。

「人類最初の罪」とは旧約聖書でカインがアベルを手にかけた兄弟殺しのことである。兄王の子ハムレットは叔父クローディアスが寝ている父の耳にヘブノンという毒を注いで殺したことを父の亡霊に告げられたのである。

さてこちらはまだ亡霊のお告げがないから黒幕が誰かは確認されていない。マレーシアの首都空港で北朝鮮の金正恩《キムジョンウン》朝鮮労働党委員長の異母兄、金正男《キムジョンナム》氏が毒物らしきものによって暗殺された事件である。現地の警察はその実行犯とみられるグループを捜査している。

「ウエットワーク（wetwork）」とは諜報《ちょうほう》員による暗殺指令をいう。手口から見て何らかの組織的な背景をもつ犯行に間違いはない。外国での毒物による暗殺は旧ソ連圏の情報機関が用いた手法で、その〝伝統〟を継ぎ、今時堂々とやってみせる国や組織はそうはない。

一時は北朝鮮の権力世襲に批判的発言をした正男氏だが、昨今は金正恩体制を脅かす政治的な影響力は皆無とみられていた。だが韓国の政府機関は正男氏殺害の計画が5年前から執拗《しつよう》に試みられたのを明らかにし、暗殺は正恩氏の指示によるという見方を示している。

古代や中世の血なまぐさい宮廷劇と前世紀の非道な全体主義支配が混交する北朝鮮のグロテスクである。それが外国での傍若無人な毒殺テロをもたらしたのなら21世紀の世界は黙っていられない。

ソフィスト裁判（2017・4・19）

諫早湾司法判断の迷路

古代ギリシャのソフィストは、ああいえばこういう連中だった。絶対に負けない弁論術を教え、もし裁判で負ければ授業料は返すという弁護士教室。そこで課程を終えた弟子が先生を訴え、授業料の返還を求めた。

「裁判で自分が勝てば判決で授業料は戻るし、負ければ約束通り授業料は返還される」。こう言う弟子に先生は反論した。「もしおまえが負ければ判決によって授業料は返さなくていいし、おまえが勝てば授業料は返さない約束だ」。

三浦俊彦著「論理サバイバル」から話を借りたが、さて裁判長はどちらに軍配を上げるか。言うことはどちらも「正しい」が、請求を両立させることはできない。ところが現実の裁判で正反対の請求が両立してしまったらどうなるのか。

諫早湾干拓でギロチンと呼ばれた潮受け堤防閉め切りから今月で20年となった。おりしも先日、干拓地の営農者が求める堤防の開門差し止めを命じた長崎地裁判決があった。7年前に開門調査を命じた福岡高裁判決と逆の判断である。

すでに確定した高裁判決による開門調査を求める有明海の漁業者は国に控訴を要求している。真っ向から対立する農民と漁民の利害を背景に、ねじれ状態となった司法の判断である。開門しないことによる国の制裁金の支払いも続く。

止められぬ公共事業と環境破壊を心に焼きつけたギロチンの光景だった。海を断ち切った鋼板はその20年後も人々の生業と暮らしを分断し、司法をも迷路に追い込んだ。政治はどこで何をしてきたのか。

首相官邸のよしの冊子（2017・5・27）

前文科次官の醜聞報道

「おれも力が抜け果てた。これではもう酒ばかりのんで死ぬだろう」。これは鬼平《おにへい》こと長谷川平蔵が一向に昇進できぬ塩漬け人事を嘆息した言葉だ。このグチ、時の老中、松平定信にひそかに報告されている。「よしの冊子《ぞうし》」とは定信が家臣の隠密から集めた幕府の役人らの動静や風聞、世相一般の極秘記録である。なかには収賄などの情報や醜聞もあるが、摘発が主な目的ではなく、情報は政治的に利用されて定信の権力を裏側から支えた。

もしや今も似たような冊子があるのか。「総理のご意向」文書は実在すると語った前文部科学事務次官の奇怪な醜聞だ。その出会い系バー通いが新聞で唐突に報じられると、当人はすでに昨秋首相官邸から注意されていたと明かした。

その官邸は文書をろくに調べる気配も見せずに官房長官が怪文書扱いし、来歴を明かした前次官を口をきわめて攻撃した。文書の信頼性を否定したいのだろうが、そうまですれば逆に「なぜ？」との疑問をばらまいているようである。

そもそも政策決定がゆがめられた疑惑に対し、文書が「ない」やら「確認できない」のがありえない。役所の文書主義は意思決定の合理性・公平性を担保する大原則で、今ではデータ保管に場所は要らず、削除後も多くは復元できる。

どんな怪しい意思決定も余人が後日検証できる策がなく、役人は政権中枢の意向のそんたくに必死で、逆らう役人は弱みを握られて葬られる……念のため言い添えるが、「よしの冊子」の時代のことである。

＊文科省の「総理のご意向」文書とは、加計学園の獣医学部新設計画をめぐり内閣府から「総理のご意向」だと早期開学を促されていたことを記した文書。官房長官は怪文書扱いしたが、前事務次官はそれが存在すると話していた。

天皇退位へ特例法成立

元勲の皇位論争（2017・6・10）

「至尊《しそん》（天皇）といえども人類なれば、その欲せざる時には何時にてもその位より去るを得べし」。こう主張したのは皇室典範を起草した井上毅だった。1887年、東京・高輪の伊藤博文邸での会議の席である。

典範草案は天皇が重患の時には譲位を認めたのに対し、伊藤は「天皇の終身大位に当たるは勿論《もちろん》なり」と譲位を否定した。井上の先の言葉はそれへの反論だが、伊藤は天皇の個人意思に皇位を委ねるべきでないと譲位規定を削除する。

こうして国民はもちろん天皇の目も届かぬ元勲たちの会議で決められた皇室典範は近代の天皇の退位を認めなかった。そして今、実に200年ぶりとなる天皇の退位を実現するための特例法を成立させたのは主権在民下の国会だった。

元勲らの議論のいう「人類」たる天皇と安定を要する国家制度の皇位との矛盾を宿した近代天皇制である。象徴天皇のあり方を身をもって示してきた天皇陛下が、「おことば」ににじませたのは現代民主国家におけるこの問題だった。

「国民の理解と共感」がキーワードとなった以後の議論である。退位は皇室典範改正でなされるべきだとの筋論は最後まで残ったが、国会は「将来の先例になりうる」との政府答弁をふまえて特例法を〝国民の総意〟へとまとめあげた。

主権者たる国民一人一人が象徴天皇制のあるべき姿を陛下の歩みを振り返りながら考えたこの10カ月だ。

付帯決議のいう皇位の安定的継承にむけた今後の取り組みも、むろん元勲なしでやっていける。

ソリテス・パラドックス（2017・6・15）

組織犯罪改正法案、異例の採決

「ソリテス・パラドックス」という逆説がある。ソリテスは「積み上げられた物の」という意味だが、日本では「砂山のパラドックス」ということが多い。砂山はその砂を1粒取っても、砂山なのは変わらない。さらに1粒、また1粒取っても砂山だが、いつか最後の1粒になっても砂山かといえばもちろん違う。では何粒以上が砂山だと決めようにも線引きができない。砂山という言葉のあいまいさと連続的な変化の間に生まれる逆説である。

「組織的犯罪集団」と「一般人」とは縁遠く聞こえる。だがこれも砂山と同じく線引きできないあいまいな言葉だと明らかにしたこの間の国会論戦だった。共謀罪あらためテロ等準備罪を新設する組織犯罪処罰法改正案の審議のことだ。

政府答弁の示すところ、一般人は捜査対象でないとの説明は当局が捜査対象にしない人は一般人だというのにすぎぬようだ。法相が捜査対象に新たに組織的犯罪集団の「周辺者」を持ち出すはめになったのも境界のあいまいさからだ。

審議を通じて国際条約締結に不可欠という説明にすら疑義が生じたこの法案だった。なのに摘出された疑問はすべて放置したまま、参院委採決を省略しての本会議での採決だという。審議は形だけの儀式かと慨嘆する方も多いだろう。

異例の国会運営の背景には加計問題追及の舞台となる会期の延長を避けたい政権与党の思惑があるとい

う。国会が政府の専横を抑止する民主主義の砂山からごっそりと砂の固まりを取り去っていくのは誰か。

「加計」究明さなかの国会閉会

銃声後のクリフハンガー（2017・6・17）

連続ドラマのシーズンエンド、物語途中で死んだはずの人物が突然銃を持って主人公たちの前に現れる。画面は暗転、2発の銃声が響き「つづく」の文字。米国ドラマの似た場面が思い浮かぶ方もおられよう。

次シーズンへ視聴者の興味をつなぐこのようなエンディングは「クリフハンガー」と呼ばれる。崖で宙づりとなった状態を意味しているが、米国の連ドラであぜんとさせられるのは、そのまま続編が作られないことがよくあるからだ。

ドラマ打ち切りの理由は視聴率や制作費の事情、俳優や放送局の都合などなどである。唯一かえりみられないのは視聴者の不満だろう。ただし宙づりで放置される視聴者も慣れたもので、後は自分で想像すればいいということらしい。

こちらは文部科学省の内部文書の記述と、内閣府の調査の食い違いが判明した加計学園の獣医学部新設問題である。新たに首相官邸の指示を示すメールも明るみに出て、さあ国会での真相究明は佳境へ――と思ったら会期終了という。

きのうの集中審議では官邸の不当介入を追及する野党に対し、首相は手続きは適正との弁明に努めた。ならばいよいよ注目の前文科事務次官はじめ関係者の議会証言で事実経過が判明するのかどうかという場面でのクリフハンガーだ。

政府・与党はこのままドラマを打ち切って素知らぬ顔をするつもりらしいが、国民が米国のテレビ視聴者のようにおとなしくしているとは限らない。崖っぷちで宙づりにされたのはこの国の民主主義である。

都知事の豊洲市場移転表明

「朝起き福の神」。めでたい文句だが、魚河岸の仲卸などで使われていた符丁《ふちょう》で「あさおきふくのかみ」の9文字で1～9の数を表す。つまり「お」は3、「の」は7で、部外者に分からぬよう用いたそうだ。

約50年前に刊行された「魚河岸百年」は、店ごとに決めていた符丁をいくつも紹介している。「たからぶねいりこむ（宝船入り込む）」「いつまでもかわらず（いつまでも変わらず）」。縁起のよい言葉に込めた魚河岸の願いである。

よろしかるべきこと（2017・6・21）

さて築地市場の豊洲移転問題では「よろしかるべきこと（よろしかるべき事）」をめぐって市場関係者の意見が割れた。議会各派の主張も分かれ、東京都民、いや全国民が注目するところとなった小池百合子都知事の「決断」である。

「築地を守り、豊洲を生かす」。その都知事の説明は何とも分かりにくいものだった。豊洲への移転を行った上で、築地にも市場機能を残して5年後に再開発するという。豊洲も新たにITを活用した物流拠点へと再整備する構想だ。

そういえばアウフヘーベン（止揚《しよう》）という難しい哲学用語で市場移転問題を語っていた都知事だった。なるほどどこの言葉を用いた哲学者のヘーゲルが「あれもこれも」の哲学だという批判を受けていた理由が今になってよく分かった。

国政への影響も大きそうな23日からの都議選だが、都民が審判を下すには、もっと説明のほしい都知事の市場移転構想である。それは魚河岸の願い「あきないのしやわせ（商いの幸せ）」をもたらせるのか。
＊豊洲市場は翌年10月11日から取引が始まった。

テディベアとルーズベルト（2017・7・20）

中国でプーさん削除

1902年秋、米ミシシッピ州の湿地帯で狩りをしていたセオドア・ルーズベルト大統領の従者が子グマを追い詰めた。従者が仕留めるよう促したが、「スポーツマン精神にもとる」と大統領は発砲を拒んだ。この場面がマンガ入りで紹介されると国中の新聞の1面を飾り、子グマは国民的キャラクターになった。やがて大統領のあだ名「テディ」を冠したテディベアのぬいぐるみが作られ、大人気を博した。

その24年後のことである。英国の児童文学者ミルンは息子が持っていたテディベアのぬいぐるみに着想を得て、児童小説「クマのプーさん」を発表する。後にディズニーのアニメとなるプーさんだが、実は米国への里帰りなのだった。

テディベアと違い、こちらの権力者はクマと関連づけられるのを好まないようだ。かねて体形をプーさんと比べられてきた習近平氏を最高指導者にいただく中国で、プーさんに関連した投稿や画像がネットから削除されているという。

共産党大会を前に指導者の威厳を損なう書き込みや画像を当局が検閲しているらしい。好感度の高いプーさんのようなキャラでも許さないのが小役人の発想だ。体形ゆえか、性格ゆえか、検閲はドラえもんのジャイアンにまで及んだ。

権力者と動物といえば、旧ソ連のこんなアネクドート（風刺小話）も思い出す。集団農場を視察したフルシチョフの写真説明――「豚と書記長（右から2番目）」。どんな抑圧下であれ権力者の威厳など一瞬で吹き飛ばす民の目と口である。

小池都知事の追悼とりやめ

クローデルの虐殺報告（2017・9・1）

「災害後の何日かのあいだ、日本国民をとらえた奇妙なパニックのことを指摘しなければなりません」。劇作家でフランスの駐日大使を務めたポール・クローデルは本国の外務省に関東大震災の報告をした。

放火や略奪の流言が飛び交う中でのことである。「人々は不幸な朝鮮人たちを追跡しはじめ、見つけしだい、犬のように殺しています。私は目の前で1人が殺されるのを見、別のもう1人が警官に虐待されているのを目にしました」。

クローデルその人は当時の日本外交に同情的で、震災下でがまん強く救援をまつ日本の庶民には温かな視線を注いだ。その日本の友にして、日本政府の虐殺事件への声明が朝鮮人の非にも触れているのを「へたな説明」と切り捨てた。

関東大震災から94年となる防災の日である。10万人を超える震災の死者を悼む日だが、今年は小池百合子東京都知事が朝鮮人虐殺事件の犠牲者への追悼式典に追悼文を送るのをとりやめたという。追悼文送付は歴代知事の慣行だった。

背景には事件による犠牲者数をめぐる論議があったらしい。だが千人単位の虐殺があったのは国も認めるこの事件だ。災害と流言、偏見と民族差別が招いた痛恨の歴史的経験を軽んじるのが国際都市・東京のトップの名誉となるのか。

今や国政レベルでもキーパーソンとなった小池氏である。各国の外交団もその人となり、政治姿勢の分析を進めていよう。ならばこの一件、本国への報告にどう記されているのか。のぞけるならばのぞきたい。

こん棒外交のルール（2017・9・22）

米・北の恫喝合戦

日露戦争の講和をあっせんしてノーベル平和賞を受けた米国大統領セオドア・ルーズベルトだが、人柄は平和的でなかった。自前の義勇軍を率いて戦場に赴くなど、歴代大統領の中でも名うての戦争好きだった。

「こん棒外交」とは武力を背景に米大陸の国々に介入した彼の外交をいう。「大きなこん棒を持って、静かに話せ。そうすれば話は前に進む」。彼はそう語り、帝国主義時代の米国の影響力を広げた。

大きなこん棒を持つ者は騒いではいけない。逆に決定的な力のない者がハッタリを言う。それが従来の国際政治の常識だった。だから先日、トランプ米大統領が北朝鮮の「全面的破壊」を口にした時、国連の議場がざわめいたのも無理はない。

大言壮語で戦争の危機をあおって実利を引き出すのは北朝鮮の指導者の得意芸である。核やミサイルの開発もそのための道具にほかなるまい。しかし対する米大統領まで似た芸風に染まるとは昨年まで誰も予想しなかった展開である。

北の外相がこれに「犬がほえる声」と応じたのは、殲滅《せんめつ》やら火の海やらといった脅し文句の大好きな自分たちのお株を奪われたからか。米大統領には北が求める戦略的対等にお墨付きを与えるような恫喝《どうかつ》の激しさ比べは得策といえまい。

ここは北の暴発を抑止しつつ、国際社会の対北制裁の結束をリードする静かで大いなる力を示してほしい米大統領である。ついでながらこん棒外交の大統領は退任後、第一次大戦での愛息の戦死によりすっかり元気を失ったそうである。

群集と公衆（2017・9・23）

「炎上」20代は1割が参加

「群集心理」という言葉をよく耳にされよう。人が群れると表れる非日常的心理で、人はそこで個性や責任感を失い、暗示にかかりやすくなって他人と同化する。感情的で非論理的なのも「群集」の特徴という。

この群集が文明の主役となる予感に人々がおののいた20世紀初め、仏社会学者のタルドは、群れることなくメディアを介し自律的に結びつく「公衆」に注目した。群集とは対照的な公衆の知性や中庸《ちゅうよう》に新世紀の文明の希望を託したのである。

「群集は過去の、公衆が未来の社会集団である」とタルドは述べた。だが現実はそうなってはいない。ネットやメディアを介して結びつく人々の間に巻き起こる群集心理に似た現象や行動を目の当たりにせねばならぬ1世紀後である。

昨年度の文化庁の国語世論調査ではネット上での批判の投稿の殺到――「炎上」をめぐる質問もした。それによると、炎上を見たら自分も書き込みや他サイトへの再投稿（拡散）をするという人が、20代では1割を上回ったのである。

数字は「たまにする」「大体する」を合わせたもので、むろんいつもというのではない。それにしても全体では3％に満たないなかでの20代の突出ぶりはどうしたことだろう。世代別で次に高かった10代もその半分以下の割合だった。

「群集は変化しないが、公衆は時代とともに進歩する」。こんなタルドの期待ともうらはらに、群集はテクノロジーとともに進化した。私たちの内なる「群集」を見すえねばならぬ21世紀の文明の難所だ。

路上の逆上（2017・10・17）

東名あおり運転死傷事故

「ロード・レイジ」は直訳すれば「路上の逆上」で、米国では自動車のドライバーをたけり狂わせる憤怒をいうらしい。T・ヴァンダービルト著「となりの車線はなぜスイスイ進むのか？」（早川書房）で知った。

歩いている時は紳士的なグーフィーが車を運転するや攻撃的で危険な性格に一変するのは70年近く前のディズニーアニメである。後ろからあおられた時、無理な割り込みをされた時、カッと頭に血がのぼる経験は誰しもお持ちだろう。

「現代人はサイボーグなのだ」とは米社会学者カッツの言葉という。グーフィーのアニメがいうように車という鎧《よろい》をまとって一体化する。鎧の中で匿名化した自我は普段の抑制から解き放たれ、怒りを招く他者に攻撃的になっていく。

そうだとしても、こんなひどい話は聞いたことがない。高速道路の追い越し車線で他の車の進路を阻んで止めさせ、追突死亡事故を招いた疑いで男が逮捕された先日のニュースだ。こちらは全身凶器と化したサイボーグというべきか。

男はパーキングエリアでの不正駐車を被害者に注意されたのに怒って高速道路でつきまとい、この挙に及んだという。以前にも他の車への低速での進路妨害をくり返しているから、まさに人車一体のいやがらせの常習者だったらしい。

むちゃな運転に迷惑しても怒りは抑えた方がよさそうだが、こんな手合い相手ではどうしようもない。無法運転や暴力は警察に通報し、ドライブレコーダーなどでの自衛も考えたいロード・レイジ対策である。

けんか名人の大誤算（2017・10・24）
小池新党の敗北

江戸の人の習いごと熱は生半可でなく、珍妙な師匠もたくさんいたそうな。なかには「秀句《しゅうく》指南」というのもあった。俳句や川柳を教えるのではない。「秀句」とはシャレ、はっきり言ってダジャレのことだ。「ありがたいねえ」と言われたら「蟻《あり》が鯛《たい》なら芋虫ゃ鯨」と返せ。「猫に小判」には「下戸《げこ》に御飯」と言え……。こんなことを人に教えて商売になったというから、江戸というのはすごいところである（杉浦日向子著「一日江戸人」）。

落語の「あくび指南」はこの風潮を皮肉った噺《はなし》で、その枕には「けんか指南」も出てくる。こちらはけんか上手で聞こえ、自ら指南した塾生もいる東京都知事。その乾坤一擲《けんこんいってき》、あわよくば天下取りと仕掛けた大げんかの大誤算である。

もちろん小池百合子氏の希望の党である。自民党を向こうに回して一挙に民進党をのみ込んだ手並みが世を驚かせたが、リベラル派相手の「排除します」の〝拙句〟で勝負運はすぐに去った。結果は、左右のけんか相手の勝利であった。

もともと内閣支持率が不支持率を下回るなかでの衆院選である。このような状況で与党が勝利したのは、今の選挙制度になって初めてという。野党を分裂させ、与党に漁夫の利をもたらしたけんか上手に必要なのは秀句指南だったか。

2大政党制や多党制など、政党間の関係を政党システムというが、政党政治には民意を的確に映す政党システムが欠かせない。見境ないけんかで壊れたシステムを立て直す政治的な賢慮が問われる野党各党である。

＊希望の党は総選挙で50議席を獲得したが、与党の勝利を許したばかりか野党第1党の座も結成したばかりの立憲民主党に奪われた。

習近平総書記1強体制の確立

雍正帝の脅し術（2017・10・26）

若手秀才官僚の王雲錦がある夜、親戚や知人とカルタをしていると突然1枚足りないのに気づき酒宴に変えた。翌日、参内《さんだい》すると皇帝から「きのうは何をしていたか」と聞かれたので、ありのままに答える。「内輪のことでもうそをつかないのはよろしい」。皇帝がそう笑って袖から出したのは、前夜なくなったカルタだった――この皇帝こそ清朝の第5代君主、雍正帝《ようせいてい》だった。次の乾隆帝《けんりゅうてい》の世、大清帝国の絶頂期の礎を築いた皇帝である。

雍正帝は功臣や兄弟まで粛清してその地位を固めた後、官僚の党派根絶と腐敗摘発に強権を振るった。王雲錦の話も皇帝の監視能力を宣伝するために広めたらしい。その独裁体制の仕上げが知識人への言論弾圧「文字の獄」であった。

18世紀の清は世界で突出した経済超大国だったのを思えば、何やら今の中国共産党の習近平総書記のめざすところがダブって見える。「習1強」と評される人事を固め、自らの名を冠した指導思想を掲げる2期目の新体制が始動した。

世紀半ばに「社会主義現代化強国」を築くとの目標を掲げた習氏である。つまり党独裁下で軍事も経済も世界第一級の先進国にするという。だが個の自由や多元的価値を単一の指導理念に押し込めて文明の「現代化」は果たせるのか。

雍正帝は皇太子を立てずに、死後開封される勅書で跡継ぎを示す「太子密建《たいしみっけん》」も創始している。後継者を示さぬ異例の人事も臆測を呼んだ習新体制だが、もしや後継を競わせ求心力を保つ才知も継承したのか。

＊翌18年3月には国家主席の任期を2期10年とする制限が撤廃され、習主席の長期にわたる続投への道が開かれた。

試練の中の「寛容」（2017・11・3）

宗教改革500年で式典

ローマ教会の免罪符販売を批判するマルティン・ルターがドイツ東部のウィッテンベルク城教会の扉に「95カ条の論題」を張り出したのは1517年だった。昔、世界史の授業で習った宗教改革の発端である。

久々に思い出したのは先日、メルケル首相や新旧両教会の代表が同地に集まり、宗教改革500年の式典が行われたとのニュースを聞いたからだ。参列者は多様な意見を尊重する「寛容」など、改革の遺産の重要さを強調したという。

だが「寛容」の思想の定着までには血みどろの宗教戦争を経験せねばならなかった欧州の歴史だ。さらに信教の自由が確立したとされた後も「寛容」は何度も厳しい試練をくぐる。では100年前の宗教改革

400年はどうだったか。

時は第一次大戦の最中。ドイツは仏露との戦争をカトリックやロシア正教の国との闘争に見立て、ルターの事績を戦意高揚に利用した。例の教会の扉も修復され「論題」が刻まれた（深井智朗著「プロテスタンティズム」中公新書）。

ヒトラーの時代にルターの著作がユダヤ人迫害に利用されたことも忘れるわけにいかない。歴史は必ずしも「進歩」するとは限らない。先日の式典で寛容が強調されたのも、反イスラムを掲げる排外主義が台頭する中でのことである。

式典と同じ日、米ニューヨークではイスラム過激派に影響された男の自動車暴走テロが起こった。異質なもの、異なる信仰を認め合う世界をめざす営みが、なお試練にさらされる宗教改革500年である。

「ひっかき」もあり？（2017・11・15）

日馬富士暴行事件

平安時代の相撲節《すまいのせち》に出場した相撲人《すまいびと》・久光の得意技は爪を伸ばして相手をひっかくことだった。だがある時、怒った相手に頭をつかまえられ悶絶《もんぜつ》してしまう。以後、久光はこの相手との取組から逃げ回ったという。

「古今著聞集」にある話だが、相撲節ではひっかきもありだったのか。新田一郎さんの「相撲」（日本武道館刊）によれば、今の相撲も禁手は少なく、顔面への頭突きや肘、膝打ち、種々の関節技などもルール上は禁手でないそうだ。

なのにそれらが抑制されるのは、相撲が他の多くの格闘技と違い「相手を痛めつけることを目的としない」からだという。だから打撃や関節技への防御策もあまりない。相撲の「技法」はそうした規則と抑制の中でつちかわれてきた。

そんな抑制の美学が身に深くしみこんでいたはずの横綱である。懇親の酒席で、後輩力士をビール瓶で殴ったというのには絶句せざるをえない。横綱・日馬富士《はるまふじ》関が同じモンゴル出身の前頭・貴ノ岩関にけがをさせたというのである。

相撲協会に提出された診断書は「頭蓋底骨折」となっているから軽いけがではない。すでに警察にも届け出ずみとのことで、ならば協会はいつこの事件を知ったのか。九州場所3日目の力士らを襲った衝撃はただならぬものがあろう。

日馬富士というしこ名には「相撲界に陽をかざしてほしい」との親方の願いがこめられていた。軽量のハンディを強気でのりこえる相撲に魅了されてきたファンには、ただただ悲しい土俵外の禁手である。

＊日馬富士は「事件につき横綱としての責任を感じた」と、11月29日に引退届を提出した。

「で、みんなどこに？」（2017・12・16）

オウムアムアの飛来

「で、みんなどこにいるんだい？」――ノーベル賞学者のフェルミは問うた。宇宙に地球のような星は数多いはずなのに、なぜ人類は宇宙人やその痕跡に出会わないのか。「フェルミの逆説」と呼ばれている。

問いかけは科学者、哲学者、作家からSF好きの小学生まで巻き込む論争を生む。「恒星間の航行は技術的に困難」「地球以外に知的生命はない」「宇宙人の来訪や信号を人類が認識できない」「宇宙人は引っ込み思案なのだ」……。

「動物園仮説」とは地球は宇宙人の動物園か自然保護区で、人類は遠くから見物されているというもの。宇宙には電波を出すような生命体を探し、殺りくして回る連中がいるという怖い説もあって「皆殺し集団仮説」と呼ばれている。だから先ごろ、太陽系外から飛来した天体が史上初めて観測されたという発表があった時、身構えた方もいよう。しかもこと座方向から来たこの天体、長さ400メートルの葉巻形で、太陽系の小天体にはなかった形状だからドキッとする。

天体が「オウムアムア」、ハワイの言葉で「最初の偵察者」と命名されたのも成り行きだろう。ホーキング博士が率いる研究グループは天体が発する電波などを調査したが、信号が検出されなかったのには落胆すべきか安心すべきか。

オウムアムアはすでに地球からは遠ざかりつつあり、やがてペガスス座方向へ向けて太陽系を去る。未知の方法で地球人の行状を見てしまった宇宙人は、もしや殺りくを恐れて息を潜めているのではないか。

日本語の「魅力」（2017・12・28）

6万漢字がコード化

戦後間もない国語審議会で当用漢字を選んでいた時のことだ。「魅」という字をどうするかで漢字制限派の学者が「魅力、魅惑、魑魅魍魎《ちみもうりょう》の3語でしか使わないから要らない」と主張し、外されそうになる。

結局、当用漢字になったのは作家、山本有三の冗談半分の一言のおかげだった。「しかし、魅力と書けないと日本語に魅力がなくなる」（大野晋著「日本語と私」）。教育の普及を大義名分とする漢字廃止論が唱えられた時代であった。

選ばれた1850字の当用漢字も、漢字廃止までさしあたり用いる字という趣旨だった。それから70年余、現代日本で使われている漢字はどれくらいの数なのか。調べたら約6万字という。戦後の漢字廃止論者が聞いたら目をむこう。

その約6万字をコンピューターで扱うための国際統一規格化が完了したという先日の発表だ。今まで統一文字コードが割りふられた漢字は約1万字にすぎなかった。今後は地名や人名の異体字などもコンピューターで一括して扱える。

例えば「斎藤」や「斉藤」の「さい」には約60種に及ぶ漢字があるが、今まで扱えたのはその4分の1程度だった。こうした人名など、互換性のない外字に頼ってきたデータが正確にやり取りでき、ビッグデータの活用も容易になる。

アルファベットですべてを表す言語と比べ、互換性のない漢字は日本の人工知能（ＡＩ）開発でもハンディになっていたという。その障壁を一つ破ったところでＡＩにも感じてほしい日本語の「魅力」である。

二〇一八年（平成三十年）

偽フォロワー販売会社

ネット社会の「影の病」（2018・1・31）

若き日の芥川龍之介が耳にした奇談を書きとめた「椒図志異《しょうずしい》」に「影の病」という話がある。ある人が自分の部屋で机に伏している自分の姿を見た。よく顔を見ようと近寄ると、それはすぐ走り去って消えた。

そう、影の病とは自分の姿を自分で見るドッペルゲンガーのことである。芥川は自死にいたる晩年、自分の身に起こったドッペルゲンガーについて語り、小説「歯車」では自分の分身があちこちで知人らに目撃される話を書いている。

何とも不吉なドッペルゲンガーである。ならばソーシャル・ネットワーキング・サービス（SNS）で自分のアカウントやプロフィルが勝手にコピーされて有名人のフォロワーになり、自動的に「いいね」を送っていたらどうだろう。

英BBCのウェブサイトによれば、米国で他人の身元を盗み、SNSユーザーに大量の偽フォロワーを販売したとされる会社への捜査が始まるという。偽フォロワーを買っていたのは俳優や起業家、政治評論家らの著名人たちだった。

当の企業は違法行為を否定したが、今や恐るべきはSNSのフォロワー数が持つ影響力である。偽フォロワーを金で買えるなら支払いは惜しまぬという向きが多いのは間違いない。ドッペルゲンガーで「世論」は作れるという次第だ。

実際、米国のケースではリベラル派も右派も世論の支持を装うのに偽フォロワーを利用していた。いやはや当人の知らぬ間に分身がせっせと影響力のペテンに奉仕させられるネット社会の「影の病」である。

石牟礼道子さん死去

高漂浪きの人（2018・2・11）

「高漂浪《たかされ》き」とは何か。「狐《きつね》がついたり、木の芽どきになると脳にうちあがるものたちが、月夜の晩に舟を漕ぎ出したかどうかして、浦の岩の陰に出没したり、舟霊さんとあそんでいてもどらぬことをいう」。「苦海浄土《くがいじょうど》」の一節という。魂が身からさまよい出て諸霊と交わって戻らないさまをいう方言らしい。

著者の石牟礼道子さんは自分をこの高漂浪きだと言っていた。水俣病の患者らの話に引き寄せられて始まったその魂の漂泊だった。

「こやつぁ、ものいいきらんばってん、ひと一倍、魂の深か子でござす」。胎児性水俣病で口のきけぬ少年の祖父はそう語っていた。水俣病で亡くなった人、苦しみを語れぬ人との魂の交感を言葉に紡いできた石牟礼さんの旅である。

海と山のおりなす自然と暮らしの中で狐や舟霊、人から抜けた魂が行き交ったかつての水俣だ。その小宇宙を人間ともども破壊した近代産業の罪科を、過去の世界からさまよい出た魂のまなざしにより描き出した「苦海浄土」だった。

ものが言えないからこそ魂は深くなる。惨苦を生きる人にこそ聖なるものが宿る。深い悲しみから生まれる美しさがある――「物が豊かになれば幸せになる」という近代文明の傲慢と恐ろしさを胸に染み入らせた石牟礼さんの文業だ。

東日本大震災この方その文学が再認識されたのも、富や力の左右する世界しか見えぬ昨今の精神の貧血状態からの揺り戻しではないか。石牟礼さんの旅立って行ったあの世が古き良き水俣に似ていればいい。

薄幸の親戚の面影（2018・2・24）

ネアンデルタール人の絵？

イラクの洞窟で見つかった旧人のネアンデルタール人の骨は右腕が萎縮し、生まれつきの障害とみられた。左目も見えなかったらしいが、推定年齢は40歳。彼らはちゃんと体の不自由な仲間を世話していたのだ。

この洞窟は別の人骨から大量の花粉粒が見つかったことでも知られる。遺体を花とともに埋葬していたともみられ、野蛮視されていたネアンデルタール人のイメージを変える発見となった。ただこの花粉の由来には異論もあるようだ。

これまで発掘された化石人類で最大の脳容量があったのはネアンデルタール人で、今の人類の平均を1割以上上回っていた。だがそんなネアンデルタール人も、絵を描いていた痕跡は一例もなかった。

ところがスペインのラパシエガ洞窟の壁画が6万4800年以上前に描かれたらしいという研究が発表

された。とすれば世界最古の壁画になるばかりでない。現生人類が同地に到達する前にネアンデルタール人が描いた可能性が高い。

壁画には動物のような線画やはしごのような図形がある。年代が正確なら、ネアンデルタール人にも抽象的な象徴表現ができたことになる。いわば現生人類と同じ進化の跳躍台に立っていたのだが、運命は彼らを絶滅させてしまった。

近年の研究によれば、過去の混血によって現生人類にもネアンデルタール人の遺伝子が数％残っている可能性があるという。両者の交雑は約6万年前という説もある。あらためて壁画の写真を見れば、心優しい薄幸の親戚の面影がよぎる。

財務省の「擦り消し」（2018・3・13）

改ざんされた決裁文書

庶民にはわずらわしい役所の書類仕事は「文書主義」といって近代の官僚制の特徴とされる。ただし日本では8世紀の大宝律令《たいほうりつりょう》で唐をまねた文書主義が導入され、中央と地方の連絡などに膨大な文書が作成された。

「刀筆の吏」。当時の役人がそう呼ばれたのは字を記す筆と共に、木簡に記した字を削る小刀が役人の必需品だったからだ。小刀は紙に書かれた字を消すのにも用いられ、刃で紙をこすって消す技法は「擦り消し」と呼ばれた（鐘江宏之著「律令国家と万葉びと」）。

財務省の前身、大蔵省も大宝律令で生まれたが、何か相伝の秘法でもあるのか。昔と違い国民に対する行政の公正の証しである今日の文書主義だ。その信頼を大きく裏切った財務省の擦り消しだった。

森友学園への国有地格安売却の決裁文書が問題表面化後に改ざんされたのを認めた財務省の調査報告である。「本件の特殊性」を削除するなど改ざんは関連文書14件約300カ所に及び、中には首相夫人の名が含まれる記述もあった。

麻生太郎財務相は改ざんにかかわったのは理財局の一部という。悪いのは役人の勝手な小細工といいたげだ。その役人を徴税のトップに厚遇し、自らが率いる行政の病理にフタをして国民の信頼を失墜させた責任は眼中になさそうだ。

安倍晋三首相はこの財務相に真相解明を委ねるという。「刀筆の吏」は後の時代には記録役の小役人をあざける言葉になった。だが今日、文書や記録を軽んずるのは民主主義をあざ笑うのと同じである。

賭けの勝ちは慰め（2018・3・15）

ホーキング博士の死去

「人はみな違い、基準や普通の人間などというものはないが、人の魂はみな同じようにもっている」。車いすの天才物理学者S・ホーキング博士がロンドン・パラリンピック開会式に登場した時の言葉である。

最初は妙に動作がのろくなり、階段から落ちて医者に行くと「ビールを控えることだね」と言われた。その後、筋萎縮性側索硬化症（ALS）と診断され、余命数年と思われた時にはなぜ自分が、と憤った。20代初めの学生時代だった。

運命は彼から全身の自由を奪ったが、半世紀以上にわたる人生と宇宙物理学の輝かしい業績を与えた。おかげで世界はその言葉を通し、この宇宙の成り立ちと人間存在をめぐる数多くの知的なひらめきや刺激を受け取ることができた。

「宇宙はなぜ存在するという面倒なことをするのか」。その専門分野でのブラックホールの理論などは分かりやすいものではない。だが一般向け著書「ホーキング、宇宙を語る」は全世界で1000万部を超えるベストセラーとなった。

学者仲間の理論的予想の賭けで、自分の予想に反する方に賭けた逸話も有名だ。予想で負けても賭けの勝ちが慰めだというが、ヒッグス粒子は見つからぬ方に賭けた。見つかると大喜びで賭け金を払ったのは予想的中だったのだろう。

「宇宙の始まりに神は不要だ」と神や天国に否定的な物言いも注目された。だがもしや今ごろ天国で神様に大喜びで賭け金を払っていないか——そんな空想も呼ぶちゃめっ気が思い出される天才の旅立ちだ。

「球春」めでたく広辞苑へ（2018・3・23）

第90回センバツの開幕

野球の春はコウシエンにやって来たが、コウジエンには来なかった——10年前、センバツが第80回記念大会を迎え、広辞苑第6版が刊行されたばかりの春に小欄はそう書いた。

野球シーズン到来の喜びを分かちあう言葉に「球春」がある。戦後の言葉とされるが、戦前の小紙のセンバツ報道でも使われていた。それが広辞苑の新しい版には採録されなかったのを、センバツの開会式にからめて書いたのである。

2018年、めでたく野球の春はコウジエンにもコウシエンにもやって来た。先々月に刊行された第7版にはやっと球春が「野球のシーズンが始まる、春先の頃」の語釈とともに掲載された。センバツは迎えて第90回記念大会となる。

大会創設時の小紙社告は、各校新メンバーの意気が高まるこの季節の大会の意義を説いていた。「春はセンバツから」の名文句は「春だ、踊りだ」の松竹少女歌劇団の宣伝コピーをヒントに先輩記者が11回大会から使い出したという。

「シーズン初めの大会などおかしい」。戦争直後は占領軍の横やりが入ったが、春を告げるセンバツをやめさせると「日本人にうらまれる」と説いた通訳の機転で戦後の歴史が始まった。「球春」も一時は存続が危うかったのである。

被災間もない阪神大震災、東日本大震災後の大会もそんな球春の危機であった。奪われた春を取り戻そうとする列島の連帯の証しとなった球児らの一投一打だった。白球、そして36チームのひたむきなプレーが運んでくる90度目の春である。

富豪リカード（2018・4・6）

トランプ氏の対中貿易戦争

欧州のロスチャイルド家に巨富をもたらしたのはワーテルローの戦いでのナポレオン敗退で打って出た勝負だった。いち早く戦勝を知ったロンドンの当主が英国債を売って暴落させた後に買いに転じ、巨利を得た。

この時、後に経済学者になったある仲買人も大もうけしている。史上最も金持ちの経済学者ともいわれるこの人はD・リカード、そう「比較優位」の理論で諸国の経済の相互の繁栄には自由貿易が決定的に重要なのを論証した学者だ。

リカードは稼いだ金で大地主となり、政界にも進出する。彼は大地主としての自らの利益に反するのに自由貿易を擁護し、穀物法という保護法制の撤廃を求めた。目先の利益よりも自らの理論が指し示す人類の未来を信じたのである。

こちらの富豪にして米大統領になった人物は、ともかく経済学者の言うことを聞かない。リカードの話も小耳にぐらいはさんだことがあるはずだが、くり出す輸入制限や対中制裁関税案で貿易戦争のムードをあおるトランプ氏である。

標的とされた中国も報復措置を公表し、全面対決の様相を帯びてきた。仮に制裁やら報復やらが現実になれば米中ばかりか世界貿易の縮小、経済の失速は避けられない。誰も望まぬ破局をたてに相手の譲歩を迫るチキンゲームである。

中間選挙をひかえたトランプ氏には無理しても欲しい貿易交渉の成果だろう。だが自由貿易は19世紀から人類が営々と積み上げてきた英知と努力のたまものである。勝手に勝負の賭け金にされては困る。

安倍政権のダブルバインド

「この命令に従うな」（2018・4・26）

論理クイズの本を見ていたら「決して逆らうことのできない命令がある。どんな命令か」という問いがあった。答えは「この命令に従うな」である。逆らって従わぬようにすると、従ってしまうことになるからだ。

この命令、逆らうことも従うこともできない命令なのである（三浦俊彦著「論理パラドクス」）。こうした矛盾の入り組む逆説の中に身を置いた状況をダブルバインド（二重拘束）と呼んだのが米国の精神医学者、ベイトソンだった。

命令に従ったら怒られたといった理不尽な経験を重ねた子どもの精神疾患の研究から生まれた言葉だが、さてこの「命令」はどうか。相次ぐ政権と政府機関の疑惑や不祥事に「全容を明らかにし、うみを出す」との首相の言葉である。

ならば加計文書が記す面会を「記憶にない」という元首相秘書官に証言を求め、さっさと真偽を明らかにすればよかろうに与党は証人喚問に応じない。「全容を明らかに」には「この命令には従うな」の拘束がかけられているらしい。

財務省で発覚した文書改ざんや口裏合わせ、事務次官のセクハラ辞任も新たな問題を次々に浮上させるだけで何一つ決着しない。セクハラにいたっては被害者たたき発言まで飛び出し、政官エリートの「うみ」を世界にさらけ出した。

真相の解明を「せよ」「するな」のはざまで堂々めぐりした森友・加計問題の1年だった。役人は忖度《そんたく》に忖度を重ねて身を滅ぼし、この国の統治機構全体をおかしくした安倍政権のダブルバインドだ。

「欺罔等の手段」（2018・5・17）

強制不妊手術で一斉提訴

「真にやむを得ない限度において身体の拘束、麻酔薬施用又《また》は欺罔《ぎもう》等の手段を用いることも許される場合があると解しても差し支えない」。回りくどい文章だが、要は力ずくでも、麻酔をかけてでも、だましてもいいから実施しろというのだ。

何をか――「優生手術」と呼ばれた強制不妊手術である。これは1953年の厚生事務次官通知「優生保護法の施行について」。「不良な子孫の出生」防止を掲げて48年に制定された同法はその目的による強制不妊手術を認めていた。

いきおいナチスの非人道的断種政策が思い浮かぶが、戦前日本の国民優生法下で強制不妊手術は1件もない。障害者ら1万6475人への強制手術は基本的人権をうたう現憲法下で行われたのである。

手術を強いられた宮城県内の女性が国家賠償を求めて提訴し、大きく動き始めた強制不妊手術の実態解明と救済への動きである。きょうまた3人が東京、仙台、札幌で提訴する予定で、超党派の議連による救済法案の準備も始まった。

当の優生保護法が母体保護法に改定され、優生条項が廃されたのは22年前である。この間、国は補償を拒み続け、強制不妊手術の記録や資料の8割は失われた。国連による補償勧告も、スウェーデンなどの補償例も顧みられなかった。

個の尊厳が約束された社会で、なぜ障害者らは「拘束、麻酔薬施用又は欺罔」の対象とされたのか。同じような論理は今もどこかに潜んではいないか。この社会の未来のためにも検証すべき優生手術の闇である。

ザ・ラスト・ストロー（2018・5・30）

海洋プラスチック問題

ストローはもともと麦わらのことで、英語の慣用句で吹けば飛ぶようなつまらないものの代表となっている。だが「一本のわらが風向きを示す」というように、それが重大な出来事の見逃せない予兆ともなる。

「ザ・ラスト・ストロー」は「最後のわら」。それががまんの限界という意味で使われるのは、重荷を負ったラクダの背骨を折る最後の一本のわらのことだからである。取るに足らないわら一本でも重大な結果につながることがある。

日々、飲み物についてくるプラスチックのストローもその場限りの使い捨て、つまらぬ消耗品として気にかける人は少ない。だが、それが海を汚染するごみとなり、ある生物種の絶滅をもたらす「最後の一本」になるとしたらどうか。

欧州連合（ＥＵ）は海洋ごみを減らすためストローや皿など一部の使い捨てプラスチック製品の使用を3年後から禁止する方針という。ことストローについては、すでに英国や米国のシアトル市でも使用禁止の取り組みが進んでいる。

海洋のプラスチックごみへの世界的関心の高まりは、先年ウミガメの鼻につまったストローを取り出す動画がネット公開されたのが一因らしい。海の生物の誤飲しやすいストローが海洋ごみ問題の深刻さを人々の心に焼きつけたのだ。

ある推計では2050年までに海洋プラスチックごみの総重量は全魚類のそれを上回る。「風に向かってわらを投げる」もむだな抵抗をいう英語のことわざだが、ストローから変えられる未来も必ずあろう。

財務省改ざん不起訴に「秋霜烈日」の限界？（2018・6・1）

「検察官は『遠山の金さん』のような素朴な正義感をもち続けなければならない」。ミスター検察と呼ばれた元検事総長、伊藤栄樹の言葉だが、著書「秋霜烈日」には「検察の限界」との題で二つの話がのっている。

一つは政党への献金が収賄の抜け道になっているが、規制する法律がなければ何もできないという話。

今一つは、警察による違法な情報収集の立件を再発防止の約束と引き換えに見送ったという「よその国」の「おとぎ話」であった。

警察と全面対決して検察は勝てるか、勝ててもしこりが残れば治安維持上困る――伊藤は法の支配の奥の院の「おとぎ話」を書き残した。さて遠山の金さんのものとも思えない今般の処分、法の不備のせいなのか、「おとぎ話」系か。

森友問題での財務省の決裁文書改ざんなどで大阪地検特捜部は当時の理財局長らを不起訴処分とした。地検は、決裁文書から削除されたのは一部で、契約金額など本質部分は失われておらず虚偽公文書作成にあたらないと見たのである。

だが「素朴な正義感」から見れば、虚偽答弁にあわせて国民を欺こうとした「本件の特殊性」や首相夫人への言及の削除である。この場合、国民注目のそれらが同文書の本質部分だろう。もともと行政の公正の証したる公文書なのだ。

まさか今日の「法の支配」に、奥の院の「おとぎ話」はなかろう。「秋霜烈日」は検察官の胸のバッジの異称で、「秋の霜、夏の灼熱《しゃくねつ》の太陽のように刑罰・権威の厳しく厳《おごそ》かなさまをいう」のだから。

盗人にも仁義あり（2018・6・2）

司法取引スタート

「泥棒も仲間内では悪党ではない」という英語のことわざがある。日本でいう「盗人にも仁義あり」で、およそ人の集団なら仲間内の仁義礼智信なしに成り立たない。中国古代の大泥棒、盗跖《とうせき》はこう語る。

「何をするにも『道』はある。……まっ先に押し入るのは『勇』、最後にズラかるのは『義』、ことの成否を見抜くのは『知』、分け前を公平にするのは『仁』よ。これらがちゃんとできずに大泥棒になれたやつなんてまずいねえよなあ」。

盗跖が孔子の偽善性をこっぱみじんに論破したとも記す「荘子」にある話だから、真偽のほどはうけあえない。さてこの〝仁義〟のしばりを解きほぐし、組織犯罪の解明に役立てようという日本版の「司法取引」制度が今月から始まった。

容疑者や被告が他人の犯罪の情報提供をすれば、見返りに不起訴処分や軽い求刑になるこの制度である。米国映画では自分の犯罪行為の取引も見るが、日本版は他人による贈収賄、脱税などの経済事犯、薬物・銃器犯罪が対象となる。

ちょっと話を聞いただけで頭をよぎるのは、自分の罪を逃れようと他人の罪をでっち上げる手合いが続出せぬかという心配である。冤罪《えんざい》を防ぐために虚偽供述には厳罰を科すというが、仁義も何もないエゴによる「巻き込み」が怖い。

自分の罪科を取引のコインとする制度が果たしてこの国の風土で正しく作動し、定着するのか。組織犯罪の現実をみれば試す価値はあろうが、ひとつの冤罪も出してはならない〝実験〟なのを肝に銘じてほしい。

ディプロマシーの原義（2018・6・3）

米朝会談日程ようやく決まる

先日の小欄で「外交辞令」を辞書で引いてみたが、英語の辞書で「ディプロマティック」を引くと「外交的」のほか「そつのない」「如才ない」などとある。が、並んで「古文書学の」とあるのは何なのか。

実はこちらがディプロマシー（外交）のルーツだという。「外交という言葉は長年、古文書の保存、過去の条約の分析および国際交渉史の研究と結びつけられてきた」（H・ニコルソン「外交」）。外交は如才ない社交術ではなかったのだ。

英外交官だったニコルソンはこう述べている。「外交は、正確な、認証しうる形で合意を取り決める術である」。むろん認証は合意文書によってなされる。彼は公衆の期待を浴びる首脳外交がこの基本を踏み外しがちなのを批判した。

さて、くるくる変わる猫の目協議は、とりあえず「当初予定の12日開催」で落ち着いた。むろんシンガポールでの米朝首脳会談である。ただトランプ大統領は「互いを知るのが主目的だ。その場で何か署名することはない」のだとか。

つまり肝心の北朝鮮の非核化方法はなお合意にいたらず、今回は首脳同士の顔合わせにとどまるらしい。互いに気が合った場合、気が合わない場合、それぞれに不気味だが、両首脳の社交ショーを「外交的成果」といわれても戸惑う。

大統領やら国務長官やらの交渉が実況ツイートされる「劇場外交」など、前世紀のニコルソンが聞いたら目を回すだろう。観客席の諸国民が求めているのは地域の非核化と安定にむけた実のある合意ただ一つである。

5歳結愛ちゃんの虐待死
覚えたての文字（2018・6・8）

「かみさま、どうして　いちども　テレビに　でないの？／キム」。米国の子どもたちが書いた神様への手紙を谷川俊太郎さんが訳した「かみさまへのてがみ」（サンリオ）だが、その続編にこんな手紙もある。「もっとまえに　てがみ　かかなくて　ごめんなさい　でも　じを　かくのを　こんしゅう　ならったばかりなの／マーサ　5さい」。一方こちらの5歳の女児が覚えたての字で記したのは両親への「ゆるして」という哀願だった。

「もっともっときょうよりか　あしたはできるようにするから　もうおねがい　ゆるして　ゆるしてください」「あそぶって　あほみたいだから　やめるから　もうぜったいぜったいやらないからね　ぜったいやくそくします……」。

書き写していても胸が苦しくなる船戸結愛《ゆあ》ちゃんの〝てがみ〟である。1日1食しか与えられず、風呂場で冷水を浴びせられ、父親に殴られるという虐待の末、同年齢の子の3分の2に満たない体重で亡くなった結愛ちゃんだった。

「かみさまへのてがみ」にはこんなのもある。「かみさま、あなたって　ほんとにいるの？　そうは　おもってないひとたちも　いるわ。もし　ほんとにいるんなら、すぐに　どうにか　したほうが　いいわよ／ハリエット・アン」。

思わず神様もなじりたくなるむごさだが、ここは子どもを虐待から守る手立てを点検するのが大人の役目だ。神様には覚えた字で存分にあそぶ喜びを記せる天国へ、結愛ちゃんを連れて行ってあげてほしい。

貸元の目配せ（2018・6・22）　カジノの特定金融業務

時代劇の定番シーンである。ばくちに狂って負けの込んだ男が、やがて持ち金を失ってしまう。すると賭場の貸元の目配せを受けた代貸しがその客に耳打ちする。「旦那、コマならいくらでもお回ししますよ」。まあ、その先の成り行きは時代劇ファンならずとも目に浮かぶ。その昔、賭場の親分を貸元と呼んだのは、名の通り客に賭け金を貸したからである。代貸しはその代理、賭博の開帳はタネ金の貸し付けとセットになっていたのである。

まあ賭場を開く人の考えることは古今変わらぬようで、現代のカジノ業者も客への賭け金の貸し付けをする。先日衆院を通過したいわゆるカジノ法案にもその項目があり、貸元ではなく「特定金融業務」なる立派な名前がついている。

貸し付け対象となる客は国外居住の外国人か、一定額の金銭をカジノ業者に預託した人。貸付金は2カ月間は無利子で、返済できなければ年14・6％の違約金を上乗せして請求される。預託金の額はカジノ管理委の規則で決めるという。

ギャンブル依存症に詳しい人によれば、「負けは勝って取り戻す」との楽観に取りつかれた依存症の人々である。そこに2カ月間返済を待つ無利子のタネ金を回しますぜとの誘いがあればどうなるか。ハッピーエンドは期待しにくい。

参院の審議が始まるカジノ法案だが、市民社会の健全にかかわる制度のすみずみまで必要な検討がなされてきたのだろうか。貸元ばかりが大手を振り、水戸黄門も遠山の金さんもいない時代劇はごめんだ。

人口減少と外国人労働者
応神紀の大量移民（2018・7・13）

日本書紀の応神天皇の時代に多くの渡来人の記事がある。秦《はた》氏や倭漢《やまとのあや》氏などの祖先たちが「百二十県の人民」や「十七県のともがら」を率いてやってきたとある。これが事実だとすれば、すごい大量移住である。

応神紀の記事は、その後の何波かにわたる渡来人の来朝を象徴する記述と見られている。6世紀半ばの欽明《きんめい》天皇元年の渡来人の戸籍調査では秦人だけで7053戸を数えている。当時の人口を思えば渡来人の存在感は大きかったろう。

こちらは今日の人口動態調査だ。今年初めの日本人の人口は前年から37万人減って、1億2520万人、人口減は9年連続、減少幅は調査開始以来最大となる。これに対し国内在住の外国人は249万人で、4年連続最多を更新した。

こと15～64歳の生産年齢人口は、初めて全人口の6割を切った。一方で国内に住む外国人は若い世代が多く、20代について見れば同年代の日本の人口の6％近くを外国人が占め、東京では20代の10人に1人が外国人という計算になる。

街のあちこちで働く外国人が目立って当然である。先ごろ政府が外国人の単純労働者の制限つき受け入れ方針を示したのも、深刻化する人手不足のゆえだった。だがそこには共に社会を支える外国人の暮らしを守る策や構想は乏しい。

古代の渡来人がもたらした文化はその後の日本を作った。ならば今、人口減少社会の日本人は外国の多様な働き手をどう迎え入れ、共に安心できる暮らしを営むのか。なすべき論議が現実に追い越された。

弥生人の「避難力」（2018・7・14）

異常気象時代の広域豪雨

縄文時代以前の遺跡には洪水の跡がほとんどないという。洪水に襲われたのは稲作が始まり、水の得やすい土地に住み始めた弥生時代以降の遺跡という。だが弥生人も洪水の脅威に立ちすくんでいたのではない。

大阪の八尾南遺跡は洪水で砂に埋まったが、その竪穴《たてあな》建物跡には土器など生活用品が見当たらなかった。それればかりか建物の柱や屋根の跡もなかった。どうやら洪水の直前に、家財ばかりか柱などの上屋まで運び去って避難したのだ。

文化庁編「日本人は大災害をどう乗り越えたのか」（朝日選書）にある話だが、洪水をみごと逃れた弥生人の「予知力」と「避難力」、おそるべしである。異常気象がかつてない災害をもたらす今日、あらためて問われる二つの「力」だ。

「数十年に1度」は異例のことだが、それが11府県の広域で発生するといえば途方もない異常事態である。そんな大雨特別警報が出され、それによる自治体の避難指示も発令されたが、多数の犠牲者を防げなかった西日本豪雨だった。

「特別警報が出た時は被害が出ていた」「川が氾濫してから避難指示が出た」「夜間の避難指示で避難できなかった」。被災地では警報や避難指示への不満が聞かれる一方、指示に従えぬまま家にとどまって被災した高齢者も多かった。

温暖化による気象災害の新たなステージの始まりを示すともいわれる今回の豪雨である。政府、自治体、地域、個々人それぞれに、「予知力」と「避難力」とを高める新たな取り組みが求められていよう。

＊6月28日から7月8日にかけ西日本を中心とする11府県を襲った広域豪雨では、河川の氾濫や土砂災害により200人以上の死者が出た。

平成最後の終戦の日

B29は残念ながらりっぱ（2018・8・15）

「こちらは毎日　B29や艦上爆撃機　戦闘機などが縦横むじんに大きな音をたてて　朝から晩まで飛びまはつてゐます　B29は残念ながらりつぱです」。昭和天皇の玉音放送の2週間後、香淳皇后は手紙に書いた。

あて先は当時11歳の皇太子、今の天皇陛下である。「おもうさま（お父さま）日々　大そうご心配遊しましたが　残念なことでしたが　これで　日本は　永遠に救はれたのです」。終戦で「救はれた」というのが〝肉声〟だったのだ。

奥日光に疎開していた皇太子への昭和天皇の手紙はよく知られる。今まで戦争の実情を話さなかったのを、先生と違うことを言うことになるので控えていたと述べ、「ゆるしてくれ」と記した。天皇父子も拘束した軍国の建前だった。

平成最後の「終戦の日」となるきょうである。全国戦没者追悼式でおことばを述べる天皇陛下には73年前の夏に受け取った手紙から始まった戦後だった。内外の戦没者の慰霊と平和の祈りを自らの全霊で引き受けた在位の30年である。

戦争の無残を生身で体験した人々の肉声を聞き、その声を胸に次の時代へ向けた営みが重ねられた戦後日本だった。それも昭和から平成、そして来年5月には三つめの年号の時代へと入る。「声」はどのように引き継がれるのだろう。

「戦なき世を歩みきて思ひ出づ《い》　かの難き日を生きし人々」は天皇陛下のお歌である。内外の戦没者の魂に平和を誓うこの日、痛恨の肉声を歴史意識によみがえらせる営みの絶えることがないよう願う。

翁と童（2018・8・17）

高齢ボランティアの2歳児発見

桃太郎を川から拾い上げてくるのはおばあさんで、おじいさんと一緒に育てる。異界からやってきた子を迎え入れるのは、この世のしきたりにしばられた壮年男女ではなく、そこから少し外れた老人夫婦がいい。

昔話のおじいさんとおばあさんはこの世と異界を結びつける役回りである。一方、その昔「7歳までは神のうち」といわれた子どもはまだこの世とあの世のあわいに生きる存在だった。何かの拍子に、フッとこの世から連れ去られる。

そんな昔の老人と子どもの関係について民俗学者の宮田登は「そこにはスピリチュアル（霊的）なつながりが存在するという感がある」と述べていた。ならば、異界にとらわれた子どもの呼び声を聞き取れる老人もいたのではないか。

こんなふうに思ったのも、まるで神隠しのように山中に消えた2歳の男の子を、まるで昔話の主人公のようなおじいさんがこの世に連れ戻したからだ。日本中を驚かせ、ホッとさせた、山口県の藤本理稀《よしき》ちゃんの3日ぶりの生還劇だ。

「子どもは上へ行くはず」。入山30分で理稀ちゃんを見つけたのは大分県から来た78歳の尾畠春夫さんだった。聞けばこの方、災害や大事故があればすぐさま人助けに駆けつけるボランティアの達人だというのもおとぎ話めいている。

尾畠さんは65歳で鮮魚店をたたみ、今の活動を始めたそうな。この世の日常に埋もれていては見えぬもの、聞こえない呼び声――それらに導かれて起こる奇跡が増えればいい高齢者ボランティアの時代だ。

室戸台風で学校壊滅（2018・9・6）

北側廊下に沿って4間（7・3メートル）×5間（9メートル）の教室が並ぶ学校の校舎の思い出は、ある年代以上なら全国共通である。それらの校舎の基準は台風で確立された。1934年9月に列島を縦断した室戸台風だ。

上陸時の中心気圧911ヘクトパスカルだったこの台風は風速60メートル超の強風と高潮で京阪神に大被害をもたらした。その惨禍は当時の新聞のトップ見出しが物語る。「大阪府下の学校倒壊　実に百四十三校の多数／哀れ学童の死傷二千四百名」。

学校防災を求める世論は沸騰し、文部省は校舎の構造の詳細、工法まで定めた「学校建築物の営繕並《ならび》に保全に関する訓令」を発した。昭和の校舎の思い出が全国共通なゆえんである。台風が公共施設のあり方を一変させたことになる。

台風21号の高潮被害

この室戸台風にたとえられた台風21号である。やはり近畿地方を中心に強風や高潮による犠牲者と被害が出た。なかでも全国の耳目を集めたのが、関西空港の高潮による水没と、強風にあおられた船の衝突による連絡橋の途絶だった。

空港で一晩孤立した客は無事だったが、全面再開の見通しは立っていない。いうまでもなく海外の観光客ら年間2880万人が利用し、今年度は3000万人突破がめざされていた国際空港である。地域経済への影響は計り知れない。

人の側に手抜かりがあれば、必ずそこを突いてくる自然災害だ。海上の交通インフラの弱点を台風が見逃すはずもない。荒っぽくなる一方の気候変動に応じた策が求められよう、その営繕と保全である。

俗物のピンとキリ（2018・9・23）

新潮社の聖と俗

健康誌だった「新潮45＋」が「＋」を取って全面刷新したのは発刊3年後だ。指揮をとったのは新潮社の「怪物」といわれた伝説的編集者、斎藤十一である。「自分の読みたい雑誌を作れ」が最初の指示だった。

斎藤伝説の一つが「貴作拝見　没《ボツ》」との五味康祐への手紙だ。坂口安吾や佐藤春夫ら大作家の原稿も平気で没にしたという。その一方で、瀬戸内寂聴、山崎豊子、吉村昭ら戦後文壇を代表する多くの才能を鍛え上げ、世に送り出した。

文芸の目利《めき》きはまた、人間一皮むけば金と色と権力という俗物主義を「週刊新潮」の軸にすえた新潮ジャーナリズムの始祖である。「おまえら人殺しのツラが見たくないのか」は写真週刊誌「フォーカス」創刊時の言葉と伝えられる。

斎藤が没してから18年、この剛腕が生んだ聖俗二つの路線の分裂かと驚かせる騒動である。性的少数者への差別的寄稿を擁護する特集を組んだ「新潮45」に、社内の文芸部門でも批判の声があがり、社長が見解を公表する事態となった。

「あまりに常識を逸脱した偏見と認識不足に満ちた表現」。それが特集の一部に見受けられたとの佐藤隆信社長のコメントである。特集には性的少数者を痴漢になぞらえる寄稿があり、新潮社と接点のある作家からも批判が出ていた。

「人間は品格だ」。これは何と「新潮45」刷新当時に斎藤が力説した言葉だという。老舗出版社の〝分裂〟の背景には出版界の厳しい現状があろう。晩年の斎藤は言った。「俗物にもピンからキリまである」。

新文相の教育勅語発言

第2教育勅語の草案（2018・10・5）

昭和史の最後の元老、西園寺公望《きんもち》は明治の伊藤博文内閣で2度文相を務めた。彼は師範学校校長会で「内に安んじ外を顧みず徒《いたずら》に大和魂を唱えるのみで世界文明の大勢に随伴するを悟らざる」と教育界を批判した。

西園寺は忠孝の上下関係の道徳に偏していた当時の教育に不満で、第2の教育勅語を作ろうと明治天皇から承諾を得る。彼はこれからの世は「人民が平等の関係において自他互いに尊敬する」ことを教えるべきだと側近に語っていた。

今に残る勅語草案は他国民に丁寧親切に接して「大国寛容の気象」を発揮するよう説き、社交の徳義、責任の重視、女子教育の振興などをうたった。だが当の西園寺はおりから盲腸炎を患って文相を辞任、第2教育勅語は幻に終わる。

さてこちらも文相、正しくは文部科学相の就任早々の教育勅語発言である。「アレンジした形で今の道徳に使えるという意味で普遍性をもっている部分がある」。何ともまわりくどいが、要は道徳の教材になりうると言いたいらしい。

いつの世にも通じる普遍的徳目を示すのに、なぜ明治の文相すらも時代錯誤と考えた勅語から苦労して引かねばならないのか。そも戦前日本を滅ぼしたのは、外を顧みず忠孝を偏重する勅語を教え込まされた世代の指導者ではないか。

ナチスが欧州を席巻《せっけん》した時、元老・西園寺は「ヒトラーはナポレオンほど続くか。夢中になるな」と語った。だが「バスに乗り遅れるな」と破滅の道へと殺到したのは明治の教育が生んだ秀才たちだった。

博物館入り（2018・10・24）

米、INF条約を破棄へ

「博物館入り」は時代遅れの物や人をからかう時によく使われる言葉だが、入ってもらってよかったという歴史的遺物もある。たとえば米ワシントンのスミソニアン博物館にある2基のミサイルがそうだろう。

同じ組み合わせはもう一組、モスクワの航空博物館にもあるという。ほかならぬ米ソ冷戦末期、欧州を核戦争の恐怖に包んだソ連のSS20、米国のパーシングⅡという中距離ミサイルである。まさに冷戦とその終結の「遺物」である。

博物館入りしたのはむろん1987年にレーガン米大統領とゴルバチョフ・ソ連共産党書記長の間で結ばれた中距離核戦力（INF）全廃条約のおかげだった。だが、今その条約を破棄するというトランプ米大統領の意向表明である。

従来の国際的取り決めを覆すのはトランプ氏の得意技だが、今度の一手は世界的核軍拡競争に火をつけかねない。むろんトランプ氏にも言い分はあって、ロシアの条約違反、中国の中距離核開発の野放し状態への不満をあらわにした。

80年代には欧州を舞台にした限定核戦争のシナリオを現実味を帯びたものにした中距離核だった。戦略的均衡を破壊し、核戦争のしきいを下げていくそのやっかいな性質から導き出された「全廃」、また冷戦の終結だったはずである。

ここはＩＮＦ全廃条約の成果を捨て去ることなくロシアにその順守を迫り、中国も加えた核軍縮交渉を始めるのが筋だろう。核軍拡に走る軍事大国の指導者たちに望まれる一刻も早い「博物館入り」である。

漱石の「牛耳る」「やじる」（2018・11・9）
「そだねー」の流行語ノミネート

旧制一高の教師だった夏目漱石は言葉を縮めた新語で生徒をケムに巻いた。「ばいげる」は「梅月《ばいげつ》」という店に行くこと、「牛耳をとる」を「牛耳る」、「やじを飛ばす」を「やじる」と略したのも漱石だという。

文豪はその後定着する新語の作り手としても一流だったらしい。今年も恒例の「ユーキャン新語・流行語大賞」の候補30語が発表された。もうそんな季節かと驚きつつ、その中の「そだねー」を見て平昌《ピョンチャン》の光景が脳裏によみがえった。

もちろん冬季五輪の女子カーリングで銅メダルに輝いた日本代表「ＬＳ北見」のかけ声である。どんな緊張にも、逆境にも、笑顔を絶やさず「そだねー」「ＯＫ」「ナイス」という肯定の言葉をかけ合って前を向くそのプレーだった。

「キープ・スマイル、ステイ・ポジティブ」。他チームへの敬意も常に失わず、明るく自らを律する若い女子選手たちである。「そだねー」は日本のチームスポーツの文化革命を世に示し、その気持ちの良さを人々の心に刻み込んだ。

こう力説したいのは「悪質タックル」「奈良判定」も流行語大賞の候補になった今年だからだ。パワハラや暴力、組織を牛耳る小権力者の専横……スポーツ団体の不祥事は今も運動選手を取り巻く暗く抑圧的な文化風土をあらわにした。

東京五輪・パラリンピックを前に、スポーツをめぐる対極的な新語・流行語が生まれた今年である。2020年に残すべきスポーツ文化は明白で、文豪には悪いけれど「牛耳る」「やじる」も要らない。

二〇一九年（平成三十一年・令和元年）

毎月勤労統計の不正

米価と結婚の統計学（2019・1・11）

福沢諭吉は西洋の統計学の効用の説明にあたり、男女の結婚を決めるのは出雲の神様ではなく米の値段だと説いている。穀物の値段が安い時は結婚が多いという英国の統計での相関関係に着目した推論だった。「土地人民の多少、物価賃銭の高低、婚する者、病に罹《かか》る者、死する者等、一々その数を記して表を作り、これかれ相比較する時は、世間の事情……一目して瞭然たることあり」。諭吉による「スタチスチク」（統計学）の説明である。

明治の先人が近代国家の基礎として統計を重視した卓見には改めて感謝したい。米価と結婚の因果関係は定かでないが、データの比較や組み合わせから導き出される社会の自画像なしに、なすべき政策も目指すべき未来も描けない。

それは失業給付金などの算定、景気動向指数や月例経済報告にも用いられる国の基幹統計の一つだという。賃金や雇用の動向を示す厚生労働省の「毎月勤労統計」の一部調査が15年間も所定の方法と異なる手法で行われていたという。

大規模事業所は全数調査すべきところ、東京都内で調査したのは約3分の1だった。結果、その間の失業給付金に巨額の過少給付が生じていた可能性がある。昨年からは非公表のまま全数調査に近づけるデータ補正をしていたという。

調査やデータ処理の方法の違う数字を「これかれ相比較」しては自画像がゆがむ。明治この方、良くも悪くも決まりごとをめぐる細部までの律義さでは比類のなかった日本の役人に今何が起きているのか。

なおみ選手の全豪OP決勝

世界注目の「大坂時代」（2019・1・26）

奈良時代、鎌倉時代、江戸時代のように政権の所在地を時代の名にするならば、豊臣秀吉が大坂城で政務をとった時代は「大坂時代」にすべきだ——阪大教授だった歴史学者の脇田修さんはそう提言していた。

実は江戸時代の初期にも大坂に幕府を移す構想があったのを示す史料が見つかったという。大坂城再築にあたった茶人・小堀遠州が義父の藤堂高虎に宛てた書状で「大坂は（将軍の）御居城にもなさるべきところ」と記していたのだ。

この書状がきょうから大阪城天守閣で公開される。もし大坂幕府ができていたら文句なく「大坂時代」だったが、歴史はそれを幻にした。だが日本史ならぬ世界のテニス史でなら、きょうが「大坂時代」の幕開けになるかもしれない。

きょうの全豪オープン女子シングルス決勝で大坂なおみ選手はチェコのクビトバ選手と対戦する。勝てば21歳で全米に続く4大大会連勝、世界ランキング1位に輝く。今後長きにわたる女子テニス界への君臨を予感させる優勝となる。

去年の全豪オープンでは世界72位だった大坂選手である。わずか1年でいくつもの壁を一気に突き破った躍進は、物事に打ち込むすべての若者を勇気づけよう。そして日本、ハイチ、米国という多文化に育まれたあの天真らんまんだ。

どんな国の人々にも愛されるキャラクターは、テニスの神様にも新しい時代の扉をすんなりと開かせるのか。泉下の秀吉も、歴代徳川将軍も、聞けば仰天するであろう全世界注目の「大坂時代」到来である。

ネット市に放射性物質出品

現代の「鬼市」（2019・2・1）

中国の史書には「鬼市」というのが出てくる。たとえばだ。「その国は鬼神と竜がすむ。諸国の商人が来て交易するが、鬼神は姿を現さず、ただ珍宝を置いて値段を示す。商人は代価を置いてそれを取る」。お互いに直接顔を合わせることなく売買や物々交換をする「沈黙交易」である。先の例は岡正雄著「異人その他」に紹介されているが、文化を異にする集団間の交易だ。似たような交易方式は日本も含めて世界各地に見られたという。

鬼市の「鬼」は異文化の人々のイメージに由来しようが、珍宝が手に入るならば商人が諸国からつめかけて当然だろう。見知らぬ売り手と買い手が言葉も交わさない今日の沈黙交易の「市」はネット上のオークションやフリマである。

国内のネットオークションのサイトで、ウランとみられる放射性物質が売買されていたという。警視庁が押収して専門研究機関が分析したところ、劣化ウランやイエローケーキと呼ばれるウラン精鉱である可能性が高いのが分かった。

物質は全体で数グラム、放射線量も高くなさそうだが、本来は厳しく管理されている放射性物質である。出品者は警察に「海外サイトで購入した」と説明しているという。まさにえたいの知れない闇から現れた「鬼の珍宝」という次第だ。

ダーティーボム（汚い爆弾）とは放射性物質をまき散らすテロで、この手の物質が入手可能なら脅威になる。現金も、甲子園の土も、呪いのわら人形も出品される現代の「鬼市」、ついに来るところまで来たか。

体罰なき「日本」（2019・2・16）

「懲戒権」の文明逆転

「日本の子どもが怒鳴られたり、罰を受けたりせずとも、好ましい態度を身につけていくのは本当に気持ちのよいものです」。明治中ごろに日本を訪れた英国公使夫人メアリー・フレーザーは、そう述べている。

日本びいきの彼女だったが、明治以前の日本人が子どもに体罰を用いないことに驚く西欧人の記録は多い。古くは戦国時代に来日した宣教師フロイスの「われわれは鞭《むち》で子どもを懲罰するが、日本では言葉で譴責《けんせき》するだけだ」がある。

幕末の英国公使オールコックも子どもを打たない日本人に感心し、欧州の子どもへの懲罰を非人道的かつ恥ずべきものだと自己批判した。しかし当の日本人は明治になって西欧に学んだ民法に親の子どもへの「懲戒権」を書き入れる。

時は流れ、親が子どもに手を上げれば児童虐待となる今日の欧米である。日本が法律を学んだ国々はとうに親の「懲戒権」など削除した。日欧の文明は逆転し、今や子どもへの暴力につき国連委が日本政府に対策を求める時代である。

こんな歴史を思い出したのも栗原心愛《みあ》さんの虐待死で、父親が執拗《しつよう》な虐待を「しつけ」と主張したからだ。父親の心にひそむ弱者への攻撃性を正当化し、歯止めを失わせたのが、親の権利や教育という口実だったのならばやりきれない。

明治に欧米に倣って身につけたものが、今や欧米に非難される〝伝統〟となったのは子どもへの懲罰だけでない。オールコックやフレーザーを感動させた本当の伝統を掘り起こして子どもを守る時である。

＊法制審議会は2022年2月に民法から懲戒権規定を削除すべきとの改正要綱案をまとめた。

災害列島の市民共助（2019・3・9）

平成のボランティア史

3・11後の対談で哲学者の鷲田清一さんは「心のケアお断り」と張り紙のあった避難所の話をしている。「心の専門家」など立ち入ってほしくない被災者のいら立ちと、かける言葉にも迷う支援者が目に浮かぶ。

鷲田さんはそこで震災を経験した兵庫県のチームが「みごとに何も言わず」「テーブルが汚れていたらそっと拭き取る」ような支援で成果を上げていたとの報告を紹介している。善意がそのまま直ちに支援にはならぬ災害の現場だ。

2度の大震災など多くの災害に苦しんだ平成の30年余である。だがそれはボランティア元年といわれた「阪神」から、延べ550万の市民が被災地支援に参加した「東日本」を経て、市民共助の輪と経験が大きく広がった歳月だった。

振り返れば「阪神」当時は大勢の個人ボランティアの受け入れ態勢もなかった。「東日本」でも先のように、専門的なNPOなどの活動を調整する仕組みが整っていなかった。その教訓をふまえた取り組みも大きく前進した近年である。

受けた恩は返すより、必要とする人に送れば世の中は良くなる。作家の井上ひさしさんはそれを「恩送り」と呼んで、自らボランティア活動を行っていた。自分らの経験に根ざす先の兵庫県チームの活動はみごとな「恩送り」だろう。

昨年の北海道地震でも東日本大震災を経験したボランティアの活動が報じられた。平成の災害列島から生まれた「恩送り」のネットワーク、次の世の共助の列島へとしっかり引き継ぎたい今年の3・11だ。

新元号は「令和」
ネットの「難陳」論議（2019・4・2）

江戸時代の「天保」はそれまで何度か元号候補に挙がりながら、落選したいわくつきの元号という。平安時代に左大臣・藤原頼長が「天保」の文字を「一大人只十」に分解して難癖をつけたのが尾を引いた。

これでは「付き従う臣民がたったの十人」の意味にとれて縁起が悪いというのだ。江戸時代も後期にはさすがに縁起担ぎにもほどがあると考えたのか、採用となった。このように元号をめぐり難点などを論じ合うのを「難陳《なんちん》」という。

日本国語大辞典には「公卿などが集まって年号の吉凶、典拠などを論議し、年号の字をきめること」とある。そして公卿ならぬ国民の間で元号案がにぎやかに議論されたこの改元だ。新元号にもすぐさまネット上で難陳が交わされた。

「令和」。注目の新元号の出典は初めての和書となる万葉集で、梅花を詠んだ32首の序文の「初春の令月《れいげつ》気淑《きよ》く風和《かぜやわら》ぐ」だった。令月は縁起良い月のこと。安倍晋三首相は万葉集を豊かな国民文化を象徴する「国書」だと強調した。

訪れた春をことほぐ2字に新たな世の希望を感じた方は多かろう。が、一方で命令や使役を表す「令」にしっくりこないとの声も出る。「出典は国書」のふれこみにも文のひな型を思わせる漢籍を持ち出して疑義を呈する向きもある。

新元号の予想騒ぎも、ネットをにぎわす難陳論議も、国民主権の時代に前もって決められた皇位継承の新光景だ。元号に託す次の世への祈りはもちろん、その吉凶も当の国民自身の選択にかかる「令和」である。

平成とはどんな時代だったか

峠からの眺め（2019・4・27）

今から1世紀後、2世紀後の人は「平成」をどう振り返るか。むろん2度の大震災や原発事故が忘れられることはあるまい。ただ教科書はまずこの時代に日本列島の人口がピークを越えたことを指摘しよう。

平成20（2008）年に迎えたピーク、1億2808万人は江戸時代の終わりからの人口成長期の到達点だった。人口増と工業化は経済成長の両輪をなし、日本の1人当たりGDPが世界2位にまでなったのは平成12（00）年だった。

この30年余りの間に、私たちは知らず知らずのうちに19世紀から上り続けてきた文明の峠を越えたようである。そこで思い起こされるのは司馬遼太郎が明治という文明の勃興期の群像を描いた「坂の上の雲」のあとがきの一文である。

「楽天家たちは……前をのみ見つめながらあるく。のぼってゆく坂の上の青い天にもし一朶《いちだ》の白い雲がかがやいているとすれば、それのみをみつめて坂をのぼってゆくであろう」。今、その峠の坂道を越えて先行きに戸惑う私たちだ。

平成末の今、１人当たりＧＤＰは世界26位に下がり、生産年齢人口は６割を下回ったという。誰もが文明の引き潮におののいた平成だが、世論調査で「良い時代だった」と答えた人が７割を超えたのも「峠の時代」の実感なのだろう。

見渡せば眼下には多様性の海が広がる峠の下り道である。内外のさまざまな人、文化、価値が交差しあうその海に新たな文明を見いだす楽天家たちも走り始めていよう。平成の峠を越えて時代は前へと進む。

「共感」の天皇制（２０１９・４・30）

２０２年ぶりの退位実現

「民草に露の情けをかけよかし代々の守りの国の司《つかさ》は」。これは江戸時代後期の光格天皇が将軍家斉に贈った和歌という。幕政の慣例を破り、朝廷が権力を握る幕府に仁政を求めた歌として世間に広まった。

天明の飢饉《ききん》で「御所千度参り」と呼ばれた民衆の群集行動があった折、幕府に窮民救済を求めて救い米を放出させた光格天皇である。今に続く朝廷の儀礼を定めて死後久々に天皇号をおくられ、幕末の朝廷の権威を高めた天皇だった。

きょうの天皇陛下の退位は、２０２年前の光格天皇の譲位以来となる。陛下は光格天皇の事績を強い関心をもって調べられたという。民主主義の時代におけるその象徴天皇像も、天皇としての歴史意識の中で彫琢《ちょうたく》されたのに違いない。

「幼子の静かに持ち来《こ》し折り紙のゆりの花手に避難所を出づ」。これは熊本地震の被災地を訪ねた折の陛下のお歌である。「ためらひつつさあれども行く傍《かたは》らに立たむと君のひたに思《おぼ》せば」。その陛下の思いを、皇后陛下はそう詠んだ。

威厳ではなく幼子の折り紙を大切にする心。被災者の迷惑を気遣いつつもその傍らに身を運ぼうとする思い。苦しむ人、忘れられた人に寄り添う姿への共感は人々の心にひそむ壁をも取り払った。陛下が創り上げた象徴天皇像である。

そんな営みに費やした「全身全霊」との陛下の言葉に主権者の国民が共感してのきょうの退位である。伝統と民主主義をつなぐ「共感」の天皇制をどう未来に引き継ぐか。思いをめぐらしたい平成最後の日だ。

「初昔」となった平成（2019・5・1）

「令和」時代の課題

歳時記に「初昔」という言葉を見つけ、妙に感心したことがある。新年の季語だが、年が改まって初めて過ぎた年を振り返ることをいう。ついきのうの何気ない出来事も「昔」にしてしまう時の改まりである。「平成」をたちまち初昔にして、「令和」の朝がやって来た。いわばきょうは令和時代の元日だ。むろん改元は人の約束事にすぎないが、まるでまっさらな時間がたっぷりと与えられたような気分になるのが改まる時のありがたさか。

「白鳥のひそめる如《ごと》し初日記　澤井我来」。初日記も新年の季題で、まだすべてが真っ白な日記帳に幸せの白鳥を見る人はうらやましい。「令和」の年代記もまだ真っ白だが、私たちはそこに何を書き込んでゆくことになるのだろう。

初昔となった平成を振り返れば、2度の大震災などの自然災害に苦しみ、少子高齢化という文明史的な試練を次の時代へと引き継いだ。世界では米中の覇権争いや自国第一主義の各国での噴出が、国際秩序のほころびを表面化させた。

人口減を宿命とする令和日本では外国人と共生する多文化型社会の創成が最大の文明史的課題となろう。不安定化する世界で国際協調の大道を見失わず、平和を守るにも相応の賢慮が求められる令和となる。どれも容易な話ではない。

結局はきのうの難問をそのまま引き継いだ令和の元日だが、時間はまっさらで、年代記もよく見れば白鳥が見えるかもしれない。背筋を伸ばし、遠くを見つめ、前へと進む……初日記にはそう書いておこう。

御用地の杭（2019・5・2）

新両陛下の「道」

「オーちゃん、これ、なあに？」。新天皇陛下が小学生のころ、散歩していた赤坂御用地の片隅に杭《くい》があるのを見つけ、ご養育係のオーちゃんこと浜尾実東宮侍従にたずねた。杭には「奥州街道」とあった。

「一本の杭に記されし道の名に我学問の道ははじまる」は皇太子時代に詠まれたお歌である。杭は近年に立てられたものだったが、御用地内を鎌倉時代の街道が通っていたことを知り、「この時は本当に興奮した」と回想されている。

英国留学でテムズ川の水運史研究に取り組んだのも、この感動に導かれてのことだった。「道はいわば未知の世界と自分とを結びつける貴重な役割」を果たしたという。水の道の研究は後に世界的な水問題への取り組みにつながった。

即位後朝見の儀で「常に国民を思い、国民に寄り添う」と「おことば」を述べた新陛下である。上皇となった前の天皇陛下の30年の歩みをたたえた視線の先には、令和の時代の象徴として歩むべき道がすでに浮かんでいるのだろうか。

外交官だった新皇后雅子さまともども従来の天皇家にない豊富な海外経験をもつ新両陛下である。貧困、環境とも連動する水問題に取り組んできた実績は、国際公共的テーマにも強い関心を寄せる新しい天皇像を世界に印象づけよう。

外国人労働者の受け入れ拡大などで多様性を増す日本社会だ。その「統合の象徴」であるには、かつてない発想や努力も求められよう。幸福の令和を願い、歩みを始めた新両陛下の「道」の平安をお祈りする。

パンダ・バナナ理論（2019・5・8）

トランプ氏の対中追加関税

「パンダ　サル　バナナ」。この三つの単語から近い関係の二つを選べ――こう聞かれたら、あなたはどの単語を選ぶだろうか。この質問を米国人と中国人の大学生を対象に行った心理学者の実験がある。

多かったのは米国人では「パンダ　サル」、中国人は「サル　バナナ」だった。前者は動物という「分類」を、後者は「サルはバナナを食べる」という「関係」を重視したわけだ（R・E・ニスベット著「木を見る西洋人　森を見る東洋人」）。

西洋人は分析的かつ論理的、東洋人は物事の具体的関係性を重視するとの説を裏付けるデータである。

その説の当否はともかく、世の中には論理も関係性も超越した「パンダ　バナナ」理論により中国との交渉にのぞむ米国人もいる。

令和の日経平均を2万2000円割れで始動させたトランプ米大統領の対中関税追加引き上げ表明だった。米中貿易交渉の閣僚級協議を前に中国の譲歩を迫るブラフ（威嚇）という見方が有力だが、株安の波はぐるり地球を周回した。

自らを「タリフマン（関税マン）」と呼ぶトランプ氏は「関税は中国側が負担している」という理論で世を驚かせた。もしや本気か？と市場が動揺するのも無理はない。むろん大半が米国の小売業者や消費者に回る高関税のツケである。

知的所有権保護などでの米国の対中強硬姿勢に同調する日欧もタリフマンの現状認識のあやしさには閉口する。「パンダ　サル　バナナ」のすべての組み合わせの間で危うく揺らぐ米中貿易戦争発火の瀬戸際である。

元農水事務次官の長男殺害

奈々子の「重荷」（2019・6・5）

「お父さんが／お前にあげたいものは／健康と／自分を愛する心だ。／ひとが／ひとでなくなるのは／自分を愛することをやめるときだ……（その時）ひとは／他人を愛することをやめ／世界を見失ってしまう」。

詩人・吉野弘は「奈々子に」で、誕生した長女に呼びかけた。詩はお前に多くを期待しないともいう。期待に応えようとして人は駄目になるからだ。望むのは「かちとるにむづかしく／はぐくむにむづかしい／自分を愛する心」だった。

父親の思いが「重荷」だったというのは当の久保田奈々子さんである。「自分を愛する心」を見つけるまで長い時間がかかったが、自分が子を持ってこの詩を読み涙が止まらなくなったという（妻と娘二人が選んだ「吉野弘の詩」）。

人は自分を愛せなくなれば、他人や世界も意味を失い、道徳も倫理も底が抜ける。そんな無残さに慄然《りつぜん》とした川崎の児童ら20人殺傷事件だった。今度はこの惨事に衝撃を受けた父親がわが子を手にかけたと供述しているやりきれない事件である。

東京で家庭内暴力をくり返していた44歳の長男を刺殺したとされる元農林水産事務次官の76歳の父親である。長男は近くの学校の運動会に「うるさい、ぶっ殺すぞ」と口走り、父親は児童たちに危害を与える恐れを感じたというのだ。

殺害が許されるはずもないが、長男も自分を愛する心を見失って家庭内暴力の迷路に陥ったのか。それは「かちとる」のも「はぐくむ」のもむづかしい。そううたった詩人の言葉をかみしめた1週間だった。

＊川崎市の事件は、スクールバスを待っていた児童や保護者らが殺傷された通り魔事件で、直後に51歳の男の容疑者が自殺した。

人、呼んで「楽天少女《ふうらいぼう》」（2019・6・12）

田辺聖子さん死去

「軽薄さをここまで定着させてしまえば、既に軽薄ではない」。1964年、田辺聖子さんは「感傷旅行（センチメンタル・ジャーニイ）」で芥川賞をとったが、これは当時の選考委員、石川達三の選評という。

その田辺さんはすぐ大衆小説誌に作品を書き始めた。純文学畑からは「文学修業がつらくて大衆小説に走った」との声も聞こえた。当の田辺さんは「そんなの『独り者の行水』や。勝手にゆうとれ（湯取れ）」。大阪人の反骨である。

大阪弁でフランソワーズ・サガンばりの恋愛小説を書くのが当時の目標だった。「方言は損ですよ」との忠告には、大阪弁を方言と思っている大阪人などいるかと居直った。ただ大阪弁を文学にするには表記に工夫をこらしたという。

軽妙洒脱《けいみょうしゃだつ》なユーモアで人生と恋愛の哀歓を描いた田辺さんである。当時出会って36年連れ添った伴侶《はんりょ》をはじめ世の中年男を「カモカのおっちゃん」に仕立て語らい続けた結論は、「万夫みな可憐《かれん》。男いとしむべし、愛すべし」だった。

こわばったもの、えらぶったもの、人を否定する心をすぐさま解かしてしまう田辺さんの言葉である。「人間社会を柔らかくするのは生きている者の義務だと思う」「神様はみんなに『笑って、ええ目をみいよ』と思っている」……。

「殆《ほとん》ど酔生夢死《すいせいむし》。人、呼んで楽天少女と謂《い》う」は、かつての文芸春秋の企画「私の死亡記事」に寄せた自らの「墓誌」である。91歳の訃報に、別のおりに残した言葉も思い出す。「過ぎしこと、〈まあ〉良し」。

嫌われた「秋雨」（2019・8・30）

秋雨前線の大暴れ

万葉集には「春雨《はるさめ》」を詠んだ歌は多いが、「秋雨《あきさめ》」という言葉はない。「秋の雨」と詠んだ歌は1首あるだけという。どうも「あきさめ」という音が和歌にふさわしくないと思われていたようなのである。

鎌倉時代の歌論書には「〈あきさめ〉などいえるたぐいはおかしきことなり」とある。江戸時代には俳句で「秋雨」が使われ出したが、文人の間ではなお「すさまじき（興趣のない）」と評され、「大いに非なり」と難じた人もいる。

なぜ秋雨がこうも嫌われたか分からない。今日の歳時記で「秋雨」が「秋の雨」の副題なのはその名残だろう。「寂しく秋に降る冷たい雨」は秋雨の本意という。だが今、秋雨前線が各地にもたらした豪雨はそんな風情と無縁である。

先週から西日本に停滞する秋雨前線に南からの湿った暖気が大量に入り込み、激しい雨を降らせる積乱雲の帯が生じた。九州北部では1日で平年の8月の雨量の倍を超える雨を記録したところも相次ぎ、冠水、浸水の被害が続出した。

困ったことに前線はなお活発な活動を続け、きょうは九州から関東にかけ大雨の恐れがあるという。被災地でも引き続き新たな土砂災害や川の氾濫を警戒せねばならない。一刻も早い復旧が必要な被災者には何とも非情な秋雨である。

まだ8月なのに西日本での秋雨前線の大暴れはどうしたことか。近年の気候変動を思えば、歳時記の「秋雨」の本意も変えねばならないのだろうか。昔の文人が嫌った通り、「秋に降るすさまじい雨」にである。

台風15号で電柱倒壊多発

立ってるだけで役立つのは……（2019・9・13）

「電信柱のトンビ」は「お高くとまっている」という意味である。本来、電信柱は名前の通り通信線の柱で、電線のは電力柱《ちゅう》という。今はともに電柱というが、昔のことわざやたとえではみな「電信柱」だった。

背の高い人は電信柱といわれたし、学校の成績で電信柱といえば甲乙丙丁で評価された時代の「丁」だった。「立っているだけで役に立つのは電信柱と郵便ポスト」と言われたら、ボーッと立っていないでさっさと働けということだ。

だがその電柱も倒れては何の役にも立たなくなる。千葉などで電柱84本、送電線の鉄塔2基を倒した台風15号による停電の復旧遅れで、きょうも停電や断水の続く地域がある。やや涼しくなったとはいえ住民の疲れも限界に近かろう。

聞けば風速40メートルに耐える電柱だが、今回はそれを超える強風が観測された。加えて大雨での火力発電の停止もあり、停電は約93万軒に広がった。原発事故による設備投資減で送電設備が老朽化しているという背景を指摘する声もある。

復旧にあたる東京電力の送配電会社は山間部の倒木などが多く、当初の復旧見通しが甘かったと認めた。住民にすれば復旧のあてがどんどん遠のき、先の見通しが立たないからたまらない。またも聞くことになった「想定外」である。

台風や地震による大規模停電は昨秋も相次いだ。荒々しくなる気候変動、予測不能な震災への電力の防災対策は今までの基準で大丈夫なのか。電柱を立たせておくだけでも、ボーッとしてはいられぬ今日である。

関電幹部への原発マネー還流 勝海舟の「お神酒料」（2019・10・3）

黒船来航の直前のことだ。蘭学を学んだ勝海舟が唐津藩から大砲製造を頼まれ、自ら設計して鋳物業者に発注した。数日後、家に鋳物師が訪ねてきて、持ってきた包みを「お神酒《みき》料でございます」と差し出した。

中身を聞くと300両の大金で、1000両の製作費のうちこの程度を発注者に渡すのがしきたりという。その分は材料の銅の質を落として捻出すると聞いた勝は、怒るでもなく俺は要らんからちゃんとした材料を使えと突き返した。

この話が当の鋳物師から幕閣に伝わり、勝の出世の道が開けたというから歴史的にも重要な逸話といえる。で、こちらの人たちは小判やら菓子の下の金貨やらも受け取っていたという。何ともはや、それが現代の話だから仰天である。

関西電力の20人に原発が立地する町の有力者から3億円を超える金品が渡っていた例の話である。うち常務と元副社長は1億円以上もの金品を渡されたという。それも脅されるのでやむなく受けたとの被害者然とした記者会見だった。

この金品、元は原発関連工事の受注業者から有力者に渡った金である。関電の人たちは勝のようにどうやって「お神酒料」を捻出したか問いただささなかったらしい。企業倫理の底が抜けると「原発マネーの還流」も認識できぬようだ。

厳重注意などの軽い処分、自らも金品を受けたトップの続投表明にもあきれた。勝は周囲に左右されない自身を「世の中に無神経ほど強いものはない」と評したが、関電経営陣が学ぶべきはそこではない。

唐茄子屋のPR作戦（2019・10・4）

ハロウィーンかぼちゃ

道楽が過ぎて勘当された若旦那、おじに救われて始めたカボチャの行商といえば落語の人情話「唐茄子《とうなす》屋政談」である。上方で「南京屋政談」というのは、そちらではカボチャを南京と呼んでいたからである。

カンボジアに由来するというカボチャはもちろん、唐茄子や南京の名からも渡来作物なのは広く知られていたようだ。渡来したのは16世紀というが、江戸時代も半ばまでは毒があるなどといわれ、あまり一般に流通しなかったらしい。

江戸では文化年間に3貫（11キロ）のカボチャが将軍に献上されたり、歌舞伎の当たり演目のせりふに織り込まれたりした。もしや背後に知恵者の唐茄子屋のカボチャPR作戦でもあったのか。おかげで若旦那も行商で身を立て直せた。

夏の太陽の恵みをたっぷり蓄えて秋から冬に運び込んでくれるカボチャである。冬至に食べて風邪を防ぐという習慣も唐茄子屋が仕組んだのかもしれない。だが近年のハロウィーンの盛況にはさすがの江戸の知恵者たちも感服しよう。

ジャック・オ・ランタンとはハロウィーンの亡霊に由来するカボチャのちょうちんである。この季節、オレンジ色のカボチャの妖怪の顔が街のあちこちを飾る。食用ではなく装飾向けの観賞用カボチャもよく店に出回るようになった。

むろんカボチャを使った料理やお菓子もハロウィーンの演出に一役買っている。外国行事に便乗した商機盛り上げの新たな成功例となったハロウィーンだが、またもそれにみごと乗ったカボチャもえらい。

考古学と電池（2019・10・10）

吉野彰さんにノーベル化学賞

「バグダッドの電池」という不思議な古代の出土物がある。約2000年前の遺物で、高さ18センチのつぼの中に銅の筒があり、鉄棒が差し込まれていた。複製を作って酸を入れると1・5ボルトの電流が得られたという。

むろん電線が出土したわけではないが、医療や電気メッキに使ったとの説も出た。結局はパピルスを巻いて入れた容器でないかといわれるが、真相はなぞのままである。考古学と電池とはいかにも場違いだが、実はそうとも限らない。

リチウムイオン電池を開発して今年のノーベル化学賞に決まった吉野彰さんは大学で考古学研究会に入った。志望した石油化学が最先端だったので、サークルでは「一番、古いことをしよう」と、地道な発掘調査に取り組んだという。

京都の樫原廃寺《かたぎはらはいじ》の塔の土台を掘り当てたが、むろん電池は見つからなかった。だが物的証拠をもとに仮説を立て検証する研究の基本を体得し、後の研究開発に役立った。そして他大学の考古学研にいた夫人を見つけるのにも成功する。

旭化成でリチウムイオン電池の開発に取り組んだのは30代前半、電池の負極の材料探しの紆余曲折《うよきょくせつ》には胃に穴が開きそうな時もあった。見つけたのは特定の結晶構造をもつ炭素、粘り強さと楽観的姿勢が掘り当てた成果だと振り返る。

ビデオカメラ用の電池のための開発だったが、今やパソコン、スマホから電気自動車まで、まさに現代文明を支えるリチウムイオン電池となった。全世界がたたえるテクノロジーの新時代の発掘である。

人間の安全保障（2019・10・30）

緒方貞子さん死去

政府軍から逃れようと北イラクのクルド人が隣国に殺到したのは緒方貞子さんが国連難民高等弁務官に就任して1カ月後だった。だがトルコは国境を封鎖、女性や子どもら約40万人が極寒の山中をさまよった。

1991年の湾岸戦争時のことである。当時、国内避難民は国連が支援すべき難民に当たらず、クルド難民支援には反対があった。だが緒方さんは「保護を必要とする人を保護するのが使命」と支援実施へリーダーシップを発揮した。

その後のボスニア紛争、ルワンダ虐殺などでも、従来の支援の枠組みにとどまらぬ難民保護を次々に実現してきた緒方さんである。「変えようと思ったのではなく、必要に迫られて行動したら前のやり方とは違っていた」と振り返る。

世界をイデオロギーで二分した東西冷戦が終わり、各地で民族や宗教の自己主張が次々に噴出した当時である。そこから生まれる新たな「難民の時代」に向き合い、国家が守れない「人間の安全保障」を求めた緒方さんの活動だった。

5・15事件で殺された犬養毅を曽祖父にもち、外務省電信課長の官舎でノモンハン事件や第二次大戦勃発の電話を受ける父の姿を覚えていた緒方さんである。世界のリアルな姿を見失った日本の運命も自らの人生の一部として生きた。

その緒方さんは「積極的平和主義」を掲げながら今も難民受け入れに消極的な日本政府の姿勢を嘆いて

いた。世界のリアルと渡り合い、その使命を静かに果たすことでしか次代に伝えられぬ「遺言」もある。

未明の炎上で正殿全焼

首里城はよみがえる（2019・11・1）

沖縄戦で破壊された首里城跡には戦後、沖縄初の大学となる琉球大学が建設された。本土復帰の後に大学が移転され、首里城復元にむけ発掘調査が始まると、工事で破壊されたはずの遺構が次々に見つかった。建設当時、まさか大学移転を予見した人はいまい。だが「遺構に土をかぶせ、その上に大学を建てていたのです」と首里城復元に携わった建築家はいう。「いつの日にか首里城はよみがえる」。先人の願いを感じ、深い感動を覚えた。

復元をめざしたのは18世紀の火災後に再建され、沖縄戦で焼けた正殿などだが、当初はその本来の色が赤か黒かも論争になった。しらみつぶしに史料にあたり、建築や工芸の専門家らも手探りでたどった「本物」復元の道のりだった。

「人の命は取り戻せないけれども首里城を復元できれば、沖縄の魂は取り戻せると思った」。当時、古文書で色は赤とつきとめた歴史家の高良倉吉さんの言葉である。その高良さんが自宅からぼうぜんと見た未明の首里城の炎だった。

30年越しの復元事業は今年完了したばかりで、「事態を理解しかねている」と絶句した高良さんである。「悪い夢を見ているようだ」「震えがやまない」「涙が止まらない」……住民らの言葉からも身を切られたような痛みが伝わる。

万国の懸け橋をめざす琉球王朝の往古を伝えただけでない。戦後沖縄の「魂」の再建の足どりが刻まれた歴史的文化財でもある復元首里城だった。「首里城はよみがえる」。先人の願いはまた引き継がれる。

共通入試の「記述式」への不安

古典学部が焼けたら……（2019・11・8）

「古典学部が焼け落ちたらどうなるでしょうか？」。これは英ケンブリッジ大学古典学部の入試問題という。J・ファーンドン著「世界一『考えさせられる』入試問題」（河出文庫）が掲げる難問奇問の一つだ。「自分を利口だと思いますか」「自分の腎臓を売ってもいいでしょうか」「あなたならばリンゴをどう説明しますか」「なぜ世界政府はないのでしょう」「世界に砂粒はいくつありますか」「国内と海外の貧困、注目すべきはどちら？」。

同著が集めた英名門大の面接試験の質問だが、受験生なら思わず試験官の顔を見返すに違いない。もしもそこに座っているのが同世代の学生アルバイトだったら……。自分の知力を絞った解答をちゃんと採点できると思えるだろうか。

大げさにいえば、そういうことだろう。民間英語試験が延期された来年度からの大学入学共通テストで、今一つ受験生を不安にさせている国語と数学の記述式試験である。採点はアルバイトも使うという民間業者が受注しているのだ。

すでに試行調査で採点者により評価のぶれが出るのも分かっている。そもそも50万人が受験する全国一律テストで公平な採点はどだい無理で、論述や表現力の試験は国立大の2次試験のように必要に応じ大学ごとに行うべきでないか。

だが文部科学相は「品質の良い採点」の体制を整え予定通り導入するという。では〝試験官〟への逆質問である。「一律のマニュアルで機械的に採点するのなら、論述式試験をする意味があるでしょうか?」。

ベルリンの壁崩壊30年（2019・11・9）

「壁」建設が進む21世紀

「自由主義は多くの難題を抱え、民主主義も完全ではありません」。こう述べたのはケネディ米大統領で、1963年に西ベルリンの市民を前に「私はベルリン市民です」とドイツ語で連帯を呼びかけた後だった。

東西冷戦下、西ベルリンは東独内で孤立し、周囲には東独市民が西に逃亡するのを防ぐ壁が造られていた。ケネディは先の言葉に続けて、「だが私たちは自分らの人民を閉じ込める壁を造ったりはしない」とソ連陣営を批判したのだ。

演説の結びでケネディが語った希望、「この街が一つになり、欧州が一つになる日」は26年後のベルリンの壁崩壊で実現する。だがその彼も、さらに30年後、国境の壁の建設を公約とした大統領が米国を統治するとは思わなかったろう。

ベルリンの壁崩壊当時、世界には国境などの壁が16カ所あった。だが近年は60カ所を超えるという研究者の調査がある。イデオロギー対立の壁が取り払われ、グローバル化した世界をいくつにも分断する民族や国家の自己主張である。

「一つの欧州」を実現した欧州連合（EU）においても、移民などへの草の根の反発が各国で自国中心主義を噴出させた。その象徴といえるのが、今や欧州諸国での総延長がベルリンの壁の6倍になる難民流入防止用フェンスである。

グローバルな経済の下で「一つ」になった世界を複雑に分け隔てる人々の心の中の「壁」だ。それらの間で揺らぐ自由主義や民主主義の「難題」「不完全」ばかりが際立つベルリンの壁崩壊30年である。

桜を見る会の怪しい面々

幕の中の花見（2019・11・29）

満開の桜を見ようと老若男女が袖を連ねて集まった京の清水。そこで桜の木の周りに幕を張りめぐらして花見をする集団が現れた。その狼藉者《ろうぜきもの》をこらしめるのはおなじみ坂田金時《さかたのきんとき》の息子、金平《きんぴら》である。

「それ世の常の花だにも万民の眺めとす……貴賤《きせん》こぞって群集《くんじゅ》する木のもとに幕うち回しふさぐ事、月を隠す雲とや云《い》わん」。江戸時代の金平浄瑠璃で観客の胸のすく場面である。花の下で特権をふりかざす無粋は民の怒りをかった。

白幡洋三郎さんの著書「花見と桜」で知ったこの話、何年か前にも小欄で紹介したが、またまた金平に一暴れしてほしくなった「桜を見る会」その後である。めぐらしたその幕の内側の、なんとも腹立たしい光景が次々にもれてきた。

まず会場にいた反社会的勢力とみられる人物の写真がネットに流れ、一緒に写った官房長官は「結果として入っていたんだろう」と語った。4年前には悪質なマルチ商法が問題になっていた会社の元会長が招待されていたのも分かった。

一般を締め出しての花見も世の功労者を遇するなら許せるという人も、これでは怒る。なぜそんな人がいたのか。誰が招待したのか。当然の疑問に政府は答えない。今年の招待者名簿は議員が資料提出を求めた1時間後に廃棄された。

怪しい花見を取り囲む幕は引き上げると、また次々に張られていく。森友・加計問題を思い出す光景だが、金平の言葉も忘れない方がいい。人をみな平等にする桜の下での権柄《けんぺい》ずくは許さぬのが日本人の心意気だ。

山々が産気づいて（2019・12・13）

入試改革2本柱の頓挫

「二兎《と》を追う者は一兎をも得ず」。中国の故事か何かに由来していそうだが、これ実は古代ギリシャ起源で欧州に広く分布することわざという。日本には明治に入ってきて、修身の教科書で広まったらしい。

ことわざ研究家の北村孝一さんによると、「溺れる者はわらをもつかむ」「火のないところに煙はたたない」など日本では西洋のことわざがそれと知られずに定着している。漢文調の「大山鳴動してネズミ一匹」もその一つだという。

「山々が産気づいて、滑稽なネズミが一匹生まれる」というラテン語に由来し、西洋では大口をたたく人をからかうことわざだそうだ。これに対して日本では社会的騒動の顚末《てんまつ》を表すことが多い。たとえば大学入学共通テストである。

英語民間試験が事実上白紙化されたと思ったら、今一つの看板だった国語と数学の記述式試験も延期になるらしい。来週にも発表すると小紙が報じている。これで再来年からの大学入試改革の2本柱がどちらも頓挫することになった。

知識だけではなく思考力、表現力、判断力の3要素を評価するのが改革の目標だった。結構な企図だが、そんな難事を50万人もの試験で民間企業に丸投げすればすむという発想が信じられない。3要素とも落第点の文部科学省である。

知識偏重入試の非を鳴らす大山鳴動後の情けない結末も当然だろう。3要素の十分な評価は各大学の教育理念に根ざした個別試験で行ってほしい。まことに何兎も追う者は一兎をも得られない共通入試である。

二〇二〇年（令和二年）

ゴーン被告国外逃亡

「食人鬼」の脱走（2020・1・3）

ロシア遠征の失敗で失脚したナポレオンが追放先のエルバ島を脱出したのは1815年だった。有名なのは島を抜け出し、パリに帰還して皇帝に復位するまでの新聞による彼の呼び名の変わり方である。

脱出時には「食人鬼」、本土上陸時は「コルシカの鬼」、パリに近づくにつれ「怪物」「暴君」「簒奪者《さんだつしゃ》」と変わっていき、パリ到着直前には「ナポレオン」「皇帝」に。そして最後は「皇帝陛下はチュイルリー宮にご帰還」であった。

百日天下の後の流刑先セントヘレナ島ではさすがのカリスマも厳重な監視下で人生最後の日々を送ることになった。では、こちらの落ちたカリスマの日本脱出は今後、世界のメディアにどんな色合いで報道されることになるのだろう。

年の変わり目の世界を仰天させたゴーン被告の逃亡だった。レバノン入国が伝えられるが、所在はなお不明、日本脱出の手口にはスパイ映画もどきの臆測や情報が飛び交う。当然ながら保釈は取り消され、保釈金15億円は没収となる。

踏みつけにされた当局は違法出国の解明に向け強制捜査に入った。だが当人は日本の司法を批判して欧米メディア相手に自己正当化を図る構えらしい。日本の司法もこの手のやからにつけ込まれぬ制度とその運用が求められる今日だ。

レバノンでは富裕層が被告受け入れを歓迎する一方、そこに体制の腐敗をみる市民の反発も大きいという。格差による社会の分断を映し出し、世界のメディアの論調もまだ定まらぬカリスマ被告の法網破りである。

「野味」とウイルス（2020・1・8）

武漢で謎の肺炎

「足が4本あるもので食べないのは椅子と机だけ」という中国の広東料理である。だが「野味」と呼ばれた野生動物の食材が規制されたのは2003年の重症急性呼吸器症候群（SARS）流行がきっかけだった。

当時は新型肺炎と呼ばれ、香港を中心に東アジアで8000人以上が感染し、800人近くが死亡したSARSだった。当初は感染源として食材のハクビシンが注目されたが、その後にコウモリのもつウイルスが病原体だと分かった。

最初の流行があった中国広東省からの感染拡大をめぐっては、中国政府による情報公開の遅れへの国際的な批判も起こった。そんな過去もあって、アジア各国の保健関係者も耳をそばだてた中国湖北省武漢での謎の肺炎の発生である。

発熱や呼吸困難の症状をもたらすウイルス性肺炎に59人が感染、うち7人は重症というニュースだった。もしやSARSの再燃ではないかと疑うのも当然だが、現地の保健当局はSARSや鳥インフルエンザなどの可能性を否定した。

何人かの患者が働いていた市場ではウサギやヘビも売られ、動物から人間への感染が疑われている。人から人への感染は未確認だが、アジア諸国は水際で防疫せねばと身構え、厚生労働省も武漢からの帰国者に注意を呼びかけ始めた。

現地ではSARS再燃のうわさを流したとして当局が市民を処罰したという。疫病の恐怖はデマや虚報の伝染ももたらす。情報公開の重要さをあらためて確認せねばならぬ新型感染症と人類との闘いだ。

＊その後、中国の当局による市民の処罰はいちはやく新型コロナウイルスへの警鐘を鳴らしながら感染死した医師・李文亮さんへの口封じと分かった。

素敵なガラアキ（2020・2・4）

としまえん閉園へ

阪急や東宝の創業者で、日本の大都市近郊私鉄の経営モデルをつくった小林一三が、大阪・梅田と神戸を結ぶ直通電車を満を持して開通させた時のことだ。大阪や神戸に住む人々はその新聞広告に目を見張った。

「綺麗《きれい》で早うて。ガラアキで眺めの素敵によい涼しい電車」。鉄道会社自身が「ガラアキ」を宣伝するまさかの〝自虐広告〟に世間は驚いた。だが、会社の運賃収入はわずか2年あまりの間に2・5倍へ急伸、たちまち借金も返済した。

ターミナルには直営デパート、沿線には劇場や遊園地などの集客施設、そして宅地開発……小林の経営は東京の私鉄も倣うところとなり、西武の堤康次郎も影響を受けたという。遊園地は都市近郊私鉄のアトラクションの定番だった。

30年前には「史上最低の遊園地」なるエープリルフール広告を打ち、「うらやましいぞ‼Ｊリーグ」などの自虐広告が話題となった「としまえん」である。私鉄の遊園地が次々に閉園となる逆風のなか、独自の存在感をアピールした。

しかし近年は施設も老朽化が進み、とうとう西武グループは段階的閉園を検討中という。跡地は米映画大手が借り受けてハリー・ポッターのテーマパークを造るほか、東京都が防災機能を備えた公園として整備することになりそうだ。

とっくに閉園したある私鉄沿線遊園地に遊びに行った昔を振り返れば、その時すでに「ガラアキ」だったのがせつなく思い起こされる。また一つ、昭和のにぎわいが歴史の薄明かりのなかへ消えていく。

ノムさん逝く

「ささやき」から「ぼやき」へ（2020・2・12）

ノムさんこと野村克也さんは少年時代、夕暮れの浜辺に咲くかれんな花に心引かれた。「なぜ昼に咲かないのか」。それを思い出したのは数十年後、通算600本塁打を前に、達成時の談話を考えていた時だった。

「王や長嶋が太陽を浴びて咲く『ひまわり』とすれば、こっちは人目にふれないところで咲く『月見草』

や」。記録達成の日の観客は7000人、同日の巨人戦は5万人近い入りだった。歴史的談話は熟考し、準備されたものだった。

「人や集団を動かすものは言葉しかない。ほかに何があるんですか」が口癖だったノムさんは、練達の言葉の使い手だった。捕手時代の「ささやき」戦術、監督として掲げた「ID野球」、芸の域に達した「ぼやき」もそうであろう。

だから名言は多い。「野球は気力1分、体力1分、残り8分は頭なんや」「配球も人生も大事なのは『緩急』」「グチは『不満』を表すもの、ボヤキは『理想と現実の差』を表現する」「アマは『自分が喜ぶ』。プロは『人が喜ぶ』」。

打者としての最多打席数や歴代2位の本塁打、安打、打点、さらに平成最多勝利監督などの栄誉は今さらたたえるまでもない。ただ精神論が幅をきかせてきた日本の野球に「考える野球」の文化を吹き込んだ功績は忘れてはなるまい。

名言「勝ちに不思議の勝ちあり、負けに不思議の負けなし」は剣術書からの引用だという。「ささやき」の昭和から「ぼやき」の平成へ、大記録と令和の野球文化を次世代に残し、ノムさんが旅立った。

アテナイの「無秩序」（2020・2・26）

疫病のもたらす文明崩壊

「われらの政体は、少数者の独占を排し多数者の公平を守ることを旨とし、民主政治と呼ばれる」。古代アテナイの自由と民主政の理想を説いて今も心を打つ政治家ペリクレスの紀元前430年の演説である。

「われらのポリスはギリシャが追うべき理想の顕現であり、われら一人一人の市民は、人生の広い諸活動に通暁《つうぎょう》し、自由人の品位を持し、己《おのれ》の知性の円熟を期することができる」。だが、その半年後、アテナイは空前の疫病に見舞われた。

演説を記録した史書は、その後に人々の信仰や法、道徳をあざ笑うかのように無慈悲に人の命を奪っていった疫病の惨禍を描いた。ペリクレスが誇った市民の自由に根ざす秩序は疫病で崩壊し、「かつてない無秩序」がもたらされる。

繁栄する文明の最も大切な理想をも破壊する疫病である。専門家が「今後1～2週間が急速な拡大に進むか収束できるかの瀬戸際」と語る新型肺炎（新型コロナウイルス感染症）でも、まさに医療体制などの秩序が瀬戸際に追いつめられていると受け止めた方がいい。

感染拡大に備え、政府も感染者が増えた地域の対処方針などを決めた。ただウイルス検査も対象が限られる中、すでに見えない感染の拡大がうかがえるのが現状である。後手後手の印象はいなめず、瀬戸際の言葉もむなしく聞こえる。

一般の人々も古代とは違う。適切な医学的知見の説明があれば、感染のリスクを増す行動はおのずと控えよう。恐怖や不安のもたらす「無秩序」を防ぐのは、事態を先取りした策と情報への信頼感である。

イベントの自粛要請

獅子舞と豆まき（2020・2・27）

神社からくり出したみこしや獅子舞が町をめぐる。家々の軒にはしめ縄が張られ、ちょうちんも下がる。人々は豆をまき、門松を立てる家もあった。場所によっては住民たちが山で鉄砲を撃って邪気を払った……。

これは正月か、節分か、あるいは何かの祭りか。実はこれ、幕末のコレラ流行時に各地で行われた悪疫払いの「コレラ祭り」の様子である。人々がかねや太鼓を鳴らし練り歩く様子を記した本もある（立川昭二著「江戸　病草紙」）。

感染症に抗するすべを知らなかった昔、人々が疫病神《やくびょうがみ》を追い払うのにあらゆる祭事の霊力を頼んだ気持ちはよく分かる。だが悪疫退治の祭りに大勢寄り集まれば、かえって感染を広げる結果になったろう。何ともせつない歴史である。

新型肺炎の感染拡大防止へむけ、政府は今後2週間をめどに多数の人が集まる全国的なスポーツ、文化イベントの中止や延期、縮小を求める。これからの1〜2週間が拡大抑止の瀬戸際になるとの専門家の見解にもとづく要請という。

イベントの一律自粛は求めないとしてきた政府にすれば一歩踏み込んだ対応で、スポーツや興行への経済的な影響も小さくない。ここは責任者たる首相が国民に直接この要請の必要な理由を説明して、協力を求めるのが筋ではないか。

昔のコレラ祭りで正月をまねたのは、災厄の年を終わらせて新年にするまじないらしい。今年をなかったことにはできぬ2020年、リスクと責任を共に引き受けて打つ感染拡大への先手が必要である。

江戸のカギっ子（2020・2・29）

全国一斉休校要請

「七つから寺子屋にもりしてもらふ」は江戸川柳。寺子屋に子どもを通わせた親は子守、子育てから解放されるという一面もあった。では次の川柳は何を意味しているのだろうか。「初午《はつうま》は世帯《しょたい》の鍵の下げ始め」。

2月の初午は寺子屋の入学日である。子どもが通い始めると、母親も働きに出る家が多かったようで、江戸時代版の「カギっ子」もいたのだ。「初午はまず錠前を覚えさせ」という句もある（市川寛明ほか著「図説・江戸の学び」）。

子どもたちの手習いが目的の寺子屋だが、働く親には育児を代わってもらえる場所でもあったようだ。江戸時代にしてそうならば、今日の学校を教育という本来の目的だけで語れないのはもちろんだ。その突然の「一斉休校」という。

新型コロナウイルスの感染拡大防止にむけ安倍晋三首相が表明した全国的な学校休校の要請である。試験は？成績判定は？卒業式は？……と教育現場の戸惑いも大きいが、深刻なのは突然の休校に対応のすべのない働く親たちだ。

看護師や保育士が休めば困る病院や保育所もある。感染拡大で後手後手を批判された政府が、ようやく打ち出した「先手」だが、医療などの社会機能の崩壊まで心配する声が出た。どうかリスクを現場に丸投げしないよう願いたい。

「師匠様風邪をひいたとうれしがり」は寺子屋が休みとなって喜ぶ子らの川柳だ。休んだはいいが、家から出にくい子どもたちにも、あまり楽しい思い出にはなりそうにない春・弥生の大連休である。

ネロの「自分ファースト」（2020・3・26）

東京五輪が1年延期に

思えばオリンピックとはものすごいイベントである。いや、ここでいうのは古代ギリシャのそれのことだ。紀元前8世紀から紀元4世紀までの実に1200年近くの間、4年ごとに293回も開催されてきた。

その間、聖なる休戦が破られて祭典の開催地で戦闘が起きたこともあったが、一度として中止されたことはなかった。ただ「延期」は、一度ある。紀元65年に開催されるはずの第211回の祭典が2年後の67年に繰り延べされたのだ。

延期させた張本人はローマ帝国の暴君ネロだった。ネロは自身が馬車競走などに出場、落車したのに審判に優勝と判定させるなど、まさに「自分ファースト」のオリンピックに仕立てたのだ。主催のギリシャ人には屈辱の歴史である。

まだ1世紀余の歴史しかない近代五輪は、戦争による中止を夏冬計5度も経験した。しかし、「延期」はこれが史上初という。東京五輪・パラリンピックを来年に繰り延べさせたのは、暴君よりたちの悪い新型コロナウイルスだった。

4年の周期に心身をささげたアスリートには気の毒である。1年延期の経済的・社会的負担は日本にも大きい。だが、ここは新型ウイルスの脅威を軽視せず、感染症から人命を守る闘いにおいてなすべきことが「ファースト」だろう。

振り返れば近代五輪・パラリンピックはグローバル化する文明を祝福する祭典である。その文明がもたらした感染症のパンデミックを制圧することなしには、どんな祝祭も似つかわしくない21世紀の人類だ。

巣ごもりからの飛躍

ニュートンの「驚異の年」（2020・4・16）

「人々は耐えがたい混乱と苦痛のあまり身をもてあまし、わめき散らし……狂気した人々が街頭をはしりまわる光景は、陰惨をきわめた」。この混乱は1665年のペスト流行時のロンドンの記録である。

「アヌスミラビリス」。ラテン語の「驚異の年」とは、同年から翌年のロンドン大火にいたる歴史的災厄の続いた時代に書かれた詩人ドライデンの長編詩の題である。彼はペスト禍からの避難先で、英国の再生をたたえる詩を書いた。

後にアヌスミラビリスは古典力学の創始者ニュートンの偉大な業績をたたえる言葉となる。ニュートンはペスト禍で閉鎖された大学から故郷に戻り、存分に思索の時間を得た1年半の間に万有引力発見などの3大業績を達成したのだ。

悲惨な疫病を逃れる巣ごもりから生まれた「驚異の年」——人類の大きな前進である。「創造的休暇」とも呼ばれるニュートンのこの時期だが、今、新型コロナウイルス禍で巣ごもりを強いられる私たちも勇気づけられる逸話だろう。

一気に進んだテレワークは、人々の「自宅からの発想」のネットワークで世界を変えるかもしれない。14世紀のペスト禍がルネサンスの触媒になったように、新たな技術、価値、産業の培養土にもなりうる私たちのコロナ体験である。

国際通貨基金（IMF）が「世界恐慌以来」の経済危機というコロナ禍だが、文明を破壊する災厄から新たな文明を芽吹かせてきた人類である。後の世の人々は2020年をアヌスミラビリスと呼べるだろうか。

安倍政権のコロナ対策迷走
失敗の収拾に失敗するな（2020・4・18）

緊急事態やら非常事態やらという場面になると、神ならぬ人間は過ちや失敗をおかす。だからこそ、危機管理の要諦は「失敗の収拾に失敗しないこと」「失敗のダメージを最小限に抑えること」などといわれる。

未曽有の事態での失敗は仕方ないが、失敗が失敗を呼ぶ連鎖は抑えなければならない。だが、それが難しいのは失敗を糊塗しようとし、あるいは他に責任転嫁したくなる人のさがゆえだろう。起こりがちなのは組織の「迷走」である。

コロナ禍の今、緊急事態における政府の「迷走」が気がかりである。2月末の一斉休校要請の一方で、4月には緊急事態宣言を出し渋る感染拡大防止策の揺らぎ。スピードが求められる経済対策における驚きの方針急転換などである。

アベノマスクとやゆされたマスク配布が始まったきのう、米国ではもう国民への現金給付が始まっていた。日本では閣議決定した収入減少世帯への30万円支給案の評判がさんざんで、改めて一律1人10万円案を打ち出すはめになった。

誰もが決断の成否を見通せぬ緊急事態で、国民の運命を決める一国のトップの決断が容易でないのは分かる。だがアベノマスクや首相の自宅くつろぎ動画の示すところ、迷走の背景にあるのは国民とのコミュニケーション不全だろう。

売り物の首相官邸主導の政治手法が、与党の圧力で軌道変更を強いられた今回だった。首相は与野党の声に真剣に耳を傾け、自らの肉声で一つ一つ国民の共感と理解を求める努力を惜しんではならない。

思うままに本を読む幸福（2020・5・2）

巣ごもり読書の黄金週間

「読書」とはどういうことか。「ひとりで黙って読む。自発的に、たいていはじぶんの部屋で」。「読書と日本人」（岩波新書）の著者、津野海太郎さんは記す。では、そういう読書はいつ始まったのか。

「源氏物語を第一巻から、誰にも邪魔されず、几帳《きちょう》の中にこもりっきりで、一冊一冊取り出して読んでゆく心地、もう后の位だって問題じゃないと思うくらいでした（現代語訳）」。この更級日記の一節が日本での最初の記録という。

筆者の菅原孝標の女《むすめ》の13歳の記述である。その150年前の菅原道真の随筆では、大学者なのに一人静かに書物に集中できる場所がないのを嘆いている。部屋にこもって、思うがままに本を読む幸せが記されたのは歴史的事件だった。

こちらはコロナ禍という歴史的事件によって半ば強いられた「巣ごもり読書」である。今や通勤電車でも本に集中できる現代人だが、図らずもゴールデンウイークをまるまる几帳ならぬ自室にこもっての読書に費やせることになった。

コミックや学習参考書のほか、資格取得関連本が売れる巣ごもり下の書籍事情という。コロナ後に備えた個々の身構えをうかがわせるが、古典や最新の思想書など日ごろ手の出にくい本を通してコロナ後世界を占ってみるのはどうか。

人類の知恵の貯水池におもりを垂らして未来を探る読書の体験である。いや、私はちょっとそれは……という方は、むろん寝転がって、気になっていた物語を楽しんでもいい。后の位も目ではない幸福は今もある。

#検察庁法改正案に抗議

巣ごもりデモクラシー（2020・5・13）

凡人も賢者も1人1票の平等を分かちあう民主政治は、自分の利益について一番よく知っているのは自分だとの原理に根ざしていよう。だが誰しも日ごろはその利益とは何かを考え詰めているわけでない。

コロナ禍により日常を断ち切られ、仕事や公の立場から距離をとった巣ごもりを強いられる方の多かろう今日である。しかしそんな緊急事態下に、個々の暮らしの場に腰をすえてこそ見えてくる自分の利益や社会のありようもあろう。

発端は8日に投稿された「1人でツイッターデモ#検察庁法改正案に抗議します」とのツイートだった。「犯罪が正しく裁かれない国で生きていきたくありません。この法律が通ったら……刑事ドラマも法廷ドラマも成立しません」。

ネットニュースサイト・ねとらぼによれば、10日には1日400万件近い関連投稿があり、芸能人ら著名人のツイートも相次いだ。かつて注目を集めたツイッターによる社会運動では1年で35万件だったからまさに爆発的反響である。

不正投稿による水増しもあろうが、調査では不正は5％程度という。改正案反対論はこの法改正が政権による検察への政治介入の道を開くという。加えてコロナ禍の混乱に便乗するかのような法改正強行が不信の爆発を呼び起こした。

すべての人の行動の公共的意味が問われ、個々の暮らしの空間から社会の約束事を見つめ直すことになった緊急事態下だ。今は権力分立という契約の不履行に異議を突きつけた「巣ごもりデモクラシー」である。

＊改正案には元検事総長ら検察ＯＢの反対意見書も出され、5月18日に安倍晋三首相は通常国会での成立見送りを表明した。

カミュの「倫理と義務」（2020・5・21）

コロナ禍によるロックダウン（都市封鎖）で、世界中の人々が手にとった仏作家カミュの「ペスト」である。ペストの流行で封鎖された都市を舞台に、不条理な現実を生きる人間のモラルを問いかけたこの小説だ。

罪のない子も苦しみながら死んでいく理不尽な惨禍である。その中で医師の主人公らは信仰や大義を振りかざすことなく、自らの責務を誠実に果たすことで人間同士の連帯を生み出していく。コロナ禍での医療従事者もそうであろう。

「私に人間の倫理と義務を教えてくれたのはスポーツだ」。そのカミュが高校時代にサッカーをしていたことについて語った言葉である。本もない貧しい家に育ち、スポーツを通して助け合いや勇気を体にしみこませたカミュだった。

夏の甲子園も中止に

疫病の不条理はスポーツに打ち込んできた今日の高校生の夢も奪い去った。春のセンバツに続き、夏の甲子園も戦後初の中止となった。先のインターハイ中止と合わせ、目指されたプレーの舞台が次々に失われる高校スポーツである。

甲子園を目指す高校生には、ほんの4カ月前には夢にも思わなかった春夏の大会中止だろう。感染の勢いが収まりつつある今、各地では3年生のためにも練習の成果を発揮してもらう独自の地方大会開催の可能性を探ることになろう。

なぜこんな時に……不条理に言葉を失う選手のみなさんには、どうかその思いを含めた高校でのスポーツ体験のすべてを記憶に刻んでもらいたい。いつか、先のカミュの言葉を思い起こす日もあるだろう。

破れた「ツキの袋」（2020・5・22）

検事長の賭けマージャン

「麻雀《マージャン》放浪記」の作者、阿佐田哲也の名は「朝だ、徹夜だ」のもじりだという。作家、色川武大の雀士としてのペンネームだが、その名言の一つには「勝ちすぎれば、ツキの袋は必ず破れる」というのがある。

「人の運の総量は一定」がその持論で、この運をうまく使い切るのが人生の芸ということらしい。ならば、天から特別の羽を授かったかのような定年延長で、トップの座を目前にしたこの人の高転《たかころ》びも運の定量オーバーの結果なのか。

新型コロナウイルスによる緊急事態宣言下、新聞記者と賭けマージャンをしていたと週刊文春に報じられた黒川弘務東京高検検事長の辞表提出である。むろんこの1月、政府が前例のない検察官の定年延長を閣議決定した当の人物だ。

まず検察ナンバー2で、余人をもって代えがたいと定年延長された人のギャンブルにびっくりである。しかも最初はステイホーム週間さなか、2度目は検察庁法改正案が世論の批判を浴びるさなか、目も当てられぬタイミングだった。

法改正案は次期検事総長含みの黒川氏の定年延長を正当化し、検察への政権の政治介入を招くと批判されていた。もしかしたら、黒川氏も政権に振り回された口かもしれないが、ツキの袋の破裂は自業自得といわれても仕方なかろう。

コロナ対策の後手後手に加え、検察への手出しのみっともない顛末《てんまつ》に、政権末期症状の酷評も出る安倍政権である。ちなみに阿佐田には「落ち目の人の逆を行け。これはギャンブルの鉄則だ」という言葉もある。

「昼寝覚」のドッキリ（2020・6・3）

「新たな日常」の午後

〈愕然《がくぜん》として昼寝覚めたる一人かな／河東碧梧桐《かわひがしへきごとう》〉。ハッと目が覚めると昼の光、あれ？今どこか……。ややあって、家で昼寝をしていたんだとホッとする。「昼寝覚《ひるねざめ》」は夏の季語「昼寝」の副題である。

〈魂が身にぶつつかり昼寝覚め／上野泰〉。寝入ったところでフワリと身を抜けでて浮遊した魂が、何かの拍子に体にぶっつかりビックリ目覚める。気持ちよく寝ていたのが、何かでドキッと起きる昼寝覚めが実にこんな感じである。

〈はるかまで旅してゐたり昼寝覚／森澄雄〉。アワが煮えるまでのうたた寝の間に、50年にわたる波瀾万《はらんばん》丈《じょう》の人生を夢で体験する「邯鄲《かんたん》の夢」の故事もある昼寝である。夢もこんな大作ともなると昼寝覚の感慨も並大抵ではあるまい。

コロナ禍により自宅での昼寝でハッと目が覚めることの増えた方が多かろう。季節は昼のまどろみに最適、テレワーク中でもウトウトできるのが会社と違う。「パワーナップ」と呼ばれる短時間の昼寝が日課となった方もおられよう。

心の健康のために十分な睡眠が必要なコロナ不安のさなか、注意したいのは昼寝の時間という。長時間の昼寝は夜の睡眠の妨げとなってしまう。20～30分にとどめれば、文字通りテレワークの能率アップをもたらしてくれるそうだ。

〈生き返る方をえらんで昼寝覚／井上菜摘子《なつみこ》〉。夢で三途《さんず》の川岸まで行ったようなおもしろ怖い句で、目覚めたいつもの家のたたずまいがありがたく見えよう。時空を超える扉もある「新たな日常」の午後だ。

横田滋さん死去

運命の記念写真（2020・6・7）

写真が趣味だった横田滋さんは、めぐみさんの服を見立てるのを楽しみにしていた。一緒に店に行き、女の子らしいかわいい服を選んで買ってあげた。むしろ地味好きだっためぐみさんも素直に着ていたという。

その滋さんがめぐみさんがいやがるのに撮った写真がある。風疹で中学の入学式を欠席しためぐみさんの制服姿を、桜の散らぬうちにと学校に連れて行って撮った写真だ。ふだんと違うものうげな表情なのは病み上がりのためだった。

めぐみさんはその11月に行方不明になる。失踪時と同じ制服姿がいいと警察に渡した写真が、本人も気に入らなかったこの時の写真だった。後にめぐみさんの運命に思いをめぐらすすべての人の胸を締めつけることになる写真である。

北朝鮮による拉致が判明するまでの19年間、失踪について自らを責める日が続いた滋さんと妻の早紀江さんである。そして拉致の非道を世に知らしめた決定的な転機が、滋さんが決断しためぐみさん事件の実名報道への同意であった。

世論を信じ、呼びかけ続ける。拉致被害者家族の代表として身命をなげうった夫妻の姿は世界が知る通りである。その間、めぐみさんの娘の存在も明らかになり、滋さんは肉親の情と拉致問題解決の筋道との相克をも一身に背負った。

少しでもめぐみのいる方向へ進むんだ――人生の半分をそう願い、歩み続けた滋さんである。自ら撮った幼い姿、北朝鮮から渡された大人になった姿、写真のめぐみさんが見守る病室からの旅立ちだった。

75年目の沖縄慰霊の日
沖縄学者のハクソー・リッジ（2020・6・23）

3年前に公開された米映画「ハクソー・リッジ」は沖縄戦で「ありったけの地獄を一つに集めた」といわれた前田高地の戦闘が舞台となっていた。洞窟陣地の日本兵に米兵も白兵戦を挑んだ凄絶《せいぜつ》な激戦であった。

「おそろしさも、苦しさも、悲しさも感じうる人間感情の極限であった」。これは潜伏した洞窟が爆雷攻撃され、瀕死《ひんし》の兵が「お母さん！」と叫んだ時の回想である。書き手は外間守善《ほかましゅぜん》さん、後に沖縄学の第一人者となったその人だ。

外間さんは師範学校在学中に陸軍に動員され、前田高地で負傷や生き埋めも経験した。死体の浮いた泥水もすすった。妹は撃沈された学童疎開船・対馬丸の犠牲となり、県庁職員の兄は沖縄戦の末期に自決したことでも知られている。

山中で抗戦した外間さんが、住民の犠牲など沖縄戦の全容を知るのは終戦後に投降してからだった。体に食い込んだ弾片や石は手術で取り出されたものもあるが、その後10年の間、皮膚からポロリポロリと〝排出〟され続けたという。

戦後、学究生活に入った外間さんは沖縄学の先達が用いた「島惑い《シママディー》」という言葉に注目した。日本本土の捨て石とされて壊滅し、米軍施政下に放置された沖縄の故郷喪失感、未来を見通せぬ心の迷いが自らの胸にも迫っていたからだ。

古代歌謡「おもろさうし」など沖縄文化研究に生涯をささげた外間さんが亡くなり8年になる。沖縄戦から75年とはそういう歳月だ。だが故郷は今も「島惑い」を強いる大きな力から解き放たれてはいない。

広島地方議員の告白ドミノ

「偉大な首長」のポトラッチ（2020・7・2）

ある祝宴で歌われた言葉だ。「わしは人びとに恥をかかせる偉大な首長だ／われらが首長は人びとの顔に恥をもたらす／われらが首長は人びとの顔に嫉妬をもたらす／くりかえし油の祝宴を行うことによって」。

宴とは北米西海岸の先住民のポトラッチ——客に富をばらまいて部族長らの偉大さを示す祝宴である。あるじは貴重な魚油を盛大に燃やし、客に毛皮や毛布、銅貨やカヌーなどを贈った。気前のよさで客を圧倒するのが宴の目的だった。

「人びとに恥をかかせる」とは、客が返礼できないのを恥じるほど気前がいいという意味である（R・ベネディクト著「文化の型」）。人に恥をかかせて偉大とは驚くが、ばらまかれたお金を受け取って恥をさらした人びとは最近もいる。

河井克行容疑者と妻の案里容疑者から現金を受け取ったとされる広島県の地方議員や首長の告白・辞任ドミノである。先日は頭を丸刈りにして続投姿勢を示していた安芸高田市長も一転辞意を表明し、3人の首長全員が辞任となった。

地元では名の挙がった県議や市議らの去就に注目が集まるのも成り行きだ。買収の疑いのある金を受け取った恥に加えて、辞任すべきかどうか周りを見ながら逡巡《しゅんじゅん》する姿も見苦しい。恥をかかせるポトラッチを受け取ったツケである。

当のポトラッチの主は買収容疑を否定して議員辞職の気配もない。思えばこの主も、さらにその上の主の大盤振る舞いで巨額選挙資金を手にしていた。恐るべきは恥をわが事と思わない「偉大な首長」だ。

＊河井夫妻はその後、ともに公選法違反での有罪判決が確定、夫はその過程で議員辞職し、妻は議員失職に追い込まれた。

ポリアンナ症候群（2020・7・16）

Go Toトラベルの楽天主義

政治の世界では楽観的な主張の方が選挙で圧倒的に有利とのデータが、過去の米大統領選の調査で示されている。書き言葉でも楽天的な言葉の方が大きな影響力のあることは、心理学者の研究でも裏付けられた。

「ポリアンナ効果」とは、その影響力の大きさをいう。日本でもアニメとなった少女ポリアンナは、何にでも「良かった」を探すことで人を幸せにする物語の主人公である。しかし、その名前には「症候群」という言葉がつくこともある。

「ポリアンナ症候群」とは楽観主義が過ぎての現実逃避を指す言葉という。さて、こちらのポリアンナ、いや「Ｇｏ　Ｔｏトラベル」につくのは症候群か、効果か。新型コロナが感染拡大する中の政府の旅行促進キャンペーンである。

個人の旅行代金を政府が助成し、コロナ禍にあえぐ観光業振興を図るこのキャンペーンである。それも8月からの開始日程を連休前に繰り上げたところでの首都圏や大阪の感染拡大だった。だが政府や経済団体は「予定通り」という。

政府の予想外だったのは、観光で潤うはずの地方の首長から批判や不安表明が相次いだことだろう。九州などの水害被災地が蚊帳の外となる理不尽もある。高齢者の多い地方の医療体制の不安を悲観論者の取り越し苦労といえるのか。

少なくとも全国一斉は避け、地域を限って段階的に広げるのが得策だろう「Ｇｏ　Ｔｏトラベル効果」だ。政治のポリアンナ症候群のさんたんたる始末は、米国やブラジルのコロナ対策の示す通りである。

李登輝元総統の死去

悲しかり「化外の民」（２０２０・８・１）

「悲しかり化外《けがい》の民の如《ごと》き身を異国の短歌《うた》に憑《つ》かれて詠むは／傅彩澄《ふさいちょう》」。日本の植民地時代に日本語教育を受けた台湾人の歌集「台湾万葉集」の一首である。「化外の民」とは中華文明からみた辺境の民のことだ。

訃報が伝えられた李登輝氏も「難しいことは日本語で考える」と公言していた。それはまた先の歌の詠み手が抱く「悲しかり」の気持ちを分かち合う世代ということでもあろう。「台湾人に生まれた悲哀」

——李氏はそう語っていた。

日本の統治下で日本陸軍の少尉として終戦を迎え、戦後の国民党による民衆弾圧「2・28事件」を逃れる経験もしたその若き日であった。後年、蔣経国総統の知遇を得て政治経験を積み重ね、その死とともに台湾人初の総統となった。

「台湾人の悲哀」とは、1996年の初の総統直接選挙の2年前、司馬遼太郎との対談で語られた。日本も国民党もすべて「外来政権」だったと嘆き、聖書のモーゼの「出エジプト」になぞらえて台湾の「新しい出発」を語ったのだ。

直接選挙へと国民党政権の改革を成し遂げ、中国のミサイル演習の脅しを逆手にとって初の民選総統となった李氏である。民主化を完成させた4年後の総統退任と平和的政権交代の実現は、後に自ら「さよならホームラン」と呼んだ。

香港の自治が危ぶまれる中、あらためて世界の注目を浴びる台湾の民主主義だ。歴史の不条理を自らの運命として引き受け、その悲哀から民主化という果実を生み出して次世代に贈った李氏の生涯だった。

キャンパスが美しい理由（2020・8・21）

オンライン大学生の窮地

日本の大学のキャンパスをもっと魅力あるものにするよう学術会議が提言したのは、3年前だった。諸外国のその美しさを思えば、国際競争にさらされる今の大学のキャンパス環境の改善に目を向けたのも分かる。

だが、ある英詩人が「この地上に大学より美しいところはない」というのは、大学の塔や建物、芝生の緑のおかげではない。そこが「無知を憎む人が知る努力をし、真実を知る人がそれを伝えようと力を尽くしている場所」だからだ。

この話、ケネディ米大統領が1963年にアメリカン大学で行った演説の前置きである。大学のキャンパスは、新しい知識を求める学生と真理に身をささげる教員とが、行き交い、語らい、学び合い、教え合うことで美しく輝くのだ。

そのキャンパスがコロナ禍で閉ざされ、学生が個々にパソコンと向き合いオンライン授業を受ける現在の大学である。収まらない感染を背景に秋学期も原則オンラインとする方針が相次いで示され、学生から不満や不安の声があがる。

つらいのは、リポートの課題ばかりで、質問もできずにその作成に追われる孤立感のようだ。動画やレジュメだけの授業もあり、施設を使えないのに高い授業料を払う不満も大きい。議論を交わす相手もなく、将来への不安がつのる。

衝撃的なのは、退学を視野に入れて今後を考える学生が1割近いという立命館大学新聞の調査だった。ウィズコロナ時代の大学キャンパスの新しいかたちを探らないことには、この国の知の未来が危うい。

ブレジネフの心臓手術（2020・8・28）

安倍首相の健康不安

1960年代から18年間もソ連の指導者だったブレジネフは勲章を胸に並べるのが好きだった。その手術の時に「また心臓か?」「いえ、もう一つ勲章をつけられるよう胸を広げるのです」という笑話もある。

この話は、ブレジネフが脳梗塞《こうそく》や心臓発作を何度も繰り返し、手当てを受けてきたことをも示している。

「晩年のブレジネフは自分が何をしているのか、ほとんど分かっていなかった」とは後のロシア大統領エリツィンの回想である。

その病状で長期政権を保てたのは、何もしないのが一党支配下の既得権者の利害に合ったからだ。病身のトップはソ連体制の行き詰まりの表れだった。指導者の病気といえば、すわ権力闘争と思うが、歴史にはこんなパターンもある。

こちらは日本の憲政での長期政権の記録を次々に塗りかえた安倍晋三首相の健康不安である。きょうの記者会見で健康問題も説明するとのことだが、その発言内容次第で今後の政治日程もがらりと変わるから政界も息をのんで見守る。

13年前には腸の難病で第1次政権を投げ出した首相である。最近「疲れ」がささやかれる中、2度の通院検査が臆測を呼んだのも仕方ない。しかも今はコロナ有事、政府トップの知力や決断に国民の生命や暮らしがかかっている時だ。

プライバシーの極致である健康も、政治的論議のまな板にのせられるトップ政治家の宿命である。首相一身の健勝は祈りたいが、その健康状態がコロナ禍下の政治に無用の混乱を招かぬよう賢慮を求めたい。

＊安倍首相は28日に持病の再発を理由に辞意を表明、9月16日に退任した。連続在職日数は2822日、通算在職日数は3188日で、いずれも歴代最長だった。

貞観政要の帝王学（2020・9・15）　菅義偉自民党新総裁の選出

「人は自分の姿を照らそうと思えば必ず鏡を用いる。君主は自らの過ちを知ろうとするなら、必ず忠臣の諫《いさ》めによらねばならない」。帝王学の書「貞観政要《じょうがんせいよう》」が記す唐の2代皇帝・太宗の言葉である。

中国と日本で歴代の名君、名将軍が座右の書としてきた「貞観政要」は臣下の諫言《かんげん》と、それに心を開く君主の姿勢が重要なことを繰り返し述べている。先の文章で太宗は、臣下に対し思ったことを遠慮なく言い尽くすよう求めていた。

「1強」安倍政権を官房長官として下支えしてきた菅義偉氏が、自民党総裁選に圧勝して後継政権を率いることになった。「忠臣」役に徹してきた政治家に、さて「帝王学」の用意はあるのか。誰もが注目するそのすべり出しである。

気になったのは総裁選中に語った、政府方針に反対の役人は「異動してもらう」との物言いである。官僚人事を掌握した首相官邸主導の政策決定に辣腕《らつわん》を振るった官房長官そのままに、首相になっても各省ににらみをきかせるらしい。

政治主導はいいとしても、役人の「忖度《そんたく》」や「萎縮」といった有り様が国民のまゆをひそめさせた安倍政権の政官関係だった。コロナ後の新世界をにらむリーダーとしては、太宗に学び役人の創意や士気を励ます策はとれないものか。

「安倍政権の継承が使命」と語る菅氏だが、創業にもまして守成――成果を守ることの難しさを説いた太宗の帝王学だった。世界と時代の変化に先手を打てるトップリーダーへの脱皮を求めたい令和の政要である。

学術会議任命拒否、首相答弁の怪

アテナイのアブ（2020・10・30）

フィロソフィア（知を愛する＝哲学）という言葉を定着させたソクラテスは、自らをアテナイという馬にまとわりつくアブにたとえた。それは彼が国教を否定し、青少年を堕落させると告発された裁判でのことだ。

アブが馬を刺し眠らせぬように、彼はアテナイの覚醒のために人々に問答を挑み、説得し、非難し続けるのだと弁明した。それが「賢者」らの無知を問答を通して暴き、自分は自分の無知を知る者だと宣明した哲学者の祖国愛だった。

だがアテナイ市民はうるさいアブをはたくようにソクラテスに死刑を判決し、彼は法に従い毒杯をあおる。「アテナイのアブ」は常識に安住する者への真理の探究者による批判や挑発のたとえとなるが、それを好まぬ者は今日もいる。

驚いたのは「多様性が大事なのを念頭に判断した」との菅義偉首相の説明だった。日本学術会議が推薦した会員候補6人を任命しなかったことへの国会答弁である。出身や大学の偏りを指摘し、組織の見直しへ論議を導きたいらしい。

この問題の首相の説明はいつも面妖である。まず「総合的・俯瞰《ふかん》的」なる定型句、次は6人の除外前の候補者名簿を「見ていない」との弁明、そして「多様性」だ。いつ何を基準に6人を任命不適と判断したのか、ますます謎である。

さて今後の国会でも野党というアブに、つじつまの合わぬところを刺されよう。ソクラテスの末裔《まつえい》を自負する真理と知の探究者たちも、そう簡単にはこの人事をめぐる問答から首相を解放してくれまい。

＊日本学術会議の会員人事は従来、会議の推薦候補を首相がそのまま任命してきたが、菅首相はうち6人の任命を理由を示さずに拒んだ。6人は安保法制に批判的だったといわれ、学術会議への政治介入

との非難を呼び起こした。

「大阪四郷」へのノー（2020・11・3）

都構想再度の否決

「大坂三郷」とは江戸時代の大坂城下の北組、南組、天満組の三つの町組の総称である。三郷に属する町は計620町、それぞれの組には町人から選ばれた惣年寄《そうとしより》が置かれ、各町の町年寄とともに町政にあたった。

こちらは今日の政令指定都市・大阪市を廃止して〝大阪四郷〟、いや4特別区に再編しようという「大阪都構想」である。その賛否を問う住民投票での市民の選択は、5年前の投票の票差を上回る1万7000票差での「否」だった。

大阪維新の会が結党時から掲げ、以来10年間に及ぶ維新旋風の目となってきた都構想の重ねての頓挫である。維新代表の松井一郎大阪市長が任期満了後の政界引退を表明し、吉村洋文府知事も再挑戦断念を明言するその終幕となった。

府市の二重行政を排する都構想だが、この間の維新による市政・府政間の連携が構想の無用を市民に示すかたちになったのが皮肉である。加えて都構想への疑問や不安について反対派を説得できる説明が乏しかったのも否定できない。

大正時代に東京市長を務めた後藤新平は、東京よりもはるかに優れた大阪市民の自治能力をたたえた。「それは大阪市民が議論家ではなく実行家であって都市の改善発達に熱心なるがためである」。これも大坂三郷以来の伝統なのか。

都構想なる「議論」に振り回された近年の大阪の市政だが、府市連携の「実行」が議論の堂々めぐりを終わらせたのならば別に悪いことではない。市民誰の目にも見える大阪の明日を描き直す時である。

米国政治の「振り子」（2020・11・10）

バイデン氏が大統領選勝利宣言

「米国人の重大な特長は他の諸国民よりも文化的に啓蒙《けいもう》されているだけではなく、欠点を自ら矯正する能力をもっていることにある」。19世紀初めに米国の民主主義政治を観察した仏思想家トクビルの言葉である。

その「欠点を矯正する能力」を誰の目にも明らかに示すのが、選挙における民意の振り子運動と、それによる共和・民主の2大政党間の政権交代の繰り返しだった。民意のスイングごとに新しいページを開いてきた米国の歴史である。

その米国政治の振り子時計がとうとう壊れてしまったのか。そう世界を心配させたトランプ政権の4年を経ての米大統領選の開票作業の難航と、支持者間の激しい対立だった。投票日から4日、ようやくバイデン氏の勝利宣言が出た。

「これは国民にとっての勝利だ。私は分断ではなく結束をめざす大統領になる」。バイデン氏の演説は、敵と味方を分断して支持者を固めるトランプ政治への否定である。と同時に、それは米国の政治の正統への復帰宣言でもあろう。

「すべての小さな女の子はこの国が可能性の国であることを知る」。初の女性、かつ黒人・アジア系副大統領となるハリス氏の演説も、多様性とその権利のための闘いが米国の力の源泉なのを訴え、政権交代の振れ幅を示してみせた。

訴訟連発で抗戦しているトランプ氏も早晩、選挙結果受け入れを避けられまい。辛うじて米国政治の振り子はスイングを再開した。次の4年間、未来へ向かう時を着実に刻み直すのを願うばかりである。

小柴昌俊さん死去
まったく役に立ちません（2020・11・14）

東大嫌いの物理学者、武谷三男は若き小柴昌俊さんの結婚式で語った。「今日の婿さんは、東大を出たけれど、ビリで出たからまだいくらかの見込みはある」。「ビリ」を吹聴したのは当の花婿さん自身だった。

後年、東大の卒業式の祝辞で小柴さんは自らの成績表を披露する。優2、良10、可4の成績はビリではなかろうが、ノーベル賞に輝く東大教授のものとも思えない。成績はどだい受け身の評価、この先は違うぞと卒業生に伝えたのだ。

「物事をとことん突き詰めると、勘の当たりが良くなる」。物理学者とも思えぬ論理を超越した名言も、変人を自認するキャラのたまものだった。その中には「運をつかめるかどうかは、日ごろから準備しているかどうかだ」もある。

何十年に1度の超新星爆発が観測されたのは、素粒子観測施設「カミオカンデ」の観測態勢が整ったばかりの時だった。1カ月後に東大を退官する小柴さんが心血を注いだカミオカンデは爆発で出たニュートリノをみごとにとらえた。

世界初のニュートリノ観測でノーベル物理学賞を受賞した小柴さんは、この発見は何の役に立つのかという記者の問いに断言した。「まったく役に立ちません」。そして「基礎科学の成果は人類共通の知的財産です」と言葉を足した。

小柴さんは目先の利益にとらわれない基礎科学研究の重要さを訴え続けた。では、日本の現状はどうか。「やれば、できる」との言葉も残したノーベル賞学者には、少し心残りもあった旅立ちかもしれない。

三島由紀夫割腹自殺から50年
ユーミンの見た三島（2020・11・25）

「ドアを出ると、自衛隊のバルコニーが見えるのよね。そこに5、6人がいて、ノイズが聞こえてきて……」。ちょうど50年前、東京・市ケ谷の東部方面総監部のバルコニーには三島由紀夫の姿があった。目撃者は、その2年後にシンガー・ソングライター、荒井由実としてデビューする松任谷由実さんである。当時16歳のユーミンは後の作詞家、松本隆さんの事務所を訪れ、事件に遭遇した。後年行われた2人の対談で語り合っている。

中川右介さんの「昭和45年11月25日」（幻冬舎新書）で知った話だが、対談で松本さんはこの事件により「時代は変わる」と思ったと話している。「あれとあさま山荘事件でね。『時代は変わる。じゃあ作詞家になろうかな』って」。

本の題名はもちろん三島が自衛隊の決起を訴えた末に割腹自殺した日である。その半世紀後は、彼と東大全共闘の討論の記録映画が若者らを驚かせ、代表作といえない娯楽小説「命売ります」が時ならぬ売れ行きを示すなかで迎えた。

「私は諸君の熱情は信じます」。三島は全共闘との討論の最後にこう述べていた。しかし当人は1年半後に劇的な自死を遂げる。全共闘が象徴した左派の急進主義もあさま山荘事件などを通し若者の支持を急速に失い、自壊してゆく。

松本さんの予言は的中して、時代は消費社会の中の優しさや共感を歌う世となった。ただそれも今は昔である。もしや今日の閉塞感の背後には巨大な精神の空洞がひそんではいまいか。50年前からの問いかけである。

オレ、知らないよ(2020・12・25)

安倍前首相、不起訴処分に

父親がリンゴと聖書と1ドル札を息子の部屋に置いた。リンゴをとれば農業を継がせ、聖書なら牧師、札なら商人にするつもりだった。しばらくして部屋をのぞくと息子は聖書に腰掛けてリンゴを食べていた。「おい、ドル札はどうした」。父親が聞くと息子は「オレ、知らないよ」。結局、息子は政治家になった。

――アメリカンジョークだが、政治家にはうそと金がつきものということだろう。「オレ、知らないよ」がキーワードである。

こちらも政治資金規正法違反はすべてが秘書の独断専行で、当人は知らなかったとの弁明が通ったらしい。東京地検は「桜を見る会」前夜祭をめぐり同法や公職選挙法違反の容疑で告発されていた安倍晋三前首相を不起訴処分とした。

刑事責任追及での「秘書の壁」はやはり厚かったが、安倍氏が国会で繰り返した〝虚偽答弁〟の責任も重大だ。秘書を雇う安倍氏は真実を知りうるし、知らねばならぬ立場だった。「知らなかった」だけでは国民への弁明にならない。

「桜」前夜祭の費用につき「事務所の関与はない」「差額の補塡《ほてん》はない」など、事実と異なる答弁は11

8回に及んだ。不起訴処分を受け、安倍氏はきょう国会で答弁の訂正を行う。誰もが納得いく説明と責任の取り方が必要である。

「政治家がうそをついている時って、どうやって分かるの？」「連中が口を開いた時だ」――これもジョークだが、今は笑えない。証人喚問を求める野党がいうように、今度は真実だという保証がほしくなる。

二〇二一年（令和三年）

米議事堂乱入・占拠事件

新しいアテナイ（2021・1・9）

米独立革命を思想的に支えた文筆家、トマス・ペインはいう。「米国の代表民主政こそ古代アテナイの民主主義を大規模に、より完全に実現させた」。新しいアテナイをめざした米民主主義の初心であった。

首都ワシントンの歴史的建造物も古代ギリシャやローマを理想とする新古典主義様式で、米国会議事堂もその一つという。だがアテナイの民主政がその栄光を極めた後に、扇動政治家と衆愚政治により衰亡したのも忘れてはいけない。

ドイツ語のデマゴーグとはその手の扇動政治家で、派手な弁舌で民衆の恐怖や怒りをあおり、その熱狂を権力に変えた。こう言えば今なら誰しもあの人物が頭に浮かぶ。その扇動が巻き起こした米民主政治の前代未聞の不祥事である。

5人の死者も出たトランプ大統領支持派による議事堂乱入、占拠事件だった。議事堂への行進を促したのは大統領自身で、事件後も彼らを「愛国者」と呼んだ。それが急に事件の非難に転じたのは、事の重大さをさとったからだろう。

米民主主義の〝聖廟《せいびょう》〟襲撃には超党派の非難が噴出、大統領罷免要求も広がった。閣僚や高官の辞任表明も相次ぎ、孤立したトランプ氏はバイデン氏への円滑な政権の移行を約束、メディアは氏が選挙の敗北を初めて認めたと報じた。

変わり身の早さはデマゴーグのそれたるゆえんで、その口から突然「癒やしと和解」の言葉を聞いても安心はできまい。衰亡か、それとも復活か。デマゴーグの時代を迎えた「新しいアテナイ」の岐路である。

幕末の種痘プロジェクト（2021・1・28）

ワクチン集団接種の準備進む

「蝦夷種痘図」という絵がある。幕末の安政年間に行われた幕府のアイヌへの集団種痘の様子を描いた絵だ。和人やロシア人から感染した天然痘で、免疫のないアイヌに多数の死者が出ていた時代だった。

絵には並んで順番を待つアイヌに種痘を施す幕府派遣の医師2人、上座の奉行ら3人の役人、記録する書記役などが描かれている。種痘を終えたアイヌたちはいろりを囲んで懇談し、会場には食器や布など種痘の報奨品も積まれている。

同じような絵は何種類かあり、ほうびの菓子であやしても泣きじゃくる子の姿もある。医師らは各地の居住地を回り当時のアイヌ人口の半数以上に種痘を施したといわれる。多くの命を病魔から救った幕末の一大プロジェクトだった。

こんな絵を思い出したのは、新型コロナウイルスのワクチン集団接種のシミュレーションが行われたからだ。川崎市の短大の体育館では、受け付け、医師の問診、接種、接種後15分の待機といった一連の流れとその時間が確認された。

関係省庁はもちろん各自治体、医師会や医療機関、そして関連企業をまたぐ国家的「プロジェクトX」（河野太郎担当相）となるワクチン接種である。だが、すでに接種の進む欧米からはワクチンの供給遅れなどの不首尾も聞こえる。

アイヌ集団種痘では一部で住民が山に逃げたこともあったが、ほぼ説得が受け入れられたようだ。令和のプロジェクトXの詳細が決まるのはこれからである。くれぐれも地域と医療の実情を軽んじないよう願う。

鏡の中の「ばあさん」（2021・2・6）

COCOA不具合放置

農家のおやじが畑で手鏡を拾って見ると「じいさまの写真だ」と驚く。大事そうに鏡を引き出しにしまうと、のぞいていた女房がこっそり取り出して見た。「何だろうね。こんなばあさんといい仲になるなんて」。

鏡の中が自分の姿と分からないこの民話、英国のものという。それにしてもコロナ禍という災厄は、日本の今の姿を映し出す鏡のような役割を果たしてきた。残念ながら、鏡に映る姿は今までの自己イメージとは大きく隔たっていた。

ＩＴ活用やワクチン開発などの遅れは技術大国の幻想を吹き飛ばした。政治も役所も深刻化する危機に後手後手の対策を小出しにするばかりだ。その自己像にさらに情けない姿を上書きした接触確認アプリC

OCOAの不具合だった。

感染者との濃厚接触を知らせるスマホ向けアプリCOCOAは、コロナ対策の決め手として厚生労働省が大々的にインストールを推奨してきた。だが昨年9月からアンドロイド版の端末には接触通知が送られぬ状態になっていたのだ。

アプリに不具合はつきものだが、その対応を含め適切に運営管理されていると誰もが思う国家プロジェクトだ。まさかそれが4カ月間も機能せぬまま放置されていたとは。推奨に応じた利用者は何かばかにされたような気分になろう。

「お粗末」と首相も認めた体《てい》たらくは、その問題点をしっかりと摘出せねばならない。困るのはコロナ禍の鏡に映った自分たちの姿を、どこかよその世界の愚か者と思い込んでいる政治家や役人たちだ。

「成熟国家」のレガシー（2021・2・13）

女性蔑視発言で五輪組織委会長辞任

作家の安岡章太郎は、市川崑総監督の記録映画「東京オリンピック」の監督に名を連ねている。「僕の昭和史」では、完成後に政界から起こった「日の丸が揚がる場面が一つもない」の非難について触れている。

非難の中には「黒人を持ち上げすぎだ」というのもあった。マラソンのアベベや100メートル走のヘイズが活躍した大会だったが、気に入らぬ向きもあったらしい。だが映画は国内で空前の興行収入を記録し、国際的にも高い評価を得た。

前回の東京五輪は日本人が「世界」、その多様性を初めて社会に受け入れた体験だった。よく五輪のレガシー（遺産）という。五輪による「世界体験」は、世界の多様性とのかかわり方の作法を当時なりに日本社会にしみわたらせた。

では2020東京五輪は何をレガシーにするつもりだったのか。驚いたのは大会公式サイトの言葉である。「成熟国家となった日本が、今度は世界にポジティブな変革を促し、それらをレガシーとして未来へ継承していく」とあった。

その自称「成熟国家」の五輪組織委員会会長の女性蔑視発言による辞任劇である。当初の続投表明は内外の世論やスポンサーの批判の集中砲火を浴び、今度は辞意を示しながら後任候補を自ら指名して世論の火に油を注いでしまった。

日本社会の女性の地位の旧態依然や、組織運営の不透明をさらけ出した一連のすったもんだだった。危ぶまれる開催に先がけてネガティブな現実を露呈し、世界に変革を促された2020東京五輪である。

一味神水の署名（2021・2・20）

リコール署名の大量偽造

「一味神水《いちみじんすい》」とは中世の郷村で一揆の団結のために行った誓約の儀式である。誓いを破れば恐ろしい神罰が下ると書かれた誓紙に参加者が署名をして燃やす。その灰を神前に供えた水に入れ、一同回し飲みした。

神罰を意識しての署名の儀式はおどろおどろしいものがあったろう。村落の要求の実現をめざす一致団結は日本の住民自治の原形といえようか。江戸時代の百姓一揆では首謀者が分からないよう署名を円形に連ねた連判状が作られた。

さいわい命がけで名を記した昔とは違う今日の地方自治だが、住民個々の意思を示す署名が神聖なものであるのは今昔変わりない。その住民の署名が、時給950円の報酬を受けたアルバイトにより大量偽造された仰天の事件である。

大村秀章愛知県知事の解職請求（リコール）で不正署名が大量に見つかったこの事件だ。美術展への知事の対応をめぐり医師の高須克弥氏が主導した同リコールでは署名の8割以上が県選管に無効とされ、大半が偽造署名とみられた。

すでに県選管は地方自治法違反の疑いで県警に刑事告発した。驚くことに、大量の署名偽造は名古屋の広告関連会社が募集したアルバイトにより佐賀市で行われていたらしい。バイト募集はリコール事務局の依頼によると同社はいう。

高須氏や、共にリコールを主導した河村たかし名古屋市長は不正への関与を否定しているが、まずは自ら真相を調べて住民に報告すべきである。日本の「自治」の歴史に泥を塗る愚行の張本人はさて誰か。

＊県選管の告発を受けた捜査により、リコール団体の事務局長ら3人が、地方自治法違反（署名偽造）で起訴された。

総務省接待官僚の更迭

ダッチアカウント（2021・3・9）

広辞苑にも載っているから、割り勘を「ダッチアカウント（オランダ人の勘定）」というのはご存じの方も多かろう。実際、オランダでは上司や先輩が目下に食事をおごる習慣はなく、食事は自弁が常識という。

「ダッチ」を、ケチ、間に合わせの、質の悪い、酒の上の……といったマイナスイメージに用いたのは英国人である。「ダッチカレッジ（酒の上の空元気）」「ダッチメタル（人造金）」という感じだ。17世紀に両国が対立した時代の名残で、その後英国が覇権国になったのがオランダ人には不幸だったかもしれない。しかし質素・倹約を重んじる合理的文化が悪いはずもない。同じく割り勘を用いることも多い日本人にはそう思える。

ＮＴＴから3度にわたり計10万円を超える接待を受けた総務省の谷脇康彦審議官が更迭された。これまで会費を払ったと説明していた谷脇氏だが、3度のうち払ったのは1回で、金額は５０００円だった。これでは割り勘にほど遠い。

個々の金額の多寡はともかく、この間の総務省の接待疑惑で目に余るのは役人たちの国会での答弁のでたらめである。この先まだどんな癒着が潜んでいるのか、聞いていてそら恐ろしくなる。国会はもっと怒ってくれないと困る。

「身は軽くもつこそよけれ軽業の綱のうえなる人の世渡り」。狂歌では身軽織輔《みがるおりすけ》を名乗った江戸の戯作者、山東京伝は日本での割り勘払いの創始者といわれる。身にまとわりついたものの重さで綱から落ちた人は京伝の時代もいたようだ。

「はつらつ」か「つらいよ」か（２０２１・３・26）

法案の誤記が続発

もう20年近くも前だが、「雪国はつらいよ条例」が全国的な話題となった。実はこれ、新潟県中里村（現・十日町市）が豪雪対策として制定した「雪国はつらつ条例」の誤記だったのを覚えている方もいよう。

この誤記があったのは中学の「公民」の教科書で、県外からの問い合わせで間違いが分かった。この教科書には中里村を町とする間違いもあった。条例の名だろうと、検定を通った教科書だろうと、人のしでかす勘違いに聖域はない。

だから国会で成立すれば国民全体に影響が及ぶ政府提出法案であれ、何かの誤記が見つかることもあろう。だが今国会ではそれが24もの法案・条約の条文・関連資料に及んでいると聞けば、政府で一体何が起きているのか心配になる。

今国会の目玉法案のデジタル改革関連法案では関連資料に45カ所もの誤記があり、それを修正した正誤表にまでミスが見つかった。菅義偉首相は野党の追及に「あってはならないこと」だと述べ、国会に迷惑をかけていると陳謝した。

かつてないミス続発の背景には、やはりコロナ対応による各省庁の業務増や慣れないテレワークでのチェック体制の緩みがあろう。かねて業務過多や人材不足が懸念されていた霞が関だが、コロナ禍がその限界を露呈させた形である。

人事を握る政権中枢の顔色をうかがう省庁の幹部たちと、一つのミスが新たなミスを招き寄せる長時間労働の現場と……。「霞が関はつらつ」とは誰も読み間違えてくれない「霞が関はつらいよ」である。

虐殺の階段（2021・3・30）

ミャンマー軍の民衆殺害

「映画史上最も有名な階段」とはウクライナのオデッサ港と市街を結ぶ大階段をいう。映画「戦艦ポチョムキン」で、子どもを含む民衆が皇帝の軍隊に虐殺された階段といえば映画ファンならお分かりだろう。

この1925年製作のソ連映画で、エイゼンシュテイン監督は映像のつなぎ方で観客の連想を呼び起こすモンタージュ理論を確立した。この手法を駆使した民衆銃撃場面は観客に皇帝への怒りを燃え立たせる画期的なシーンとなった。

現実のオデッサの階段で虐殺事件はなく、シーンは「血の日曜日」事件などから想を得た創作だった。だが、軍が非武装の市民を殺害する非道を際立たせた映像技術は、共産主義の宣伝を超えてその後の映像文化に大きな影響を与える。

こちらはまぎれもない軍の兵士が市民に向けて連射する姿や、銃撃された女性や子どもの映像が飛び交う今のミャンマーである。先日の国軍記念日には114人が死亡、クーデター以来の死者は7歳の女児を含めて420人を超えた。

国軍を名乗る組織が非武装の国民を攻撃する行為に、どんな正当性もありえないのが21世紀の文明である。世界12カ国の軍や自衛隊の制服トップが市民殺害を非難した共同声明も、国防のプロの倫理にもとる暴虐を許せぬからだろう。

過去にも民衆殺りくのあるミャンマー軍政だが、今日ではその非道を示すおびただしい映像が内外の市民の記憶に刻まれていく。今の国軍指導者が未来永劫《えいごう》背負うべき人々の心の中の「虐殺の階段」である。

＊2月1日にミャンマー軍がクーデターを起こしてアウンサンスーチー国家顧問らを軟禁、政権を掌握した。抗議する民衆の街頭行動に対し、国軍は武力による弾圧をくり返した。

限界を知り、超える……（2021・4・6）

池江選手、東京五輪出場決定

実に1200年間も続いた古代オリンピックも末期にはいろいろ批判を浴びた。――そもそもゼウスが動物を集めて競わせれば、競走でも、格闘技でも人間は何一つ栄冠をとれない。人間の競技など無意味だ。

こう競技自体を否定する声までも上がった。だがイソップ物語のゼウスは自分の無力をなげく人間に言う。「お前には何より大きな力、理性を与えたではないか」。なるほど人は自分の無力や力の限界を自覚できる唯一の動物である。

近代五輪の標語「より速く、より高く、より強く」は、自らの限界を知り、それを超える高みをめざす人間ならではの営みを表す。自分とは何者なのかを絶えず更新していくスポーツは、時には途方もない奇跡を呼び起こすことがある。

白血病で療養していた競泳女子の池江璃花子選手が日本選手権の100メートルバタフライで優勝、メドレーリレーでの東京五輪出場を決めた。驚異の復活である。昨年夏に競技復帰してから、わずか7カ月余で第一線へと戻って来たのだ。

「努力は必ず報われる」――涙ながらの言葉の背後には、闘病で15キロも体重を落としてのゼロからの再出発、自分の新たな限界との向かい合い、それを超えるための苦闘の日々が潜んでいよう。世界中が祝福したその「帰還」だった。

今も治療が続く池江選手にはくれぐれも無理をしてほしくない。ただコロナ禍に不祥事も加わり、何のための祭典か疑問も募る東京五輪だ。近代五輪の初心を改めて思い起こさせてくれたことに感謝したい。

松山選手のマスターズV

オールドマン・パーのコース（2021・4・13）

オールドマン・パー（パーじいさん）とはコースにすむゴルフの達人で、ボギーもバーディーも出さず常にパーでおさめる。ゴルフは他の選手との戦いではなく、このパーじいさんとの戦いだと説いたのが球聖ボビー・ジョーンズだった。

「ゴルフの相手はまず自分自身、次にコースレイアウトだ」がその真意で、必要なのは「忍耐」という。その球聖が米オーガスタに理想のコースを作り、創設したマスターズ・トーナメントであった。

10年前、マスターズで最優秀アマチュアに輝き、その存在を世界に示した松山英樹選手である。だが近年、当初相性の良かったオーガスタのグリーンに苦手意識を感じ始めていたという。今思えばそれはむしろ快挙の伏線だったのか。

「悲願成就」との見出しが紙面に躍り、日本男子のメジャー初制覇と祝福された松山選手のマスターズVである。最終日は4バーディー5ボギーと、文字通りパーじいさんとのせりあいとなったが、前日までのリードを忍耐で守った。

4年前、全米プロで優勝を目前にして崩れた折は「ここから勝てる人と勝てない人が出てくる。勝てる人になりたい」と悔し泣きをした。うれし涙をにじませた今回は「これで日本人選手も変わる」と、破った壁の厚さを振り返った。

毎年コースの変わる大会と違い、10度の出場を通して苦手なところも知り尽くしたオーガスタである。球聖の仕込んだパーじいさんと渡り合い、みごと自らに打ち勝ってまとったグリーンジャケットだった。

山津波と文豪（2021・7・6）

熱海・伊豆山の土石流

谷崎潤一郎の名作「細雪《ささめゆき》」の一節だ。「山奥から溢《あふ》れ出した山津波なので、波頭を立てた怒濤《どとう》が飛沫《ひまつ》を上げながら後から後からと押し寄せて来つつあって、あたかも全体が沸々と煮えくり返る湯のように見える」。

これは1938年7月、約700人の死者・行方不明者を出した阪神大水害における六甲山系からの土石流の描写である。誰しもここ数日のテレビ映像を連想しよう。このころは「土石流」という言葉はなく、「山津波」と呼ばれた。

当時、阪神地区の住人だった谷崎は後年、静岡県の熱海・伊豆山に住んだ。その旧居から西へ約1キロの逢初川《あいぞめがわ》沿いに駆け下った今回の土石流である。「山津波」「蛇抜《じゃぬ》け」といった古くからの恐ろしげな名前そのままの凄絶《せいぜつ》さだった。

現場では泥にまみれながらの捜索活動が続いているが、発生から数日を経てもなお巻き込まれた安否不明者の概数すらはっきりしない。自治体が所在確認できていない住民は当初公表された「約20人」の何倍にものぼっているという。

今は一人でも多くの方の救出を祈るしかないが、一方でこの巨大土石流と現場上流の開発や残土廃棄などとの関連を疑う声が上がっている。静岡県は開発による盛り土の大量流出を指摘しており、今後詳しく検証されることになろう。

阪神大水害の土石流は江戸時代からの六甲山系の森林破壊や砂防政策の遅れが原因とされた。気候変動で過去にない豪雨も覚悟すべき今日、徹底検証して絶たねばならない人の手による惨禍の根である。
＊7月3日に発生した熱海市伊豆山の土石流災害では26人が亡くなり、1人が行方不明となった。

ベーブ・ルースの日本野球評（2021・7・7）

大谷翔平選手の二刀流オールスター

大谷翔平選手の二刀流で、本塁打王ベーブ・ルースが投手として通算94勝をあげたのが改めて注目された。そのルースは1934年に日米野球で日本を訪れ、連日超満員のファンが押し寄せたのに感激している。

では、日本の野球をどう見ただろう。「ぼくがまず驚いたのは日本の選手の守備が上手なこと」と自伝にある。それに「ピッチャーにもうまいのがいる」とは沢村栄治投手の好投ゆえか。しかし……である。「打撃はさっぱりだった」。

ほとんどがワンサイドゲームとなったのも当然だった。それから87年。自らのシーズン記録60本を超える勢いで本塁打を連発する日本人選手が現れ、それが投手としても活躍をしていると聞いたら、ルースはどんな顔をするだろうか。

米オールスター戦のファン投票でアメリカン・リーグ指名打者部門の最多票、選手間投票で同先発投手部門5位となった大谷選手である。「投手兼指名打者」で登録されたが、監督の意向で実際にも投手として登板する見通しという。

米オールスター戦でのリアル二刀流は、ルースもびっくりの前代未聞の快挙である。加えて大谷選手は前日のホームランダービーにも日本人として初出場する。まるで大谷選手の、大谷選手による、大谷選手

の志を貫いた大谷選手の活躍が、全米の子どもたちの夢を野球場に呼び戻せたらどんなにいいだろう。二刀流のためのオールスターだ。

全国区のスター選手の不在で人気が低迷する近年の大リーグという。低年俸でそこに飛び込み、二刀流

松本清張の「中止の予感」（2021・7・23）

「2020東京五輪」きょう開幕

輝かしい物語として語られる1964年東京五輪でも、開催反対や中止を求める声はあった。お祭り嫌いという作家の松本清張は「中止になる予感」を抱きつつ、「中止になったら、さぞ快いだろう」と記した。

そんな声が忘れられたのは、戦災から復興した日本がその内に「世界」を迎え入れた集合的体験が鮮烈だったからだろう。2020東京五輪・パラリンピック誘致の背景にはこの「64年」の再現による活力再生への期待があったはずだ。

震災からの「復興五輪」は当初のスローガンであった。コロナ禍で延期されてからは人類のコロナ制圧の祭典となるよう期待された五輪・パラである。だが、最悪の感染急増局面で五輪関係者だけが出席してのきょうの開会式となる。

掲げた目標が次々に色あせる中、問われたのが五輪の開催意義である。「多様性と調和」は組織委が強調する東京大会のレガシーだが、それと相いれない言動が組織委トップやスタッフの辞任・解任ラッシュをもたらすはめになった。

女性蔑視に障害者いじめ、ホロコーストをお笑いのネタとする感覚……開会式の演出すらも直前まで

「一寸先は闇」に変えた組織委の「多様性と調和」の現実である。残された開催意義は、五輪の最後の言葉「スポーツの力」だけか。

祭り嫌いの清張も五輪閉会式ではその「陶酔」に引き込まれたと告白した。だが、一方で「現実」はその陶酔と無縁だと述べている。この夏、日本人はさらにどんな「現実」と「陶酔」に向き合うだろう。

東京パラリンピック開幕
1964年の「バブル破り」(2021・8・24)

「大変だ。外国人選手が勝手に外に出ている。何かあったら責任は誰がとるのか」。コロナ禍さなかの外国選手の「バブル」破りではない。1964年の東京パラリンピックの時の大会関係者の叫びという。

当時の日本人には車椅子の選手が自分でタクシーを呼び、買い物などに出かけるのは想定外だった。外出して商談をする選手もいた。一方で53人の日本選手は、全員が脊髄《せきずい》損傷の受傷以来初めて病院や療養施設から出た人々だった。

障害者スポーツに「障害者を見せ物にするのか」との非難が浴びせられた当時の日本である。明るく自立した外国選手とふれ合い、各国社会の障害者事情を知った人々は、今にいたる日本社会の大いなる変化へ向けて動き始めたのだ。

それから57年。夏季大会としては同一都市での初めての2回目開催となる東京パラリンピックがきょう開幕する。約4400人の選手により22競技539種目が行われるが、今回はコロナなどにより参加を断念する国も相次いでいる。

バブルによる外部との遮断は、重症化リスクの高い選手も多いだけに厳重にならざるをえない。無観客下でも学校観戦は行われるが、年少者感染も多いデルタ株の感染爆発局面で大丈夫か。決して楽観できない「安全安心」の今後だ。

「インスピレーション（創造的霊感）」は、パラリンピアンの熱闘が人々の心にもたらす前向きの力を表すキーワードという。テレビ越しで受け止める「霊感」は、次の50年の日本社会をどう変えるだろうか。

ワトソン博士の苦難（2021・9・1）

米軍、アフガンから完全撤収

「英軍軍医が苦難を経験し、負傷するような場所がどこにある。アフガニスタンしかない」。シャーロック・ホームズは初対面のワトソン博士をすぐさまアフガン戦争からの帰還者と見抜いて、博士を驚かせた。

これは19世紀の第2次アフガン戦争の話である。アフガンは20世紀前半の第3次アフガン戦争で大英帝国の支配を脱し、同後半にソ連軍を激しい抵抗の末に撃退した。「帝国の墓場」はその異名だ。

そして21世紀。米同時多発テロで始まったアフガンでの米軍の戦いはその20年後、タリバンの政権奪回とテロ組織暗躍の混乱のさなか、突然の撤収完了で終結した。米国人を含む大勢の出国希望者を置き去りにしたままの退場である。

駐留延長どころか期限を1日残しての撤収は、自爆テロでの米兵の死者や米軍の反撃による民間人の犠牲などに動揺したバイデン米大統領が幕引きを急いだためのようだ。出国希望者の救出は、今後のタリバンとの交渉に委ねられた。

20年前はソ連＝ロシア製のカラシニコフ銃で武装していたタリバンが、今は米国製小銃M16やM4を携えている「帝国の墓場」である。女性の権利をはじめその間にアフガン社会を変えた諸権利の行方も混乱の中に置き去りにされた。

「戦争は私にはただ不運と災難だけだった」はワトソン博士の嘆きである。「帝国」退場の混乱の後、歴史はくり返されるのか、それとも新たな歴史のステージが生じるのか。アフガン人はもちろん、国際社会にも投げかけられた問いだ。

「危機角界」と「白戦連勝」（2021・9・28）

白鵬引退へ

年末にその年の世相を振り返る住友生命創作四字熟語コンクールで「奇々怪々」のもじり「危機角界」が入選したのは、相撲界で野球賭博が発覚した2010年だった。NHKの相撲中継が中止された年である。

角界の危機は翌11年、力士の八百長メール発覚でさらに深まる。春場所は中止、夏場所は無料公開の技量審査場所となり、大相撲はまさに存亡の崖っぷちに立つ。ただ当時の創作四字熟語の入選作には「白戦連勝」というのもあった。

「連戦連勝」をもじった横綱・白鵬の連勝、連覇である。双葉山の記録に迫る63連勝達成は10年九州場所、史上タイの7連覇達成は11年の技量審査場所だ。国技の栄誉も地におちた大相撲の危機に、土俵を守り続けた一人横綱だった。

幕内優勝最多の45回という白鵬が引退する意向を固めたとの報道である。7月の名古屋場所の全勝優勝の記憶が鮮烈だが、秋場所は部屋の力士のコロナ感染の影響で休場、かつて痛めた右膝の回復がままならず引退を決意したらしい。

そんな今思い出されるのは、先の相撲界の危機と白鵬の孤軍奮闘の日々が東日本大震災とも重なっていたことだ。大相撲の存在意義が問われるなか、3・11が26歳の誕生日だった白鵬は力士会の会長として被災地の支援に取り組んだ。

かち上げなどの取り口やガッツポーズなど、「品格」を問う向きからはさまざまな批判も浴びた白鵬である。しかし汚辱にまみれた大相撲で、土俵の神聖をその一身をもって示し続けた日々は忘れられない。

「新しい資本主義」の振れ幅（2021・10・5）
岸田文雄首相の新内閣

「政治の世界は時計の振り子だ」。自民党の政治家、前尾繁三郎の言葉という。安保改定で激しい政治対立を招いた岸信介の政権の後、低姿勢・経済優先路線に転じた池田勇人首相の腹心といわれた政治家だった。

前尾が親しい新聞記者に先のように語ったのは、池田が退陣して岸の弟の佐藤栄作へと政権が代わる時期だったという。自民党長期政権における派閥政治による疑似政権交代効果は、その後は「振り子理論」と呼ばれるようになった。

池田の派閥、宏池会を引き継いだ前尾は自身が首相になることはなかった。だが派閥の「振り子理論」は昭和の自民党の長期政権をもたらす。さて今日、宏池会を引き継いだ岸田文雄氏が第100代首相となっての新内閣発足である。

総裁選で富の再分配を重視する「新しい資本主義」を打ち出し、現状を「民主主義の危機」と断じた岸田氏だった。何やら振り子がブンと振れそうな物言いだが、個々の論点を聞けば近年の政権の政策の大転換というよりも補完に近い。

注目の人事も初入閣者13人をそろえ、新設の経済安全保障担当相やコロナ対策3閣僚に配するなど岸田色をアピールした。ただ党内実力者に配慮した党人事や重要閣僚人事の示すところ、権力の重心がさほど動いたようには見えない。

かつての自民党の振り子は、世論の変化を先取りして党の時代への適応をもたらした。それに失敗しての政権交代も経験した今日、来たるべき総選挙で国民はその微妙な振れ幅をどう評価するのだろう。

飲食店の時短要請解除

居酒屋の「愁の玉箒」（2021・10・26）

居酒屋の繁盛に寄せた十返舎一九《じっぺんしゃいっく》の江戸狂歌という。「あきないの酒は愁《うれい》の玉箒《たまははき》　はきよするほどたまる金銀」。居酒屋の酒は愁いを掃き寄せる箒《ほうき》で、憂さを抱える客を掃き寄せるほど金がたまるという。

「食い倒れの大坂」に対して独身男が多く「飲み倒れ」の町といわれた江戸には文化年間には1808軒の居酒屋があった。人口を100万人とすると、553人に1軒の居酒屋があったことになる（飯野亮一著「居酒屋の誕生」）。

驚いたことに、この対人口比率は近年の東京の「酒場・ビアホール」とほぼ同じという。ご先祖譲りの「飲み倒れ」は衰えていないらしい。だが、この間のコロナ禍で廃業を強いられた店も多いなか、居酒屋の繁盛の復活は成るのか。

首都圏4都県や大阪府でコロナ対策による飲食店の営業時間の短縮、酒類提供制限要請がきのう解除された。東京などでは客の人数制限を残しながらも、11カ月ぶりの通常営業再開である。ただ客足はすぐに戻るわけでもなさそうだ。

今月初めの緊急事態宣言解除後も飲食店の来客は昨年同期に比べて約8割というデータもある。第6波への懸念に加え、この間の巣ごもり消費による人々の生活パターンや意識の変化も、飲食店側に慎重な対応をとらせているようだ。

深夜営業も需要を見ながら拡大する居酒屋チェーンもあるという。家飲みの箒も広まって、愁いはお客よりも店に色濃い当世居酒屋事情である。コロナ禍を掃き出せる「愁の玉箒」はどこかにないものだろうか。

眞子さん結婚会見

モッコウバラの花言葉（2021・10・27）

モッコウバラは4月から5月にかけて直径2～3センチの黄色か白の小さな花を枝ごとにびっしりとつけるつる性のバラである。枝にとげはなく、香りが木香の芳香に似ていることからこの名がつけられたという。

皇族はそれぞれ身の回りの物につける「お印」をもつが、秋篠宮家の長女、眞子さまは「木香茨《もっこうばら》」だった。名前とお印を書いた和紙を桐の箱に納め、新生児の枕元に置くのが「命名の儀」である。この後に皇統譜に名前が登録された。

「天性のものを失わず、自然に、飾ることなく、ありのままに人生を歩んでほしい」。秋篠宮ご夫妻の願いが込められた「眞子」である。30年後、その名前が新たな戸籍と住民票とに登録され、皇統譜には結婚したことが記入される。

「私たちにとって結婚は、自分たちの心を大切に守りながら生きていくために必要な選択でした」。小室圭さんと並んで記者会見に臨んだ小室眞子さんは、まず皇族としての30年間を支えた人々への感謝を述べ、このように語った。

会見では圭さんの母親の金銭トラブルへの対応や、その米国留学の前倒し実施に眞子さんが関与していたことも明らかにした。やや踏み込んだ発言をすることで、自らも今までの「皇族」の枠を超えて生きる決意を示したともとれる。

モッコウバラの花言葉は「あなたにふさわしい人」という。逆風吹きすさぶなかの出発となるが、若い二人がこれから向かう米ニューヨークでどんな人生を切り開くのか。今はただ末永き幸せをお祈りする。

将棋というアート（2021・11・16）

藤井4冠の誕生

「アマチュアの方の将棋は算数を解くようだけれど、プロ棋士は音楽か美術をやるように将棋を指す」。田中寅彦九段がNHK番組「ヒューマニエンス」の「〝天才〟ひらめきのミステリー」で話していた。

番組ではプロとアマの棋士に詰め将棋を見せて脳の血流を調べた研究を紹介している。それによると、プロは無意識の直感的判断や情動をつかさどる大脳基底核という脳の奥の部分を働かせていた。進化上も古くからある脳だという。

瞬時に最善手を見抜くプロの「直観」は、常人にはない脳の独自の回路の産物らしい。専門家は長期にわたる経験や訓練がその回路を育てるという。では19歳3カ月、史上最年少でプロ棋士の第一人者となる天才はどう生まれたのか。

竜王戦七番勝負を制し、王位、叡王、棋聖と合わせて4冠を手中にした藤井聡太新竜王である。渡辺明名人の3冠を抜き現役棋士トップとなり、羽生善治九段の最年少4冠記録を28年ぶりに3年6カ月更新したタイトル奪取だった。

今や何億手も読む人工知能（AI）すらも出し抜く妙手で、「AI超え」の称賛も聞かれる藤井4冠の将棋である。その「直観」は、幼い頃からこと将棋では「考え過ぎて頭が割れそう」というほど深い思考を重ねた経験のたまものか。

情動を左右する脳の部位がかかわるためか、理詰めの勝負がまるで音楽や美術の創作のように感じられるというプロの将棋だ。第一人者となり、むしろこれから始まる藤井4冠の〝将棋というアート〟である。

プラトンの「3種類の人」（2021・12・2）

日大田中理事長の脱税容疑

人間には「知を愛する人」「勝利を愛する人」「利得を愛する人」の3種類がある——古代ギリシャの哲人、プラトンはいう。その当人は若いころは、レスリングの選手として「勝利」を愛した人だったらしい。

そもそもプラトンとはレスリングの師匠が彼の体格の良さからつけたあだ名で、幅の広さを意味する。アテナイを代表する選手として全ギリシャの競技大会、イストミア祭にも出場し、オリンピック出場説や優勝説すらもあるそうだ。

それが「知を愛する人」の代表となり、自らの学園をアカデメイアに作ったのには相応のいきさつもあったろう。さてこちらは若いころに学生相撲で活躍し、スポーツ界などの人脈を背景に日本大学に君臨した人物の脱税容疑である。

不透明経理をめぐり元理事らが背任で起訴された日大で、理事長の田中英寿容疑者が約5300万円を脱税した疑いで東京地検に逮捕された。取引業者からのリベートなどを申告しなかった容疑なのだが、本人はそれを否定している。

背任事件の捜査ではその自宅から1億円を超える現金が見つかった。かねて大学運営でも説明責任など顧みない専横が批判された田中容疑者だ。どこまでも透明な「知」を愛する学問の府のトップに何ともそぐわない札束の山である。

さすがにきのう理事長を辞任した田中容疑者だが、「勝利」を愛した若き日々はいかにして「利得」を愛する日々に変わったのか。もしもそれが「知」を愛する人々を食い物にしたのだとすれば許せない。

香港の「満場一致デー」(2021・12・21)

立法会選挙で親中派独占

「おかしなことに古代人の選挙では、選挙の結果すらあらかじめ分かっていなかったのである」。露作家ザミャーチンの未来小説「われら」の一節で、その未来では選挙の結果はあらかじめ分かっているのだ。

この「単一国」は個の意識を失った人々を絶対的な支配者「恩人」が統治する社会だった。恩人は年1度の「満場一致デー」で選出されたのである。誰しも「1984」や「すばらしい新世界」などの逆ユートピア小説を連想しよう。

「われら」はそれらに先立つ1920年に革命間もないソ連で書かれ、本国では反ソ宣伝だと発禁になった。だが「結果があらかじめ分かった選挙」は小説の26世紀を待たず、すぐに左右の独裁体制の見慣れた光景になってしまった。

香港の立法会選挙の「当選者は親中派一色」もその最新版だろう。新たな選挙制度で民主派は排除され、自称「民主派」候補が親中派の推薦で立候補できたのは公正を装う目くらましのつもりか。棄権や白票の呼びかけは禁じられた。

だが投票率は民主派の棄権で30％という空前の低率となった。「馬を水辺に連れて行けても、水を飲ますことはできない」のである。親中派支配を正当化するはずの選挙が、かえってそのいかがわしさを世界中に知らせることになった。

ザミャーチンは国家と機械文明の発達がもたらす異常な力への警告として「われら」を書いたという。強権政治と科学技術との融合で、今や世界の先端を行く中国が仕組んだ香港の「満場一致デー」である。

二〇二二年（令和四年）

創刊150年の新春

三百六十五日の白（2022・1・1）

〈新日記三百六十五日の白　堀内薫〉。新たな日記帳を開けば、まだ何も記されていないまっさらな月日が白く希望に輝いている年明けである。今年はそこにどんな出来事がつづられることになるだろう。

2022年は小紙が1872（明治5）年に創刊されて150年となる。150年といってもとらえどころがないが、ちょうど真ん中の折り返し点が1947年、戦後間もなく新憲法が施行された年といえば少し実感がわくだろうか。

振り返れば、前半の日本は19世紀世界にうまく適応して近代化できたが、その軍事的な「成功」にとらわれて20世紀の文明への適応に失敗し破滅した。その後半は米国の主導する世界に適応して経済的な大成功を収めたが……である。

パンデミック第3年を迎え、コロナ後の世界の構想が問われる今年である。だが、前世紀末からの長い経済停滞を生きる日本人は、コロナ禍においても国力の退潮を痛感し、少子高齢化のなかで時代の方向感覚の失調に苦しんでいる。

これも多様性や脱炭素をキーワードとする21世紀の文明への適応を、前世紀後半の成功体験が邪魔したのか。歴史はくり返すのかとため息も出る。だが、幸いにも今年の日記はまだ真っ白で、その記述はこれからの選択次第で変わる。

明治や戦後の人々がそうできたように、私たちは21世紀の世界で歩むべき道を見いだせるだろうか。「150年」後へ新たに踏み出す小紙も共にそれを考え、探究し、論議するメディアでありたいと願っている。

一人でいるのは賑やか（2022・1・25）

マルチ商法の若者街頭勧誘

「一人でいるのは　賑《にぎ》やかだ／賑やかな賑やかな森だよ／夢がぱちぱち　はぜてくる／よからぬ思いも湧いてくる／エーデルワイスも　毒の茸《きのこ》も」――茨木のり子の詩「一人は賑やか」は孤独は楽しいという。

「誓って負けおしみなんかじゃない／一人でいるとき淋しいやつが／二人寄ったら　なお淋しい／おおぜい寄ったなら／だ　だ　だ　だっと　堕落だな」。昔から若者はそんな一人の時間を抱きしめて大人になったのではないか。

だがコロナ禍3年目を迎えた今、社会で、学校で、若者らは強いられた孤立に苦しむことになった。「無気力になる」「自分に価値を感じない」「新たな人間関係を作るのが困難」は日本赤十字社の調査が示す学生らの不安と焦燥《しょうそう》だ。

世の中にはそんな若者の心につけ込むのをためらわぬ連中もいる。小紙が特報したマルチ商法まがいの組織による街頭の若者への勧誘である。「友達」付き合いを装いながら、結局は商品購入と他の若者の勧誘活動に誘い込むという。

この「友達作り」を合言葉にした連鎖勧誘、コロナ禍で対面での知人勧誘ができなくなったマルチ商法の新バージョンか。セミナーに何千人も集まった話を聞けば、孤立の不安が集団活動へののめり込みをもたらしたようにも見える。

日赤の調査では孤立しても、「何とかなる」「これも体験」と前向きな若者もいた。先の詩は結ぶ。「恋人よ／まだどこにいるのかもわからない　君／一人でいるとき　一番賑やかなヤツで／あってくれ」。

侵攻ロシアの誤算

「用兵の害」を知らず（2022・3・1）

「用兵の害を知るを尽さざる者は、則《すなわ》ち用兵の利を知るを尽すこと能《あた》わざるなり」は兵書「孫子」である。プーチン露大統領は戦略眼によほど自信があるようだが、「用兵の害」を知り尽くしていたとも思えない。

その文言のすぐ前には「兵は拙速なるを聞くも、未《いま》だ巧久なるを睹《み》ざるなり」とある。仕掛ける戦いに「巧久」――「巧みな長期戦」などはありえないという。長引く戦いは刻一刻と将兵の士気を奪い、国力をどんどん消耗させていく。

西側の予測では2日で陥落するとされた首都キエフをはじめ、ウクライナ各地で侵攻したロシア軍への抵抗が続いている。侵攻の遅れには補給の問題があるという米政府筋の見方が出ている。その中で始まる両国間の停戦協議である。

おりしも米欧日は国際金融決済網からのロシアの排除について合意し、ルーブル暴落と露国内の金融不安もさほど時をおかずに深刻な様相をみせよう。利害の錯綜《さくそう》していた欧州各国をたちまち一枚岩に変えたのも「用兵の害」である。

プーチン氏は露骨な核の脅しで包囲網の分断をはかるが、乏しい国力を奪う強力な経済制裁にも、ウクライナ国民の抵抗にも無力な核恫喝《どうかつ》である。愚かさから陥った袋小路を、残忍さで打開する非道だけは避けてもらわねばならない。

孫子はいう。「亡国は復《ま》た存すべからず、死者は復た生くべからず。故に明主（英明な君主）は之《これ》（戦争）を慎み、良将は之を警《いまし》む」。両国間の協議での即時停戦、そしてロシア軍全面撤退を強く求める。

＊ロシア軍は2月24日に首都キエフ（キーウ）はじめウクライナ各地に空爆と砲撃を加え、侵攻を開始した。しかしウクライナ軍の反撃により首都の電撃制圧に失敗した。

国連総会でロシア非難へ
戦争違法化への逆流（2022・3・2）

「締約国は紛争解決のために戦争に訴えることを非難し、その相互の関係において国家政策の手段として戦争を放棄する」。これは自衛以外の戦争の違法化のさきがけとなった戦前のパリ不戦条約の文言である。

「人類幸福の上で慶賀に堪えない。各国は国家政策遂行上の手段としての戦争の放棄を永遠に遵守し世界平和の実を挙げることを心より希望する」。条約発効にあたり、こんな談話を発表したのは他ならぬ日本の浜口雄幸首相だった。

その浜口は暗殺未遂にあって辞任、条約発効2年後に軍部は満州事変を引き起こす。武力行使と威嚇の禁止はその後全世界で5000万人以上の死者を出した第二次世界大戦の惨禍を経てようやく国連憲章に結実した……はずだった。

　世界平和に責任ある国連安保理だが、歴史を振り返れば勝手な理屈でのエゴ丸出しの武力行使と無縁な常任理事国はない。それはそうでも、こうも露骨な侵略戦争や核の脅しが拒否権により正当化されれば国連憲章も空文に近くなる。

　ウクライナ侵攻をめぐる国連安保理の非難決議がロシアの拒否権で葬られ、国連総会の緊急特別会合によるロシア非難決議案の審議が始まった。多くの加盟国にとって凶暴な力に支配される世界への拒否をはっきりと示す場になろう。

　二つの世界大戦と冷戦を経て、人類がおびただしい数の犠牲者の記憶の上に築き上げてきた戦争違法化を基軸とする21世紀の国際秩序である。今は誰もが時計を逆戻りさせない意志の闘いの当事者である。

プーチン氏の頭の中の「中世」「皆殺しだ」の声（2022・3・3）

　13世紀初めフランスのベジエで起きた住民虐殺は、ローマ教皇の呼びかけで異端派弾圧のために作られたアルビジョア十字軍によるものだった。「皆殺しだ。神が見分けるだろう」。この時の兵士への命令である。

　その結果、異端派もカトリックも住民は無差別に殺され、犠牲者は一説に2万人にものぼった。命令した教皇特使の修道院長にすれば、地獄に落とすか救済するかは死後に神が見分けるからみんな殺してしまえ――という理屈である。

ロシア軍によるウクライナ侵攻から1週間、同地の民間人の犠牲者が日に日に増えている。当初は攻撃は軍事目標に限定すると言っていたロシアだが、ウクライナの抵抗で侵攻が滞る中、市街地への爆撃も目立つようになってきた。

プーチン露大統領が言うには、ウクライナはロシアの不可分の一部で、ウクライナ人は家族の絆で結ばれた人々という。一方でウクライナの民族主義者をナチスと同じだと宣伝する。ならば、「同胞」と「ナチ」をどう見分けるのか。

首都キエフに向かうロシア軍の侵攻路には何十キロも軍用車両が列をなしているという。今後は首都の包囲、砲爆撃や市街戦もありえ、民間人の死傷が激増する恐れがある。ほんの1週間前は普通に暮らしていた夫婦や親子たちである。

もしも子どもたちや非武装の市民がこれ以上命を奪われるようなことがあれば、全世界の人々はそこに「皆殺しだ」という冷酷な声を聞きつけよう。憎むべきは、プーチン氏の頭の中の「中世」である。

プーチン版ニュースピーク辞典（2022・3・9）

ロシアの報道統制に新法

G・オーウェルの逆ユートピア小説「1984年」で、強制収容所は「ジョイキャンプ（歓喜キャンプ）」、軍事と戦争の国家機関は「ミニパックス（平和省）」という。ニュースピークと呼ばれる新語法である。

「戦争」は「平和維持活動」で、「侵攻」は「特殊軍事作戦」というのが、プーチン大統領のロシアのニュースピークという。ウクライナ報道に戦争や侵攻を用いれば「偽情報」となり、禁錮刑や強制労働が科される法律まで作られた。

言葉のないものは考えることができないというのがニュースピークの狙いだ。だが3日前もロシア全土で反戦デモがあり、拘束者も74都市で約5000人にのぼった。なおも逆ユートピアと化してはいない2022年のロシアである。

クリミア併合で味をしめたプーチン氏にすれば、利害が錯綜《さくそう》する自由な諸国民は結束して対抗できないと侮っての軍事的冒険だろう。だが当のウクライナは頑強に抗戦し、西側は強力な経済制裁と同国支援でかつてない団結を見せる。

「民主主義は怒り狂って戦う」と冷戦初期の米外交官ケナンはいう。戦争を嫌い、挑発にも軟弱な民主主義だが、一旦怒り出したら相手を決して許さない。自由や民主主義を「弱い」と踏んだプーチン氏はその憤怒《ふんぬ》の形相に直面した。

力ずくの言論封殺は、何よりも軍事的誤算と経済的苦境、ゆく先の混沌《こんとん》への恐怖の表れだろう。まずは「弱さは強さ」と「強さは弱さ」を収録すべきだったマッチョな独裁者のニュースピーク辞典である。

ゼレンスキー氏の国会演説
「偉大な語り手」の資質（2022・3・24）

「この壁を壊しなさい！」は1987年にレーガン米大統領がベルリンの壁で行った演説だ。35年後の独連邦議会でのオンライン演説でそれを引用したのは同じ俳優出身のゼレンスキー・ウクライナ大統領である。

ソ連のゴルバチョフ書記長に直接呼びかけたレーガン演説の2年後、壁は崩壊する。演説上手で「偉大な語り手」と呼ばれたレーガンは「もし私が俳優でなかったら、うまく大統領をできたかどうかは分からない」と話していたという。

ロシアの侵攻この方、ゼレンスキー氏が自国民ばかりか世界中の人々の心をつかむ「偉大な語り手」に変身できたのも俳優の資質のおかげか。「力は正義」を信じて疑わぬプーチン露大統領を向こうに回しての「言葉の戦い」である。

レーガンの呼びかけのほか、チャーチルの「海で空で最後まで戦う」、キング師の「私には夢がある」などの名演説を引くゼレンスキー氏の各国議会での演説である。まるで歴史を変えた言葉が再びその力を宿すのを祈るかのようだ。

注目の日本の国会演説では、いち早くウクライナ支援を示した日本に感謝し、さらなる経済援助や対露経済制裁を求めた。とくに原発を戦場に変え、核や化学兵器を用いかねぬロシアを非難、国際的な平和維持機構の不備をも訴えた。

「力は正義」の専制支配を許せるのか。「平和を愛する諸国民の公正と信義に信頼して、われらの安全と生存を保持しよう」という憲法を持つ国民がなすべきことを問うゼレンスキー氏の言葉の戦いだ。

あとがき

現存する新聞で日本最古の毎日新聞は２０２２年2月21日に創刊１５０年を迎えました。１８７２年の創刊号（当時は東京日日新聞）を見ると、木版刷りの１ページ、記事は全文合わせても１２３９字しかありません。

裁判所の開設などの公報、主婦殺しの事件記事、米ソルトレークシティからの報告といった主たる記事の後の最下段には、東京・神田の酒屋の開店祝いで50樽もの酒が通行人に振る舞われたという記事が載っています。今の新聞でいう街ネタで、このタダ酒のせいで多くの酔っ払いが道路に横たわることになったそうです。

記事曰く、いい気持ちで寝入った人力車引きたちは酒屋の「仁」に愉快な思いをしただろう。しかしその妻子はひもじい思いをしなかったか。「仁過ぎれば却て禍あるとは是ならん」——記者はたわいない振る舞い酒騒動をこんな評言を引いて締めくくっています。

お気づきのように、これぞ余録——正規の記録とはいいにくい余分な記録——といえる記事です。まえがきでも触れたように、コラム「余録」の前身はこの創刊から30年後、当時の文語体の新聞にあって親しみやすい口語体のコラムとして創設されました。新聞の大衆化と部数競争の時代の到来を告げる新機軸でしたが、先の振る舞い酒とそれへのちょっと大げさな批評を見れば、新聞が登場した時からこの手の余話は紙面の欠かせぬ一要素をなしていたように思えます。

良かれと張り切った大盤振る舞いが予想外の騒ぎを引き起こす珍事は、かたちこそ違っても今でも大いにありそうです。それをもっともらしい古諺を引いて評するのも、古今のコラム書きの常套手段といえましょう。日々新たなる時代の到来を伝える新聞は、またいつの世も変わらぬ人のさがや営みも伝えています。

筆者が余録を担当したのは、日本列島が巨大津波と原発事故という未曽有の惨禍にみまわれた東日本大震災をはさんでの19年間でした。

忘れもしないのは震災発生当初、起きた事態の全容もわからない大混乱のなかで、人命と社会の命運のかかったおびただしい情報が飛び交った日々です。あふれる重大ニュースを報じるのに少しでもスペースを割きたい新聞の1面で、「余録」、いわばムダ話を自称するコラムは何を書けばいいのか？——それはコラム記者にとってもかつてない試練でした。

途方もない惨禍がもたらした悲嘆、絶望、憤り——もともと乏しい筆力では表しようのない被災地の実情です。そのなかでともかくも日々筆を動かせたのは、瓦礫の中で互いに手を取り合う人々、自らの身をいとわず救助や支援に献身する人々、文明の悪夢ともいえる原発災害に果敢に立ち向かう人々——それら魂を揺り動かす人々の行動に励まされてのことのように思えます。想像を絶する惨害の広がり、情報の奔流のなか、書き留めるべき「現実」の感触をよみがえらせてくれたのは、巨大な運命の理不尽にも立ち向かい、いたわり合う、変わらぬ人間の姿でした。

日々新たに生起する現実を伝える新聞、その1面にあって「余録」なるコラムが置かれているのは、変わりゆく人の世と変わらぬ人の営みの交差するところから「きょう」を書き留めておくためではないか。そんな以前からの思いを、あらためて胸の奥深く納められた「震災後」だったのです。

筆者が「余録」を担当した時期はまた社会のIT化が進み、とくにSNSなどの普及で、情報メディア環境が大きく変わった時代でもあります。フェイクニュースが現実の政治を動かし、少数者への攻撃をいとわぬ言論が暴走する場面も目立つなか、新聞のような伝統的なジャーナリズムはこれまでにない難所にさしかかっています。

社会を分断する「正義」が自己主張をくり返し、相矛盾する「真実」を名乗る言説がひしめく今日、新聞もまたメディアとしての健全さを失っていないか、厳しく自問しなければなりません。そこで頼るべきは、やはり真実をどこまでも追及するタフな取材力と、言論における「まともさ」の感覚というところに戻ってきます。

言論の「まともさ」とは、おそらく何かの原理や理想から自動的に導き出されるものではないでしょう。まず歴史や文化といった先人の経験の貯水池に深くおもりを垂らさねばならないのは、日々目まぐるしく変転する現実のさなかで自らの姿勢を正しく制御するためです。そこから人の世にとってより良きものをあきらめることなく追い求める――そのような努力のことをいうのに違いありません。

筆者のコラムもそうありたいと日ごとに願ってきましたが、多くが150年前の「仁過ぎれば却て禍ある……」を超えられなかったのも仕方のない成り行きです。ただそれらのコラムも、このように集めて読み直せば、確かに平成から令和へ、変わる時代と変わらぬ人のさがの間で右往左往した新聞人の〈余分な記録〉にはなっています。これぞ「余録」記者の本懐というべきでしょう。

もとより匿名の新聞1面コラムは筆者の担当日以外の執筆にかかわった論説室同人はもちろん、日々の新聞制作に携わってきた方々との共同作業の産物です。筆者のとんでもない過誤をそのたびに指摘していただいた校閲記者、直しの錯綜することも多い紙面制作に日々取り組んでいただいたアルバイトを含む担当者には本当にお世話になりました。また、取り散らかった過去のコラムをこの1冊にまとめるにあたっては毎日新聞出版の赤塚亮介氏に行き届いたご助言や励ましをいただきました。皆様にはあらためて感謝いたします。

最後になりますが、浅学な筆者が執筆にあたり参照させていただいたすべての文献や資料の著者の方々に心より御礼申し上げます。

柳川時夫

2022年8月

柳川　時夫（やながわ・ときお）

1949 年、神奈川県生まれ。73 年、毎日新聞社に入社。論壇担当記者、書評欄や文化担当デスクなどを経て日曜版編集長、学芸部長、編集局次長。2003 年から論説委員、論説室特別編集委員として 1 面コラム「余録」の担当記者となり、03 年 2 月 12 日付から 22 年 3 月 24 日付まで、19 年間にわたって同コラム 4255 本を執筆した。

毎日新聞《まいにちしんぶん》コラム「余録《よろく》」選《せん》　2003～2022

印　刷　2022年9月15日
発　行　2022年9月30日

著　者　柳川時夫《やながわときお》

発行人　小島明日奈
発行所　毎日新聞出版
〒102-0074　東京都千代田区九段南1-6-17　千代田会館5階
営業本部　03（6265）6941
企画編集室　03（6265）6731

印　刷　精文堂印刷
製　本　大口製本

ISBN978-4-620-55008-4